D1102652

Arnaldur Indridason est né à Reykjavik en 1961, où il vit actuellement. Diplômé en histoire, il a été journaliste et critique de cinéma. Il est l'auteur de romans policiers, dont plusieurs best-sellers internationaux, parmi lesquels *La Cité des Jarres,* paru en Islande en 2000 et traduit dans plus de vingt langues (prix Clé de verre du roman noir scandinave, prix Mystère de la critique 2006 et prix Cœur noir), *La Femme en vert* (prix Clé de verre du roman noir scandinave, prix CWA Gold Dagger 2005 et Grand Prix des lectrices de « Elle » 2007), *La Voix,* *L'Homme du lac* (Prix du polar européen 2008), *Hiver arctique,* *Hypothermie* et *Betty.*

Arnaldur Indridason

LE LIVRE DU ROI

ROMAN

*Traduit de l'islandais
par Patrick Guelpa*

Éditions Métailié

TEXTE INTÉGRAL

TITRE ORIGINAL
Konungsbók
Published by agreement with Forlagid, www.forlagid.is
© Arnaldur Indridason, 2006

ISBN 978-2-7578-4649-0
(ISBN 978-2-86424-938-2, 1ʳᵉ publication)

© Éditions Métailié, 2013, pour la traduction française

En mémoire de mon père,
Indridi G. Thorsteinsson

« *Éclata de rire Högni*
quand arrachèrent le cœur ;
le vif artisan du tumulus
à pleurnicher point ne songeait ;
sanglant sur un plateau le mirent
et le portèrent à Gunnar. »

Extrait de l'*Atlakvida*
(« Chant d'Atli »), strophe 25.

1863

À travers les mugissements de la tempête, le vieux paysan entendit le bruit sourd et il sut tout de suite qu'il avait atteint les planches du cercueil. Appuyé sur sa pelle, il leva les yeux vers le voyageur qui au bord de la tombe suivait les opérations. L'homme s'était énervé et lui avait intimé l'ordre de se dépêcher. Le paysan replongea la pelle dans la terre et continua à déblayer. C'était une tâche difficile, la pluie faisait ruisseler l'eau dans le trou et il avait du mal à caler ses pieds car le terrain, semé de gravillons, était dur, et la fosse étroite. Il était lui-même transi et trempé. De plus, il n'y voyait rien. L'homme sur le bord tenait une petite lampe dont la lueur blafarde dansait sans arrêt au-dessus de la tombe. Vers le soir, les nuages s'étaient amoncelés et le temps s'était dégradé jusqu'à devenir pluvieux et orageux.

– Tu vois quelque chose ? lui cria l'homme.

– Non, rien encore, fit le paysan.

Ils avaient commis un sacrilège dans le vieux cimetière, mais cela ne tracassait pas le paysan. Il remblaierait la tombe, tout simplement. En fait, peu de gens connaissaient l'existence de ce cimetière. On le mentionnait dans les livres anciens, mais on avait depuis longtemps cessé de l'utiliser pour les sépultures.

Le voyageur, lui, le connaissait et paraissait savoir qui y était enterré, mais il refusait d'expliquer pourquoi il voulait ouvrir la tombe.

Cela se passait au début de l'hiver, une période où on pouvait s'attendre à tout de la part de la météo. Quelques jours auparavant, cet homme était arrivé à la ferme, seul, à cheval, et avait demandé l'hospitalité. Il avait une bonne monture et avait amené deux autres chevaux de bât avec lui. Dès le premier jour, il s'était rendu au vieux cimetière et avait commencé à prendre des mesures. Il paraissait s'être renseigné sur les anciennes dimensions du cimetière et il l'arpenta depuis un coin imaginaire en se penchant vers le nord puis vers l'ouest, et en s'étendant dans l'herbe pour coller son oreille contre la terre comme s'il voulait ausculter les défunts.

Le paysan ignorait lui-même qui reposait dans ce cimetière. Il avait emménagé dans cet endroit avec sa femme quarante ans plus tôt, accompagné d'une ouvrière et d'un ouvrier. La contrée était très à l'écart et ingrate. Sa femme était morte quinze ans auparavant. Ils n'avaient pas eu d'enfants. Les ouvriers étaient partis depuis longtemps. Avec le temps, le couple s'était approprié le terrain avec les droits et les devoirs afférents. Il avait raconté tout cela à l'homme et lui avait dit que son terrain, Hallsteinsstadir, était le dernier endroit habité sur les hauts-plateaux et qu'ils avaient rarement l'occasion d'avoir des visiteurs. L'hiver, la neige était abondante et personne ne circulait. On aurait dit que le vieux paysan redoutait l'hiver. Il avait avoué qu'il ne voulait plus croupir dans ce trou et qu'il allait demander l'asile à l'un de ses neveux. Ils en avaient discuté. Il pouvait emmener ses moutons avec lui pour améliorer sa situation, mais il ne voulait pas qu'on lui fasse l'aumône.

Le nouveau venu écouta le paysan lui raconter tout cela le soir après qu'ils furent rentrés et eurent soupé. Le premier soir, il coucha dans le séjour après avoir demandé au paysan s'il avait des livres. Il n'en avait pas beaucoup, à part le *Psautier*. L'homme lui demanda alors s'il s'y connaissait en livres, mais le paysan répondit qu'il s'y intéressait peu et donna à l'homme ce qu'il avait à manger, qui était probablement assez quelconque pour un tel hôte : un brouet aux herbes mélangé à du fromage blanc le matin, du pot-au-feu avec du hachis le soir. Le voyageur avait vraisemblablement mieux mangé dans les villes cosmopolites, lui qui disait avoir vu de ses yeux la cathédrale de Cologne.

Le paysan lui trouvait des manières d'un homme du monde. Ses vêtements étaient ceux d'un homme riche : boutons d'argent et bottes de cuir. Quant au paysan, il n'avait jamais voyagé. Il n'avait aucune idée de l'importance que pouvait avoir ce vieux cimetière pour des gens venus de loin. C'était un cimetière abandonné comme n'importe quel autre en Islande, avec juste quelques tertres herbeux éparpillés çà et là sur un terrain en pente. L'homme lui rappela que Hallsteinsstadir était un ancien lieu de sépulture. Il ne se souvenait plus de l'histoire de la petite église ? Si, elle était à l'abandon car elle avait brûlé, à l'évidence parce qu'on y avait mis le feu par mégarde. En ce temps-là, on n'y célébrait plus l'office depuis longtemps sauf une fois par an, si toutefois le pasteur dipsomane qui résidait alors à Melstadur consentait à y venir.

C'est ainsi que le paysan se mit à bavarder, il en avait rarement l'occasion. Parfois personne ne passait de tout l'hiver. Le nouveau venu, lui, était particulièrement avare de paroles sur l'intérêt qu'il portait au cimetière et aux mesures qu'il y avait prises. Il prétendait ne pas être de la campagne et n'avoir aucun parent dans la région. Il disait qu'il était né en Islande et qu'il avait fait des études de droit à Copenhague. Il y avait habité quelques années ainsi qu'en Allemagne. Cela s'entendait à son parler. Il avait un accent étrange et le paysan trouvait que cela le rendait parfois un peu ridicule.

L'homme avait deux grandes valises avec lui, des livres à belles reliures, des vêtements et aussi de l'eau-de-vie, du café et du tabac dont il fit cadeau au paysan. Il avait aussi des provisions, de la morue séchée, de la viande fumée et de la bonne pâte à tartiner qu'il partageait avec le paysan. La plupart du temps, il tenait une sorte de journal dans lequel il se plongeait parfois et il arpentait le cimetière en marmonnant quelque chose que le paysan n'entendait pas. Le chien du paysan, doux, à la queue recourbée, s'attacha à cet hôte qui lui lançait des morceaux de viande fumée ou de la peau de poisson séché et qui le flattait.

Parfois, le paysan essayait d'engager la conversation avec le voyageur, mais il s'en retournait maussade, celui-ci n'était visiblement pas venu pour le distraire.

– On parle toujours de l'éclair ? demanda le paysan.

– Je n'en sais rien.

– La foudre a tué trois personnes, dit le paysan. À Vatnsleysuströnd, à ce que j'ai entendu. C'était il y a un an.

– J'ignore tout de cet éclair, fit l'homme. Je suis arrivé par bateau en mai.

Trois jours passèrent. En fin de compte, l'homme avait l'air d'être parvenu à un résultat. Il se tenait pensif au-dessus d'un tertre sur la pente. Il vit le paysan venir vers lui. Il commençait à faire sombre et à pleuvoir.

Le vent se levait. Il jeta un coup d'œil au ciel. Cette nuit, il ferait probablement un temps de chien. Le vent soufflait de l'ouest.

Le paysan était allé trouver son hôte au cimetière avec l'intention de lui parler du temps. Il connaissait le vent d'ouest en cette saison. Mais il n'en fit rien, car avant qu'il ait pu dire un mot, l'homme lui avait exposé son affaire et il avait du mal à comprendre.

– Est-ce que tu peux creuser ici pour moi ? demanda-t-il en indiquant le tertre.

– Où ça ? demanda le paysan qui regardait tour à tour l'homme et le tertre.

– J'ai besoin qu'on creuse ici, dit l'homme. Je te paierai. Ça devrait te faire deux rixdales.

– Vous voulez descendre dans la tombe ? demanda le paysan en écarquillant les yeux. Il n'avait jamais rien entendu de semblable. Pourquoi, si je peux me permettre ?

– Ça concerne des antiquités, dit l'homme qui sortit de sa poche deux rixdales et les donna au paysan. Ça devrait suffire, c'est même beaucoup.

Le paysan avait les yeux rivés sur l'argent au creux de sa main. Il n'avait pas vu depuis longtemps une telle somme et il lui fallut un certain temps pour calculer dans sa tête qu'il venait de recevoir pour une bagatelle l'équivalent d'un mois de salaire d'un bon ouvrier.

– Des antiquités ? fit le paysan.

– Je peux aussi faire ça moi-même, dit l'homme en tendant la main vers l'argent.

– Alors, vous aurez besoin de ma permission si vous avez l'intention de creuser sur ce terrain, rétorqua sur un ton offensé le paysan qui serrait les rixdales dans sa main.

Le visage de l'homme avait changé. Il avait été

discret, courtois, voire bienveillant lorsque son hôte lui avait demandé des choses, par exemple quels étaient les anciens chemins qui traversaient les montagnes vers le pays voisin, et quand il posait des questions sur la parentèle et les hôtes du paysan, ses compétences et la taille de son exploitation. Et voilà qu'il parlait sur un autre ton : celui de l'impatience, voire de l'insolence.

– Inutile de faire des histoires pour cela, dit l'homme.

– Des histoires ? fit le paysan. Je peux creuser pour vous, si vous voulez. Je ne me souviens pas qu'il y ait des antiquités ici. Vous savez quel caveau c'est ?

L'homme fixa le paysan. Il regarda vers l'ouest le ciel chargé et l'orage qui s'annonçait, et son expression se fit dure et décidée. Sa chevelure brune lui descendait sur les épaules, il avait le front haut et intelligent ; ses yeux étaient enfoncés, mobiles et inquisiteurs. Il était grand, svelte, et portait une bague en or qui avait attiré l'attention du paysan le premier soir. C'était une grosse bague ornée d'un emblème inconnu.

– Non, dit-il, c'est pour ça que je veux creuser. Tu veux bien le faire ? Je suis pressé.

Le paysan jeta un coup d'œil à l'homme, puis aux deux rixdales.

– Je vais chercher les outils, fit-il en empochant l'argent.

– Dépêche-toi ! lui cria l'homme. Ce temps ne me dit rien qui vaille.

Il se tenait maintenant près de la tombe et encourageait le paysan. Le temps avait encore empiré. La tempête faisait rage et la pluie tombait drue. Le paysan proposa de poursuivre le lendemain en espérant que le mauvais temps s'apaiserait un peu au petit jour, mais l'homme ne voulut rien entendre. Il lui fallait prendre le bateau. Une étrange humeur s'était emparée de lui,

18

il s'était mis à parler tout seul, prononçant des mots que le paysan n'entendait pas, et il lui demandait sans arrêt s'il voyait quelque chose, un squelette par exemple, et s'il voyait des objets dans la tombe.

C'était de toute évidence ces objets qui intéressaient l'homme. Il ne voulait pas dire au paysan de quoi il s'agissait et s'il y en avait beaucoup, ni même comment il était au courant de leur présence dans ce vieux caveau du cimetière qui n'était plus utilisé depuis plus d'un siècle si ce n'est deux.

– Tu vois quelque chose là ? cria-t-il au paysan au milieu des rugissements de la tempête.

– Je n'y vois rien, cria le paysan. Approchez la lumière !

L'homme s'approcha du bord et avança la lampe. Il vit des morceaux de cercueil dans la tombe. Celui-ci s'était rompu, ébranlé par les coups, et des débris épars gisaient dans l'humus. Il regarda la toile et se dit que le cadavre avait peut-être été enveloppé dans un linceul. Le paysan devait se fatiguer à déblayer, mais il prenait son temps. Il y avait de moins en moins de choses dans sa pelle à mesure qu'il la reposait plus souvent sur le bord.

– Là, qu'est-ce qu'il y a ? s'écria l'homme en faisant un signe de la main. Déblaie-moi ça !

Le paysan était essoufflé.

– Remonte ! lui cria l'homme. Je vais terminer. Allez !

Il tendit la main au paysan heureux de cette pause. L'homme le tira de la fosse et lui demanda de tenir la lampe. Ensuite, il sauta dans la tombe et commença à déblayer à toute vitesse. Il lança les débris du cercueil sur le bord et eut tôt fait de parvenir aux ossements. Il reposa la pelle et se mit à les dégager à la main.

19

Une côte et un os du bras émergèrent de la terre et, finalement, le paysan vit les os du crâne. Lorsqu'il vit les orbites vides, le trou du nez et la bouche édentée, il eut froid dans le dos.

– Qui est-ce ? hurla-t-il. À qui est cette tombe ?

L'homme fit comme s'il n'avait pas entendu.

– Est-ce bien raisonnable ? murmura le paysan. Nous n'allons tout de même pas réveiller les morts ? Les morts doivent reposer en paix !

L'homme ne lui répondit pas, au contraire il continua à dégager les ossements à la main. La pluie, qui tombait avec toujours plus de violence, avait transformé la tombe en bourbier. Tout à coup, il sentit une résistance dans la terre. Il se pencha et poussa un léger cri en voyant ce que c'était. Il venait de découvrir un petit tube en plomb.

– Est-ce possible ? soupira-t-il, comme oublieux de l'espace et du temps.

Il nettoya le tube et le tint à la lumière.

– Vous avez trouvé quelque chose ? lui cria le paysan.

L'homme posa le tube sur le bord et remonta de la fosse. Ils étaient tous deux couverts de boue de la tête aux pieds, complètement trempés. Cela semblait laisser l'homme indifférent, mais le paysan, qui tenait la lampe sur le bord, s'était mis à grelotter. Il avait une barbe blanche et n'avait plus de dents ; il portait un bonnet pour protéger sa calvitie. Sa vie difficile l'avait voûté. Il avait dit à son hôte qu'il n'était pas exclu qu'il essaie de trouver refuge chez l'un de ses parents.

L'homme prit le tube en plomb et en enleva la terre.

– Rentrons, dit-il, et il se dirigea vers la ferme.

– C'est bon, fit le paysan qui lui emboîta le pas.

Ils rentrèrent à la ferme et le paysan se mit aussitôt à attiser le feu dans la cuisine. L'homme s'assit avec le tube et, après quelques efforts, il parvint enfin à en ouvrir une extrémité. De l'index, il en récupéra le contenu et l'examina avec circonspection. Il semblait satisfait de sa découverte.

– Ils vont trouver ça bizarre quand je leur raconterai tout ça, dit le paysan les yeux fixés sur le contenu.

L'homme leva les yeux.

– Qu'est-ce que tu dis ?

– Que c'est la visite la plus bizarre que j'aie jamais eue, fit le paysan.

L'homme se redressa. Ils se tenaient face à face dans le petit séjour et, pendant un instant, l'homme parut réfléchir. Le paysan, qui gardait les yeux fixés sur lui, vit une lueur illuminer son visage ruisselant de pluie ainsi que ses yeux marron sous son chapeau et, soudain, il lui revint à l'esprit l'histoire qu'il avait entendue une fois alors qu'il était en voyage d'affaires, sur un éclair qui avait frappé des hommes à Vatnsleysuströnd et les avait tués sur le coup.

Lorsqu'au début du printemps suivant la neige se mit à fondre, on partit à la recherche du paysan, à la demande de son neveu. Mais sans succès. Le paysan n'était pas chez lui et semblait avoir été absent tout l'hiver. Il y avait longtemps qu'on n'avait pas allumé le feu et certains indices donnaient à penser que la maison était restée inhabitée pendant des mois. Tout avait été bien rangé dans la cuisine. Chaque chose était à sa place. Dans la salle à manger, les grabats avaient été faits. À l'extérieur, les portes avaient été soigneusement fermées. Le chien du paysan était introuvable et n'avait été vu dans aucune des fermes du fjord. On retrouva ses moutons avec les autres en automne. Ils étaient restés seuls tout l'hiver et tout l'été.

On apprit avec étonnement dans le pays la disparition du paysan, car tous connaissaient la beauté des alentours de sa maison. Aucune nouvelle de lui. Il n'avait été vu dans aucune ferme. Avec le temps, on en vint à penser qu'il s'était mis en route en hiver avec son chien, probablement vers Noël, et était mort victime des intempéries.

Lorsqu'on partit à leur recherche en les hélant, on ne trouva pas la moindre trace d'eux ce printemps-là, ni jamais. Le lieu resta à l'abandon. Lorsqu'il fut évident qu'il avait disparu, les gens qui se rendirent à Hallsteinsstadir pour prendre les rares biens du paysan constatèrent que le terrain avait été retourné près de la ferme et on s'accorda à penser que les tertres en pente avaient été aplanis avant sa disparition.

1955

1

Je ne me doutais pas que la sage décision de poursuivre mes études nordiques à l'Université de Copenhague au milieu des années 1950 allait m'entraîner
dans une histoire pareille. J'aime autant vous dire tout
de suite qu'à l'époque j'étais peu désireux d'aventures,
quelles qu'elles soient. Je prenais d'autant plus de plaisir à lire des récits d'aventures. À vrai dire, je menais
une vie calme et tranquille jusqu'à ce que je rencontre
le professeur. J'envisageais une vie sans heurts dans
l'enceinte des bibliothèques. On pourrait même dire
que j'avais pensé me réfugier dans le passé en étudiant
les antiquités. J'espérais qu'avec le temps je réussirais
à apporter ma modeste contribution à la compréhen-
sion et à la connaissance de notre précieux héritage
national. La raison d'être de ma vie romantique tenait
peut-être à cela. J'ai toujours passionnément aimé lire
et fureter, à telle enseigne que, pendant mon enfance,
j'avais décidé de passer ma vie professionnelle à faire
des recherches sur les anciens manuscrits islandais et
les techniques de conservation.

Mais très rapidement, après que j'eus fait la connaissance du professeur à Copenhague, il en alla autrement.
Ma conception du monde fut bouleversée. L'idée que
j'avais de moi-même aussi. Le professeur fit en sorte

que ma vision du monde s'élargisse plus vite et davantage que je n'avais pu l'imaginer. Il a changé ma vie en m'apprenant que rien n'était impossible.

Tout cela s'est passé très rapidement pour l'innocent Islandais du Nord que j'étais et, à bien y réfléchir, je pense que je n'aurais pas voulu qu'il en aille autrement.

Pour le voyage qui m'amenait à Copenhague, j'avais emporté une lettre de recommandation de mon professeur à l'Université d'Islande, un homme sympathique et très savant, qui m'avait servi de guide trois hivers durant dans mes études nordiques anciennes. Ce sont avant tout ses encouragements qui m'ont décidé à prendre le taureau par les cornes et à me consacrer à la recherche sur les textes islandais anciens. Il avait écrit lui-même cette élogieuse lettre de recommandation à l'intention du professeur de Copenhague, qu'il connaissait, et je la gardai comme la prunelle de mes yeux tout au long de la traversée. Je connaissais parfaitement son contenu : j'étais un excellent élément, un étudiant hors pair, le meilleur de ma promotion, excellent candidat au doctorat d'études nordiques. J'avais le moral au beau fixe et j'étais impatient de la transmettre au professeur de Copenhague. Je pensais avoir bien travaillé et mériter ces louanges. Ma thèse avait pour sujet la *Saga des gens d'Eyrr* et j'y apportais un point de vue nouveau sur les liens entre les différents manuscrits existants de cette saga, la chronologie et l'auteur que, de solides preuves à l'appui, je considérais être Sturla Thórdarson lui-même.

Dans ma jeunesse, j'avais été ce qu'on appelle un rat de bibliothèque. Je n'ai jamais aimé cette expression, mais je n'en trouve pas de meilleure pour faire comprendre ma personnalité. Je passais ma vie à lire chez ma tante bien-aimée, j'avais peu d'amis et je n'aimais pas les trucs compliqués dont on a, paraît-il, besoin pour se faire des amis. Par contre, je m'intéressais aux livres depuis mon plus jeune âge. Ma tante, d'heureuse mémoire, me poussait à lire et m'avait procuré divers chefs-d'œuvre de la littérature mondiale. C'est elle qui me fit connaître les *Sagas d'Islandais* et la *Saga des Sturlungar*. C'est ainsi que je commençai à apprécier les grandioses récits de héros et de vengeances, d'amours, d'honneur et de droiture, les histoires qui parlent d'hommes entiers, de femmes subjuguantes, d'affrontements exaltants et de morts héroïques qui m'arrachaient des larmes.

J'ai quasiment grandi chez ma tante maternelle, que j'appelais tantôt Systa, ainsi que le faisait ma mère, tantôt simplement tata, ce que je préférais, tout comme elle. Elle était célibataire, n'avait pas d'enfant et me tint lieu de mère. Elle s'inquiétait parfois du fait que, pendant que les garçons de mon âge étaient dehors à se chamailler et à jouer au football ou à cache-cache, moi je restais à la maison à dévorer les grandes sagas islandaises des anciens. Plus tard, lorsque les garçons de mon âge se mirent à s'intéresser aux filles et à goûter à l'alcool, j'avais déjà commencé à lire la littérature ancienne, je terminais le second cycle du lycée, qui dure trois ans, et j'étais premier en langues. Le latin devint pour moi une seconde langue maternelle. Je m'inscrivis immédiatement à l'Université d'Islande où je fis la connaissance du professeur Sigursveinn. Notre vif intérêt commun pour le patrimoine islandais nous fit tout de suite devenir bons amis.

Nous avons passé de nombreuses heures chez lui à discuter interminablement de notre passion commune : les écrits islandais anciens. Ma tante insista pour que je poursuive ma formation à Copenhague et nous convînmes que je m'y rendrais. Le professeur Sigurs-veinn approuva sans réserve ce projet et ajouta que, le moment venu, je deviendrais professeur à l'Université. Lorsque, le jour de mon départ, il me montra la lettre de recommandation et la lut à haute voix devant moi en précisant que tout ce qu'elle contenait était véridique et sincère, je me sentis déborder de reconnaissance et envahi d'un sentiment d'humilité.

Je ne savais pas comment faire, mais je finis tout de même par obtenir un billet bon marché sur l'un de nos navires marchands en partance pour Copenhague, où je débarquai de bon matin par une journée ensoleillée de début septembre. Le voyage fut très agréable, surtout après que j'eus constaté que je n'avais pas le mal de mer, ce que j'ignorais jusque-là. La traversée avait été plutôt tranquille, à ce qu'on m'a dit ensuite, et la douceur du roulis mais peut-être également ce mélange de brise marine et d'odeur de salle des machines me firent du bien, de sorte que chaque instant passé sur ce bateau fut pour moi un véritable plaisir.

Il y avait à bord un garçon assez agréable. Il s'appelait Óskar et faisait des études d'ingénieur à Copenhague, un type sympathique, originaire du Nord, avec qui je fis plus ample connaissance au cours du voyage. Nous partagions la même cabine et, le soir, nous nous étendions pour bavarder. Je lui parlais de la section des études nordiques et il me parlait d'étranges mansardes dans son village au bord de la mer. C'était un compagnon charmant. Il était légèrement porté sur la boisson, ce jeune homme, et il avait trouvé comment se procurer à bord de la bière brune du Danemark qu'il consommait sans modération le soir. Il n'y avait pas d'autres passagers avec nous.

– Et alors, dit-il un soir en tenant un verre de Carlsberg Hof, tu vas rester comme ça le nez dans les vieux manuscrits le restant de tes jours ?

– Si je peux, fis-je.

– Quel intérêt ?

– Quel intérêt d'être ingénieur ? répliquai-je.

– Les centrales, mon bonhomme, dit-il. Il nous faudra construire d'énormes barrages ici qui nous fourniront de l'électricité. Et pas seulement pour la consommation des ménages, mais aussi pour l'industrie lourde. Il nous faudra construire de formidables usines qu'on implantera un peu partout. L'électricité nous rendra riches. Einar Benediktsson le savait.

– Tu veux mettre des usines à la campagne ?

– Quoi d'autre ? C'est ça, l'avenir.

– Et à qui appartiendront ces usines ?

– Je n'en sais rien, aux Américains sûrement. Ce sont les premiers producteurs d'aluminium. C'est pas ça l'important. Nous construirons des barrages et nous leur vendrons de l'électricité. Ils pourront ensuite faire ce qu'ils voudront.

– Et ça ne défigurera pas les hauts plateaux, toutes ces usines ?

– Les hauts plateaux ? Qu'est-ce que tu veux dire ? Qui s'en soucie ? Qu'est-ce qu'on peut défigurer là-bas ? Il n'y a rien ! Des pierres et des cailloux !

– Et les pâtures ?

– Qui se soucie des moutons ?

– Moi, j'aime plutôt le passé, avouai-je.

– Tu es sûrement très bon là-dessus, dit Óskar en avalant une bonne rasade de bière.

J'étais plein d'espoir lorsque deux jours plus tard le navire se mit à quai du côté de la rue de la plage jouxtant la place d'Asie. Je vis le paquebot *Gullfoss* sortir du port dans toute sa splendeur. Je me rappelle que je m'imaginais voir les passagers de première classe tirés à quatre épingles sur le pont, les messieurs en train de fumer et les dames en robes longues, tandis que du fumoir la musique du piano se déversait dans la quiétude vespérale. Je ne savais pas comment me comporter sur ce splendide navire, même en troisième classe. Mon aimable tante avait subvenu à mes études grâce à son obscur labeur à la poste et à l'usine de poisson en fin d'après-midi et le soir. Quant à moi, j'avais travaillé l'été comme bibliothécaire dans les fjords de l'Ouest pour pouvoir consacrer toute mon énergie à mes études. À la fin du lycée, j'avais décroché une bourse au mérite qui me facilita les choses pour mes études universitaires.

Je ne sais comment décrire l'expérience que représentait pour un jeune homme n'ayant jamais navigué le fait d'arriver pour la première fois dans une grande ville étrangère, surtout dans un endroit aussi splendide et sympathique que Copenhague ; pendant des siècles, elle avait été la capitale culturelle des Islandais. Je n'avais pas l'habitude de voyager, car j'étais tout jeune et mes parents étaient des gens pauvres. Les croisières étaient un luxe qui n'était pas à la portée de tous. Je m'étais réjoui tout l'été et je me rappelle encore très bien l'excitation et les espoirs que suscitèrent en moi le débarquement et la vue, pour la première fois, de la grande ville au bord du Sund avec ses imposantes demeures, ses anciennes bâtisses chargées d'histoire, ses bistrots et ses restaurants, ses grandes places et ses rues que je connaissais par les récits des étudiants et des poètes des temps passés. Je me rappelle l'odeur de la végétation, le grondement sourd des tramways, les voitures à cheval qui livraient la bière blonde aux bistrots et la circulation des voitures sur le Strøget[1] et sur la Nouvelle Place Royale. À mon arrivée, j'eus l'impression de déjà connaître cette ville et l'idée que je m'en étais faite correspondait tout à fait à ce que je voyais et vivais lors de cette première journée à Copenhague. C'était bien plus qu'une ville européenne ancienne et évoluée. Pour un Islandais éclairé, elle avait été véritablement le centre de la culture et de la civilisation islandaises durant des siècles. J'avais hâte de mieux la connaître, de visiter ses musées et ses hauts lieux historiques, et surtout de découvrir les traces du passage des Islandais. J'éprouvais du plaisir à l'idée que l'hiver s'annonçait.

Mais en tout premier lieu, j'étais venu à Copenhague pour ma seule véritable passion : les manuscrits islandais. En ce temps-là, les trésors les plus précieux de notre patrimoine étaient conservés à la Bibliothèque royale de Copenhague et dans la collection d'Árni[2] qu'abritait la bibliothèque universitaire : *Le Livre de Flatey*, le *Livre de Mödruvellir*, le *Livre du roi* tiré de l'*Edda poétique*, le parchemin de *Gráskinna* dans la *Saga de Njáll-le-Brûlé*, etc. Je rêvais depuis longtemps de pouvoir toucher ces parchemins anciens d'une valeur inestimable qui étaient passés entre les mains de l'évêque Brynjólfur, de Hallgrímur Pétursson, d'Árni Magnússon, de Jónas Hallgrímsson et de Jón Sigurdsson, pour n'en citer

1. Grande avenue piétonnière de Copenhague. (*Toutes les notes sont du traducteur.*)
2. Árni Magnússon (1663-1730), célèbre érudit islandais et collectionneur de manuscrits qui a vécu à Copenhague et préservé d'innombrables trésors de la littérature islandaise ancienne. Sa bibliothèque est appelée aussi Collection arnamagnéenne (de son nom latinisé en *Arnas Magnaeus*). Voir *Notes sur les sagas*, p. 357.

que quelques-uns. À cette époque, nous voulions avoir l'autorisation de conserver ces manuscrits en Islande, car tous les gens informés savaient bien que c'était là leur véritable demeure. Les Danois devaient nous rendre ce patrimoine national. Cela mettrait un point final à notre lutte pour l'indépendance et représenterait peut-être une victoire complète sur nos anciens colons. Le Danemark était très fortement opposé à cette idée. D'ailleurs, l'Empire britannique avait-il une raison de réexpédier en Égypte les objets précieux qui avaient été exhumés des sables torrides du désert ?

C'est à tout cela que je pensais, étudiant solitaire à Copenhague au milieu du XXᵉ siècle. Avec les chaussures neuves du magasin Idunn que m'avait achetées ma tante, j'avais résolument pris le parti de l'avenir mais je ne savais pas ce qui m'attendait dans le vaste monde. J'étais à la fois anxieux et pressé de commencer à étudier la philologie et les textes nordiques anciens. Je me donnais du courage en me disant que j'étais arrivé dans cette ville de mon propre mouvement, de mon plein gré, avec mes capacités et cette soif d'apprendre qui me consumait.

Je pris congé d'Óskar sur le port en lui promettant de rester en contact avec lui. Avec l'appui du professeur Sigursveinn, j'avais trouvé une petite chambre mansardée dans la rue Saint-Pierre non loin de la dernière résidence de Jónas Hallgrímsson et de l'ancien quartier étudiant. À deux pas, il y avait Oster Voldgade, l'Austurvegur[1] danois où se trouve la maison de Jón Sigurdsson. D'ailleurs, ma première démarche fut de me rendre à la maison de celui-ci pour m'imprégner de ce qu'il y avait à voir. Je m'efforçai de revivre

1. Les "Champs-Élysées" de Reykjavík.

l'époque où Jón avait habité dans cette maison et lutté pour l'indépendance de l'Islande. En ce temps-là, la maison n'avait pas encore été classée comme patrimoine national et je gravis les escaliers jusqu'au troisième étage en m'imprégnant de l'esprit de la maison. Cela me suffisait. Le soir, je suis allé me promener sur la Nouvelle Place Royale, j'ai bu une chope de bière au Skinnbrok, puis j'ai regardé passer les gens. Je me suis couché de bonne heure après avoir écrit dans mon journal que j'étais arrivé à Copenhague et que j'avais hâte d'entreprendre la tâche exaltante qui m'attendait dans le domaine scientifique.

Je me souviens avec délices de cette première journée, de toutes ces choses nouvelles pour moi, étranges et auréolées de mystère. Le goût de la bière au Skinnbrok. Les gens qui grouillaient sur la Nouvelle Place Royale. Le soleil de septembre sur mon visage. Les filles altières sur leurs vélos noirs.

Le lendemain de mon arrivée, j'avais rendez-vous avec mon nouveau professeur d'études nordiques. Cette rencontre a changé durablement ma vie. Quand je repense à tout cela, le professeur m'apparaît toujours tel qu'il était lorsque je fis sa connaissance au cours de ces premiers jours à Copenhague.

Rien n'aurait pu m'y préparer.

2

Le premier matin, je me suis réveillé de bonne heure et j'ai fait un petit bout de chemin à pied depuis ma chambre sous les combles dans la rue Saint-Pierre jusqu'au campus universitaire situé près de l'église Notre-Dame. Il avait plu pendant la nuit et maintenant il faisait beau comme à l'été de la Saint-Martin, ciel bleu et cumulus neigeux à l'est. Les arbres avaient gardé leur magnifique parure de fleurs grâce à un été ensoleillé. Il faisait très chaud, comme je ne l'avais jamais vu en cette saison. Je supportais plutôt mal la chaleur et je n'avais pas de vêtements particulièrement légers, je n'avais que des pantalons épais, des caleçons longs, des pulls islandais tricotés à la main, un gilet et des vestes un peu fripées pour les cérémonies. Ma tante avait eu peur que j'aie froid l'hiver et m'avait dit de mettre des vêtements chauds et de veiller à ce qu'on ne fasse pas d'économies de chauffage dans ma chambre.

Le professeur avait son bureau au deuxième étage d'un bâtiment vieillot de la rue des Chanoines, non loin de la bibliothèque universitaire. Je montai le vieil escalier de bois dont les marches grinçaient aimablement. Ensuite, je frappai à la porte. Une petite plaque en laiton y était apposée. Le professeur était prévenu. Le rendez-vous avait été pris longtemps à l'avance, pour la forme. Ma demande d'inscription à la section avait été approuvée. Je frappai de nouveau, mais avec plus de détermination cette fois. Je jetai un coup d'œil à la montre-bracelet que m'avait donnée ma tante lors de mon départ. J'étais là à neuf heures précises et je m'étais donné du mal pour être ponctuel. Je pensais que c'était important.

Je restai debout dans le couloir comme un objet qui n'a rien à y faire et le temps passait. Ma montre indiqua neuf heures cinq, neuf heures et quart et ensuite vingt, vingt-cinq, avant que je ne m'en aperçoive, et toujours pas de professeur. Je me disais qu'il avait dû oublier notre rendez-vous et j'étais légèrement dépité, mais seulement légèrement. Je redoutais un peu ce rendez-vous et ce qu'on m'avait dit du professeur n'était pas de nature à me rendre impatient de le voir. Les étudiants qui étaient revenus de Copenhague à la fin de leurs études n'avaient pas brossé un tableau idyllique de lui. Toutefois, ils avaient un immense respect pour lui, cela ne faisait pas l'ombre d'un doute. À ce que j'ai compris, il avait l'habitude de renvoyer les étudiants de son cours s'il les trouvait somnolents ou pas assez concentrés. Il valait mieux venir bien préparé, parce que s'il apercevait la moindre inattention chez ses étudiants, il pouvait refuser de leur faire cours. Sans la moindre pitié, il les recalait aux examens s'ils ne se montraient pas assez fins pour comprendre et discerner l'essentiel, et aux examens oraux, il s'arrangeait, disait-on, pour déstabiliser les étudiants qui lisaient mal et pour les coller.

De cette façon, il éliminait tous ceux qui ne lui plaisaient pas ou dont il trouvait qu'ils n'avaient rien à faire dans cette matière. Mais, par contre, s'il trouvait chez ses étudiants une réelle volonté, du cœur et des qualités, il s'efforçait de les mettre en valeur et n'avait qu'un seul but : que les meilleurs parviennent un jour à manipuler eux aussi les trésors de notre patrimoine, les parchemins anciens.

J'étais là dans le couloir à me remémorer tout cela et le temps passait. Il était neuf heures et demie. J'avais frappé à la porte plusieurs fois sans résultat et je vérifiai encore une fois si je ne m'étais pas trompé de jour et d'heure. Pour finir, je décidai de tourner la poignée de la porte, mais le bureau était fermé à clé.

J'abandonnai et, au moment où je m'apprêtais à quitter le couloir, j'eus l'impression qu'un léger gémissement s'était fait entendre dans le bureau. J'avais pu mal entendre. Je collai l'oreille à la porte et écoutai pendant un bon moment, mais rien ne se passa.

Force me fut de rebrousser chemin. Dans le couloir, je rencontrai un homme qui entrait dans un bureau et je lui demandai s'il était au courant des allées et venues du professeur. Je m'exprimais correctement dans un danois scolaire, mais j'avais quelques difficultés pendant ces premiers jours à comprendre les Danois car ils parlent vite. L'homme secoua la tête et dit que le professeur était imprévisible. Il m'interrogea pour savoir si j'avais rendez-vous avec lui et quand je lui répondis par l'affirmative, mais que sans doute il n'était pas venu à son bureau, il fit un large sourire. À l'entendre, cela n'avait rien d'étonnant.

J'occupai ma matinée à visiter le campus, passai par la rue de Cristal et la rue des Violettes et admirai les églises : l'église de la Trinité et la Tour Ronde, l'église Saint-Pierre et l'église du Saint-Esprit, puis la dernière, mais non la moindre, l'église Notre-Dame avec les disciples de Jésus du sculpteur Thorvaldsen. Le professeur Sigursveinn m'avait incité à visiter l'église Notre-Dame dès mon arrivée à Copenhague et il m'avait longuement parlé d'un curieux détail : Judas ne faisait pas partie du groupe des disciples, mais il avait été remplacé par l'apôtre

Paul. J'eus envie de prendre un café et m'en retournai en passant devant le bâtiment principal de l'université, rue Notre-Dame, et m'installai à la Petite Pharmacie, rue des Chanoines. Plus tard, je me dirigeai vers le célèbre Jardin et me reposai sur un banc situé sous un tilleul. Je redescendis la rue Saint-Pierre et parvins au numéro 22, non loin de ma chambre sous les combles. Sur la façade, on pouvait voir, près de la fenêtre de l'étage, une plaque indiquant que Jónas Hallgrímsson avait habité cette maison. Je contemplai le premier étage qui avait été la dernière demeure du poète. Depuis que j'avais découvert le pouvoir magique de ses poèmes, Jónas était pour moi presque un dieu. Je sais qu'il en est ainsi pour beaucoup d'Islandais. En arrivant à cet endroit, j'ai été saisi d'un sentiment d'étrange tristesse, mais également de vénération pour le poète qui, la jambe cassée, avait un jour reposé sous ces lambris en attendant sans crainte sa mort inéluctable, bizarrement réconcilié avec sa destinée.

Je m'étais fait des idées fausses sur la splendeur de la collection d'Árni. Elle me parut incroyablement petite lors de cette promenade. Je pénétrai dans la bibliothèque universitaire, imposant bâtiment rue des Violettes. C'est là que la collection d'Árni Magnússon avait été entreposée, sous le pignon nord, si bien qu'elle ne prenait guère plus de place qu'un arc de cercle le long de la muraille. Je m'amusai à l'arpenter dans sa longueur en traversant la maison et je comptai dix-huit mètres. Le professeur Sigursveinn m'avait dit qu'en hiver il y faisait horriblement froid et qu'il pouvait faire jusqu'à moins quatorze. Il avait aussi dit qu'environ les deux tiers des murs étaient recouverts d'étagères avec des manuscrits d'Árni et qu'à cet endroit se trouvait le bureau du directeur, Jón Helgason. Il n'y avait qu'un manuscrit dans une boîte. La plupart avaient une couverture reliée et de la poussière s'était déposée entre les pages. On n'y faisait pas particulièrement attention. Une clé était accrochée à un portemanteau fixé à la porte d'entrée. Il n'y avait rien d'autre.

Je réfléchissais à la manière dont Copenhague gardait notre considérable patrimoine historique à nous, Islandais, et je ne parle pas là des manuscrits anciens mais de cette importante partie de l'histoire de l'Islande conservée à Copenhague et qu'à mon avis on a toujours trop sous-estimée. Une telle part de notre patrimoine historique y est disséminée par les rues et les places auxquelles nous ne songeons même pas ! C'est là que se trouvent encore les maisons des héros de l'indépendance, Jónas, Baldvin et Konrád, Brynjólfur Pétursson et Tómas Sæmundsson, et c'est là que se trouve aussi la demeure de Jón Sigurdsson. C'est là que se trouve l'université qui forma tous ces hommes et les Islandais durant des siècles. C'est là que se trouve le Jardin où la fine fleur des intellectuels islandais a trouvé refuge. C'est là que se trouvent la Tour Ronde et l'église de la Trinité qui ont jadis conservé fièrement nos précieux manuscrits, que Jón Grunnvíkingur[1] a gardés en menant une vie de pauvreté. C'est là que sont les prisons où nous autres Islandais avons séjourné. C'est là que sont les douves où nous avons été noyés. C'est là que sont les bistrots et les auberges où nous nous sommes enivrés. Où sont-ils aujourd'hui ? Il ne faut pas oublier que la moitié de l'histoire d'Islande est conservée dans cette ville, dans ses pierres et à tous les coins de rues, dans les brasseries et dans les fenêtres des maisons où se reflètent encore les années et les hommes qui ont conquis pour nous l'indépendance dans ce pays lointain.

---

1. En fait, Jón Ólafsson de Grunnavík (1705-1779), assistant d'Árni Magnússon.

Je me dis qu'il fallait que je voie si le professeur était à son bureau à midi. Je ne me faisais aucune illusion en repassant dans le couloir qui y conduisait, mais je fus soulagé de constater que la porte était entrouverte. J'étais sur le point de frapper et d'entrer lorsque j'entendis un bruit de voix dans la pièce. Je m'arrêtai sur le pas de la porte.

Je ne voyais du bureau qu'un pan de mur chargé de livres. Ce que j'avais entendu ne me regardait absolument pas et j'eus honte d'avoir écouté. Je n'osai plus faire un geste.

– … ça ne marche pas comme ça, dit une voix caverneuse que je n'avais jamais entendue auparavant, mais qui me sembla être celle d'un homme grand, puissant et influent. Il parlait en danois.

– Ce ne sont que des histoires et tu le sais, lui répondit-on, et je me demandai si c'était le professeur. Tu ne devrais pas écouter ces sottises et te concentrer sur la direction de la section !

– C'est bien ce qui m'amène ici, dit la voix caverneuse.

Dans le silence qui suivit, j'eus l'impression qu'ils pouvaient m'entendre respirer près de la porte. J'étais cloué sur place et, ce que je redoutais le plus, c'était que quelqu'un me découvre ou bien que j'entende quelque chose que je n'avais pas à entendre et dont je ne voulais rien savoir. Je me tenais dans l'embrasure de la porte et je me suis décidé à entrer dans le bureau et à troubler cette réunion qui s'était déroulée jusque-là de manière très convenable.

– Ce ne sont pas des histoires ! dit la voix caverneuse. Tu crois peut-être que je ne te connais pas ? Tu crois que je n'entends pas ce qu'on dit sur toi ? Tout le monde se plaint de toi, et surtout de tes beuveries. Mais aussi de tes insolences, de ta grossièreté, disons le mot, et puis de ton manque de souplesse. Mais ne me prends pas pour ton ennemi. Je ne le suis pas. Si je n'étais pas intervenu, il y a belle lurette que tu ne serais plus à l'université.

Celui que je pensais être le professeur ne semblait pas en mesure de répondre.

– Le pire, c'est la boisson, dit la voix caverneuse. Je ne peux plus fermer les yeux là-dessus.

– Va au diable ! dit le professeur. En cours, je n'ai jamais été ivre.

– Tu t'es soûlé tout l'été !

– C'est un pur mensonge, et puis ce n'est pas ton affaire… Ce que je fais pendant mon temps libre ne te regarde pas.

– Tu as oublié comment tu t'es conduit au printemps ? Je sais que tu as eu des difficultés…

– Ne t'apitoie pas sur mon sort ! grogna le professeur. Et renvoie-moi si tu veux. Ça vaut mieux que d'écouter tes pleurnicheries.

– Quand vas-tu enfin rendre la nouvelle édition ? interrogea l'homme.

– Ça ne te regarde pas, dit le professeur. Maintenant, va-t'en ! Va-t'en t'apitoyer sur d'autres. Je n'ai pas besoin de toi. Ni de cette université. Vous pouvez tous aller au diable !

– Ils ont besoin de le récupérer à la Bibliothèque royale, dit la voix caverneuse qui ne semblait pas se laisser impressionner le moins du monde. Tu ne peux pas le garder pour toi comme ça pendant des années. Ce n'est pas possible, quel que soit le résultat de tes recherches.

La voix se rapprochait rapidement de la porte, je fis un bond en arrière dans le couloir et disparus dans l'escalier de bois avant qu'on ait pu me voir. Mon cœur battait la chamade et j'avais le souffle court lorsque enfin je m'arrêtai dans la rue et décidai de jeter un coup d'œil en arrière. Personne ne m'avait repéré. Je me mis à marcher en prenant mon temps par ce soleil d'été de la Saint-Martin danois et repensai à la conversation dont j'avais été témoin. La position du professeur à la section nordique paraissait précaire et on lui reprochait son alcoolisme.

Le soir, je dînai seul d'un steak haché avec un œuf sur le plat dans un petit restaurant de la place de l'Hôtel de Ville. Je me couchai de bonne heure avec deux romans récents que j'avais emportés avec moi d'Islande. Il s'agissait de *Taxi 79 à partir de la station*[1] et du *Mécanisme*[2].

Le lendemain, je retentai ma chance avec le professeur et j'arrivai dans le couloir de son bureau à la même heure que la veille au matin. Je frappai, mais je n'entendis rien à l'intérieur. Je frappai de nouveau, puis une troisième fois très énergiquement. Il ne se passait toujours rien et j'en étais à me dire que je n'arriverais jamais à voir cet homme.

Je restai un moment à m'impatienter dans le couloir et à faire le pied de grue, puis je pris mon courage à deux mains et vérifiai si la porte était fermée à clé. À ma grande surprise, elle ne l'était pas. J'ouvris avec précaution et je franchis le seuil. Personne. Je jetai un coup d'œil à ma montre. Il était neuf heures passées depuis longtemps.

Je tapotai la poche de ma veste pour m'assurer une fois encore que je n'avais pas oublié ma lettre de recom-

---

1. Roman réaliste de Indridi Thorsteinsson (1926-2000) qui donne une image peu flatteuse des soldats américains stationnés en Islande. (I. Thorsteinsson est le père d'Arnaldur Indridason.)
2. Ólafur Jóhann Sigurdsson, 1955.

mandation et je me décidai enfin à entrer. Je pensais attendre un peu en espérant que le professeur allait se montrer. Il faisait sombre à l'intérieur. D'épais rideaux empêchaient la lumière du jour de pénétrer et je ne voyais aucun interrupteur. Lorsque mes yeux se furent habitués à l'obscurité, je vis apparaître devant moi le fatras le plus épouvantable que j'aie jamais vu. D'énormes piles de journaux et de livres étaient alignées par terre le long des bibliothèques qui recouvraient totalement les murs et étaient bourrées de livres et de journaux avec, au-dessus, encore et encore, des livres entassés verticalement partout où il y avait de la place et jusqu'au plafond. Des piles de documents et des dossiers étaient disséminés partout, par terre pour la plupart. Il y avait un guéridon lui aussi couvert de livres. Il semblait régner là le plus complet désordre, et je ne voyais pas comment on pouvait y retrouver quoi que ce soit. Le bureau, à l'écart près de la fenêtre, était submergé par une quantité plus grande encore de documents et de livres. Dessus, il y avait une vieille machine à écrire et à côté une bouteille à moitié pleine d'eau-de-vie islandaise que quelqu'un devait avoir envoyée au professeur. Une forte odeur de tabac à priser imprégnait la pièce et je remarquai un vase en céramique qui trônait sur une pile de documents du bureau et qui contenait davantage de boîtes de tabac à priser que je ne pouvais en compter sur l'instant. Certaines étaient argentées et avaient un logo. À l'intérieur, c'étaient de simples boîtes en fer-blanc qui contenaient du tabac importé d'Islande. Le professeur semblait faire une grande consommation de tabac à priser islandais.

Lorsque je me mis à regarder plus attentivement autour de moi, j'aperçus un homme étendu par terre derrière le bureau. En voyant des chaussures marron usées, j'eus un choc. Ensuite, je vis qu'elles enveloppaient deux pieds qui disparaissaient sous le bureau. Je m'approchai. Je supposai que c'était le professeur et je crus tout d'abord qu'il avait succombé à une crise cardiaque. Lorsque je l'entendis respirer lourdement, ma crainte disparut. Je me penchai sur lui et lui touchai le front. Il était brûlant. Il tenait encore à la main une bouteille de cognac bon marché. Il était habillé en gris et son complet était fripé. Sur sa chemise blanche et sa cravate, il portait un gilet tricoté.

Je le poussai du pied, mais sans résultat. Je me penchai sur lui et le secouai, mais il ne se réveillait toujours pas. Je ne savais que faire. J'aurais préféré m'éclipser et le laisser là cuver son eau-de-vie. Après tout, ce n'était pas à moi de venir en aide au professeur. Il devait avoir bu toute la nuit et il n'émergerait que le lendemain matin. Peut-être avait-il passé plusieurs jours à boire dans son bureau. Je me rappelai le gémissement qu'il me semblait avoir entendu la veille lorsque j'avais poussé la porte du bureau. De toute évidence, le professeur avait bien d'autres choses à faire que de recevoir les nouveaux étudiants.

Dans la pièce, il y avait un canapé défraîchi et j'entrepris d'y porter le professeur. Il était lourd et moi plutôt chétif, si bien que je fus obligé de le traîner sur le sol. Je réussis à le hisser tant bien que mal sur le canapé et à l'y allonger. Il tenait encore la bouteille de cognac comme s'il n'avait rien de plus précieux au monde. Je cherchai une couverture pour le couvrir, mais en vain. Il y avait un grand manteau de cuir marron au portemanteau que j'étendis sur le professeur, qui se mit à grommeler quelque chose d'inintelligible.

Je regardai autour de moi et mes yeux tombèrent sur un petit opuscule sur son bureau. Il était ouvert à la page de titre. Je ne voulais pas être indiscret, mais je m'efforçai de regarder quel genre de livre c'était. Je lus le titre, qui figurait en allemand puis en islandais : *L'Edda*.

Édition populaire. Suivait le sous-titre : *Édition spéciale pour la jeunesse hitlérienne. Non commercialisable.*

Tout à coup, le professeur parut revenir à lui. Il se redressa et me fixa, les yeux mouillés de larmes.

– Gitte ? dit-il.

Je me tins tranquille et ne soufflai mot.

– C'est toi, ma Gitte ? dit-il. Ma Gitte chérie…

Puis il se rendormit.

Je sortis sans bruit du bureau en refermant derrière moi.

Je ne savais pas quoi faire de ma journée. Le professeur Sigursveinn, de la section des études nordiques en Islande, m'avait dit que le professeur me recevrait bien, il l'avait contacté exprès, et qu'il m'aiderait à m'adapter à tout ça, comme il disait. Il voulait dire les études, la vie universitaire et la ville, si j'avais bien compris. J'avais mis toute ma confiance dans ce professeur, moi, l'étudiant en littérature nordique ancienne, tout seul dans cette grande ville, moi qui n'avais jamais voyagé en bateau et qui n'avais qu'une pauvre tante, chez moi, en Islande.

La journée se passa dans une sorte d'insouciance. Quand je rentrai après avoir traîné en ville, la dame qui me louait la chambre sous les combles de la rue Saint-Pierre se tenait sur le pas de la porte. Elle me tendit une lettre arrivée par la poste. Elle était du professeur Sigursveinn qui poussait l'amabilité jusqu'à me souhaiter la bienvenue dans cette ville en espérant que les études me soient agréables et profitables. Il ne faisait aucune mention du professeur. Je m'assis tout de suite pour lui répondre et le remercier de cette lettre sans faire allusion aux difficultés auxquelles j'étais confronté. Je ne voulais pas débuter mon séjour à Copenhague en expédiant une lettre pleurnicharde.

3

En fin d'après-midi, je repris la lettre de recommandation dans la poche de ma veste et me mis en route. Je ne me souciai plus de l'horaire, bien plus, j'étais décidé à prendre les choses comme elles viendraient. La porte n'était toujours pas fermée à clé, mais cette fois-ci il n'y avait personne allongé ivre mort sur le sol. Je résolus de me montrer patient avec le professeur au cas où je le verrais et, en attendant, j'examinai les rangées de livres. Il y avait beaucoup de choses à découvrir, si l'on peut dire, dans ces livres en latin et en grec qui venaient des quatre coins du monde. À certains endroits, des goulots de bouteilles dépassaient des livres sur les étagères, irrécusables témoins des errements du professeur. Près du sol, il y avait un coffre-fort ignifugé dans lequel j'imaginais que le professeur conservait les manuscrits importants qu'il analysait.

– Qui diable es-tu ? beugla en danois derrière moi une voix de stentor, si bien que je tressaillis le cœur battant.

Je faillis faire un bond et me retournai. Le professeur était arrivé au travail et il semblait vouloir me voler dans les plumes.

– Tu es un voleur ? s'écria-t-il d'un ton menaçant avant que je puisse répondre.

Il pointait sa canne sur moi.

– Tu veux me dépouiller, c'est ça ?

Il dit quelque chose en allemand que je ne distinguai pas.

– Excusez-moi… fis-je sans pouvoir aller plus loin.

– Tiens ! Un Islandais ! dit-il.

– Oui, dis-je… je suis…

– Et moi qui te prenais pour un voleur ! dit le professeur d'une voix plus calme.

– Non, dis-je… je ne suis pas… un voleur…

– Ces maudits wagnérianistes ! s'écria-t-il. Tu les connais ? Tu as entendu parler d'eux ? Ce sont tous des voleurs !

– Non, fis-je, ce qui était la vérité.

Je n'avais jamais entendu ce mot dont j'ignorais la signification. Le professeur se détendit aussitôt.

– Ce sont des ordures de la pire espèce ! Tous des voleurs et des assassins ! Des voleurs et des assassins, comme je le dis et l'écris.

– Je… je ne les connais pas.

– Qu'est-ce que tu me veux ? insista-t-il. Qui es-tu ? Allez, parle ! Ne reste pas planté là comme une souche !

– La porte n'était pas fermée et je…

Tout à coup, je ne pouvais plus articuler un mot. J'étais effrayé par ce malotru. Il y avait quelque chose de bizarre, c'était à croire que le professeur n'avait jamais appris les bonnes manières. Je ne savais pas comment le prendre, il se tenait là en face de moi, ses cheveux ébouriffés se dressaient sur sa tête et ses yeux lançaient des éclairs. Il avait un collier de barbe blanche, il était mince et svelte, d'apparence vigoureuse pour un septuagénaire bon teint qui menait joyeuse vie, à ce que j'avais compris. Il boitait et se déplaçait à l'aide d'une canne noire munie d'un joli pommeau d'argent et d'une pointe en acier, il portait un complet noir avec un gilet dans lequel il avait une montre en argent attachée à une chaînette qu'il faisait disparaître dans sa poche.

– Bon, bon, venons-en au fait, dit-il en se mettant à parler islandais. Que me veux-tu ?

Il se dirigea vers le bureau, tira les rideaux et ouvrit la fenêtre. Ensuite, il s'assit dans un fauteuil fatigué et sortit une boîte de tabac de sa poche. La lumière du soleil n'arrangeait rien au désordre qui régnait dans ce bureau, mais l'air frais faisait du bien. Je pensais lui dire que nos chemins s'étaient déjà croisés, mais il ne semblait pas au courant de cette histoire et, pour dire la vérité, j'évitai de la lui rappeler.

– Je m'appelle... Val... demar, bégayai-je, et je suis venu pour... suivre des études a la section des antiquités nordiques cet hiver.

– Ah, c'était donc ça.

– Je suis venu... je suis venu ici hier... mais...

– Quoi ?

– Vous connaissez ma tante, articulai-je.

Ma tante m'avait dit de lui transmettre ses salutations. Je ne savais pas exactement comment ils s'étaient connus, mais Systa avait insisté sur le fait qu'ils étaient un peu parents. Je lui parlai d'elle qui habitait à Reykjavík, et il écouta avec attention, tout en avouant qu'il connaissait son existence mais qu'ils ne s'étaient jamais rencontrés, ce qui était vrai car ma tante m'avait dit qu'elle ne l'avait jamais vu.

– Et comment va-t-elle ? demanda-t-il.

– Tout va bien, merci ! Elle vous salue, ajoutai-je embarrassé.

– Et te voilà ? dit-il en me toisant.

– Je n'ai besoin de rien d'autre, dis-je en esquissant un sourire.

Tout à coup, je me rappelai la lettre de recommandation. Je la sortis de ma poche et la tendis au professeur.

– J'ai ici… ici une… lettre de recommandation du
professeur Sigursveinn qui m'a guidé à l'université en
Islande.

– Une lettre de recommandation ?

Il me sembla que tout à coup il me regardait comme
une bête curieuse qui se serait introduite dans son bureau.
Peut-être se méprenait-il sur ma timidité et ma réserve.
Le professeur était l'un des plus éminents spécialistes des
manuscrits de notre nation, réputé pour son intelligence
pénétrante et, d'une certaine façon, j'étais désarmé. De
la bonne opinion que je m'étais faite de moi-même,
arrivé par bateau et par mes propres moyens pour étudier
à Copenhague, je pouvais dire : autant en emporte le
vent. Je me faisais l'effet d'une brindille de bouleau au
beau milieu d'un incendie de forêt. Il prit l'enveloppe
que je lui tendais et, sans même y jeter un regard, il la
chiffonna et la flanqua par la fenêtre.

– Pourquoi tu bégaies ? demanda-t-il.

Je n'en croyais pas mes yeux. Il avait bazardé par
la fenêtre ma lettre de recommandation sans y prêter la
moindre attention. L'espace d'un instant, je me demandai
si je ne devais pas descendre en courant la chercher.
Toutes ces jolies phrases que le professeur Sigursveinn
avait écrites à mon sujet ! Voilà que cet homme les
avait lancées par la fenêtre comme un vulgaire détritus !

– Je… je… ne bégaie pas, fis-je pour toute réponse.

– Comment tu as dit que tu t'appelais déjà ?

– Valdemar. Je débute mes études nordiques auprès de
vous. Je suis arrivé à Copenhague depuis quelques jours.
Vous m'aviez donné rendez-vous. Vous avez peut-être…
peut-être que vous avez oublié… ?

Il me regarda sans comprendre et je repassai dans

mon esprit ce que je venais de lui dire sans m'en apercevoir : "Vous m'aviez donné rendez-vous !" Qu'est-ce que j'avais dit là ? Je savais que j'aurais pu faire mieux, mais le professeur m'avait tout de suite impressionné. Devant lui, je perdais tous mes moyens.

– Je veux dire...

– Valdemar, il faut que tu apprennes à décompresser, dit-il.

Je le vis esquisser un sourire en coin.

– Je connais ce nom-là. Ta tante m'a écrit. Nous devions nous voir, tu dis ? J'avais complètement oublié, fit-il.

Finalement, il avait l'air de comprendre ce que je venais faire dans son bureau.

La porte n'était pas fermée, dis-je en regardant la fenêtre par laquelle avait disparu la lettre de recommandation. Excusez-moi, mais je croyais que peut-être vous n'aviez pas entendu frapper...

– Qu'est-ce que tu viens faire ici ? hurla-t-il. Et puis laisse tomber cette fichue habitude de me vouvoyer !

– Je... je suis venu pour étudier la littérature nor...

– Oui, oui, dit-il, ils veulent tous faire ça, mais qu'est-ce qui t'y pousse ? Que veux-tu faire avec les manuscrits anciens, jeune homme ?

– Je...

– Tu sais déchiffrer un manuscrit ?

– Oui, répondis-je.

Tous ceux qui étudiaient la littérature nordique ancienne en Islande lisaient les textes anciens et les manuscrits, et je peux dire que j'étais meilleur que mes camarades de classe. C'était l'un des points qui étaient particulièrement mis en avant dans la lettre de recommandation.

Le professeur se leva, se dirigea vers une bibliothèque située devant son bureau et passa la main sur de vieilles reliures en cuir. Il en sortit un gros livre et l'ouvrit.

– Je me considère déjà comme un spécialiste de *La Saga des gens d'Eyrr*, fis-je, et si vous aviez lu la lettre de recommandation…

– Svenni n'a jamais rien eu dans la tête, dit le professeur, et il me fallut un bon moment pour me rendre compte qu'il employait un surnom toujours actuel du professeur Sigursveinn.

– Mais vous…

– Qu'est-ce que j'ai dit du vouvoiement[1] ? m'interrompit-il sèchement en levant les yeux du livre. Laisse tomber !

Il continua de feuilleter le livre tout en me parlant.

– Tu me parais un peu lymphatique, Valdemar. Peut-être parce que c'est la première fois que tu quittes l'Islande et que tu étouffes dans cette grande ville, ou bien que tu as le mal du pays et que ta tante te manque. Peut-être que tu es lymphatique de nature. Je ne sais pas. Mais si tu me vouvoies encore, je t'expédie par le même chemin que ce détritus que tu appelles "lettre de recommandation".

Il m'a dit ça tout de go, sans la moindre intention comminatoire, et je sais qu'il ne le pensait pas au sens littéral mais, quoi qu'il en fût, je ne pouvais pas en être sûr.

C'est ainsi que prit fin notre premier rendez-vous. Je suis resté planté là comme une statue de sel au beau milieu du bureau, sans pouvoir bouger, jusqu'à ce que, d'un geste de la main, il me montre la porte tout en continuant à regarder le livre. Je suis sorti à reculons, un peu plus déconcerté qu'à mon arrivée, et refermai soigneusement derrière moi. Je me retrouvai dans le couloir dans une sorte de ravissement, descendis l'escalier

---

1. Les Islandais se tutoient tous, quel que soit l'âge ou le rang social. La forme de politesse est très peu usitée, et le vouvoiement est guindé et désagréable, sauf venant de la part d'étrangers.

et arrivai dans la rue. Jamais de ma vie je n'avais été reçu de cette façon. Je ne m'étais pas attendu à un tel comportement de la part du professeur, un universitaire, un homme éclairé qui enseignait à des jeunes gens venus de loin, qui avaient traversé l'océan pour trouver en lui un guide dans leurs études.

Je flânai dans les rues sans savoir où j'allais. Je ne savais plus si je voulais étudier sous la férule de cet homme que je tenais en très haute estime. J'avais lu la plupart des choses qu'il avait publiées au sujet de l'ancienne littérature islandaise et j'avais admiré son style élégant et ses éminentes connaissances scientifiques. J'étais impatient d'avoir l'honneur d'apprendre aux pieds du maître. Ses livres et ses articles attestaient clairement qu'il s'agissait d'un spécialiste hors pair, réfléchi, fiable, précis et soigneux, mais avant tout, et ce n'était pas la moindre de ses qualités, plein de vénération pour les manuscrits anciens. Ses recherches m'avaient appris tant de choses, et je nourrissais l'espoir qu'il me ferait partager sa passion et son enthousiasme. C'était l'homme qui avait peut-être eu le plus d'influence sur ma décision de venir à Copenhague, si l'on exceptait le professeur Sigursveinn. Or, je venais de rencontrer un mufle, un malpoli, un arrogant qui semblait n'avoir que du mépris pour ses étudiants, qui faisait peu de cas du professeur Sigursveinn et flanquait par la fenêtre sa lettre de recommandation et qui me flanquait quasiment moi aussi à la porte de son bureau !

Je vadrouillai dans les rues avant de descendre le Strøget en repensant à tout cela et je tentai d'évaluer ma situation après le traumatisme que je venais de subir. Les gens défilaient comme dans un rêve, les restaurants et les bistrots aussi. J'en étais arrivé au point de vouloir tout arrêter et m'enfuir pour rentrer chez moi, en Islande.

Je l'aurais sans doute fait, sans la certitude que j'avais, après notre très brève rencontre, que le professeur se serait soucié comme d'une guigne de ne jamais me revoir.

Au lieu de cela, je décidai de ne pas abandonner et je me dis que ça n'avait pas été une bonne entrevue, que c'était du passé et qu'il était bon de voir s'il était possible de recommencer sur de nouvelles bases. Désormais, je savais ce que je pouvais espérer et qu'il ne réussirait plus à me déstabiliser.

Je commençai à aller mieux en descendant jusqu'à l'hôtel d'Angleterre près de la Nouvelle Place Royale. Je commandai une petite bière au sympathique bistrot où Óskar et moi nous étions donné rendez-vous. Mon calme revint quand je me fus assis et je me dis que tout s'arrangerait au mieux malgré ce début chaotique. La rentrée était dans deux jours, je ferais connaissance avec mes camarades d'université et, de plus, le professeur n'était certainement pas le seul enseignant à la section des études nordiques.

Óskar était en retard et s'excusa en fournissant de nombreuses explications tandis que je nous commandais deux Hof. Il vit que j'étais un peu abattu et me fit lui raconter mes malheurs, l'histoire de la lettre de recommandation et l'accueil du professeur.

– Ne t'en fais pas pour ça, dit Óskar en sirotant sa bière. Des lettres de recommandation comme ça ne veulent rien dire.

– Oui, mais c'est vraiment de la grossièreté, objectai-je avec véhémence. Cet homme est vraiment grossier.

– Et alors ? Il y en a sûrement de bien pires que lui, dit Óskar.

– Je ne connais personne qui se comporte ainsi avec ses étudiants, dis-je d'un air abattu. Personne.

– Ne t'en fais pas pour ça, dit Óskar. J'attends

deux Islandaises. L'une est en biologie et l'autre en arts plastiques. Il faut que tu sois plus joyeux quand elles arriveront.

– Des filles ?

– Oui. Biologie et arts plastiques. Je ne me souviens plus comment elles s'appellent et encore moins du reste. Je les ai rencontrées au Cannibale. Tu n'y es pas encore allé ?

– Non.

– T'es un drôle de coco, va. Où est-ce que tu manges ?

– Chez la vieille dame chez qui je loue. Mme Bodelsen.

– Au resto U, c'est sûr que c'est presque toujours immangeable, dit Óskar, mais la bouffe est pas chère et ça nous suffit à nous autres, étudiants.

Là-dessus, deux jeunes Islandaises arrivèrent au bistrot et elles reconnurent tout de suite Óskar. Il me les présenta en plaisantant du fait qu'il avait complètement oublié leurs noms. Celle qui était en arts plastiques s'appelait Ólöf et celle en biologie, Margrét. Elles s'assirent avec nous et commandèrent de la Grøn à Óskar qui s'empressa de rapporter deux verres de bière.

J'étais un peu timide avec les femmes et je laissai à Óskar le soin d'entretenir la conversation. Il bavardait avec elles sans aucune difficulté, il était drôle, divertissant et les faisait rire. Après plusieurs Hof et quelques Grøn, je me suis senti un peu rasséréné et nous sommes allés au Skinnbrok où Óskar connaissait des étudiants en ingénierie. Ils étaient assis à une table et nous accueillirent avec joie. De là, nous sommes allés dans un autre bistrot sur le chemin du Strøget. Puis, content, je pris congé du groupe, rentrai sans me presser, me couchai et m'endormis.

4

Le lendemain, j'arrivai devant le bureau du professeur et je frappai légèrement, mais avec énergie, à la porte munie de la petite plaque de cuivre. J'avais encore mal aux cheveux car je n'avais pas l'habitude de boire. Cette fois-ci, le professeur était là et il me fallut frapper à trois reprises avant de l'entendre me dire d'entrer. J'ouvris avec précaution. Il était assis à son bureau à examiner des documents et il leva les yeux en m'adressant un regard inquisiteur.

– Encore toi ? dit-il en me reconnaissant. Il n'avait pas une voix enjouée.

– Excuse-moi, dis-je en me gardant soigneusement de le vouvoyer ou de bégayer. En Islande, j'ai cru comprendre que tu essayais de rencontrer les étudiants qui commencent leurs études à la section. Notre entrevue d'hier ne me semble pas avoir été concluante.

Le professeur se leva pour se saisir d'une petite boîte en argent, se plaça devant les rayons de livres qui se trouvaient derrière le bureau et me regarda tout en prisant du tabac.

– J'ai l'impression que nous pouvons mieux faire, fis-je avec conviction.

– Toi, c'est Valdemar, c'est ça ? Celui qui a une tante ?

Je hochai la tête.

– Excuse-moi si j'ai été un peu sec avec toi hier, dit-il, mais j'ai mille choses à faire. Je ne peux pas me permettre de perdre trop de temps avec des étudiants qui viennent bégayer dans mon bureau. Tu comprends ?

– Je voulais seulement te dire que je suis impatient d'étudier cet hiver, surtout sous ta direction. C'est avant tout à cause de toi que je suis venu étudier ici, à Copenhague, à cause de toi et des manuscrits que je voulais depuis longtemps mieux connaître. Voilà tout. Je voulais seulement te dire ça. Au revoir !

Je me retournai dans l'intention de sortir du bureau. J'entendis le professeur se moucher bruyamment et, alors que j'allais fermer la porte derrière moi, je l'entendis m'appeler.

– Valdemar, dit-il. Il se peut que tu aies davantage de qualités que je ne croyais.

Je rentrai dans le bureau.

– Tu t'intéresses aux manuscrits, tu dis ?

– Oui, fis-je.

– Tu peux peut-être faire une petite chose pour moi, dit le professeur en faisant tournicoter la boîte en argent entre ses doigts.

– Tout ce que tu veux, dis-je.

– Peux-tu me lire un manuscrit ?

– Naturellement, dis-je.

Il choisit un dossier dans les rayons, l'ouvrit, se mit à compulser des lettres à l'intérieur, le reposa sur le rayon et en prit un autre. Il l'ouvrit avec une mine satisfaite.

– Voilà, assieds-toi et lis-moi ça, dit-il en me tendant le dossier ouvert.

Je reconnus immédiatement l'écriture. Il s'agissait d'une missive du XVIIIe siècle de Jón Espólín, annaliste originaire du Skagafjördur. Je commençai à lire sans la moindre hésitation et à un endroit, j'ajoutai une petite remarque sur les crochets aux *s* dans cette écriture.

Il hocha la tête et me dit d'arrêter de lire. Je lui tendis le dossier. Il alla en chercher un autre et le posa ouvert devant moi. Sans hésiter une seconde, je me mis à lire à haute voix cette antique missive. L'écriture en était plus illisible, mais ce n'était pas un obstacle pour moi et je la lus correctement et rapidement jusqu'à ce qu'il me dise d'arrêter. Je levai les yeux vers lui. En me reprenant le dossier, il ne manifesta aucune réaction et il alla chercher le troisième test. Je m'étirai sur ma chaise, pris la lettre et y posai les doigts avec précaution. Au fil du temps, des gens bien plus importants que moi l'avaient abîmée. Je reconnus immédiatement l'écriture. Il s'agissait d'une lettre isolée d'Árni Magnússon, le collectionneur de manuscrits, adressée à Ormur Dadason en 1729. Elle contenait une liste de certains des manuscrits qui devinrent la proie des flammes durant le grand incendie de Copenhague, en 1728, au cours duquel de nombreux joyaux de la littérature ancienne islandaise furent perdus.

– Vas-y, lis ! ordonna le professeur.

Je ne fus pas pris de court.

– "Tout ce que j'ai rassemblé de l'histoire de la litté-rature islandaise et du savoir des savants d'Islande…"

Je lus la lettre sans achopper sur aucun mot jusqu'à ce que le professeur me dise d'arrêter.

Lorsque je levai les yeux, il se tenait près du bureau et me fixait. J'avais réussi à l'étonner.

– Qui t'a appris à lire les manuscrits ? s'enquit-il.

– J'ai toujours eu de la facilité pour ça, dis-je sans vouloir me vanter.

– Tu peux te servir de cette lampe, dit-il en m'indi-quant une lampe qui était sur un tas de livres sur l'appui d'une fenêtre. J'avais déjà entendu parler de ce genre d'appareil. Il émettait une lumière à ultraviolets qui facilitait la lecture des manuscrits anciens. On appelait ça des "lampes à quartz" et, au Danemark, la police s'en servait pour faire des recherches sur les empreintes digitales. Je savais que des spécialistes avaient réussi à déchiffrer des caractères difficiles à lire et avaient fait des découvertes importantes grâce à des lampes de ce genre et qu'ils avaient même pu décrypter des strophes érotiques à moitié effacées !

Je ne mentais pas au sujet de mes compétences en matière de lecture de manuscrits. Lorsque j'avais commencé mes études à l'université d'Islande de Reykjavík, le professeur Sigursveinn, en voyant avec quelle facilité je parvenais à lire ceux-ci, en était resté bouche bée. Je lui avais dit que j'avais passé beaucoup de temps à la Bibliothèque nationale à peiner sur les manuscrits. Évidemment pas sur les grands et illustres, qui se trouvaient malheureusement tous au Danemark, mais sur diverses collections de lettres manuscrites, des vieux missels, des livres écrits à la main, dont bien sûr des copies des sagas anciennes. Je devins un spécialiste passionné des écritures manuscrites. La paléographie devint mon principal centre d'intérêt et j'acquis ainsi une bonne connaissance des différentes techniques d'écriture de chaque époque. J'étais capable de deviner sans trop d'erreurs qui était le rédacteur, que ce soit Björn de Skardsá, l'évêque Brynjólfur, Jón Espólín ou Jón Árnason, celui qui collecta les contes populaires.

Entre le professeur et moi s'instaura une sorte de compétition. Il me posait des colles les unes après les autres en me disant de lire et je faisais de mon mieux pour déchiffrer les vieux grimoires. Il avait une notable collection de manuscrits chez lui, sans grande importance, mais malgré tout suffisamment singuliers pour qu'il n'oublie pas de fermer sa porte à clé. Il me tendit la *Saga de Marie* extraite des *Sagas des saints* ainsi qu'un fragment de la *Saga de l'évêque Thorlákur* en latin et je me rendis compte qu'il me mettait à l'épreuve avec des textes de plus en plus difficiles, mais il ne parvint pas à me démonter et je lus sans hésiter tout ce qu'il voulait.

Un des manuscrits qu'il avait sous la main était un vélin qui avait appartenu à l'église cathédrale de Hólar, dans le Nord. Certaines lettres y étaient effacées à cause de l'humidité. Peut-être que quelqu'un y avait versé des larmes ou fait comme Finnur Jónsson l'Ancien qui s'était léché les doigts pour gratter les lettres illisibles. Il était connu pour ça. Et la lettre apparaissait un instant mais devenait impossible à lire ensuite.

Je fis de mon mieux pour combler les lacunes et le professeur sembla satisfait.

Au bout d'une demi-heure, lorsque j'eus lu pour le professeur les uns après les autres tous ces fragments, il s'en retourna à son bureau et s'accroupit sur le sol près des rayonnages de livres qui étaient dans le coin. Sur les étagères les plus basses, il y avait des liasses de documents, certaines reliées d'un ruban bleu ou rouge. Il tira d'en dessous un dossier peu épais et en sortit un vieux manuscrit sur papier, d'une seule page, et me le tendit. Je le parcourus du regard. C'était une missive. Le papier en était marron et l'encre bistre. L'écriture était gothique. Cette page comportait 29 lignes et il y avait un bon espace entre elles. Le *g* minuscule avait une longueur anormale et l'arrondi était aussi anormalement étroit, l'orthographe n'était pas homogène, l'emploi irrégulier des majuscules et les caractères étaient pour la plupart écrits à la va-vite.

Je n'avais jamais vu cette écriture auparavant. Je jetai un coup d'œil à la signature et vis que c'était celle de Sveinn Jónsson.

– Sveinn ? dis-je.

– C'était l'assistant du professeur Ole Worms ici, à l'Université de Copenhague, entre 1634 et 1637, dit le professeur. Ensuite, Sveinn devint chanoine de la cathédrale de Hólar.

La lettre en question était assez lisible et je la lus sans hésiter. Il en ressortait que Sveinn voulait envoyer à son professeur les *Chants de Brynhildur*.

J'achevai la lecture.

– La collection de lettres de Sveinn a probablement été perdue lors de l'incendie de 1728, dit le professeur. Árni Magnússon l'avait apportée lui-même trois ans auparavant.

– Les *Chants de Brynhildur* ? fis-je. Est-ce qu'ils traitaient du *Livre du roi* ?

– Cette lettre fait partie de la collection de Ole Worms que l'on conserve ici, à l'université, m'informa le professeur très sérieusement. Je ne sais pas si c'est Worms lui-même qui a griffonné dans la marge, là où tu vois, mais cette remarque très difficile à déchiffrer m'a donné du fil à retordre pendant un bon bout de temps.

Il prit la lettre, alla à la fenêtre et, en la plaquant sur la vitre, à la lumière du jour, il la lut par transparence. La remarque, qui était presque complètement effacée, m'avait échappé car je n'avais pas fait attention au gribouillis de la marge, qui ressemblait davantage à un pâté qu'à un groupe de lettres. Il était assez courant qu'on mette des notes marginales dans les lettres et les manuscrits comme on le fait de nos jours. Je me levai pour aller à la fenêtre et j'examinai la lettre et le gribouillis dans la marge. Je vis immédiatement deux caractères, un *x* et un *S*. Il me sembla qu'il s'agissait de deux mots, mais je ne pouvais en être sûr.

Le professeur prit la lettre, la posa sur le bureau et alluma la lampe à quartz.

– Je pense que c'est quelque chose que Worms a écrit en latin, dit-il.

– En latin ? fis-je, examinant le gribouillis. Si ça ce sont des *u*, alors il y a, je pense, un *n* au milieu.

– Je crois savoir quel est le premier mot, dit le professeur. Je suppose que c'est *codex*.

– *Codex* ?

J'examinai le mot et maintenant qu'il l'avait dit, je vis qu'il pouvait bien correspondre à *codex*, à cet endroit souillé par une tache d'encre.

– Qu'est-ce que tu peux lire dans le dernier mot ? Concentre-toi sur le dernier mot !

– Si c'est du latin, alors il se pourrait que ce soit, voyons : *S... u... n...* et après un *u*. Est-ce que c'est *Secu...* ?

– Oui, qu'est-ce que tu vois ?

– *Secundus*, hésitai-je.

– *Codex Secundus*, dit le professeur. Tu es arrivé au même résultat que moi !

– Un second manuscrit ? dis-je en l'interrogeant du regard.

Pendant un bon moment, il me regarda, puis éteignit la lampe et la reposa sur le bureau. Il prit la boîte en argent qui contenait du tabac à priser et en saisit quelques grains dans ses doigts pour mieux le rouler. Ensuite, il s'en mit dans une narine en inspirant. Il avait fait cela avec le plus grand soin, proprement, de manière réfléchie, sans en perdre un seul grain. Il se massa ensuite le nez.

– Nous en avons fini pour aujourd'hui, dit-il en me faisant signe de sortir en agitant la boîte.

– Je peux vous demander, m'enhardis-je un peu hésitant, ce que vous… recherchez en ce moment ?

– C'est comme avec la *Saga de Gaukur Trandilsson*, dit-il. Nous savons qu'elle a existé et qu'elle n'était pas moins longue que la *Saga de Njáll le Brûlé* ou que la *Saga d'Egill, Fils de Grímur le Chauve*, mais on ne l'a jamais retrouvée. Pas une page ni une seule lettre.

– Gaukur Trandilsson ?

– Ça suffit pour aujourd'hui, fit-il. Et je suis sérieux pour le vouvoiement : laisse tomber !

– Excuse-moi, dis-je en me dirigeant vers la porte.

– Il n'y a pas beaucoup de gens qui m'étonnent, ici, Valdemar, dit le professeur en sortant son mouchoir alors que j'allais fermer la porte. Qui sait si on ne pourra pas faire quelque chose de toi ?

Il avait dit ça presque aimablement ou, du moins, aussi aimablement qu'il avait pu. Cependant, notre entrevue était terminée. Je pris congé de lui et du mystérieux *Codex Secundus* et m'en allai tout aussi déconcerté qu'à mon arrivée. C'était la première fois que j'entendais parler de ce que le professeur recherchait depuis dix ans. Je ne pouvais pas savoir s'il touchait au but, mais j'allais rapidement l'apprendre.

Lorsque je m'étais assis à son bureau pour lire les manuscrits, j'avais vu qu'il y avait aussi deux lettres récentes de Moscou et je l'avais dérangé dans la lecture d'un livre en allemand que je ne connaissais pas. Sur la page de garde j'avais vu une petite gravure représentant une statuette du dieu Thór et en haut de la page figurait le titre de ce livre : *Le Mysticisme du nazisme*, d'Erich von Orlepp.

5

Je n'ai pas beaucoup dormi ces derniers jours, d'ailleurs j'ai eu pas mal de choses à faire. Parfois, je suis couché sans pouvoir dormir, alors je me glisse dans mon fauteuil et je reste assis dans le noir à repenser au passé. Je sais que j'avais énormément hésité, car je n'étais probablement pas à la hauteur de la tâche qui m'attendait. Mon professeur aurait été de cet avis s'il m'avait un tant soit peu mieux connu. Heureusement, je ne me doutais pas de ce que l'avenir me réservait et la Providence voulut que j'aie l'honneur et le bonheur d'être son compagnon et son associé dans la période la plus critique de sa vie.

Quand je regarde en arrière et que je repense aux événements de cet automne-là, j'ai l'impression d'entendre le sourd murmure de la ville, de voir devant moi l'ancien campus de Copenhague avec sa Tour Ronde et la Petite Pharmacie, de respirer l'odeur des hot-dogs sur la place de l'Hôtel de Ville en me laissant porter par le courant de la foule sur le Strøget. Je crois que je n'ai jamais pu surmonter ma première impression de cette ville. Tout ce que mes yeux voyaient me procurait une douce ivresse et quelque chose me disait que, jusqu'à la fin de mes jours, mes chemins repasseraient par Copenhague. Peut-être que cela tenait à moi, à mon inexpérience et à ma candide innocence face à cette grande ville étrangère. Une nouvelle perspective s'était ouverte dans ma vie lorsque j'avais embarqué pour étudier, que j'avais loué une chambre à Copenhague, et cette ville était sans nul doute une grande ville pour un jeune homme élevé dans un petit pays où il ne se passait jamais rien. À Copenhague, j'étais pour la première fois de ma vie livré à moi-même et confronté aux problèmes qui se présentaient.

Je ne me rappelle plus quelles étaient les nouvelles d'Islande en cette année 1955, encore moins quels étaient les menus événements qui survenaient quotidiennement là-bas et qui paraissaient très importants. Que s'était-il passé ? Le Pacte de Varsovie avait vu le jour en Pologne et les Islandais avaient grandi de cinq centimètres au cours des trois dernières décennies. Je me souviens aussi que l'été avait été anormalement pluvieux à Reykjavík. Autant en emporte le vent de l'Histoire, si ce n'est cette singulière nouvelle qu'aucun Islandais n'oubliera jamais et que je vis la première fois s'allumer sur la façade du journal *Politiken* où je me trouvais, à bout de forces, en compagnie du professeur sur la place de l'Hôtel de Ville.

Mais nous verrons cela plus tard.

Après mon entrevue avec le professeur, j'étais aux anges et le soir même, j'écrivis une lettre à ma tante en la priant de ne pas se faire du souci pour moi. Je lui décrivis la traversée et la fascination que cette ville exerçait sur moi. Je passai rapidement sur le mystérieux et, à mon avis, imprévisible professeur, en me gardant de mentionner quoi que ce soit qui puisse l'effrayer. Je ne me souvenais plus de ses vociférations à l'adresse de ces maudits wagnérianistes, explication qui aurait exigé bien plus que ce que j'étais disposé à raconter. Je léchai l'enveloppe et la posai sur la table de ma chambre. Je la posterais le lendemain matin.

Je n'étais pas d'humeur à sortir le soir. J'avais résolu

d'aller m'asseoir un de ces prochains jours au Hvít, en danois Hviids Vinstue, la "Fenêtre blanche", où Jónas avait ses habitudes, mais l'entrevue avec le professeur m'avait touché et lorsque j'eus terminé mon courrier, je m'étendis sur le lit en essayant de repasser dans ma tête ce que je savais de cette saga perdue, la *Saga de Gaukur Trandilsson*. Il y avait des gens comme le professeur qui disaient qu'elle aurait pu être aussi bien composée et aussi importante que la *Saga de Njáll le Brûlé*.

Par ailleurs, on sait qu'elle est connue des *Sagas d'Islandais* et qu'elle est mentionnée deux fois dans la *Saga de Njáll*. Dans un de ces passages, il est dit que Gaukur Trandilsson est "l'homme le plus vaillant" et "bien fait de sa personne", et dans l'autre il ressort que Gaukur a été tué par Ásgrímur Ellida-Grímsson, donné pour son frère juré. Cette saga semble donc dotée des meilleures caractéristiques des *Sagas d'Islandais* et il n'est pas invraisemblable qu'elle ait été transcrite à la même époque que les autres sagas anciennes et qu'elle se soit perdue. Je me souviens avoir lu pendant mes études universitaires des articles recensant le peu que nous savons sur ledit Gaukur et nous pouvons en déduire que sa saga a véritablement existé dans ce qu'il est convenu d'appeler la *Saga des gens de Thjórsdalur*. Vigfús le Grand Voyageur, originaire du district de Skaftafell, qui vivait au XIXe siècle, a déclaré avoir lu la *Saga des gens de Thjórsdalur* et on raconte que les gens n'y croyaient pas entièrement. Il y a aussi le récit d'un homme qui vivait un peu auparavant et qui a déclaré avoir vu un fragment de cette saga au domicile de Gudmundur Thorsteinsson, un riche paysan de Krýsuvík, et y avoir lu l'histoire d'un riche paysan qui raconte comment Steinn de Steinastadir, habitant dans la vallée de Thjórsárdalur, s'en était allé à Bakki avec son fils, et comment ils y avaient été tués tous les deux.

Il était fort improbable qu'une *Saga d'Islandais* peu connue comme la *Saga de Gaukur Trandilsson* ou des bribes de celle-ci aient pu être conservées jusqu'au XIXe siècle sans que personne n'en eût rien su. Par ailleurs, il y avait d'autres allusions à la *Saga de Gaukur*. Nous connaissons l'inscription runique des Orcades dont on dit qu'elle a été faite avec la hache de Gaukur, peut-être par Thórhallur, un descendant d'Ásgrímur Ellida-Grímsson. Mais les manuscrits ont été détruits de multiples façons au cours des siècles, ils ont été oubliés et perdus, ils ont disparu pour toujours sans qu'on en ait jamais fait mention. Pas un seul original de l'ancienne littérature nordique n'a été conservé. Nous ne possédons que des copies et des copies de copies dont beaucoup ont également disparu.

Mais pourquoi le professeur se serait-il mis à parler de Gaukur Trandilsson, sinon parce qu'il était sur les traces de quelque chose le concernant, et peut-être même de sa saga ? Le professeur était connu pour son indomptable acharnement à dénicher les manuscrits disparus. En cela, à certains égards, il faisait surtout penser à un enquêteur. Il enquêtait à partir d'indices, il analysait avec rigueur les témoignages et suivait la piste avec une indomptable ténacité jusqu'à ce qu'il ait trouvé ce qu'il cherchait ou alors que la piste se révèle être une impasse et qu'il ne puisse plus avancer. On le connaissait pour avoir passé au peigne fin des musées en Allemagne, au Danemark, en Grande-Bretagne, en Irlande, en Suède, en Norvège et dans bien d'autres endroits, partout où il espérait découvrir un fragment de manuscrit, de document islandais, de copies, voire de morceaux de ce qu'il y a de plus précieux, à savoir, les livres sur parchemin.

À vrai dire, je ne savais presque rien du professeur lorsque je m'étais embarqué pour le Danemark et certaines choses que j'avais entendu dire sur son compte étaient des plus extravagantes. Le professeur Sigursveinn m'avait bien un peu parlé de lui mais je l'avais trouvé circonspect dans le choix de ses mots et il ne m'avait pas paru particulièrement désireux de poursuivre la conversation. Il m'avait dit que le professeur s'était embarqué jeune pour Copenhague et avait été admis à l'université grâce à son diplôme du grand Lycée de Reykjavík et à sa réputation d'étudiant exceptionnel. Lorsque la Première Guerre mondiale avait éclaté, il était en Islande et, voulant étudier davantage, il s'était engagé sur un bateau. On lui avait dit que la neutralité du Danemark ou des autres nations scandinaves ne serait pas de nature à lui plaire.

À la fin de la guerre, il retourna à Copenhague et y poursuivit ses études qu'il acheva brillamment, ce qui n'était pas courant. Mais au lieu de rentrer en Islande, il resta au Danemark où se trouvaient les manuscrits islandais. Il obtint un poste de lecteur et, rapidement, il devint professeur de langues et littératures nordiques en étant le plus jeune enseignant à recevoir cet honneur. Au cours des années 20 et 30, il fut l'un des premiers à mettre en garde contre la montée du nazisme en Allemagne. En ce temps-là, il sillonnait l'Allemagne à la recherche d'écrits islandais anciens et était effaré par ce qu'il y voyait. Lorsque la Seconde Guerre mondiale éclata et que le Danemark fut occupé, on raconta qu'il était membre actif de la résistance danoise. Il fut arrêté par les Allemands à la fin de l'occupation du Danemark, mais il s'évada et en fut quitte pour la peur. Toutes sortes d'histoires circulaient en Islande. On disait par exemple qu'il avait sauvé sa peau en fournissant à un officier de la Gestapo de Copenhague quelques feuillets de la *Saga de Njáll* et du *Livre de Mödruvellir*. Beaucoup avaient cherché à vérifier ces racontars et durent constater à leur grande honte que toutes les pages étaient en fait à la disposition de qui voulait les lire.

Ces calomnies ne prirent pas non plus lorsque les Allemands quittèrent le Danemark, et elles se retournèrent contre leurs auteurs. Certains considéraient le professeur comme un collaborateur des nazis et l'accusaient d'avoir travaillé avec eux au cours des années 20 et 30 et même pendant la guerre. On a dit qu'il avait été appréhendé par les Danois lors du soulèvement qui s'était produit à la libération du pays, qu'il s'était échappé rapidement et que son cas avait été classé sans suite. D'autres, certains de ses collègues et de ses anciens étudiants même, croyaient qu'il avait été fasciné par le nazisme et la vénération qu'avaient les nazis pour le patrimoine germanique dont beaucoup de gens pensaient qu'il avait été mis par écrit et conservé en Islande, entre autres dans le *Livre du roi*.

Le professeur était le spécialiste le plus en vue dans son domaine lorsque je fis sa connaissance pour la première fois ces journées d'automne où je commençai mes études à l'université. Bien qu'il fût alors presque complètement sous l'empire de l'alcool, je peux affirmer qu'il avait l'esprit plus clair que n'importe qui à l'Université de Copenhague, et même, qu'il n'avait jamais trempé la langue dans du sherry, boisson dont il faisait peu de cas.

C'est pourquoi, lorsqu'il commença à parler de Gaukur Trandilsson après m'avoir mis à l'épreuve avec la tache d'encre, je pris les choses très au sérieux. Si le professeur avait découvert la trace de la *Saga de Gaukur*, cela constituait un événement exceptionnel dans l'histoire de l'Islande.

Je réfléchissais et retournais tout cela dans ma tête, mon visage s'empourpra car j'étais saisi d'inquiétude et de fièvre, et j'ai su alors que je ne trouverais pas le sommeil. J'essayai de lire, mais je n'avais pas l'esprit à cela. Finalement, je me décidai malgré tout à sortir, bien qu'il fût tard ; en effet, dix heures étaient passées depuis longtemps.

La soirée était douce et belle, et beaucoup de gens se promenaient. Copenhague était une grande ville touristique et, bien que l'été touchât à sa fin et que l'automne approchât, on pouvait voir encore de nombreux touristes venus de tous les horizons. Les gens traînaient sur le Strøget et sur la Nouvelle Place. L'air était chaud et on se promenait en bras de chemise. C'est là que pour la première fois de ma vie j'ai vu des Japonais. Un Hindou avec collier de barbe grise et turban passa à côté de moi et sur la Nouvelle Place Royale, je vis un groupe de noirs, spectacle rarissime pour un Islandais.

À la fin, je me suis assis à la brasserie Hviids Vinstue et me suis commandé une bière. À dire vrai, je n'étais pas très argenté pour me payer à boire, mais je n'ai pas pu me refuser de prendre un verre à cet endroit. Je me suis rappelé ce que racontaient des Islandais pauvres qui avaient séjourné dans cette ville il y a de nombreuses générations : ils se plaignaient amèrement de ne pas pouvoir profiter de ce que la ville leur offrait comme musées, pièces de théâtre et concerts. C'était mon tour de ressentir tout cela. Il me fallait faire montre de prudence avec l'argent et ne pas le gaspiller inutilement. En esprit, j'ai porté un toast à Jónas qui s'était peut-être assis ici le soir où il avait attrapé le mal qui allait l'emporter. C'était bas de plafond et le plancher était tout sauf plat, il faisait sombre dans ce bistrot en forme d'étroit corridor. J'ai pris place à une table avec ma chope de bière en espérant peut-être que mon camarade Óskar pointe le bout de son nez avec ses amies "Biologie" et "Arts Plastiques", mais mon attention a été attirée par un tout autre client, inattendu celui-là.

Je n'étais pas assis depuis longtemps lorsque j'ai vu le professeur passer la porte. J'ai été un peu interloqué tout d'abord, mais je me suis dit : où le professeur pouvait-il picoler, sinon ici, au Hviids Vinstue ? Il ne me voyait pas et je me demandais si je devais le déranger. Il valait peut-être mieux que je le rencontre comme ça, en dehors du campus. Je pouvais aussi proposer de lui payer une bière avec mes quelques sous, pour l'amadouer si c'était possible et discuter avec lui de choses plus personnelles pour faire plus ample connaissance. J'avais l'espoir que lorsque nous nous connaîtrions mieux, même un petit peu, nous deviendrions amis. J'avais pensé lui demander si je pouvais me permettre de déranger le directeur de la bibliothèque des manuscrits d'Árni Magnússon et me proposer pour y travailler un peu. J'avais besoin d'argent et je savais que les étudiants, tant islandais que danois, pouvaient en gagner en recopiant les manuscrits.

Voilà à quoi je réfléchissais en vidant ma chope et je sentais mes joues se réchauffer et mon courage grandir. Plus je pensais à discuter avec le professeur dans ce bistrot, plus je trouvais l'idée séduisante. S'il réagissait mal, il me suffirait de m'excuser et de m'éclipser. Où était le problème ? S'il me proposait de m'asseoir, j'avais quasiment gagné la partie. Nos rencontres avaient été, comment dirais-je, décousues dans le meilleur des cas, mais je sentais au plus profond de moi-même que le professeur avait sans doute davantage de cœur qu'il ne voulait bien le montrer. C'est ce que me disait la bière que je venais d'ingurgiter.

Je me levai et avançai jusqu'à ce que je voie disparaître le professeur. Il y avait un certain nombre de clients dans le bar, assis à deux ou trois, ou seuls, comme moi. Je passai d'une pièce à l'autre dans la pénombre. Un garçon se glissa jusqu'à moi et me demanda s'il pouvait m'aider, mais je fis signe que non de la tête. Tout à coup, je vis les cheveux blancs du professeur. Je me dirigeai vers lui, encouragé par la bière. Il me tournait le dos et, au dernier moment, je vis qu'il y avait deux hommes assis en face de lui. Il n'était pas seul ! Je ralentis brusquement et m'assis à la première table libre et leur tournai le dos. Je m'estimai heureux de ne pas avoir salué le professeur car je l'aurais dérangé pendant son rendez-vous. Il ne me vint pas à l'esprit de jouer les trouble-fêtes en m'invitant à sa table et je décidai de m'éloigner tranquillement. Au même instant, j'entendis que le professeur et les deux hommes se disputaient.

Je regardai furtivement dans leur direction. L'un d'eux avait l'air d'avoir dans la quarantaine, il avait un visage sévère, les cheveux blonds, des yeux perçants, des traits qui évoquaient la beauté classique, des lèvres minces, il portait des vêtements splendides, pour autant que je puisse voir. L'autre était plus âgé, brun et moins bien soigné. Il était grassouillet et l'expression de son visage joufflu dénotait la traîtrise. Je ne les avais pas vus arriver dans le bar et je supposais que le professeur avait rendez-vous avec eux.

Le professeur était vêtu d'un grand manteau de cuir marron que j'avais déjà vu dans son bureau, un énorme pardessus qu'il mettait toujours quand il était en voyage. Il était en cuir de veau. Je l'ai interrogé un jour au sujet de ce grand vêtement et il m'a dit qu'il avait une doublure spéciale. Le cuir était travaillé avec le même procédé que les cuirs utilisés pour les manuscrits islandais anciens et le manteau était composé de nombreuses pièces dont chacune avait la dimension d'une page du manuscrit du *Livre de Flatey*.

Les deux hommes parlaient au professeur en allemand et bien qu'à l'époque je ne connusse pas assez cette langue pour pouvoir la parler de façon irréprochable, je la comprenais très bien, grâce surtout à mon professeur de lycée, Mlle Thorgerdur, qui inlassablement nous donnait des exercices écrits pour nous en faire saisir le rythme.

– ... fin de la discussion ! entendis-je le professeur dire en faisant tous mes efforts pour tendre l'oreille.

– Cette discussion n'est pas finie, Herr Professor, répliqua l'Allemand aux cheveux blonds. Vous en savez plus que vous ne voulez en dire. J'en suis convaincu.

– Tu as tort tout simplement, rétorqua le professeur. Je n'ai pas envie de m'occuper de ça. Fichez-moi la paix ! J'ai d'autres chats à fouetter.

Cette entrevue n'avait visiblement rien d'amical. L'homme vouvoyait le professeur, qui le tutoyait en retour.

– Nous avons les moyens de parvenir à nos fins, dit le grassouillet d'un ton froid et comminatoire.

– C'est une menace ? dit le professeur.

– Pas du tout, s'empressa d'ajouter le blond. Mais Helmut a très envie d'obtenir ce qui nous revient.

– Ce qui vous revient, fit le professeur en l'imitant d'une voix méprisante. Vous êtes en plein délire. Vous devriez rentrer à Berlin.

– Vous nous décevez, Herr Professor, fit le blond aux lèvres minces. Nous qui croyions que nous pourrions arriver à un accord...

Je n'entendis pas ce qu'il dit ensuite. J'avais envie de me lever pour rappeler à cet homme que le professeur ne voulait pas qu'on le vouvoie. Le vouvoiement augmentait sa hargne et le rendait encore moins coopératif. Le professeur se mit à hausser le ton, de même que le joufflu, jusqu'à se disputer violemment. Je me levai.

– ... et prenez garde à vous, Herr... entendis-je dire le blond, qui se tut en me voyant tout à coup devant leur table.

Ils levèrent les yeux et je vis que le professeur m'avait tout de suite reconnu. Les Allemands me regardaient comme une bête curieuse.

– Euh… Valdemar ? dit le professeur.

– Bonsoir ! dis-je en hochant la tête en direction des Allemands.

Je jetai un coup d'œil à ma montre et m'aperçus qu'onze heures étaient largement passées.

– On ne devait pas se voir à onze heures ? demandai-je en islandais au professeur.

– J'avais complètement oublié ! répondit celui-ci. Tu veux t'asseoir à côté de moi ? s'enquit-il en regardant les Allemands. Ces messieurs s'en vont.

– Volontiers, répliquai-je en avançant une chaise. Ce sont des amis ? demandai-je.

– Je t'ai parlé des wagnérianistes ? rétorqua le professeur.

– Tu les as mentionnés un jour, dis-je.

– Celui qui a les cheveux blonds en est un exemple vivant, dit le professeur. Tu as là des wagnérianistes de la pire espèce, tu sais maintenant de quoi je parle.

Je regardai l'homme aux lèvres minces. Il me dévisagea d'un air dédaigneux. Le joufflu avait l'air prêt à m'agresser avant de s'en prendre au professeur. Je me sentis mal à l'aise, mais je n'avais guère le temps d'y réfléchir.

L'Allemand aux cheveux blonds se leva. Il était de la même taille que moi, juste au-dessus de la moyenne. L'autre le suivit, un peu plus petit. Ils nous toisèrent un bref instant, puis le blond se mit à sourire ostensiblement au professeur.

– J'espère que nous nous reverrons très bientôt, fit-il calmement.

– Ce sera avec plaisir, dit le professeur en lui rendant son sourire.

Pendant que les Allemands s'éloignaient, il attendit, puis vida son verre d'aquavit et se leva. Je vis que des gouttes de sueur avaient perlé sur son front.

– D'où sors-tu ? demanda-t-il.

– J'étais là-bas, dis-je en faisant un signe de la main.

– Il se passe quelque chose, dit-il. Ils ont probablement parlé aux Suédois. Il va nous falloir être courageux.

Je me levai et le regardai droit dans les yeux. Je ne comprenais rien à ce qu'il disait.

– Nous ? dis-je.

– Si cela ne te fait rien, je veux dire.

– Je n'ai aucune…

Il me lança un regard de ses yeux sévères et je me sentis transpercé.

– J'ai téléphoné en Islande au professeur Sigursveinn, dit-il. Il m'a parlé de tes compétences en matière de déchiffrement des manuscrits et de ton excellente connaissance de leur histoire. Je me suis entretenu avec lui quand tu es parti. Aujourd'hui, tu m'as étonné. Tu sais combien de fois j'ai téléphoné en Islande pour prendre des renseignements sur les étudiants qui nous arrivent ici ?

– Non.

– Jamais.

– Tu as téléphoné au professeur Sigursveinn ? Pour lui poser des questions sur moi ?

– Ce qu'il m'a dit de ton habileté à déchiffrer les inscriptions runiques m'a décidé. Je l'ai vu aussi aujourd'hui. Le mot *Secundus*, tu comprends. Tu es arrivé à le déchiffrer.

– Tu sais quelque chose sur la *Saga de Gaukur Trandilsson* ?

– Tu apprends vite, dit le professeur. Tu as mille fois raison. Gaukur Trandilsson, c'est toujours ça la question ! Toujours.

– Comment je peux t'aider ? Je veux dire que… tu es…

– Ma vue baisse, dit-il en tapotant ses lunettes avec son index. J'ai besoin de quelqu'un comme toi. Qu'en dis-tu ?

Je le regardai, médusé.

– Tu veux m'assister ? demanda-t-il.

Comme je ne lui répondais pas, vu que je comprenais fort bien où il voulait en venir, il prit la décision pour moi.

– Mais bien sûr que tu le veux, mon pauvre garçon, dit-il.

– C'est quel genre d'hommes ? demandai-je. Qu'est-ce qu'ils voulaient ?

– Ce sont des hommes dangereux, Valdemar, expliqua le professeur. Ils s'emparent de tout ce qui leur tombe entre les mains et tu peux être sûr qu'on ne le revoit jamais. Leur société secrète m'a causé des ennuis dès l'arrivée au pouvoir des nazis et maintenant, j'ai l'impression qu'ils se réveillent.

– Une société secrète ?

– Oui, des nazis en exil.

– Comment ça *ils se réveillent* ?

– C'est une longue histoire.

– Qu'est-ce qu'ils cherchent ?

– La même chose que moi, dit le professeur, pensif. Il faut que j'arrive à savoir qui est parti dans le Nord.

– Dans le Nord ?

– Dans le Nord et qui a ouvert la tombe, Valdemar. Lorsque j'aurai réussi à le savoir, ce ne sera plus qu'une question de temps. Seulement une question de temps, Valdemar !

C'est sur ces paroles aussi étranges qu'incompréhensibles que moi, le voyageur lambda dans cette ville étrangère, je me trouvai embarqué dans l'aventure la plus étonnante de ma vie.

– Viens avec moi, dit le professeur après avoir réfléchi un instant. Je vais te montrer quelque chose.

6

Je ne savais pas où nous allions. Lorsque nous sommes sortis du Hviids Vinstue, le professeur a pris à droite et, malgré sa claudication et son âge, j'ai eu grand-peine à marcher à son allure. Le cuir de son manteau frappait l'air et le professeur martelait si durement le trottoir avec sa canne que celui-ci résonnait. Quand la pointe d'acier de ses souliers heurtait le pavé, je m'attendais chaque fois à voir voler des étincelles sur le chemin qui nous menait à l'île du palais d'Amalienborg.

Il commença par me donner des détails sur les deux Allemands. Tout ça ressemblait à un très mauvais polar. Il dit que c'étaient des membres d'une société secrète fondée en Allemagne au XXᵉ siècle, au début des années 20, par Erich von Orlepp, antiquaire et nazi convaincu, féru de culture nordique. Celui-ci voulait utiliser cette culture pour prouver la pureté de la race aryenne. La société secrète d'Orlepp célébrait des sacrifices païens plusieurs fois par an, au cours desquels on lisait des poèmes de l'*Edda*.

– Il existait d'autres sociétés secrètes du même genre fondées en Allemagne, notamment sous la direction de Heinreich et Wallendorf, qui ont suscité l'intérêt d'Hitler pour les poèmes de l'*Edda*, dit le professeur.

– Hitler ?

– Oui, les nazis connaissaient bien les thèmes des poèmes grâce à la *Saga des Völsungar*, aux chants des Niflungar et à l'histoire de ces derniers, dit le professeur. Richard Wagner y avait puisé la matière de ses opéras, comme tu le sais.

Il me dit aussi que c'était la raison pour laquelle les nazis s'étaient particulièrement intéressés à l'Islande. Ils considéraient que les récits anciens des peuples germaniques et le patrimoine historique de la race germanique s'étaient conservés oralement au fil des siècles chez les Islandais et avaient été finalement consignés par écrit sur des parchemins en Islande. Il m'affirma que certaines caractéristiques propres à ces sociétés secrètes étaient devenues des emblèmes nazis. C'était le cas pour le salut hitlérien et la croix gammée, laquelle provenait directement de la mythologie nordique et faisait allusion à Mjölnir, le marteau du dieu Thór. Le *Livre du roi* de l'*Edda poétique* servait en quelque sorte de boussole à ces hommes et l'uniforme des nazis était orné de symboles tirés du patrimoine littéraire germanique. Il me dit que le salut hitlérien avait pour origine les *Dits de Sigurdrífa* et que la salutation qui s'y trouve, "*Heill dagur, heilir dags synir*", allait finalement aboutir à "Heil Hitler !"

– J'ai connu certaines de ces sociétés secrètes et assisté à leurs réunions lors de mes séjours en Allemagne nazie, dit le professeur. Elles étaient d'une grande variété, allant de l'inoffensive réunion de sympathisants fervents au rassemblement nationaliste exalté. La plupart d'entre elles me faisaient horreur.

Je me résolus à lui rappeler qu'il y avait des gens en Islande et ailleurs qui croyaient qu'il avait été lui-même partisan des nazis à cause de ses relations avec ces sociétés secrètes et les chefs du parti nazi lorsque celui-ci était à son apogée.

Sa canne battant toujours le pavé, nous franchîmes dans un grondement le pont-levis qui nous conduisit aux îlots du palais Amalienborg, et là, il s'arrêta brusquement.

– Vas-y doucement, Valdemar, avant de me traiter de nazi ! protesta-t-il.

– Loin de moi cette pensée, fis-je, stupéfait. Je ne faisais que répéter ce que j'ai entendu dire.

– J'ai l'impression que la plupart de ce que tu as entendu dire sur moi ne sont que des mensonges, dit-il. Il y a beaucoup de gens qui m'en veulent, surtout ici, à Copenhague. La lutte que j'ai menée pour faire revenir en Islande les manuscrits leur déplaît. Ils veulent les garder par tous les moyens. Ma personnalité ne change rien à l'affaire, mais cela me blesse profondément d'être assimilé à ce tas d'ordures de nazis.

– Je vais tâcher de m'en souvenir, dis-je.

Nous nous remîmes en route et je me promis d'être à l'avenir plus délicat si je voulais en apprendre davantage sur le professeur et son histoire. Il poursuivit son récit et je m'efforçais de le suivre. Il s'était particulièrement intéressé à la société secrète d'Erich von Orlepp parce que, comme lui, von Orlepp était un collectionneur invétéré, sans cesse à la recherche d'écrits islandais et nordiques anciens. Il était allé deux fois en Islande avec les membres de sa société et on savait qu'il avait tenté de voler une page d'une copie du *Livre du roi* datant du XVIIIe siècle.

Après l'invasion du Danemark par les Allemands, von Orlepp a entrepris de récupérer pour l'Allemagne les joyaux de la littérature islandaise ancienne conservés à Copenhague, mais le destin a voulu que lorsque, après avoir perpétré d'autres vols d'objets d'art en Europe, il a commencé à s'intéresser aux manuscrits, la guerre était terminée et les nazis avaient été chassés du Danemark. À la chute du Troisième Reich, la plupart des sociétés secrètes ont disparu, mais le fils de von Orlepp, Joachim, a pris la relève de son père et a fait perpétuer la société. D'après les dernières informations du professeur, il s'était établi en Amérique du Sud, en Équateur, où la famille von Orlepp s'était réfugiée après la guerre.

– Joachim, c'est le blond, déclara le professeur. Ici, nous avons la Bourse, la Bourse des valeurs de Copenhague, dit-il en montrant avec sa canne une maison quelque part dans l'obscurité, et là, c'est la Chancellerie, avec cette horreur sur le fronton, les armoiries de Frédéric IV. Et voici le futur emplacement de la Bibliothèque d'Árni, dans le même bâtiment que celui des archives secrètes, ce qui est excellent.

– Ici ?

– Provisoirement seulement.

– On va déménager la Bibliothèque d'Árni Magnússon ?

– Pour la troisième fois depuis sa mort.

Il sortit un trousseau de clés de sa poche tandis que nous pénétrions par un jardinet dans la future bibliothèque. Il me dit que c'était là que se trouvait l'ancien centre de ravitaillement de la flotte militaire danoise et que c'était un splendide terminus pour les manuscrits dans l'attente de leur rapatriement. Je me rendis compte que le jardin que nous avions traversé était la Roseraie ou le Jardin de la Prébende et que la maison était l'Entrepôt jouxtant la Bibliothèque royale.

– Erich von Orlepp a fait ses études de scandinavistique ancienne ici, à Copenhague, dit le professeur sur un ton étonnamment amer. Nous avons étudié ensemble, si bien que je connais un peu le bonhomme. On l'appelait "Eiríkur Ordurelepp[1]". J'ai toujours trouvé que ça lui allait bien. Il était plein de morgue et de suffisance.

– Il est mort ?

– Je ne sais pas, dit le professeur. C'est bien possible, après tout. Je n'ai jamais vu un minable pareil. Un homme d'une fausseté exceptionnelle et, en plus, dangereux. Il occupait une position importante chez les nazis et s'entendait à se promouvoir. Il était assez doué et très à son aise en germanistique et scandinavistique au point de devenir un des idéologues des nazis.

– Tu l'as rencontré pendant la guerre ?

– Une seule fois. Ça m'a amplement suffi.

– Comment ça ?

– Ça n'a pas d'importance, grommela le professeur.

Il me serinait constamment qu'un jour les manuscrits islandais retourneraient en Islande. Cette affaire lui tenait à cœur et il avait la certitude absolue qu'il en serait ainsi et que ce n'était qu'une question de temps. Parfois, quand il était de bonne humeur, il disait que ça se ferait avant dix ans. Quand il n'avait pas le moral, il disait que ça ne mettrait pas plus de vingt ans. Son plus ardent désir était de pouvoir vivre cet événement. Sa prise de position me déconcertait parce que, après la Seconde Guerre mondiale, le bruit avait couru que le professeur ne s'était pas tellement illustré dans la lutte pour la restitution des manuscrits. On aurait dit qu'il n'avait plus le feu sacré. Ou qu'il se désintéressait de cette cause.

– C'est lamentable que nous n'ayons pas pu com-

1. Le professeur islandise le prénom en faisant un jeu de mots sur le nom de famille.

mencer à nous occuper de nos manuscrits avant la renaissance des lettres islandaises, au XVIIe siècle, dit-il en ouvrant une autre porte fermée à clé. On n'imagine pas combien de choses ont été perdues ou détruites avant ça. On nous a enseigné à l'école, en Islande, qu'avant l'an 1600, on avait écrit pas moins de sept cents parchemins, poursuivit-il. Et que tout ça avait disparu. S'il n'y avait pas eu des hommes comme l'évêque Brynjólfur Sveinsson de Skálholt, les dégâts auraient été encore pires. C'était l'un des très rares hommes de son temps à comprendre qu'il était important de collectionner les manuscrits. Il s'est approprié le *Livre de Flatey*. Où serait-il maintenant, s'il n'avait pas eu conscience de sa valeur ?

– Et le *Livre du roi*, la plus ancienne source de la mythologie et de la poésie nordique ancienne. Il l'a sauvé de la destruction, ajoutai-je.

– Ce joyau de notre nation, dit le professeur. Les *Dits du Très-Haut* et la *Prédiction de la Voyante*, Ódinn et Thór, et ces grandioses poèmes héroïques qui parlent de Sigurdur, le meurtrier du dragon, de Brynhildur, Gunnar et Högni, de l'or du Rhin. C'est un patrimoine artistique d'une valeur inestimable. Inestimable, Valdemar ! Ce que nous avons de plus important. C'est notre apport à la culture mondiale. C'est notre Acropole !

Il était très sérieux. Je savais que si nous n'avions pas le *Livre du roi* nous serions absents de la scène internationale. S'il n'existait pas, une grande partie de notre culture ancienne serait perdue, et tout ce que nous savons de la religion nordique ancienne serait réduit d'autant.

– Difficile d'imaginer notre conception du monde sans lui, dis-je.

– Pour ne prendre qu'un point de détail, nous ignorerions quasiment tout de la vengeance dans les poèmes héroïques, dit le professeur. Le livre lui-même a une valeur inestimable. Nous avons d'autres écrits dans diverses éditions, l'*Edda* en prose de Snorri Sturluson, les sagas des rois de Norvège, le *Livre de la Colonisation de l'Islande*, mais nous n'avons qu'un seul et unique livre à conserver tout ce savoir.

Je demandais si ce n'était pas Himmler qui prétendait que les Germains descendaient des Scandinaves et qu'il était possible de découvrir des indices de la "race supérieure" en Islande.

– Orlepp pensait sensiblement la même chose, dit le professeur. Il avait une grande admiration pour l'héroïsme ancien véhiculé par les poèmes du Nord et pensait qu'il pourrait insuffler la volonté de vaincre aux nouveaux guerriers. Orlepp était l'un de ceux qui caressaient l'idée d'un empire mondial fondé non sur les territoires méditerranéens et le christianisme, mais au contraire sur le passé germanique. Le *Livre du roi* serait la Bible de cet empire mondial. Il voulait que l'héroïsme soit élevé au rang de finalité politique et qu'on s'en inspire pour éduquer au bellicisme la nation entière ! Pour déclencher des guerres !

Je me souvenais du livre que j'avais vu la veille sur le bureau du professeur : *L'Edda. Édition spéciale pour la Jeunesse hitlérienne.*

– Belle mentalité ! fis-je.

– Tu ne peux pas savoir à quel point, reprit le professeur.

– Et les Danois ? Tu crois qu'ils nous rendront les manuscrits un jour ?

– Les Danois commencent à prétendre qu'ils ne seraient pas islandais mais scandinaves communs, comme ils disent, expliqua le professeur sans parvenir à dissimuler son indignation. Ils affirment que le fait qu'ils soient écrits en islandais serait le fruit du hasard. Le hasard ! Tu as déjà entendu pareille sottise ? Ils disent que, techniquement et scientifiquement parlant, nous ne sommes pas qualifiés pour les conserver. Que peut-on répondre à de telles imbécillités ? Comme si on ne pouvait pas les analyser et les éditer aussi bien et même mieux qu'eux ! Tu es déjà venu à la Bibliothèque royale ?

Je répondis par l'affirmative.

– Il suffit d'une petite étincelle pour que tout flambe et parte en fumée, dit le professeur. C'est du lambris partout. Ah, ils ont bonne mine avec leurs sermons !

– Si je comprends bien, les Danois considèrent les manuscrits comme leur patrimoine national, fis-je. Comme les objets qui figurent au musée des Arts et Traditions Populaires et au musée de la Sculpture.

– Foutaises ! Les manuscrits n'ont pas d'autre patrie que l'Islande. C'est de là qu'ils viennent, c'est là qu'ils ont été écrits et c'est là qu'ils ont été conservés à l'origine. Ils sont la propriété de la nation islandaise. Ils ne peuvent appartenir à personne d'autre. Personne. Et je pense que les Danois vont le regretter. Ce n'est qu'une question de temps. Une question de temps.

– Bien sûr, dis-je.

– Nous n'aurons donc plus à les garder longtemps ici, murmura le professeur en ouvrant la porte du dernier endroit de Copenhague où ils seraient bientôt conservés ainsi que la collection d'Árni, s'il lui était donné d'en décider un tant soit peu. Nous entrâmes dans une assez vaste salle aux murs épais, au plafond voûté et au plancher recouvert de linoléum bon marché. Cette salle était quasiment vide. Il n'y avait qu'une armoire de livres avec des caisses remplies de livres par terre.

– Ici, ça sera la salle de lecture, dit le professeur en faisant un signe de la main. Ici, le bureau du directeur. Ici, l'atelier de réparation des manuscrits et la photocopie.

– C'est un bien meilleur emplacement, observai-je en regardant autour de moi dans l'obscurité.

– J'espère que mon cher Jón n'y verra pas d'inconvénient, dit le professeur en ouvrant la porte d'un cagibi.

Je ne savais pas de quel Jón il voulait parler. Dans la pièce, on avait prévu des armoires et, au milieu, un bureau. Il y avait quelques documents sur les étagères et rien sur le bureau, à part une petite lampe que le professeur alluma. Ce bureau avait deux rangées de tiroirs, il retira celui du dessous et renversa son contenu, ce qui laissa apparaître un double fond que le professeur ouvrit pour en retirer une petite enveloppe. Celle-ci contenait une lettre qu'il plaça sur le bureau sous la lampe.

– Tu lis le grec, Valdemar ? demanda-t-il.

– Juste un peu, dis-je.

À vrai dire, j'étais très intéressé par le grec et, au lycée, je trouvais cela plus amusant que le latin. J'avais un peu continué à l'étudier à l'université, même si je n'en étais pas spécialiste et ne le serais sans doute jamais.

– Tu parles grec ? rétorquai-je.

– L'ancien évêque Brynjólfur connaissait cette langue, reprit le professeur. Voici un grimoire du temps où il était à Skálholt. Il le tient probablement de ses élèves qui étaient friands de magie et de sorcellerie. Il y a eu plusieurs affaires de sorcellerie à Skálholt, comme tu dois le savoir, mais Brynjólfur, débonnaire comme il était, n'a pas sévi. Peux-tu déchiffrer quelque chose dans ce grimoire ?

Je me penchai sur la feuille. Il y avait des caractères germaniques, étonnamment distincts eu égard aux siècles qui s'étaient écoulés depuis que ces griffonnages avaient été tracés sur le papier.

– On dirait que c'est une ordonnance, avançai-je incertain. C'est possible ?

– Pour quelle maladie ? Qu'est-ce que ces griffonnages sont censés guérir ?

– Je ne suis pas sûr, dis-je, bien que j'aie déjà deviné. J'hésitai à le dire parce que cela me semblait embarrassant.

– Qu'est-ce que c'est ? demanda le professeur.

– Est-ce… je ne sais pas, c'est l'incontinence d'urine ? dis-je d'une voix hésitante.

– C'est ce que j'ai d'abord cru moi aussi, mais si tu y regardes de plus près, tu verras que ce n'est pas ça. Je sais que ça n'est pas très distinct et qu'il manque des lettres.

Je jetai à nouveau un coup d'œil aux griffonnages et tout à coup, je vis ce que c'était.

– Ça concerne des maladies vénériennes, dis-je.

– S'il y a quelque chose qui ne change jamais, ce sont bien les élèves, dit le professeur en souriant. Tu as raison, Valdemar, mais ce n'est pas l'essentiel. Si tu retournes la feuille, qu'est-ce que tu vois ? poursuivit-il.

Je retournai la feuille et vis qu'on avait écrit dessus en lettres gothiques deux lignes formant un étrange distique. Je les scrutai jusqu'au moment où je pensai les avoir déchiffrées.

– C'est de Brynjólfur ? demandai-je.

– Tu connais son écriture ?

– Je pense pouvoir la distinguer des autres.

– Et ?

– Il me semble que ça peut être de lui.

– Qu'est-ce que tu lis ?

Je lus ce qu'il y avait sur la feuille :

Je n'écris pas de grimoires
même si les renards y furètent.

– Comment peux-tu être sûr que c'est bien de Brynjól-fur Sveinsson ? demandai-je.

– C'est simple, dit le professeur. Il a laissé sa marque. Regarde ici, ces deux L.

Je scrutai l'écriture et aperçus la lettre L presque effacée et un autre L écrit comme le texte en amont.

– *Loricatus Lupus*, dit le professeur.

– Évidemment, dis-je. "Loup cuirassé" : *Brynj-ólfur*. Il a marqué certains de ses manuscrits comme ça.

– Tu vois, cet évêque avait une fibre poétique, dit le professeur. J'ai toujours eu le sentiment que c'était la meilleure explication de son amour pour les livres et de la méthode que l'auteur des *Cantiques de la Passion*, Hallgrímur Pétursson, tenait de lui : la pauvreté l'avait inspiré à Brynjólfur. Retourne encore la feuille maintenant. Le gribouillis ici, en haut, je crois qu'il est aussi de l'évêque. Comme tu vois, c'est une note en grec. Tu peux la déchiffrer ?

Je scrutai cette écriture. Elle était toute petite et floue, complètement illisible par endroits, c'était d'anciens caractères grecs que je ne connaissais pas bien. Toutefois, je distinguai immédiatement deux lettres du premier mot et je vis que la note se terminait par un K majuscule.

– C'est un R, me corrigea le professeur.

– C'est un R ? dis-je. Mais la note commence bien par un K majuscule.

– Il nous manque la moitié du mot, et aussi le mot qui est entre les deux. Il est court. L'encre est effacée et il est illisible, il nous faut donc deviner. J'ai toujours pensé que c'était un mot bref et sans importance. Le premier mot commence par un K, comme tu dis, et à l'intérieur il y a, je pense, un *v* minuscule.

– *Kvef*[1] ?

– C'est ce qu'on peut lire facilement, Valdemar, mais pourquoi gaspillerait-il de l'encre pour parler de son rhume ?

Je regardai le mot à nouveau. Je le plaçai davantage sous la lumière de la lampe.

– Je dirais *Kver*[2], murmura le professeur. Le mot comporte l'article défini : *Kverid*[3].

– *Kverid* ?

– Le petit mot qui manque après est, je pense, *til*. Ce qui nous fait *Kverid til R*[4]. Est-ce que cela te paraît exact ?

Je hochai la tête, sans comprendre où le professeur voulait en venir. Je n'avais pas non plus la moindre idée de la raison pour laquelle nous étions dans l'Entrepôt à minuit ni de pourquoi nous furetions dans le bureau d'un certain Jón qui conservait des grimoires concernant les maladies vénériennes.

– Tu penses que c'est quoi, ce livret ? interrogea le professeur, qui frétillait en attendant ma réponse.

– Beaucoup de choses entrent en ligne de compte, dis-je.

– Évidemment, évidemment. Mais quel est le plus important ?

1. "Rhume".
2. "Livret".
3. "Le livret", l'article défini, en islandais, est enclitique (attaché à la fin du mot).
4. "Le livret pour R."

– C'est lié à Brynjólfur ?

– Oui.

– Cela peut être… nous avons parlé du *Livre du roi*. C'est le fascicule manquant du *Livre du roi* ?

– Bien, Valdemar, bien ! Ce sont les huit pages qui ont disparu du *Livre du roi* il y a trois cents ans. Personne ne sait comment. Nous ne savons même pas comment le livre s'est retrouvé chez l'évêque Brynjólfur à Skálholt en 1643. La seule chose qu'on sait, c'est qu'il collectionnait les manuscrits de tout le pays et que l'un d'entre eux était le *Livre du roi*.

Je me souvenais vaguement du cours magistral du professeur Sigursveinn sur le *Livre du roi* et des conjectures auxquelles on se livrait pour savoir s'il était envisageable que Hallgrímur Pétursson, l'auteur des *Cantiques de la Passion*, ait apporté ce livre à Brynjólfur en arrivant de la presqu'île de Sudurnes où il était pasteur à la paroisse de Hvalsnes. De toute façon, il est certain que l'auteur des *Cantiques* a eu en main le *Livre du roi*. Dans le manuscrit sur vélin, on trouve une note marginale écrite à la hâte et datant du XVIIe siècle. "Joliment te vient l'éloquence et à moi l'écriture, oui." Lorsque l'on compare l'écriture à celle de Hallgrímur dans les *Cantiques de la Passion*, il est visible que c'est la sienne. Le *Livre du roi* pourrait être parvenu à Brynjólfur par un autre moyen, mais tant que nous n'en savons pas plus, la version selon laquelle c'est cet homme pauvre, auteur des *Cantiques*, qui est allé à Skálholt avec l'*Edda poétique* sous le bras, est quasiment devenue un cliché sur l'autel de la littérature nordique ancienne.

– Le livre est resté dix-neuf ans à Skálholt et il y a de fortes chances pour que le livret ou le fascicule ait été perdu à cet endroit. Ces huit précieuses feuilles qui contenaient l'histoire de Sigurdur le meurtrier du dragon et une partie des *Dits de Sigurdrífa* sont, à l'instar de l'ensemble du livre, un trésor inestimable. Inestimable.

Je fixai le professeur.

– Tu as trouvé le fascicule ?

– Non, malheureusement, pas encore, dit le professeur.

– C'est le fascicule que veulent les Allemands ?

– Ils le recherchent depuis des années. Les Suédois aussi. Les gens de l'université d'Édimbourg également.

– Tu vas conserver ce grimoire ?

– Non, je n'ai rien à faire de cette feuille, répondit le professeur. On m'a dit lorsque j'étais jeune étudiant qu'elle était conservée ici dans ce bureau. Si nous parlons du fascicule du *Livre du roi*, nous savons maintenant que Brynjólfur savait qui l'avait, un certain R. Ainsi, le fascicule faisait partie du livre lorsqu'il arriva à Skálholt, mais quand Brynjólfur expédia le *Livre du roi* à Frédéric III, le fascicule avait disparu.

– Qui est ce R ?

– Lorsque j'ai lu ça pour la première fois, j'ai cru que R était Ragnheidur Brynjólfsdóttir, la fille de l'évêque, qui aurait gardé pour elle le fascicule pour une raison que j'ignore. Et ensuite, beaucoup plus tard, j'ai compris qu'en réalité elles étaient deux.

– Qui ça ?

– Les deux Ragnheidur de Skálholt.

– Les deux Ragnheidur ?

– Elles étaient deux à s'appeler Ragnheidur. L'une était la fille de Brynjólfur et l'autre celle de Torfi, son pupille.

Je me rappelais bien ces deux Ragnheidur. La fille de Brynjólfur avait eu un enfant hors mariage, ce qui avait engendré un procès, et elle était morte à l'âge de vingt-deux ans. Son fils avait hérité de Brynjólfur et était décédé alors qu'il avait seulement onze ans. Ragnheidur Torfadóttir était la pomme de discorde entre deux hommes de Skálholt : le fils du gouverneur, Jón Sigurdsson, et le fils d'un pasteur, Loftur Jósepsson. Jón avait une crise d'épilepsie chaque fois qu'il voyait Ragnheidur et accusait Loftur de magie. Il affirmait que Loftur avait déposé une baguette dans son lit pour lui jeter un sort.

– Et donc c'est Ragnheidur Torfadóttir qui a reçu le fascicule des mains de Brynjólfur ? demandai-je.

– C'est exactement ce que j'ai pensé à une époque, dit le professeur. Surtout si on garde à l'esprit que ce grimoire facile à déchiffrer à partir des *Dits de Sigurdrífa* traite de la malédiction de l'amour et que le fascicule perdu contient précisément les *Dits de Sigurdrífa*.

– Alors tu crois que Ragnheidur et Loftur ont utilisé les informations du fascicule pour atteindre et salir le fils du gouverneur ? fis-je.

– C'est une explication de sa disparition qui en vaut une autre, dit le professeur. Ils ont enlevé le fascicule du *Livre du roi* et ne l'ont pas rendu. On peut imaginer que Brynjólfur était au courant.

– Mais pourquoi a-t-il écrit une note en alphabet grec ?

– Peut-être pour s'exercer, reprit le professeur. Toutefois, il est plus vraisemblable qu'il a voulu que personne ne sache ce qu'était devenu ce fascicule.

– Pourquoi est-ce que tu conserves ça ici, caché dans un tiroir ?

– Ce n'est pas moi, dit le professeur en remettant la lettre dans l'enveloppe.

Il reposa celle-ci à sa place dans le tiroir à double fond qu'il referma.

– C'est qui, alors ?

– Jón, dit le professeur.

– Quel Jón ?

– Eh bien, le président Jón. Jón Sigurdsson ! C'est son bureau.

L'espace d'un instant, je vis devant moi le héros de l'indépendance avec ces gribouillis à la main et je passai en revue les racontars qui avaient circulé sur lui à propos de la syphilis et des prostituées du port de Copenhague.

– Et tu vas continuer à garder tout ça ? demandai-je.

– Bien sûr, répondit le professeur.

– Mais…

– Il n'est pas nécessaire de farfouiller dans l'histoire quand on peut s'en passer. On va laisser tout ça à sa place en espérant que ça y restera. Je voulais juste te donner un aperçu de ce qui est en jeu, au bout du compte. Un aperçu de toutes ces recherches et de tout ce qui nous est caché.

Je n'osai pas lui demander comment il avait eu connaissance de cette lettre dans le bureau de Jón Sigurdsson et je n'avais encore fait aucun lien entre la sorcellerie à Skálholt, le *Livre du roi* de l'*Edda poétique*, les Suédois, les sociétés secrètes, les wagnérianistes et la connaissance du grec de l'évêque Brynjólfur.

– C'est Ragnheidur Torfadóttir qui avait le fascicule ? demandai-je.

– Non, pas du tout, dit le professeur. Pas à ma connaissance.

Il s'est avéré que le R ne concerne aucune d'elles.

Le professeur venait de me faire perdre mon latin.

– Et les Allemands au Hviids Vinstue ?

– C'est la première fois que je voyais ce Joachim. C'est lui qui voulait un rendez-vous et il avait l'air de savoir… Je n'ai pas été assez entreprenant ces derniers temps, Valdemar. Je n'ai pas…

Le professeur fit une pause.

– Que veulent-ils ? demandai-je.

– J'avais peur qu'ils aient découvert cette petite lettre, dit le professeur. C'est ce qu'ils avaient l'air de dire. Comme s'ils étaient plus avancés que je ne le pensais. Et puis, il se peut qu'ils me mènent en bateau ou qu'ils me fassent marcher.

– Plus avancés dans quoi ? demandai-je.

– Je te le dirai plus tard, peut-être. C'est épouvantable d'avoir affaire à ces fichus wagnérianistes. Dis-moi, Valdemar : qu'est-ce que tu sais des Russes ?

– Des Russes ?

– Des Russes qui ont fui pour passer à l'Ouest.

– Qu'est-ce qu'ils ont d'intéressant ?

– J'essaie d'en dénicher un, dit le professeur, mais c'est à la fois difficile et chronophage.

– Et Gaukur Trandilsson ? Tu ne recherches pas la *Saga des gens de Thjórsdalur* ? interrogeai-je, complètement désorienté.

– Quelle mouche t'a piqué ? demanda le professeur stupéfait en refermant le tiroir dont le fond contenait la feuille aux gribouillis.

7

En ce temps-là, je savais peu de choses sur le fascicule ou livret disparu qui manquait au *Livre du roi* de l'*Edda poétique*. Le fascicule comportait huit pages où figuraient entre autres huit strophes des *Dits de Sigurdrífa*. Elles existent aussi dans des manuscrits sur papier qui remontent vraisemblablement à l'époque de rédaction du *Livre du roi*. Les savants se sont longtemps demandé quand le fascicule avait été séparé du livre, mais on en était resté aux conjectures. L'ennui, c'était que nous ne savions rien sur la manière dont on avait pris soin du *Livre du roi* au fil des siècles, depuis l'époque de sa rédaction au XIIIᵉ siècle jusqu'à ce que soudainement il reparaisse à Skálholt au XVIIᵉ. L'histoire comporte évidemment de nombreuses lacunes comme celle-là et on a souvent fait preuve d'une incroyable perspicacité pour les combler ; exactement comme nous, les déchiffreurs de manuscrits, avons besoin d'une imagination fertile pour pallier les lacunes des manuscrits anciens abîmés au point que cette activité est devenue quasiment un art en soi.

C'est pourquoi il ne faut pas oublier que le professeur passait pour le *primus inter pares* dans ce domaine. La passion de sa vie a été de déceler les lacunes, de découvrir leurs secrets et de restituer leur sens original perdu. Ensuite, il semble que cette passion l'ait conduit sur la piste du fascicule égaré lorsque j'ai fait sa connaissance à Copenhague et qu'elle lui ait causé davantage d'ennuis que je ne l'aurais imaginé.

Je pense parfois à l'état d'abattement dans lequel se trouvait le professeur lorsque j'ai fait irruption dans sa vie et à l'emprise qu'avait l'alcool sur lui à ce moment-là. Ce que j'avais entendu dire avant la guerre faisait de lui un homme exceptionnel dans le domaine du savoir, génial dans ses analyses, un intellectuel éclairé et critique qui avait une foi inébranlable en la valeur de la littérature ancienne. Lorsque j'ai fait sa connaissance, il était maigre comme un clou et malpoli, alcoolique, grincheux, quasiment incapable de travailler, enfermé dans son univers plein de méfiance, de colère et même de haine à l'égard de quelque chose de très complexe et incompréhensible qui se résumait en un seul mot : les "wagnérianistes". Plus tard, je devais mieux comprendre pourquoi ce grand érudit humaniste en était arrivé là, notamment quand j'appris l'indicible et épouvantable secret qu'il gardait et qui l'oppressait à un point extrême.

Il ne parlait jamais beaucoup de lui-même et encore moins au cours des quelques semaines où je fis sa connaissance. J'en savais très peu sur sa vie privée en dehors de ce que j'avais entendu dire en Islande concernant sa femme danoise, Gitte, qu'il avait épousée dans les années 20. Ils s'étaient connus au Danemark, à la Bibliothèque royale où elle travaillait. C'était une femme timide et craintive face à tout ce qui concernait les relations entre hommes et femmes. Avec le temps, ils commencèrent à se connaître plus intimement, se mirent en ménage et se marièrent fin 1924. Ils n'eurent pas d'enfants, et lorsqu'en 1932, après un combat de plusieurs années, elle mourut de la tuberculose, ce fut une vraie tragédie pour lui. Le professeur s'occupa d'elle et la soigna avec une affection et une dévotion sans borne, et à sa mort, il s'effondra. En s'occupant de Gitte, il avait contracté aussi la tuberculose. La maladie infecta sa jambe gauche et il s'en fallut de peu qu'il ne soit amputé. Le médecin réussit finalement à la sauver, mais le professeur dut dès lors marcher avec une canne.

Après le décès de Gitte, il prit un congé d'un an et on ne sut pas grand-chose de ses voyages en dehors du fait qu'il séjourna trois mois en Islande et voyagea surtout dans le Nord. On disait qu'il avait découvert de très anciens témoignages indiquant où se trouvaient des fragments de manuscrits et des livres anciens. Il me raconta que pendant ce voyage il avait rencontré un homme dont la mère avait peut-être emporté dans son cercueil le *Bréviaire de Hólar*. Celui-ci a été le premier écrit imprimé en Islande à Vesturhóp en 1534 ou 1535, à l'instigation de l'évêque catholique Jón Arason. Le professeur ajouta qu'il lui fallait examiner en détail ce récit et que seules deux pages de ce bréviaire subsistaient, précisant que les Suédois s'en sont emparés et qu'elles sont conservées à la Bibliothèque royale de Stockholm. J'ai entendu le professeur dire qu'un jour il obtiendrait l'autorisation d'exhumer la vieille femme afin de vérifier les dires de cet homme.

Jusqu'à la fin de la guerre, le professeur avait été le porte-parole sincère de ceux qui pensaient que les manuscrits islandais devaient être conservés pour toujours en Islande, mais pour des raisons qui nous échappent, il modéra sa position quand le Danemark recouvra la liberté après la guerre. Il disait alors que, pour l'instant, il valait mieux malgré tout qu'ils soient encore conservés à la Bibliothèque royale. Il allait même jusqu'à faire écho aux arguments des Danois, qui prétendaient que les Islandais n'avaient pas de lieux sécurisés pour conserver des objets précieux ni les moyens de les analyser avec toutes les précautions requises. Il se fit ainsi des ennemis en Islande. On prétendit qu'il travaillait sous le manteau à retarder l'affaire. Cette position semblait suspecte, je l'avais en effet toujours entendu dire que les manuscrits devaient être rapatriés et que le plus tôt serait le mieux. Quoi qu'il en soit, sa renommée de savant et de gardien des joyaux nationaux commença à se dégrader sérieusement et, lorsque nous fîmes connaissance, elle avait quasiment atteint son plus bas niveau.

Les étudiants que j'ai connus à la section des études nordiques lors de ces journées ensoleillées d'été 1955 à Copenhague se délectaient à rapporter les histoires de leurs camarades sur le professeur. Ceux qui, comme moi, arrivaient tout juste d'Islande les connaissaient déjà. Il y en avait beaucoup. Tous s'accordaient à dire que le professeur était un excellent enseignant, bien qu'il pût se montrer parfois bourru et même grossier avec ses étudiants s'il trouvait qu'ils n'étaient pas assez intéressés et assidus. Il ne tolérait pas la paresse. "Va donc plutôt faire du droit, mon vieux !" avait-il coutume de dire, le droit étant la matière universitaire qui lui paraissait être la plus insignifiante de toutes. Le professeur était un ardent partisan de la séparation complète d'avec le Danemark et se félicita que l'Islande devienne une république en 1944, à un moment crucial de l'histoire du Danemark. C'est à cette époque que le bruit se répandit qu'il travaillait pour la résistance danoise. Certains ont affirmé qu'il abritait des résistants qui fuyaient le Danemark, d'autres ont dit qu'il organisait des sabotages. Il n'avait jamais parlé ouvertement de son arrestation et de ses conditions de détention à la Gestapo ni des circonstances de son évasion.

Depuis la fin de la guerre, le professeur avait travaillé

à une nouvelle édition du *Livre du roi*, le joyau des joyaux, comme il l'appelait lui-même. Cette édition devait être accompagnée des récents résultats de ses recherches sur les poèmes de l'*Edda*. Il en avait commenté quelques-uns en petits groupes avec ses étudiants à l'université. Le professeur s'était occupé seul du livre depuis la fin de la guerre alors que d'autres n'avaient même pas eu le loisir de le voir de leurs propres yeux. En effet, il avait obtenu une permission spéciale de la Bibliothèque royale pour le garder auprès de lui, à la Collection arnamagnéenne, où il travaillait. Les années passèrent et on était sans aucune nouvelle de l'édition projetée. Les seules informations qui nous parvenaient sur le professeur étaient scandaleuses et devenaient de plus en plus embarrassantes, comme par exemple lorsqu'il était tombé dans un coma éthylique et qu'il avait renversé les tables d'un dîner à l'ambassade d'Islande juste après s'être moqué de l'ambassadeur de Suède. Certains incidents firent même la une des journaux en Islande, comme la fois où le professeur invectiva un célèbre écrivain islandais qui avait été invité à lire des extraits de son nouveau livre pendant l'Avent et qu'il avait qualifié de "nullité littéraire".

On savait qu'il avait eu des difficultés avec l'alcool au début de la guerre ou pendant celle-ci, mais après la fin du conflit, l'alcoolisme ne fit que s'aggraver. On tenait pour improbable qu'il pleurât encore la mort de Gitte après toutes ces années, d'ailleurs cela ne lui ressemblait pas d'offenser la mémoire de la défunte en buvant. Certains pensaient que cela l'avait beaucoup touché et qu'il voulait qu'on le laisse croupir dans les cellules de la Gestapo, et d'autres qu'il avait des difficultés à s'extraire de ses recherches sur le *Livre du roi*.

Même Óskar, mon ami de Copenhague, en savait davantage que moi là-dessus bien qu'il fût dans l'ingénierie. Nous étions assis au Cannibale et mangions le plat du jour : du carrelet poêlé et des pommes de terre à l'eau. Le Cannibale était le point de ralliement des étudiants, en face de la rue du Nord. À côté, il y avait la Cave des Évêques où l'association des étudiants tenait ses réunions. C'était une cave en pierre aux murs blanchis à la chaux. On y faisait des lectures et des discours. La nourriture du Cannibale était ce qu'il y avait de moins cher en ville. On pouvait dîner pour une couronne cinquante et il était possible d'y avoir une bonne tartine beurrée à midi avec un verre de lait. Si on voulait aussi de la bière, c'était un peu plus cher. Óskar n'était pas au bout de sa cuite. Il avait passé la nuit avec des gars de l'école d'ingénieurs au Nella. Je n'avais jamais encore mis les pieds au Den Røde Pimpernel, qui était le rendez-vous populaire des Islandais tout en haut de la place de l'Hôtel de Ville dans le Kattasund. Óskar disait qu'il y avait là un portier qui nous ferait avoir un prix intéressant.

Durant ces années-là, les Islandais se serraient tellement les coudes qu'ils ne fréquentaient guère d'autres gens. Certains n'apprenaient jamais que des bribes de danois. Ils apprenaient à dire *en øl,* "Une bière", et parfois *to øl,* "Deux bières", c'était là tout leur danois. Beaucoup faisaient des études d'ingénieur comme Óskar et rêvaient aux grandes usines de l'avenir, mais il y avait aussi des étudiants dans les matières les plus diverses comme l'économie, les études nordiques et la psychologie.

Je n'étais pas particulièrement sociable, mais la ville et les études universitaires ainsi que les étudiants islandais m'amenèrent à changer un peu. Nous allions au cinéma, au théâtre, dans les clubs de jazz enfumés, et l'esprit de groupe et la solidarité faisaient qu'il paraissait naturel que celui qui avait de l'argent paie la tournée dans les estaminets ou ailleurs. L'argent n'était rien pour nous, même s'il nous fallait bien sûr subsister. Il était bien vu de dépenser six ou sept cents couronnes par mois. Le virement mensuel dépassait rarement cette somme. Parfois, quand il faisait beau, les étudiants sortaient de la ville à vélo. On pouvait en louer un chez Mlle Dinesen, sur la Nouvelle Place. Je me souviens d'une excursion comme ça. Nous étions bien approvisionnés et nous avions naturellement fait halte en chemin dans les bistrots. Nous avions ramé jusqu'à l'île de Furesøen avant de nous retrouver en fin d'après-midi au Bakken, échauffés, heureux et contents de chanter tard dans la nuit.

– On était en train de calculer combien de bières un étudiant a besoin de boire par soirée, dit Óskar en écrasant son carrelet avec les pommes de terre. La boisson lui donnait une voix rauque.

– Eh bien ?

– On était quatre, on avait pris une grande caisse et notre groupe était assez joyeux. On s'est disputés pour savoir si ça suffisait.

– Tu veux dire qu'à vous quatre, vous avez bu cinquante canettes ?

– Douze canettes et demie chacun, précisa Óskar.

– C'est pas un peu beaucoup ? dis-je. Moi, au bout de six ou sept canettes, je sens que j'ai mon compte. En plus, je n'ai jamais pu boire facilement de la bière. Ça me donnait des ballonnements et j'avais mal à la tête.

– Certains en voulaient plus. Haraldur disait que dix-huit canettes, c'était convenable.

On entendait tinter les assiettes dans la salle à manger où les étudiants faisaient du bruit comme à l'accoutumée.

– Ton professeur, lui, a besoin d'une ration plus importante, dit Óskar en finissant son carrelet.

– Oui, et alors ? fis-je.

– J'ai entendu dire qu'il avait des ennuis à cause de manuscrits qu'il garde chez lui pour travailler dessus.

– Et alors ?

– Il y avait une fille avec nous qui fait biologie et qui a dit qu'il était tout le temps en bisbille avec la direction de la section.

– Ce n'est pas ce que j'ai entendu dire, mentis-je, car je me souvenais de la conversation que j'avais surprise en écoutant à la porte du bureau du professeur.

– Elle, oui. Ils veulent peut-être se débarrasser de lui.

– C'est pas vrai !

– Elle a dit quelque chose comme ça : que ça commençait vraiment à chauffer pour lui. Tout le monde sait qu'il boit.

– Mais ils ne vont tout de même pas le renvoyer.

– Je n'en sais rien.

– Il... Ça serait idiot, protestai-je. Il faudrait qu'il ait fait quelque chose de grave, alors.

– C'est ce qu'a dit cette fille. Elle pense qu'il est tombé en disgrâce.

– Je sais qu'il faisait des recherches sur le *Livre du roi*, ajoutai-je.

– Le *Livre du roi* ?

– Le plus précieux de tous les manuscrits islandais, l'objet le plus précieux de notre nation.

– Tu veux dire "que possèdent les Danois" ?

– C'est à nous que ce manuscrit appartient, m'enflammai-je d'un ton qui n'admettait pas de réplique. À nous, Islandais. Nous le récupérerons, ce n'est qu'une question de temps.

– Qu'est-ce qu'il a de si important, ce *Livre du roi* ?

– Plein de choses, dis-je. Il a une valeur symbolique pour nous en tant que nation, il contient la religion des

Ases[1] et la philosophie pluriséculaire des pays scandinaves : *"L'homme est la joie de l'homme"*[2] et tout le reste. Mais le livre en lui-même est une œuvre d'art unique en son genre, un trésor artistique d'une valeur inestimable. Il est sans égal.

– Je ne me rappelle que de petits trucs là-dessus et ça date de l'école primaire, dit Óskar.

– Il n'y a pas beaucoup de gens qui se rendent compte de l'importance qu'il a réellement. On n'en a jamais beaucoup parlé et pourtant on dit que c'est la seule œuvre d'art qui mérite d'être volée.

– Oui. Bon, tu viens avec nous au cinéma ce soir ? dit Óskar en se levant avec son assiette pour régler son repas. On va voir un film suédois d'un certain Ingmar. *La Nuit d'été* ou quelque chose comme ça.

– J'ai de la lecture à faire, répondis-je. Au revoir !

Je suis resté seul et j'ai repensé à la querelle entre le professeur et le directeur de la section. Était-il possible que le professeur soit tombé en disgrâce ? Était-ce à cause de la boisson ou en rapport avec les manuscrits ? Il était naturel et courant que les savants, les professeurs et autres empruntent des manuscrits et on disait même que des étudiants autrefois avaient oublié des manuscrits dans des bars après avoir bu trop de bière. Je ne pouvais pas imaginer qu'il ait pu arriver quoi que ce soit de ce genre au professeur.

Je l'ai revu au bout d'une bonne semaine après cette scène un peu pénible au Hviids Vinstue et notre effraction à la nouvelle Collection arnamagnéenne, si tant est qu'on puisse appeler ça une effraction, vu qu'il avait la clé. Prêt

---

1. C'est-à-dire les textes qui parlent de la religion nordique (celle des anciens Scandinaves païens).
2. Citation des *Dits du Très-Haut* (*Edda poétique*), strophe 47.

à étudier de toute mon énergie, je m'étais convenablement installé et familiarisé avec les étudiants de l'université aussi bien islandais qu'étrangers. On était quelques Islandais à commencer nos études cet automne-là. Deux d'entre nous étaient partis tout de suite après le lycée et j'en ai reconnu un de l'Université d'Islande, même si je ne le connaissais pas très bien. Nous avons commencé à former naturellement un groupe entre Islandais, faisant de surcroît les mêmes études, et nous avons décidé de nous retrouver tous les jeudis, de manger une soupe et peut-être de boire une chope à la Petite Pharmacie de la rue des Chanoines. Je n'avais parlé à personne de notre aventure, au professeur et à moi, lors de cette soirée où nous avons rencontré les wagnérianistes. Je n'en parlai même pas à ma tante lorsque je lui écrivis ; je ne voulais pas lui causer d'inquiétude inutile. J'éprouvai toujours plus de difficulté à lui parler du professeur qu'elle tenait en si haute estime et je m'efforçai d'esquiver le plus possible ce sujet et de lui écrire plutôt des choses concernant la vie à l'université et le climat. Mais elle était curieuse et voulait savoir s'il me traitait comme il fallait et si tout allait bien.

Je me préparais à sortir de la Pharmacie lorsque je vis le professeur assis à une table dans un coin. Je ne l'avais pas vu entrer. Il n'avait pas fait cours depuis une semaine et les étudiants parlaient à mots couvert de grippe d'automne. Je restai à la porte, hésitant et incertain. Je me suis demandé si j'avais une bonne raison de le déranger, puis je me suis décidé. Je m'étais curieusement pris d'affection pour lui en le voyant complètement ivre étendu par terre dans son bureau.

C'était peu après midi et il était bien éméché. Il avait toujours les cheveux ébouriffés et son collier de barbe masquait son visage. Il transportait avec lui de gros livres anciens qu'il avait posés sur une chaise. Je le saluai et lui demandait comment il allait. Il marmonna quelque chose. Je m'enquis de savoir s'il avait revu les Allemands, mais il répondit par la négative d'un air absent. Je m'aperçus qu'il était pensif, je résolus de ne pas le déranger plus longtemps et pris congé.

– Assieds-toi donc à côté de moi, Valdemar, dit-il à voix basse. Il faut que je te parle.

Je tirai une chaise vers moi et m'assis à la table. Il y avait trois petits verres vides et un verre à bière. J'avais vite appris que lorsqu'il était soûl il était moins désagréable.

– Tu peux te mettre en congé de l'université pour quelques jours ? demanda-t-il en me faisant un clin d'œil. Tu peux venir avec moi en voyage ?

– Comment ça en congé ? fis-je, sans comprendre de quoi il parlait. Je ne comprends pas…

– Seulement quelques jours, dit le professeur. Je te revaudrai ça. Tu n'y perdras rien. J'y veillerai.

Je le dévisageai.

– Et les cours ?

– On n'a jamais rien appris en usant ses fonds de culotte dans les salles de cours, dit-il. Viens avec moi quelques jours et je te promets que tu en apprendras plus que pendant tout l'hiver. Et même de toute ta vie.

Il avait dit cela d'un air tout à fait sérieux.

Je ne lui répondis rien. Un voyage avec lui, cela me tentait, je ne peux pas le nier, mais il était soûl et je ne savais pas quel crédit accorder à ce qu'il me disait.

– Tu ne rateras rien ! murmura-t-il. Pourquoi est-ce que tu raterais quelque chose ? On te sert la même bouillie dans le même bol tous les jours. Bon, fit-il ensuite, comme si je lui avais dit non. Je partirai tout seul cette fois.

– Un voyage pour où ?

– Pour l'Allemagne, dit le professeur.

Je n'étais jamais allé en Allemagne, mais j'avais projeté d'y aller au printemps après la fin des cours, car j'avais souvent rêvé de faire la route jusqu'à Tübingen et de visiter la tour qu'avait habitée Hölderlin sur les bords du Neckar et où ce poète qui m'est cher est demeuré dans un état d'aliénation mentale jusqu'à sa mort.

– Qu'as-tu l'intention de faire en Allemagne ? demandai-je.

– Viens avec moi, dit-il, et je te le dirai.

– C'est à cause des deux Allemands que nous avons vus au Hviids Vinstue ? demandai-je.

Il ne me répondit pas.

– C'est à cause d'eux ? demandai-je à nouveau.

Le professeur hocha la tête.

– Ils me harcèlent de plus en plus, dit-il. Mon Dieu, comment ai-je pu me fourrer dans ce guêpier ?

Il plongea un doigt dans un petit verre vide et le porta à sa bouche. Il prit ensuite un autre petit verre, y mit la langue et en lécha le fond.

– Je peux t'offrir un autre verre ? demandai-je.

– Oui merci, ça serait gentil, acquiesça-t-il en faisant signe au garçon pour commander un autre aquavit.

– Et les deux Ragnheidur ? interrogeai-je.

Le professeur secoua la tête.

– Et pour le *Codex Secundus* ? demandai-je prudemment. Quelle est sa signification ?

Le professeur m'a regardé et, tout à coup, ses yeux se sont remplis de larmes et j'ai compris ce qui le faisait horriblement souffrir, bien que j'en ignore la raison. Il se trouvait dans un état d'instabilité psychologique et je me souviens m'être demandé s'il pourrait se rappeler notre conversation ou bien s'il était déjà soûl au point de ne plus savoir ce qu'il disait ou faisait.

– C'est pour ça qu'il faut que j'aille en Allemagne,

103

dit-il en tendant une main tremblante vers le petit verre qu'apportait le garçon. A ta santé, ô bienheureuse Copenhague ! poursuivit le professeur en avalant le contenu du verre.

Il s'essuya la bouche d'un revers de la main. Ensuite, il prit la boîte de tabac à priser, commença à rouler le tabac entre le pouce et l'index et je vis une petite larme tomber sur la boîte.

– Combien de temps vas-tu y rester ? demandai-je.

– Pas longtemps… à peine deux jours, dit-il. Trois, tout au plus… Tu n'y perdras rien. Je peux te faire cours pendant le trajet… Je pense que tu as davantage de cran… que tu ne le penses.

Il se fourra du tabac dans une narine et m'en proposa, mais je refusai. Il referma soigneusement la boîte et la remit dans sa poche de gilet.

Ensuite, il s'affala sur la table et ne bougea plus.

C'est moi, pauvre étudiant fauché, qui dus m'occuper d'appeler un taxi et d'y hisser à grand-peine le professeur malgré les protestations véhémentes du chauffeur, de l'aider à monter l'escalier pour le faire entrer dans son bureau où, pour la deuxième fois en peu de temps, je le couchai sur le canapé défraîchi. Je ne pouvais tout de même pas le laisser ivre mort sur la table du bar et j'espérais qu'un jour il pourrait me rembourser l'argent du taxi et surtout l'aquavit. À la vérité, je n'étais pas très argenté. Je posai les livres qu'il avait avec lui sur le bureau et le contemplai pendant un long moment couché sur ce pauvre canapé.

Je me rappelai ce dont nous avions discuté Óskar et moi au Cannibale et j'avais envie de raconter au professeur ce que j'avais entendu si cela pouvait l'inciter à essayer de faire quelque chose pour arranger ses affaires, mais il fallait attendre un moment plus favorable.

8

Peu de temps après, le professeur me demanda de rester après le cours car il avait à me parler. Lorsque la salle se fut vidée de ses étudiants, il ferma soigneusement la porte et se tourna vers moi.

– Que sais-tu sur les voyages en bateau à destination de l'Islande au siècle dernier, Valdemar ? demanda-t-il.

– Les voyages en bateau ? Rien.

– Je les ai étudiés assez attentivement, dit le professeur. Les compagnies maritimes danoises faisaient naviguer de nombreux navires entre le Danemark et l'Islande, comme tu peux l'imaginer. Je me suis informé sur la plupart de ces bateaux, et même sur tous ou presque, et j'ai feuilleté des registres de toutes tailles. Le commerce avec l'Islande se faisait par Kristjanshavn et Amager, et j'ai examiné très attentivement les listes de passagers des compagnies dont les bateaux allaient en Islande, or je ne trouve pas l'*Arcturus*, une frégate dont il est question dans la revue *Nordanfari* éditée à Akureyri. Il y est dit que l'*Arcturus* serait allé en Islande au printemps 1863, mais seulement voilà, je ne trouve pas la liste des passagers.

– Pourquoi veux-tu la trouver ?

– Je voudrais te demander de venir avec moi à Århus,

dit le professeur sans me donner d'autre explication. Tu penses pouvoir faire ça ?

– Mais tu ne voulais pas aller Allemagne ?

– Non, dit le professeur. À Århus.

Je m'aperçus qu'il avait oublié notre conversation à la Petite Pharmacie quand il m'avait parlé d'aller en Allemagne et m'avait demandé si je pouvais l'y accompagner. Je fis comme si de rien n'était.

– Que cherches-tu ? demandai-je.

– Le nom d'un homme.

– Quel homme ?

– Je ne sais pas encore. J'espère le savoir quand j'aurai trouvé son nom.

– Quel genre d'homme ?

– Il est possible qu'il soit allé en Islande avec l'*Arcturus*. Je te parlerai de lui plus tard. C'est-à-dire, si je le trouve.

– Et que veux-tu que je fasse ?

– Que tu m'aides, dit le professeur. Que tu sois mes yeux. Est-ce que tu as déjà vu ces vieux registres de navire ? On peut à peine les lire, tellement ils sont barbouillés de graisse, de crotte et autres saletés.

– Ils sont à Århus ?

– Aux Archives nationales du monde du travail, dit le professeur. L'*Arcturus* appartenait à une compagnie maritime de Copenhague qui s'appelait C.P.A. Koch et on m'a dit que ses registres sont conservés à Århus. J'ai cherché partout ailleurs.

Je ne savais pas quoi répondre. Le professeur attendait ma réaction. Je n'avais rien de mieux à faire ce week-end et, malgré tout, je me sentais titillé par le fait qu'il me demande de l'aider. Qui donc avait déjà eu cet honneur ? Après un instant de réflexion, je donnai mon accord et il me fixa rendez-vous à la gare principale à cinq heures, le train pour Århus partant un quart d'heure plus tard. Nous passerions la nuit en ville et nous irions le lendemain à la bibliothèque en espérant être de retour le samedi soir.

J'ai fourré quelques affaires dans une petite valise et je suis arrivé à la gare à l'heure dite. Nous sommes montés dans le train et, en un rien de temps, nous étions à la campagne. Je n'avais encore jamais pris le train et j'ai trouvé que ce mode de transport me convenait tout à fait, avec la vue sur le paysage, le bruit rythmé des roues, un agréable balancement sur mon siège et ce sentiment d'être hors du temps qui vous accompagne tout au long du voyage. Nous n'avons pas beaucoup parlé pendant le trajet. Le professeur était plongé dans des papiers qu'il avait emportés et, moi, j'avais un livre venant d'Islande que j'avais toujours voulu lire et que je redoutais de terminer, tellement il était amusant et intéressant : *Le Mécanisme*, de Ólafur Jóhann Sigurdsson.

– Tu sais qu'à Århus ils ont une rue qui s'appelle Ole Worms Allé ? dit le professeur en rompant le silence.

– Non, je ne le savais pas, dis-je.

– Non, bien sûr, reprit le professeur. Tu ne crois pas que les choses auraient été différentes s'ils avaient appelé le boulevard circulaire de Reykjavík autrement, en lui donnant par exemple le nom de Brynjólfur Sveinsson au lieu de *Boulevard circulaire* ? Ou bien celui de notre Jónas Hallgrímsson ? Ce sont des incapables. Ils n'y connaissent rien. Qu'est-ce que c'est que ce *Boulevard circulaire* ? Non mais, qu'est-ce que c'est que ça ?

Il me fixa de ces yeux de dément qu'il avait pour coutume de rouler chaque fois que quelque chose l'énervait et je n'ai rien pu répondre. J'ai haussé les épaules et il s'était déjà replongé dans ses papiers.

Il faisait déjà nuit noire lorsque nous arrivâmes à une petite auberge d'Århus située tout près de Vester Allé, où étaient logées les archives. Un couple sympathique de l'âge du professeur, M. Mortensen et son épouse, en assumait la direction. Le professeur semblait être déjà venu auparavant car il connaissait le couple et ils se sont salués cordialement. Ils se sont mis à bavarder un peu tandis que j'allais me coucher. Je n'eus plus conscience de rien jusqu'à ce que le professeur vienne me réveiller le lendemain matin.

Après un bon café pris avec M. et Mme Mortensen et deux de leurs hôtes, le professeur et moi nous dirigeâmes vers la bibliothèque. Elle était ouverte tout le samedi. Nous exposâmes notre requête à une jeune femme avenante qui se mit immédiatement à la recherche de documents appartenant à la société maritime C.P.A. Koch. Une demi-heure plus tard, elle revint en disant qu'elle avait trouvé une quantité considérable de documents, de livres de marine et de connaissements de cette entreprise, et que nous pouvions à notre guise fouiller dedans à condition de subvenir nous-mêmes à nos besoins pour le repas de midi. Elle nous indiqua une grande réserve, nous montra où se trouvaient les documents de la société Koch et prit congé de nous.

Ils n'occupaient pas moins de trois endroits différents dans cette réserve et il nous fallut un temps fou pour passer au crible les connaissements regorgeant d'informations sur les importations et les exportations, les carnets de bord des capitaines et une correspondance impressionnante avec des marchands et des commerçants. La compagnie C.P.A. Koch naviguait beaucoup ailleurs qu'en Islande, elle avait de nombreux navires en mer, ce qui engendrait une comptabilité minutieuse. La plupart du temps, les documents étaient écrits lisiblement à la main, mais certains autres étaient plus difficiles à lire, peu clairs, voire effacés. Tout cela m'échappait à moi, qui n'étais en aucune façon familier avec l'histoire de la marine marchande. Le professeur semblait davantage à son aise et fut plus prompt que moi à séparer le bon grain de l'ivraie. Il se frayait rapidement un chemin à travers les liasses de documents successives qu'il examinait, recherchant la bonne chronologie, le bon bateau, le bon voyage, dont le terminus était Akureyri, dans le Nord de l'Islande ; c'est ça qui était important pour lui.

Nous fîmes une pause vers une heure et nous trouvâmes un magasin d'alimentation tout près de la bibliothèque. Il faisait beau et nous mangeâmes en plein air. Le professeur but deux bières et un peu de vin, et il était tout à fait d'attaque une fois de retour à la bibliothèque.

Parfois, il marmonnait tout seul quelque chose d'inaudible. Une fois, j'entendis le prénom de Rósa et ensuite il mentionna des endroits que je ne suis pas arrivé à identifier, peut-être Hallgrímsstadir et c'est bien le diable s'il n'a pas cité nommément Steenstrup une fois. Je savais que c'était un naturaliste ami de Jónas Hallgrímsson.

J'étais en train d'examiner une caisse de la compagnie lorsque, tout à coup, m'apparut sur l'un des livres le millésime 1863. Je pris le livre, le feuilletai et vis qu'il contenait un connaissement : sacs de sel, café, farine. Je ne vis nulle part de liste de noms et pris un autre livre marqué de la même année.

Je l'ouvris et vis un document qui me parut être une liste de passagers des bateaux appartenant à la compagnie du nom de Hertha.

Je reposai le livre et en pris un autre. Il y était indiqué, en danois : *Arcturus. Passagers.*

J'appelai le professeur et lui fis signe de venir. Il prit le livre.

– C'est bien, Valdemar, dit-il en voyant de quel livre il s'agissait. Bien. Bien.

Il commença à en feuilleter les pages avec de grandes précautions, comme s'il s'agissait du plus précieux des parchemins. Il passa le doigt sur les inscriptions, mais la luminosité lui sembla insuffisante. Il trouva un bureau avec une bonne lampe et s'y assit.

– C'est fichtrement flou, fit-il. Est-ce que tu peux regarder ça, Valdemar ?

Je me penchai sur le livre. Les pages étaient divisées en plusieurs colonnes avec des noms de personnes et une somme que je supposai être le prix du voyage. Les bagages étaient aussi pris en compte, à ce qu'il me semblait. Des nombres faisaient suite aux noms.

– Peux-tu me lire les noms ? demanda le professeur.

– Je peux essayer, dis-je.

Je commençai à lire la liste des passagers en ânonnant.

– M. Hansen et son épouse, commençai-je, et probablement leurs enfants, Albert et Christian. M. Thorstensen. M. et Mme Vilhjálmsson. M. Pedersen…

Je continuai à lire le registre des passagers sans obtenir de réaction de la part du professeur assis à côté de moi, les yeux fermés et la tête inclinée sur la poitrine. Je crus qu'il s'était endormi, mais n'osai arrêter de lire.

– Davidsson F. avec son épouse et leurs trois filles, Ellingsen H. seul, Hjalmarsson, Jørgensen R., Thorsteinsson, Eymundsen, Arnason K. avec son épouse, Knudsen A. et ses filles, Pétursson…

Le professeur se mit à remuer.

– Qu'est-ce que c'était ?… Après Ellingsen ?

– Ellingsen, Ellingsen, ici. Hjalmarsson ?

– Et après lui ?

– Hjalmarsson, Jørgensen R., Thorsteinsson, Eymundsen…

– Jørgensen R. ?

– Oui.

En un clin d'œil, le professeur fut sur pied.

– Jørgensen, R.D., ai-je lu dans le livre. Voyage seul, me semble-t-il.

– Fais-moi voir ça, dit-il.

Je lui tendis le registre des passagers. Il regarda la liste et s'arrêta au nom de Jørgensen.

– Jørgensen, susurra-t-il. Pourquoi est-ce que je n'y ai pas pensé ? Bien sûr ! Jørgensen, bien sûr ! Ça doit être lui. Ça doit être Jørgensen !

Le professeur était passablement excité.

– Quel Jørgensen ? demandai-je.

– Il était collectionneur de livres anciens, dit le professeur. Ils se connaissaient, Jørgensen et Baldvin Thorsteinsson. Nous avons peut-être découvert quelque chose, Valdemar. Quelque chose d'important. Si c'est bien lui. Si c'est bien Ronald D. Jørgensen, nous avons peut-être fait un pas en avant. Un pas en avant, Valdemar ! C'était l'un des anciens membres de la société secrète du XIXe siècle. Il est allé en Islande. C'est peut-être lui qui est allé à Hallsteinsstadir.

– Hallsteinsstadir ?

Le professeur regarda sa montre.

– Quel Baldvin ? demandai-je.

– Plus tard, Valdemar. Viens, nous pouvons attraper le train du soir pour Hirsthals. Vite, vite, nous n'avons pas de temps à perdre ! Il faut que nous traversions le Skagerak[1] cette nuit !

1. Détroit qui se trouve entre le Danemark, la Norvège et la Suède.

Le professeur connaissait bien le nom de Ronald D. Jørgensen et il savait que c'était un collectionneur de livres anciens en lien avec l'Islande. Il était de famille dano-islandaise et avait abandonné son nom d'origine, Rúnólfur, pour celui de Ronald ; il était né à Hofsós, de mère islandaise. Son père y tenait un commerce et déménagea avec sa famille à Copenhague alors que Ronald avait environ vingt ans. Ronald fit des études de droit à l'Université de Copenhague et, à sa mort, il était domicilié à Schwerin, dans la région du Mecklembourg. Il avait alors une énorme quantité de livres, car c'était un collectionneur passionné. Il avait fait une préparation militaire et servi un temps dans l'armée danoise avec le grade de colonel. Le professeur savait que Ronald avait des liens avec la société secrète fondée en Allemagne dans la première moitié du XIXe siècle, dont le nom était Wotan ou Ódinn, Odin. À cette époque, le romantisme avait commencé à éveiller l'intérêt pour l'ancienne littérature islandaise en Allemagne. De nombreux Allemands avaient la certitude que l'univers mythologique nordique constituait le patrimoine culturel de l'Allemagne et recherchaient leur parenté avec les nations scandinaves. Ronald D. Jørgensen était l'un de ceux qui considéraient l'univers mythologique des poèmes de l'*Edda* comme de la mythologie allemande et il s'intéressait énormément aux rapports entre l'ancienne littérature islandaise et le nationalisme allemand. Le professeur savait qu'il avait été présent à la première de *L'Anneau du Nibelung* de Richard Wagner à Bayreuth en 1876.

En revanche il ignorait que Jørgensen s'était rendu en Islande, adulte. Ce collectionneur de livres anciens était mort d'un cancer à l'âge de cinquante-cinq ans.

D'après les toutes dernières informations du professeur, il avait deux fils, dont l'un habitait à Kristiansand, à la pointe sud de la Norvège.

Le professeur m'avait dit tout cela dans le train pour Hirsthals, à l'extrême nord du Jutland, d'où nous prîmes un ferry pour faire la traversée et gagner la Norvège. En traversant le Skagerak, nous fûmes ballottés par un fort vent du nord et nous parlâmes peu. Le professeur dormit la plus grande partie du trajet, quant à moi, je lisais les livres d'études que j'avais emportés.

Il m'avait demandé de venir avec lui pour l'assister et je ne savais pas en quoi cela consistait exactement. J'avais fait mes preuves en déchiffrant des lettres et des manuscrits devant lui, mais plus tard je me suis demandé s'il ne craignait pas les Allemands rencontrés au Hviids Vinstue. Il se tenait en permanence sur ses gardes et se retournait souvent. Il ne disait rien, peut-être parce qu'il ne voulait pas m'effrayer inutilement mais, à bien y réfléchir, je crois qu'il n'osait pas faire le voyage tout seul.

De très bonne heure le lendemain, le professeur chercha le nom du fils de Jørgensen dans l'annuaire téléphonique d'un bistrot du port de Kristiansand, sans succès. Nous attendîmes l'ouverture des bureaux de la mairie pour aller consulter la liste des habitants. Après avoir découvert un nom et une adresse, nous nous sommes enquis du numéro 15 de la rue Torsgade, la rue de Thor. L'employée se montra très serviable, et un peu curieuse. Le professeur resta courtois sans fournir trop d'explications. Il considérait qu'il n'y avait rien à attendre d'une visite chez le fils de Jørgensen. Nous trouvâmes facilement sa maison. Les noms des rues du quartier semblaient tirés de la mythologie nordique, ils se référaient à Ódinn, Freyja[1] ou à la Valhöll[2]. Je lui demandai si nous ne devions pas nous annoncer, mais il se contenta de secouer la tête.

– Tu es sûr que c'est bien lui ? dis-je lorsque nous fûmes devant la maison et que nous regardâmes la façade.

La bâtisse, à trois niveaux et au toit élevé, se trouvait dans la vieille ville.

– Selon mes dernières informations, il vivait dans cet endroit perdu. Le collectionneur de livres que je connais lui a rendu visite il y a quelques années dans l'espoir de trouver des éditions islandaises dans la collection de Jørgensen.

– Il y a longtemps ?

– Pas plus de cinq ans, dit le professeur.

– Tu sais à quel étage il habite ?

– Non, nous n'avons que le numéro de la maison.

La porte d'entrée n'était pas fermée et je pénétrai dans la cage d'escalier à la suite du professeur. Il frappa sans hésiter à la porte du premier étage. Une jeune femme entrouvrit celle-ci et jeta un coup d'œil dans l'escalier.

– Est-ce que Ernst D. Jørgensen habite ici ? s'enquit le professeur dans un norvégien impeccable.

La femme nous regarda tout à tour d'un air gêné. Puis elle secoua la tête et referma avant que le professeur ait pu lui demander si elle savait où il habitait.

La porte suivante fut ouverte par un adolescent. Son père se tenait derrière lui.

– Est-ce que Ernst D. Jørgensen habite ici ? demanda le professeur.

1. Déesse nordique correspondant en gros à Vénus.
2. "Salle des occis", paradis des guerriers morts au combat.

114

– Jørgensen ? dit l'homme. Non, il est au dernier étage, sous les combles.

Le professeur le remercia et nous gravîmes les escaliers. Il n'y avait qu'une porte sans inscription. Le professeur me regarda et frappa trois coups avec sa canne.

Nous attendîmes, mais rien ne se produisit.

Il frappa de nouveau trois coups, mais plus fermement. Je collai mon oreille contre la porte. Au bout de quelques instants, j'entendis du bruit et, peu après, un vieil homme nous ouvrit et nous regarda fixement. Ses yeux qui semblaient lancer des éclairs sous ses sourcils broussailleux et son nez court et effilé au-dessus de lèvres minces et exsangues lui donnaient un air féroce. Il avait une barbe de plusieurs jours.

– Qu'est-ce que vous voulez ? demanda-t-il en allemand.

– Vous êtes Ernst D. Jørgensen ? dit le professeur.

– Qui êtes-vous pour demander ça ? dit le vieil homme d'une voix tonitruante.

Je regardai le professeur. Quel bobard allait-il raconter à ce vieil homme ? Je fis un rapide calcul de tête. D'après le professeur, Ernst D. était né en 1871. Il avait donc quatre-vingt-quatre ans.

– Nous sommes des collectionneurs de livres islandais, dit le professeur sans hésiter. Il ajouta qu'il s'appelait Thormódur Torfason. Voici mon fils, Torfi, affirma-t-il en me montrant. Vous auriez, paraît-il, une importante bibliothèque.

– Où avez-vous entendu dire ça ? rugit le vieil homme.

– Vous auriez hérité d'une partie de la bibliothèque de votre père, Ronald D. Jørgensen, grand connaisseur de l'Islande et collectionneur de livres.

115

Le vieil homme nous regarda tour à tour. Nous avions réussi, au moins sur ce point, à le prendre au dépourvu.

– Et vous êtes vous-même islandais, ajouta le professeur en souriant. Nous pourrions être parents.

– Vous êtes originaires d'Islande ?

– Oui.

– Il y a quelques années, un collectionneur de livres islandais est venu me voir, dit le vieil homme. Qu'est-ce que vous voulez ?

– Pourrions-nous entrer ? demanda le professeur. Nous n'en aurons pas pour longtemps, si vous le voulez bien.

De nouveau, le vieil homme nous regarda alternativement.

– Je n'ai rien à vous vendre, dit-il.

– Ce n'est pas ce qui nous amène, dit le professeur. Nous voulions seulement savoir si vous conservez quelque chose de la collection de votre père. Nous sommes en quête de livres islandais datant du XVIIIe siècle en particulier.

– Je n'en ai pas.

– Non, mais savez-vous quelque chose au sujet de ceux qui étaient dans la collection de votre père ?

Ernst D. hésita de nouveau. Nous attendions sur le palier.

– Bon, alors entrez, dit-il enfin en nous précédant à l'intérieur. Excusez le désordre, je ne m'attendais pas du tout à avoir de la visite, pour tout vous dire.

Nous le suivîmes dans une petite pièce. L'appartement était plutôt en désordre, avec deux grandes rangées d'étagères pleines de livres. Nous avions vue sur une petite cuisine et une pièce en face de la porte. Il faisait froid. Peut-être le vieil homme ne disposait-il pas d'un chauffage correct. D'après le professeur, son père était

116

un homme fortuné en Allemagne et je me demandai ce qu'il était advenu de cette richesse. Il me fournit la réponse sans que je lui pose la question.

– Ils nous ont tout pris, les communistes, dit Ernst en nous faisant signe de nous asseoir. Après la guerre, je me suis rendu compte trop tard de ce qui se passait. Ils ont divisé le pays en une partie orientale et une partie occidentale, et nous nous sommes retrouvés du côté oriental. Ils ont confisqué notre villa de Schwerin et notre maison de campagne. Nous nous sommes sauvés. Ma femme était norvégienne. Nous nous sommes retrouvés ici, sans rien. Elle est décédée il y a deux ans.

– C'était des temps difficiles, dit le professeur compatissant.

– Oui, en effet. Que vouliez-vous savoir sur mon père et ses livres ?

– Puis-je vous demander si vous avez des souvenirs de lui ?

– Très peu, dit Ernst. J'avais sept ans quand il est mort. Il a lutté plus d'un an contre sa maladie : le cancer, vous comprenez. Je me souviens de cette époque. Je me rappelle que ma mère a été très affectée. Elle était beaucoup plus jeune que mon père.

– Il était à moitié islandais, il est né à Hofsós, dans le nord de l'Islande, dit le professeur.

– Oui. Je ne suis jamais allé en Islande et je ne sais pas si j'y ai de la famille.

– Bien sûr que oui, dit le professeur.

– Mon père s'y est rendu, dit Ernst. Il s'intéressait beaucoup à ce pays.

– Vous savez pourquoi il allait en Islande ?

– Pas vraiment, non. Ça devait avoir un rapport avec sa passion des livres. C'était un collectionneur invétéré, comme vous le savez, sinon vous ne seriez pas venus jusqu'ici. Malheureusement, j'ai été obligé de vendre la majeure partie de sa bibliothèque pendant les années de crise. C'était des temps difficiles en Allemagne et nous manquions d'argent, nous avons dû vendre énormément de livres, des éditions tout à fait remarquables même, d'après ce que j'ai compris. Je ne m'y entends pas beaucoup, c'est feu mon frère qui s'est occupé de ces transactions.

– Vous pouvez m'indiquer les noms des acheteurs, au moins certains… ?

– Il y avait quelques aristocrates. M. Lange, de Stuttgart, a acheté une grande partie de la bibliothèque. M. von Fassbinder, de Leipzig, aussi. Ils sont morts tous les deux pendant la guerre.

Ernst D. se mit à réfléchir.

– Ensuite, il y avait M. von Orlepp. Il a acheté beaucoup de livres.

Je vis le professeur tendre l'oreille.

– Il payait rudement bien, ajouta Ernst. Voilà, c'était les principaux.

– Vous vous rappelez quels étaient les ouvrages les plus précieux de la bibliothèque ?

– Que cherchez-vous en particulier ? demanda Ernst.

– Beaucoup de choses. Les premières éditions imprimées à Copenhague de 1750 à 1870, notamment de Páll Sveinsson, relieur à l'Ancienne Monnaie, *La Bataille de Solférino* de Benedikt Gröndal ou *Les Mille et Une Nuits* en traduction islandaise de…

– Excusez-moi, fit Ernst en interrompant le professeur, les livres ne m'ont jamais intéressé autant que mon père et je ne m'y connais pas trop.

Je fixai le professeur. Il avait préparé cette entrevue mieux que je ne l'avais imaginé. Et je n'avais jamais vu quelqu'un de plus prompt à mentir. L'Ancienne Monnaie ? Où était-il allé chercher ça ?

– Vous savez quelque chose sur ses livres islandais ? demanda le professeur.

– Très peu, dit Ernst. Ça fait longtemps que nous nous sommes défaits de tous ces ouvrages et je n'y connais pas grand-chose. C'est surtout mon frère aîné, Hans, qui s'est occupé de ça. Il est mort il y a trois ans. Il aurait pu vous en dire plus.

– Je crois savoir que votre père est allé en Islande en 1863. A-t-il rapporté des livres de cette expédition, vous savez ?

– Je ne sais rien de particulier là-dessus.

– Et une collection de lettres ? Est-ce que votre père en avait une ?

– Il a fait détruire tout ça avant de mourir, dit Ernst. Il ne voulait pas que ses lettres tombent dans des mains étrangères et il les a fait brûler.

– Des pages ou des feuillets isolés, peut-être sur parchemin avec des caractères anciens. Vous vous souvenez de quelque chose de ce genre dans sa collection ?

Ernst D. secoua la tête d'un air embarrassé.

– Malheureusement, je ne puis vous aider davantage, dit-il.

– Rósa Benediktsdóttir, ce nom vous dit quelque chose ?

– Non, désolé.

– Et Hallsteinsstadir ? C'est un terrain dans le nord de l'Islande.

– Jamais entendu parler. Je ne connais rien de l'Islande.

– Et le *Livre du roi*, de l'*Edda poétique*, ça vous dit quelque chose ?

– L'*Edda*, oui, je l'ai étudiée à l'école. Vous la connaissez ?

– Oui, dit le professeur. Le *Livre du roi* est un trésor du patrimoine islandais, même si ce sont les Danois qui le conservent en ce moment.

Ernst D. se leva.

– Il n'y avait rien d'autre… ?

– Non, dit le professeur désappointé en me regardant au cas où j'aurais quelque chose à ajouter, une question à poser à ce vieil homme.

Rien ne me vint à l'esprit. Nous fîmes mine de partir, mais le professeur ne se hâtait pas. On aurait dit qu'il ne voulait pas lâcher Ernst D. comme ça.

– Merci beaucoup pour votre aide, dit-il tandis que Ernst D. nous raccompagnait. Et pardon pour le dérangement ! Peut-être que nous pourrons revenir vers vous plus tard si nous avons d'autres questions.

– Je vous en prie, dit Ernst.

Je pris congé de lui d'une poignée de main et le professeur fit de même, mais il lui tint la main plus longtemps, comme s'il ne voulait pas abandonner.

– Vous vous souvenez d'un objet dans les affaires de votre père qui ressemblerait à un petit livret, quelques feuilles de parchemin ? demanda le professeur. Un fascicule tiré d'un ancien recueil de poèmes.

– J'ai bien peur que non, dit Ernst.

– Écrit en petits caractères, on peut à peine les déchiffrer.

– Non.

Le professeur lui lâcha la main et s'inclina subitement. Ernst D. referma la porte.

Le professeur prit une profonde inspiration et nous nous mîmes à descendre l'escalier. Au bout d'à peine quelques marches, la porte se rouvrit et Ernst D. réapparut sur le palier.

– Sauf ce qu'il a emporté dans la tombe, dit-il.

– Je vous demande pardon ? s'enquit le professeur.

– Vous m'y avez fait penser, dit Ernst. Notre mère a dit qu'il avait emporté dans la tombe quelques pages. Comme je vous l'ai dit tout à l'heure, il a mis plus d'un an à mourir et il a tout bien préparé, chaque détail de ses funérailles notamment, et l'une des choses qu'il a exigées, aux dires de ma mère, c'est d'emporter avec lui quelques feuilles de parchemin dans sa tombe.

– Il a emporté des feuilles de parchemin dans sa tombe ? répéta le professeur qui ne pouvait cacher son émotion.

– Ce n'était pas un livre, dit Ernst. Seulement quelques bouts de papier dont je pense qu'ils n'avaient aucune valeur, sauf pour lui.

– Des bouts de papier ? Vous pouvez préciser ?

– Des feuilles de parchemin, et comme je vous l'ai dit, je suis sûr que ma mère a utilisé ce terme. Des feuilles de parchemin. Il a exigé de les emporter avec lui dans le cercueil.

– Vous savez quel genre de feuilles c'était ?

– Aucune idée, dit Ernst. Probablement un manuscrit en sa possession. Je ne sais pas.

– Où se trouve… ? Le professeur s'arrêta nct cn plein milieu de sa phrase et se mit subitement à sourire. Merci, monsieur Jørgensen ! Et encore une fois, pardon pour le dérangement.

– Il est dans le caveau de la famille, à Schwerin, dit Ernst. Si le caveau existe toujours. Les années ont passé, je n'y suis pas retourné et je n'ai guère l'intention d'y aller pour ça.

Lorsque nous sortîmes dans la rue, le professeur ne se tint plus de joie.

– Jørgensen a découvert le fascicule et l'a emporté dans la tombe ! Le fascicule manquant du *Livre du roi* ! Il faut nous dépêcher d'aller là-bas, il faut nous rendre en Allemagne le plus vite possible.

– Où ça ?

– À Schwerin, voyons ! Il repose à Schwerin !

– Qui est Rósa Benediktsdóttir ?

– Patience, Valdemar. Je te raconterai tout ça quand j'en saurai un peu plus.

– Et Hallsteinsstadir ?

– Il faut qu'on se dépêche. Il faut qu'on aille à Schwerin le plus vite possible.

– Attends ! Quand tu m'as demandé d'aller avec toi en Allemagne l'autre jour, c'est à Schwerin que tu pensais ? Tu t'en souviens ?

– Non, c'était à autre chose, dit le professeur, et je ne sais pas si ça avait un sens. Ça n'a rien donné jusqu'à présent. Je t'en parlerai peut-être plus tard.

Il a accéléré le pas et je me suis mis à le suivre. Nous avons attrapé de justesse le ferry du soir au départ de Kristiansand et trouvé des places assises à la cafétéria à bord. Je fixai le professeur assis en face de moi et, peu à peu, ce qui nous amenait à Schwerin m'est clairement apparu.

– Que vas-tu faire dans le caveau de Ronald ? demandai-je d'une voix hésitante. Je n'étais pas sûr de vouloir entendre la réponse.

Le professeur se mit à sourire.

– C'est pour ça que c'est bien de t'avoir avec moi, déclara-t-il.

– De m'avoir moi ?

– Ça pourrait se corser, mais je ne crois pas.

– Tu ne vas tout de même pas ouvrir sa tombe ? murmurai-je.

– Heureusement, nous ne sommes pas obligés de pelleter, dit le professeur, et j'ignorais s'il était en

122

train de m'encourager ou de justifier son projet. Tu as entendu ce qu'Ernst a dit : il repose dans le caveau.

– Tu es cinglé ?

– Juste ce qu'il faut, j'espère, dit-il.

– On ne peut pas juste aller là-bas et ouvrir la tombe, dis-je. Ce n'est pas possible. C'est un délit. C'est… Ce n'est tout simplement pas possible ! C'est un sacrilège. C'est du pillage de tombe ! Je ne participerai pas à ça. Rien à faire ! Et surtout pas là-bas. Il repose en Allemagne de l'Est ! Tu le sais !

– Personne n'en saura rien, essaya de me rassurer le professeur.

– Tout ça, c'est à cause des Allemands du Hviids Vinstue ?

Le professeur fit la grimace.

– Ils sont impliqués là-dedans, oui, admit-il. Mais ce n'est pas notre affaire, Valdemar. Tu ne comprends pas ?

– Quoi ?

– Tu n'as pas envie de savoir ? Tu ne veux pas savoir si le fascicule se trouve là-bas ? S'il existe ?! Si nous pouvons le découvrir ? Ça ne te fait pas vibrer ? Tu ne ressens aucune excitation, la proximité de quelque chose de trop… de trop… carrément trop sublime pour pouvoir être exprimé par des mots ?!

Je ne lui répondis pas.

– Valdemar ? questionna-t-il.

Indéniablement, c'était excitant de penser qu'on pouvait découvrir le fascicule perdu qui manquait au *Livre du roi*. Mais bien que je sois très conscient de ce que pouvait avoir d'excitant le fait de découvrir le fascicule perdu, de déchiffrer des notices illisibles et d'ouvrir une tombe, je reconnais volontiers que le genre d'aventure qui consistait à violer une sépulture ne me disait rien qui vaille.

– Quand as-tu l'intention de faire ça ? demandai-je.

– Le plus vite possible. Nous n'avons guère de temps.

– Bigre ! fis-je.

– C'est facile à faire, dit le professeur. Et j'y tiens. Ce sont les Allemands. Je suis déjà allé à Schwerin. Ça ne sera pas une grosse affaire. Fais-moi confiance, Valdemar. Ça ne sera pas compliqué.

– Pas compliqué !? Tu vas ouvrir la tombe de quelqu'un !

– On en a vu d'autres, dit le professeur. Ne te fais pas de souci. Tu te fais trop de souci, Valdemar. Un jeune homme comme toi, voyons !

Je ne pouvais rien dire. Le professeur reprit sa boîte à tabac et se fourra une prise dans une narine. Il me paraissait étonnamment en forme, vu son état précédent. Il referma la boîte à tabac et la mit dans la poche de son gilet.

– J'ai toujours ce regret, dit-il soudain comme pour lui-même en se recalant dans son siège.

– Quoi ? demandai-je, en me demandant de quoi il parlait.

– De ne pas avoir fait de déposition lorsque j'ai découvert les ossements. J'ai toujours ce regret.

– Quels ossements ? demandai-je.

– Mais alors il faudrait que je dise que je les ai recouverts, ajouta le professeur.

Il poussa un profond soupir et jeta un regard dans l'obscurité. Je me gardai de le questionner. Je n'étais pas certain de vouloir tout savoir et me rendais parfaitement compte que j'avais encore du chemin à faire pour comprendre cet homme singulier.

9

Quand je ne mangeais pas au Cannibale, j'étais nourri chez ma logeuse, une charmante quinquagénaire. Son mari était décédé et leur fils unique avait quitté la maison. Mme veuve Bodelsen avait deux autres locataires, un homme d'âge mûr, un de ses parents par alliance, et un étudiant en économie originaire d'Italie, garçon réservé issu d'une famille juive. Le repas, excellent au demeurant, comprenait souvent du jambon danois, du chou rouge et des pommes de terre en plus du reste. Mme Bodelsen était très aimable et je parvins à faire un peu connaissance avec les deux autres locataires qui, en général, avalaient leur repas avant de disparaître dans leur chambre.

J'étais tranquillement allongé sur mon lit après le dîner lorsque j'entendis frapper à la porte de ma chambre. Il ne s'était écoulé qu'une journée depuis que le professeur et moi étions rentrés de Norvège. J'allai à la porte et vis qu'il se tenait devant moi dans le couloir, l'air propre comme un sou neuf. Dans son manteau de cuir, il était rayonnant et il se mit à sourire en entrant sans que je l'y invite.

– Pourquoi n'es-tu pas au collège ? demanda-t-il en promenant son regard sur le pauvre mobilier, mon lit contre le mur, le bureau avec la lampe de lecture que je pouvais utiliser aussi lorsque je lisais au lit, une armoire à linge le long du mur et un phonographe en panne qui était là, dans un coin, et qui appartenait à la propriétaire.

– C'est le professeur Sigursveinn qui m'a procuré cette chambre, dis-je. Il m'a dit que c'était plus tranquille ici.

– Ton Sigursveinn est un homme vraiment chic, dit le professeur en s'asseyant sur la chaise à côté du bureau.

– Je n'ai malheureusement rien à t'offrir, dis-je.

– C'est faux, Valdemar, bien sûr.

– Je veux dire du café ou quelque chose comme ça, expliquai-je.

Je décelai de nouveau cette profonde commisération dans les yeux du professeur qui me regardait sans mot dire. Je souris d'un air gêné.

– Je n'ai rien de ce genre, désolé, ai-je rectifié.

– C'est sans importance, dit-il. Je ne suis pas venu ici pour prendre un café.

Mon maigre choix de livres suscita l'intérêt du professeur. Il se pencha en avant sur sa canne et, chaque fois que j'étais près de lui, j'avais l'impression qu'il me soupesait et me jaugeait. Sa visite ne m'avait pas tellement pris à l'improviste. Je l'avais un peu espérée et je me doutais de ce qui l'amenait ici. Sur le bac qui nous ramenait de Norvège, il m'avait sollicité pour aller en Allemagne avec lui et je n'avais pas donné suite. Et voilà qu'il revenait à la charge.

– J'ai une demande à te faire, Valdemar, reprit-il en se raclant la gorge.

Je me disais que s'il me demandait encore de prendre un congé et de l'accompagner, il me faudrait être plus ferme. Les études avaient la priorité, quoi qu'il en dise.

Cependant, je savais qu'il serait difficile de lui tenir tête et je trouvais désagréable d'être obligé de le faire. Je ne me sentais vraiment pas du tout à l'aise avec lui dans ma chambre.

– J'ignore ce que tu sais exactement, dit-il en sortant la boîte à tabac de sa poche de gilet. Et pendant que j'y pense, je te remercie d'avoir bien voulu m'accompagner, moi, un vieil homme, jusqu'à Århus et jusqu'en Norvège. Et si tu veux en savoir plus, savoir le fin mot de l'histoire, alors viens encore avec moi et je te dirai ce qui se passe.

Je me taisais.

– Je voulais te demander de faire un saut avec moi en Allemagne, dit-il. Le train part...

Il sortit sa montre.

– ... dans une heure.

– Je ne crois pas que je viendrai.

– Tu en es sûr ?

– Nous en avons parlé sur le ferry, dis-je. C'est très difficile pour moi de prendre un congé maintenant et, vraiment, ce n'est pas faisable.

– Oh là, c'est quoi ces bêtises ?

– Ce ne sont pas des bêtises, rétorquai-je.

– Et si je te disais que c'est une affaire de vie ou de mort ? répliqua-t-il.

– Je ne sais pas de quoi tu veux parler. Tu me dis des choses sibyllines et je ne comprends pas.

– Je t'expliquerai tout ça en cours de route, dit-il.

– En cours de route pour où ?

– Pour Schwerin, dans le Mecklembourg.

– Pour violer le caveau de Jørgensen ?

– Tu te souviens des deux hommes du Hviids Vinstue qui se sont montrés grossiers envers moi ? Ils pourraient tout découvrir avant nous. C'est ce que je crains. Je n'ai pas de temps à perdre. Nous n'avons pas de temps à perdre, Valdemar.

Je vis qu'il était sérieux. Il voulait que je prenne un congé afin de l'accompagner pour une raison que j'ignorais, juste parce qu'il me le demandait. J'avais répondu par la négative à sa requête et, maintenant, je trouvais que ça suffisait.

– Tu n'es tout de même pas venu ici dans l'intention de m'obliger… dans l'intention de m'obliger à te suivre partout à la recherche de quelque chose… d'une chose dont je ne sais même pas si elle existe ou non. Je fais des études difficiles ici, tu devrais le savoir mieux que personne…

– Des études difficiles ? Pour l'amour du ciel, Valdemar !

– Je ne peux pas venir avec toi, dis-je en m'efforçant de paraître déterminé. C'est hors de question.

– Alors, va-t'en au diable ! lança le professeur en frappant le sol de sa canne. Quel foutu imbécile tu fais, mon vieux ! Je voudrais que ta tante entende ça. Et pourquoi est-ce que c'est chez elle que tu as été élevé ? Y as-tu jamais réfléchi ?

– Tu devrais t'en aller, maintenant, dis-je.

– Tu as le même manque d'énergie que ta mère, déplora-t-il.

Je regardai fixement le professeur.

– Non ? continua-t-il. Elle ne t'a pas laissé chez ta tante après avoir rencontré un nouveau prince charmant ?

– Qu'en sais-tu ?

– J'ai mes méthodes à moi.

– Va-t'en, fis-je doucement. Sors d'ici.

Le professeur ne bougeait pas. Il avait pris sa boîte de tabac et en inspirait par le nez.

– Excuse-moi, dit-il. Je me conduis parfois comme un idiot. Je ne voulais pas…

– Je veux que tu t'en ailles, persistai-je sur un ton déterminé.

– Ne fais pas tant de manières. Ça m'a échappé, je ne voulais pas te blesser.

– Ça te va bien de juger les gens ! Ce n'est pas moi le savant fini qui a gaspillé les dix dernières années de sa vie à boire. Ce n'est pas moi le soûlographe dont on se moque dans les couloirs de l'université.

J'avais dit cela en serrant les dents et n'en croyais pas mes oreilles. Je n'avais jamais parlé comme cela à personne et j'en eus honte à l'instant même, mais mes paroles ne semblèrent faire aucun effet au professeur.

– Je savais que tu avais du cran, dit-il. Tu es en droit de me blâmer autant que tu veux.

– Va-t'en, dis-je en ouvrant la porte.

– Valdemar, viens avec moi, insista le professeur qui n'en démordait pas. C'est moi qui te ferai cours. Tu ne le regretteras jamais.

– Fais-moi le plaisir de t'en aller.

Le professeur me regarda longuement avant de reprendre la parole.

– On peut découvrir le fascicule, dit-il finalement. Le fascicule perdu qui manque au *Livre du roi*. Je le cherche depuis longtemps, bien avant ta naissance, même. Et là, je suis sur le point de mettre la main dessus. Tu peux m'aider. Tu as déjà participé à sa recherche et je vais te donner l'occasion d'être avec moi au moment de sa découverte.

– Si tant est qu'elle ait lieu.

Il hocha la tête.

– Si tant est qu'elle ait lieu. Et je pense qu'elle aura lieu, Valdemar. Je me suis procuré des papiers pour nous deux pour passer en Allemagne de l'Est. On n'y restera pas longtemps. Tu crois vraiment que ça n'en vaut pas la peine ?

Je le regardai.

— Une question de vie ou de mort pour qui ? demandai-je.

— De qui ? Que veux-tu dire ?

— Tu m'as dit qu'il s'agissait d'une question de vie ou de mort. Qui est en danger ?

— Moi, dit le professeur. Mais ne t'inquiète pas pour ça. Viens avec moi et je te dirai ce qui se passe. Tu ne le regretteras pas, Valdemar. C'est quelque chose que tu ne regretteras jamais.

10

À l'époque, le professeur était un jeune homme, en admettant qu'on puisse l'imaginer jeune, et il avait récemment rencontré Gitte à la Bibliothèque royale. Évidemment, sa chevelure était plus épaisse et beaucoup plus brune, elle n'avait pas encore pris une allure grisonnante ou négligée, loin s'en faut. Il était svelte et avait une certaine prestance. Peut-être était-il rasé de plus près, c'était un homme du monde en costume sombre dans cette ville sur le Sund. Avec ses longs doigts toujours en contact avec les vieux manuscrits et les lettres, voilà qu'il était amoureux de Gitte qui, avec une délicatesse d'ange, avait fait irruption dans sa vie. Ils se rapprochaient doucement l'un de l'autre jusqu'à ne plus faire qu'un et cela avait sans doute été les plus belles années de sa vie. Je m'en aperçus à son silence au sujet de Gitte. Il ne parlait jamais de son amour. On aurait dit qu'il voulait garder sa mémoire à l'abri des mots inutiles, lui qui, mieux que quiconque, en connaissait le pouvoir.

À cette époque, le professeur analysait et numérotait avec une extrême précision la collection de livres et de lettres d'Árni Magnússon dans laquelle il découvrit deux lettres inconnues de l'évêque d'Uppsal, en Suède, insérées dans le manuscrit de la *Saga des Völsungar*.

Dans l'une de ces lettres, l'évêque demandait à Árni de faire bon accueil à son neveu, le fils de son frère, candidat pasteur désireux de connaître sa fameuse collection de manuscrits.

Dans l'autre lettre, l'évêque expliquait à Árni qu'il avait reçu une offre d'un homme de Scanie qui avait un exemplaire complet de la *Bible* de Gudbrandur et qui voulait le lui vendre. L'évêque voulait savoir si Árni était intéressé et avait assez d'argent pour le lui racheter. Au verso de la lettre, Árni avait écrit : "… aux mains de Rósa B…" Deux mots dans la phrase étaient effacés et de ce fait inintelligibles. Le professeur accordait une attention particulière à cette note, bien qu'il y en eût de nombreuses semblables çà et là dans toutes les correspondances, car celle-ci l'intriguait.

Deux ans plus tard, il parvint à examiner le lot de livres qui se trouvaient dans la chambre mortuaire du marchand de Copenhague pour évaluer la collection. Le professeur connaissait un peu celui-ci. Son grand-père islandais avait été marié à une Danoise et c'était l'un des principaux collectionneurs danois de livres anciens de l'époque. Il s'appelait Baldvin Thorsteinsson. Lorsque le professeur examina de plus près la collection de lettres de Baldvin, il y trouva une brève notice de lui au sujet d'une femme nommée Rósa Benediktsdóttir qui avait séjourné à Skálholt du temps de l'évêque Brynjólfur Sveinsson. Cette notice n'avait aucun rapport avec le reste dans les lettres de Baldvin, et elle mentionnait que la sépulture de Rósa Benediktsdóttir serait indubitablement difficile à découvrir "si toutefois quelqu'un a eu l'idée de l'enterrer".

Le professeur se rappelait la note qu'Árni avait ajoutée à la lettre de l'évêque d'Uppsal au sujet de Rósa B. et il eut le sentiment que cela valait la peine de s'informer sur l'identité de cette personne. Il était curieux de savoir si Árni et Baldvin Thorsteinsson parlaient bien de la même Rósa. Il n'avait rien d'autre que le nom et la note datée de 1860 ; donc Rósa devait avoir été inhumée avant cette date-là. La troisième raison, peut-être la plus importante, qu'avait le professeur de s'intéresser à Rósa était que lorsqu'il était étudiant, on lui avait parlé du grimoire du président Jón dans lequel il avait déchiffré les mots "livret pour R".

À Copenhague, il ne découvrit rien sur elle et ne trouva aucun autre indice dans les lettres de Baldvin Thorsteinsson. Plus tard, il mit la main sur une partie de la collection de lettres du naturaliste Japet Steenstrup, qui était l'ami de Jónas Hallgrímsson et qui habitait à Sorø. C'est là qu'il trouva une missive que Jónas avait adressée à Steenstrup lors de son expédition scientifique en Islande. Elle avait voyagé dans une caisse avec une grosse collection de pierres que Jónas avait envoyée à son ami et elle contenait une brève note au sujet de la ferme de Hallsteinsstadir. Jónas y était allé et avait mentionné qu'il y avait un ancien cimetière où avait été enterrée "une vieille femme de Skálholt, connue de Brynjólfur Sveinsson". Lors de ce voyage, Jónas avait tenu avec rigueur un journal de bord, mais le professeur n'y trouva rien de plus sur Hallsteinsstadir ou Rósa.

Les années passèrent sans que le professeur avance davantage dans cette affaire, d'ailleurs il ne s'agissait que de l'une des innombrables notes en bas de page et autres remarques avec lesquelles, en tant que spécialiste des antiquités nordiques, il avait coutume de se colleter.

À la mort de Gitte, il décida d'aller en Islande pour un certain temps. Il eut l'idée de consulter les anciens registres et livres pour voir si le nom de Rósa Benediktsdóttir y apparaissait. Il dénicha les registres paroissiaux de Hallsteinsstadir et, au bout de trois semaines de recherches méthodiques, il considéra qu'il était bien informé sur le compte de Rósa Benediktsdóttir, dont le dernier domicile était à Hallsteinsstadir.

Elle était née en 1632 dans la commune de Skefilstadahreppur, dans le Skagafjördur. C'était la fille d'une ouvrière qui avait fréquemment changé de domicile et avait eu deux enfants hors mariage. À l'âge de sept ans, Rósa fut envoyée à Torfalækur í Ásum et devint ouvrière à Sydra-Langholt, dans la commune de Hrunamannahreppur, où elle travailla en échange du vivre et du couvert. Elle arriva tout d'abord à Skálholt, elle avait alors vingt et un ans, et s'occupa de Ragnheidur, la fille de l'évêque. Elle doit avoir été témoin du rapprochement de Dadi Halldórsson, candidat pasteur et assistant de l'évêque Brynjólfur, et de Ragnheidur, la fille de ce dernier, en 1661. Dadi et Ragnheidur eurent un enfant hors mariage, ce qui provoqua un gros scandale, surtout parce que la fille de l'évêque avait juré par Dieu et sur la Bible devant son père qu'elle n'avait pas connu d'homme. Elle ne se remit jamais de la procédure judiciaire et mourut très jeune, à vingt-deux ans à peine. Ragnheidur fut très regrettée par son père ainsi qu'on peut l'imaginer. Dadi était coupable d'avoir, peu de temps auparavant, fait un enfant illégitime à Gudbjörg Sveinsdóttir. Il fut chassé de Skálholt, obtint d'être réhabilité par le roi quelques années plus tard et se fit pasteur à Steinholt, dans le district d'Árnessýsla. Rósa l'y rejoignit, se maria et eut un enfant à ce moment-là. Elle y demeura pendant une dizaine d'années, devint veuve et déménagea à nouveau une dernière fois avec son enfant pour aller chez son demi-frère dans le Nord, à Hallsteinsstadir.

Elle vécut longtemps, jusqu'en 1719, d'après le registre de la paroisse.

Sa sépulture, qui avait intéressé Baldvin Thorsteinsson pour une raison qu'on ignore, se trouvait donc à Hallsteinsstadir. Des siècles plus tard, le professeur n'avait pas la moindre idée de l'importance que pouvait bien avoir, après plus de cent quarante ans, la tombe de cette pauvre ouvrière pour Baldvin au point qu'il entreprenne le voyage jusqu'à elle. Il étudia l'histoire de l'église du lieu et se souvint de la description faite par un voyageur britannique, Sir Dens Leighton, qui avait sillonné l'Islande avec une suite nombreuse dans les années 1721 et 1722. Parmi elle, il y avait notamment un peintre paysagiste. Le groupe était allé à Hallsteinsstadir. Le tableau du peintre montrait une ferme basse en tourbe à trois pignons et, à l'arrière-plan, une église décrépite également en tourbe. Leighton se souvenait de l'église, qui avait été démolie depuis peu, et il se rappelait que deux ans auparavant, sous un tertre du cimetière attenant, on avait inhumé une très vieille femme.

Le professeur s'était rendu dans le Nord. Il avait mis deux jours à parvenir dans la vallée où se trouvait Hallsteinsstadir. Il était seul avec sa tente et les deux chevaux qu'il avait loués. Il avait passé la nuit au bourg le plus proche et tenté de se renseigner sur le vieux cimetière, mais aucune des personnes interrogées ne savait quoi que ce soit à son sujet. La vallée était restée déserte depuis le milieu du XIXe siècle, soit environ pendant sept décennies, et on lui avait dit que le dernier habitant était mort, probablement alors qu'il se rendait dans les contrées habitées. On pouvait encore apercevoir les vestiges de l'ancienne ferme. Le toit s'était écroulé il y a bien longtemps, mais les murs, pour moitié constitués de pierres, tenaient encore et étaient recouverts d'herbe. De même que l'église en tourbe dont les ruines étaient enfouies sous les hautes herbes. En dehors de cela, il n'y avait aucune trace de vie à cet endroit.

Le professeur avait campé à proximité du cimetière. Il y avait quelques moutons sur les pentes et le son clair du chant des oiseaux lui parvenait dans la tente où il était couché. Il songeait à Gitte sur son lit de mort, secouée par une toux qui lui faisait cracher du sang, et qui le regardait de ses jolis yeux. Elle avait souffert si longtemps qu'à la fin elle ne souhaitait qu'une chose : la mort.

Le lendemain, le professeur commençait ses recherches dans le cimetière. On y apercevait les restes d'un grand tertre enfouis et disséminés sous les hautes herbes. Autrefois, on avait déchargé un petit pierrier du côté de l'église et on pouvait encore trouver des pierres dans la terre. Un bout du pierrier marquait l'extrémité du coin sud-ouest. Il essaya de se faire une idée des dimensions du cimetière et de l'emplacement exact de la sépulture, mais cela se révéla difficile.

Le professeur n'avait aucune idée de ce qu'il recherchait. C'était le deuil qui l'avait amené en Islande, mais c'était également la curiosité du spécialiste qui ne le laissait pas en paix à cause de cette Rósa citée au verso de la lettre de l'évêque d'Uppsal adressée à Árni Magnússon. Elle réapparaissait dans une note du collectionneur de livres Baldvin Thorsteinsson. Lors du recensement de 1703, Rósa avait sa résidence fixe à Hallsteinsstadir, on la disait "pupille de Ragnheidur Brynjólfsdóttir". Dans le registre paroissial de Hallsteinsstadir, qui était conservé à la Bibliothèque nationale de Reykjavík, il était fait mention d'elle alors qu'elle était âgée et on disait d'elle qu'elle "perdait la tête". Dans les annales de Hraunsmúli il était question de l'enterrement de Rósa et notifié qu'elle avait souhaité reposer aux côtés de son fils, décédé trente ans plus tôt, lequel avait été inhumé au cimetière de Hallsteinsstadir.

Le professeur était curieux de savoir comment Baldvin Thorsteinsson avait bien pu être au courant de l'existence d'une femme du peuple inconnue de tous en Islande, pourquoi il indiquait le lieu de sa sépulture dans une note et aussi pourquoi il avait eu l'idée de creuser à cet endroit. Il devait bien avoir eu une idée en tête et le professeur pensait qu'il avait sans doute ouvert la tombe. On savait que partout dans le monde les gens emportaient dans leur cercueil des objets de leur vie terrestre : des choses qui leur étaient chères lorsque les tourments de la vie se terminaient et qu'ils passaient dans cet autre monde réputé meilleur. Se pouvait-il que Rósa ait emporté avec elle dans la tombe quelque chose convoité par Baldvin, le collectionneur ? Comment avait-il eu vent de cela ? Est-ce que la note marginale de Brynjólfur avait un quelconque rapport avec Rósa ? Ces questions obsédaient le professeur à Copenhague et devinrent encore plus lancinantes lors de son séjour à Reykjavík où il tentait de reconstituer le parcours de Rósa Benediktsdóttir. Maintenant qu'il s'était lui-même rendu dans le Nord, il pensait qu'il lui fallait ouvrir sa tombe.

Lorsqu'il eut estimé avoir calculé à peu près où elle avait été mise en terre dans le vieux cimetière, il alla chercher la pelle qu'il avait emportée avec lui et se mit à retourner la terre. Il prit tout son temps. Le déblayage se révéla difficile, le terrain étant sec et caillouteux ; peu habitué au travail manuel, il se fatiguait vite et, en outre, sa fichue jambe victime de la tuberculose ne lui était d'aucune aide. Il avait de la chance concernant le temps car le soleil était haut dans le ciel ces jours-là et il étanchait sa soif à une source qu'il avait découverte non loin de l'endroit où se trouvait l'ancienne église. Il avait de bonnes provisions et profita de la solitude sous le ciel bleu.

Il avait également un petit piolet qu'il utilisait pour ameublir le terrain. Il eut tôt fait d'arriver à la profondeur convenable ; il avait creusé sur la longueur et la largeur du cercueil et ménagé un espace respectable entre ce dernier et lui, mais il n'avait rien trouvé. Il se déplaça plus loin vers la gauche en direction de la ferme. Lorsque le soir fut tombé, il avait bien avancé. Il dîna en toute quiétude, puis se coucha sous sa tente et ne fit aucun rêve.

Le lendemain vers midi, il découvrit un squelette et lorsqu'il eut fini de déblayer la terre qu'il y avait dessus, il se rendit compte, à son grand étonnement, que celui-ci gisait face contre terre. Et, dessous, il vit luire un autre crâne tourné vers lui et complètement édenté.

Le vacarme dans le compartiment se fit assourdissant lorsque le train quitta Rostock pour s'élancer lentement et en grinçant dans le tunnel. Je sursautai sur mon siège. J'avais écouté avec intérêt le récit du professeur assis en face de moi et je ne laissai rien paraître. Il fit une pause pour priser du tabac. Je jetai un coup d'œil par la fenêtre du train. Il m'était agréable de me déplacer avec ces lents serpents dans lesquels on peut se tenir debout et voir le paysage défiler, même quand il fait sombre et qu'il y a de l'orage et qu'il pleut, comme ce soir-là, et que le véhicule n'est pas de toute première qualité : un wagon qui date de l'entre-deux-guerres et qui a fait son temps.

Nous avions voyagé dans le sud du Danemark jusqu'à Nysted où nous prîmes un bateau pour traverser la Baltique et atteindre Rostock, en Allemagne de l'Est. Il y eut un contrôle des passeports des plus sévères où on nous interrogea longuement sur l'objet de notre visite. Pendant le trajet, le professeur s'était fait beaucoup de souci à ce sujet, craignant qu'on ne nous laisse pas entrer. Il expliqua le motif de notre voyage, nous étions là pour une brève mission scientifique pour le compte de l'Université de Copenhague, qui consistait à faire des recherches dans une collection épistolaire appartenant à l'église Saint-Paul de Schwerin. Il sortit des papiers, j'ignorais où il se les était procurés, mais ils avaient l'air de documents officiels avec une autorisation en bonne et due forme pour faire des recherches à Schwerin. Au bout d'un moment, on nous fit signe d'avancer. Nous trouvâmes la gare de Rostock et on nous informa que nous n'irions pas plus loin que Wismar, car le train à destination de Schwerin ne circulait pas.

Je ne sais pas trop pourquoi j'avais accompagné le professeur en Allemagne. Il y avait quelque chose chez lui qui, malgré tout, me fascinait. Il s'enflammait avec une ardeur insolite et une ténacité indomptable qui lui faisaient refuser de baisser les bras. À ce moment-là, je ne connaissais qu'une toute petite partie des difficultés qu'il avait dû affronter, surtout en raison de sa position à l'université. À la lumière de ce que je découvris plus tard, lorsque je me rendis compte de la profondeur abyssale de sa science, je ne pouvais qu'admirer son flegme et la manière dont il essayait de réparer ce qui avait eu lieu. Il buvait sec et plus que quiconque de ma connaissance, mais malgré cela et le fait qu'il prisait, il pouvait en remontrer à des régiments entiers d'antialcooliques en matière de savoir, de délicatesse et de sagesse.

S'il existe une sorte de système immunitaire du corps, il doit aussi exister une sorte de système immunitaire de l'âme qui n'en est pas moins important. Pour la première fois, en voyageant avec le professeur, j'eus le sentiment que ce côté rageur et intraitable, constitutif de sa personnalité, n'était en fait qu'une sorte de défense contre les tracas, les questions et même la curiosité malsaine dont il disait qu'elle était le plus grand défaut des Islandais. Ah, cette éternelle et satanée curiosité malsaine ! Si on parvenait à percer ce système immunitaire en rejetant les ignominies et les moqueries, les sarcasmes, les malédictions et les injures, alors apparaissait un homme d'une tout autre facture, quelqu'un d'exquis même, qui s'était révélé à moi pour la première fois dans son bureau, lorsque, ivre mort, il avait appelé d'une voix tellement douloureuse sa très chère Gitte. Par la suite, je me fis une idée plus exacte de sa véritable nature lorsque, dans ma petite chambre de la rue Saint-Pierre, il déclara avoir besoin de moi. Malgré son impudence et ce qu'il m'avait dit sur moi et sur ma mère, j'avais envie de lui venir en aide.

Et ce n'est pas seulement par indulgence que j'étais saisi de compassion pour lui. Il y avait bien davantage, un sentiment qui m'avait pris moi-même au dépourvu. Mon intérêt s'était éveillé. Je voulais en savoir plus. Le professeur avait réussi à susciter ma curiosité lorsqu'il avait tiré la lettre du bureau du président Jón et qu'il m'avait emmené voir le fils de Jørgensen. Il appelait ça "le vieil instinct du chasseur" et je ne sais s'il existe une autre expression qui conviendrait mieux. S'il découvrait la piste de manuscrits, de livres ou de lettres qu'il considérait de quelque valeur pour la civilisation islandaise ou tout simplement pour lui-même, à plus forte raison s'ils avaient la même valeur que le fascicule perdu du *Livre du roi*, il suivait cette piste comme un chasseur de baleines assoiffé de sang. Je ne m'étais jamais trouvé dans un tel état, mais je commençais à ressentir une attente, une étrange tension qui me fouettait le sang. J'avais considéré jusqu'à présent que la recherche sur des manuscrits était un travail qui se réalisait dans un bureau bien chauffé et confortable, dans la quiétude, à l'abri du monde moderne qui n'est que tumulte et trépidation. Je m'étais fait une certaine idée du travail qui me plaisait, étant donné qu'il associait enseignement et recherche dans un cadre agréable. Et c'est ainsi que le professeur m'avait ému et tout à coup mon sang s'était mis à circuler plus rapidement, ma réflexion à s'animer et mon système nerveux à s'exciter.

Cela n'aurait en réalité pas dû me prendre tant que ça au dépourvu. J'avais toujours eu un faible pour les notes marginales et les remarques ou les notes, qui ajoutaient au savoir accumulé au long des siècles, outre les informations que livraient les anciennes sagas. Ces remarques pouvaient être de toutes sortes et ouvrir des perspectives entièrement nouvelles et se révéler même plus instructives que les manuscrits ou les parchemins qui s'y rattachaient. Et puisque nous avons cité la *Saga de Gaukur Trandilsson*, nous pouvons prendre un exemple tiré du *Livre de Mödruvellir*, un parchemin qui renferme la plupart des *Sagas d'Islandais*, pour expliquer peut-être un peu mieux ce que j'essaie de dire.

Il contient au tout début la *Saga de Njáll*, ensuite vient la *Saga d'Egill*, mais entre les deux il y a deux feuilles blanches. Elles comportent un gribouillis quasi inintelligible et également une phrase que Jón Helgason, spécialiste des manuscrits et directeur de la Collection arnamagnéenne, lisait ainsi : "Fais recopier ici la *Saga de Gaukur Trandilsson*, on me dit que c'est maître Grímur qui l'a." Cette remarque anodine est la preuve irréfutable qu'il a existé une saga qui portait ce nom et traitait de Gaukur Trandilsson, et qui s'est perdue, même si ce même Grímur l'avait eue en sa possession.

C'est grâce à des notes comme celle-là, qui figuraient sur une seule ligne, que de grands mystères furent résolus. Le professeur avait du flair pour ces notices et c'était pour lui un défi d'en découvrir les secrets. C'était l'œuvre de sa vie. Bien que j'aie toujours trouvé qu'il y avait gros à gagner, il ne m'était jamais venu à l'esprit de me mettre à leur recherche, qui plus est à l'étranger. Avec le professeur, les choses changèrent. Il m'enseigna que rien dans la science n'était insignifiant et que tout méritait au moins une fiche de lecture.

– Merci de venir avec moi, Valdemar, dit-il tout à coup en me regardant alors que j'étais plongé dans mes pensées sur mon siège.

– J'avais envie de venir, dis-je en me raclant la gorge. Tu n'as pas besoin de me remercier.

– Je ne voulais pas te dire ce que je t'ai dit à propos de ta mère.

Je me tus. Je ne voulais pas parler de ma mère. Ni avec lui ni avec personne d'autre.

– Tu as de ses nouvelles ? demanda le professeur.

– Non, fis-je. Presque plus.

– Et ton père ? s'enquit le professeur.

– Je n'ai pas envie d'en parler, dis-je. Ça n'a aucune importance.

– Ça n'a aucune importance de savoir qui est ton père ?

– Non, ça n'a aucune importance.

– Tu dis t'appeler Hansson, c'est un nom pas très courant.

– C'est vrai.

– Et ta mère en a pris son parti ?

– Nous n'avons aucune relation, ma mère et moi.

Le professeur me regarda longuement et je crus qu'il allait continuer à me poser des questions sur ma vie privée, mais il se ravisa et se mit à scruter l'obscurité.

Nous arrivâmes à Wismar tard dans la nuit et nous prîmes un ticket de bus, un car fatigué datant de l'entre-deux-guerres qui démarra lentement en direction de Schwerin. Nous avions dormi un moment sur des bancs de bois à la gare routière et ce fut la seule fois où nous pûmes nous reposer pendant ce voyage.

Le professeur poursuivit son récit de la découverte qu'il avait faite il y a longtemps dans une vallée islandaise à l'écart. Il avait été étonné de trouver deux cadavres dans la même tombe.

– Deux cadavres ? fis-je. Que s'est-il passé ?

– Le paysan de Hallsteinsstadir a subitement disparu, dit le professeur. Je ne serais pas surpris que ce soit lui qui se trouvait sur Rósa. Assassiné, probablement.

– Tu es en train de dire que c'est ce Baldvin qui a tué le paysan ?

Le professeur secoua la tête.

– Ça ne pouvait pas être Baldvin, il est mort en 1861, deux ans avant que le vieux paysan ne disparaisse. Donc, ça ne pouvait pas être Baldvin. Il ne pouvait pas être venu en Islande et avoir ouvert la tombe. C'était forcément quelqu'un d'autre. Je n'avais aucune idée de qui cela pouvait être. J'ai cherché depuis. Partout où je suis allé, je me suis demandé qui pouvait bien avoir ouvert la tombe de Rósa, mais sans succès. J'ai potassé des récits de voyages et des listes de passagers,

143

mais il manquait celle que nous avons trouvée à Århus. Ce n'est que lorsque j'ai appris que le nom de Ronald D. Jørgensen figurait dans la collection de documents qui est là-bas que j'ai su que j'avais trouvé. Baldwin et lui se sont connus grâce à leurs collections de livres. Ils se sont écrit. J'avais eu connaissance d'une lettre de Jørgensen dans la collection de Baldwin qui parlait de vieux livres, de parchemins et de divers documents anciens. À cette époque-là, Jørgensen était encore en vie et il a fait un voyage en Islande, ainsi que nous l'avons prouvé, l'année où le paysan de Hallsteinsstadir a disparu. À mon avis, pour une raison quelconque, il a agressé le paysan. J'ai examiné le squelette qui gisait sur celui de Rósa et bien que je ne sois pas spécialiste, j'ai vu qu'il était plus récent que l'autre. J'ai bien nettoyé les ossements et les ai examinés attentivement et il m'a semblé qu'il y avait une entaille dans la troisième côte du haut à gauche, j'imagine qu'elle pourrait être due à un outil tranchant, peut-être la lame d'une faux.

– Le paysan a donc été poignardé ?

– Très probablement.

– Et on l'a jeté dans la tombe de la vieille femme ?

– C'est comme ça que ça s'est passé et pas autrement, conclut le professeur. Ça cadre avec les récits sur un paysan qui a disparu un hiver et n'a jamais été retrouvé. Je me suis renseigné davantage quand je suis retourné au bourg. Ils avaient de très bonnes archives et un directeur clairvoyant qui m'a parlé du sort de ce paysan. On considérait comme certain qu'il avait voulu partir en province, probablement chez son neveu, il s'était mis en route avec son chien et s'était perdu, peut-être à cause des intempéries, et il était mort. On est parti à sa recherche et les hommes qui patrouillaient ont continué les recherches chaque automne lorsqu'ils rassemblaient les moutons, mais ils n'ont jamais retrouvé sa dépouille. Il est possible que le voyageur ait tué le paysan dans la ferme, mais je pense que c'est peu vraisemblable. Aux dires de ceux qui l'ont cherché, tout était en ordre dans la ferme. Je pense que Ronald D. Jørgensen l'a tué près de la tombe pour s'épargner d'avoir à traîner le corps jusqu'au cimetière. Probablement lorsqu'il a découvert ce qu'il cherchait. Que le paysan ait été poignardé, étranglé ou assommé ne change rien à l'affaire et le fait que ça ait eu lieu à l'intérieur ou à l'extérieur de la ferme non plus. Il a disparu exactement à la même période que lorsque Ronald D. Jørgensen est arrivé en Islande à bord de l'*Arcturus* et aurait dit avoir découvert la sépulture de Rósa Benediktsdóttir à Hallsteinsstadir.

– Mais pourquoi avoir tué le paysan ? demandai-je.

– Dieu seul le sait, dit le professeur en regardant défiler l'obscurité par la vitre de la voiture. Jørgensen y a probablement été contraint pour le faire taire. Le paysan a dû lui tenir des propos inconsidérés.

– Tu as trouvé autre chose dans la tombe ?

– Non, dit le professeur. Rien.

– Et c'était le fascicule perdu que Ronald a trouvé ? C'est pour ça qu'il a ouvert la tombe ? C'est pour ça qu'il a été obligé de tuer le paysan ?

Le professeur regarda son reflet dans la vitre du train.

– Oui, je crois que c'était le fascicule perdu du *Livre du roi*, fit-il. Je crois que la vieille Rósa l'a emporté dans la tombe. On peut imaginer qu'elle l'a dérobé quand elle était à Skálholt.

– Le livret pour Rósa, dis-je en me souvenant de la lettre dans le bureau du président Jón Sigurdsson. Brynjólfur avait parlé de cette Rósa.

– Oui, le livret pour R, dit le professeur. Le R

ne signifie aucune des deux Ragnheidur, ni la fille de Brynjólfur ni celle de Torfi, comme je le pensais d'abord, ni non plus la vieille Rósa Benediktsdóttir. Elle s'est retrouvée enceinte, j'imagine, des œuvres de Dadi Halldórsson, qui était volage. Elle a pu étudier à loisir la magie et la sorcellerie avec lui à Skálholt et profiter de quelque chose qu'il y avait dans le fascicule. Cet endroit fourmillait de gens intéressés par la sorcellerie du temps de Brynjólfur. Je pense que c'est là que le fascicule a disparu et qu'il s'est retrouvé plus tard dans le cercueil de Rósa.

– Et c'est Ronald qui l'a exhumé ?

– Oui.

Le professeur détourna les yeux de la fenêtre pour me regarder et se replongea dans l'histoire des deux squelettes de la vallée depuis longtemps désertée.

Tard dans la soirée, il resta à enlever précautionneusement la terre des ossements jusqu'à ce qu'ils apparaissent tels qu'ils avaient été placés dans la tombe. Le pauvre cercueil qui contenait Rósa gisait en morceaux dans ce terrain sec et quelques planches dépassaient de la terre. Il les déposa au bord de la tombe. Il pensait au paysan qui avait disparu sans laisser de traces et voilà qu'il se trouvait dans la tombe de quelqu'un d'autre.

Le professeur prit son repas et se coucha vers minuit, épuisé. Le tombeau ouvert lui fit faire des cauchemars. Ce ne furent cependant ni Rósa ni le paysan qui vinrent lui rendre visite, mais Gitte qui lui apparut, amaigrie comme elle l'était devenue, avec des hématomes à la commissure des lèvres et des yeux douloureux qui le firent sursauter de frayeur. Il était baigné de sueur, tout tremblant et grelottant, sans plus aucune envie se recoucher pour dormir. Ses efforts pour creuser lui causaient une douleur lancinante dans la jambe. Il ne se plaignait jamais de son mal de jambe. Au contraire, il le regardait comme une douce et douloureuse réminiscence des trop rares instants qu'il avait passés avec Gitte.

Pendant qu'il creusait pour atteindre le cercueil de Rósa et qu'il nettoyait les ossements, le professeur réfléchissait à ce qu'il devait en faire, à ce qu'il devait faire des informations qu'il avait obtenues. Il passa la journée à se perdre en conjectures tandis qu'il nettoyait les ossements et les examinait. Il ne voulait pas rester plus longtemps que nécessaire à cet endroit. Il ne trouva rien d'autre dans la tombe, rien qui lui indique ce que Rósa avait emporté avec elle.

Lorsqu'il se réveilla dans la nuit, il était parvenu à une décision. Il avait l'intention d'en rester là. Il considérait que l'élucidation d'un ancien meurtre n'entrait pas dans ses attributions. Au terme de ces réflexions, il recouvrit Rósa et le paysan et quitta comme il le put cet endroit. Il ne resta pas une nuit de plus dans la vallée et se hâta de partir. Au bout de deux jours, il arriva au bourg. Une semaine plus tard, il franchissait la passerelle du bateau et s'en retournait à Copenhague.

11

Nous arrivâmes enfin à Schwerin en fin de journée. Il n'y avait guère de monde dans les rues et une brume sombre recouvrait la ville quand nous sortîmes de la gare routière. Le professeur semblait savoir exactement où aller et prit tout de suite la direction du centre-ville. Je lui emboîtai le pas.

Autrefois, Schwerin était un grand-duché du Nord sur les bords de la Baltique et un très ancien fief des seigneurs du lieu, et lorsque les communistes prirent le pouvoir en Allemagne de l'Est après la Seconde Guerre mondiale, ils divisèrent la région en trois districts : celui de Schwerin, celui de Rostock et celui du Nouveau-Brandebourg. Schwerin s'enorgueillissait d'une cathédrale gothique du XIVe siècle et d'une église Saint-Paul vers laquelle le professeur se dirigea aussitôt. Je n'eus pas le temps de profiter de cette ancienne ville ducale. Le professeur semblait résolu à régler son affaire et à repartir au plus vite.

– Mais, au départ, comment Ronald a-t-il su pour Rósa ? demandai-je, hors d'haleine, tandis que nous approchions de l'église.

Le professeur voulait essayer de glaner des informations sur la sépulture de Ronald D. Jørgensen.

– Aucune idée, dit-il. Il a pu avoir connaissance de

son existence par différents canaux, d'ailleurs c'était un enquêteur habile. Je suppose qu'un jour il a vu apparaître son nom quelque part dans des documents et que cela a piqué sa curiosité. On ne le saura probablement jamais et cela ne change sans doute rien à l'affaire. Il a peut-être vu ou entendu parler du grimoire de Jón Sigurdsson, et c'est ça qui l'aura mis sur la piste.

– Mais alors pourquoi dérober les feuillets ? À quoi pensait Rósa ?

– J'imagine qu'elle a fait ça pour Dadi. J'ai trouvé une lettre d'amour d'elle où elle se dit prête à donner sa vie pour lui. Que voulait faire Dadi des feuillets du *Livre du roi* ? Ça reste très mystérieux. Ou bien elle a fait ça pour eux deux. On ne le saura sans doute jamais.

– Rósa ne voulait pas se séparer du fascicule, ajoutai-je.

– Non, il avait beaucoup de valeur pour elle, j'imagine, approuva le professeur. Tout ça doit être en rapport avec leur relation amoureuse, ce serait une explication crédible. On peut penser que Dadi a pris le fascicule et l'a donné à Rósa. Ou bien l'inverse. On peut retourner ça dans tous les sens. Rósa s'est fait enterrer au côté de son fils. Peut-être que ça prouve qu'elle aurait eu cet enfant de Dadi. Autrement, il est difficile de combler ces lacunes.

– Oui, c'est possible.

– Il vaut mieux que je sois seul à poser les questions, dit le professeur en levant les yeux vers l'église. Nous devons éviter de nous faire remarquer.

Ensuite, il avait filé. Je l'attendis dehors et admirai l'église. C'était un ouvrage magnifique, une bâtisse ocre avec un clocher de près de cent vingt mètres de hauteur flanqué de petites absides de tous les côtés, et c'est pourquoi on était un peu à l'étroit à l'intérieur.

En cours de route, le ciel s'était éclairci et nous aperçûmes le splendide bâtiment du château sur l'un des sept lacs qui entourent la cité. À l'évidence, Schwerin était une ancienne cité de culture allemande qui attestait à chaque pas d'un riche passé.

Le professeur est ressorti et nous avons trouvé un restaurant assez peu engageant dans la Mecklenburgstraße où nous avons mangé un steak de porc que nous avons savouré avec de la bière brune. Le professeur a demandé deux petits verres de vin. Jusque-là, il n'avait rien bu pendant notre voyage.

– Qu'est-ce que tu as pu apprendre sur la sépulture ?

– Elle porte le numéro Q555. La sépulture est illisible et le cimetière n'est pas surveillé, de jour comme de nuit. On devrait être tranquilles.

– Que fait-on maintenant ? demandai-je en regardant autour de moi. Nous étions seuls dans le restaurant.

– On va attendre ce soir, dit le professeur.

– Ça ne me plaît pas, ai-je dit, inquiet. Nous sommes en train de commettre un délit. Tu t'en rends compte ?

– Ne t'inquiète pas, Valdemar. Personne ne le saura. Jamais.

– Personne ne le saura ? ai-je répété, l'air absent.

– Nous ne faisons pas ça pour nous-mêmes, dit le professeur. Il y a des intérêts bien plus importants en jeu que les tiens ou les miens. Essaie donc de réfléchir. Ça te calmera peut-être un peu.

– Et s'il n'a pas le fascicule, qu'est-ce qu'on fera ?

– Alors, on remettra tout en place et on continuera à chercher.

Il se tut et prit sa boîte de tabac à priser.

– Nous avons eu de si grandes pertes, déplora-t-il après un long soupir.

– De manuscrits… ?

– Quand on pense à tous ceux qui ont été perdus, brûlés, qui ont coulé, ont été oubliés et détruits, dit-il. Tout ce qui fait de nous une nation. Tous ces trésors. La caisse de livres d'Ingimundur que nous connaissons par la *Saga des Sturlungar* et qu'on a retrouvée échouée sur le rivage de Drangar. Ça serait bien de la retrouver. Comme tout ce que Hannes Thorleifsson collectionnait en 1682 et qui a disparu dans l'océan, près de Langanes. Jón de Grunnavík a rapporté qu'un tonneau de lettres et de livres sur parchemin en provenance d'Islande avait coulé dans l'Elbe près de Hambourg.

Le professeur poussa un profond soupir.

– Une partie a pu être mise en lieu sûr par des collectionneurs privés comme le duc Auguste au XVIIe siècle, qui a acheté à Copenhague des manuscrits aujourd'hui conservés à Wolfenbüttel, en Allemagne : la *Saga d'Egill* et la *Saga des gens d'Eyr* sur parchemin du XIVe siècle.

Au département des études nordiques en Islande, nous connaissions l'existence de récits sur la manière dont des bibliothèques entières de manuscrits avaient été perdues ou détruites, mais je n'avais encore jamais entendu quelqu'un en faire une description empreinte d'une telle passion et de si profonds regrets. Dans mon cœur, j'étais bien sûr d'accord avec le professeur. Je voulais l'aider, mais j'appréhendais de commettre un délit en pillant cette tombe, et un sentiment d'impuissance m'envahit. Le fait que ce soit pour une bonne cause ne changeait rien à la nature de l'acte. Eu égard au naufrage près de Langanes et de l'accident de l'Elbe, le professeur était d'avis que, s'il y avait un espoir quelconque pour que le fascicule du *Livre du roi* se trouve dans le cercueil de Ronald D. Jørgensen à Schwerin, alors il devait s'assurer qu'il en était bien ainsi et le faire revenir au pays.

À la tombée de la nuit, nous traversâmes la ville à pas lents, sans savoir où nous allions, je crois. En peu de temps, nous étions arrivés dans des quartiers résidentiels. Il y avait quelques immeubles avec des jardins et, par endroits, de petits appentis pour les outils. À ma grande surprise, le professeur entreprit de forcer le verrou de certains d'entre eux et finit par réussir à en ouvrir un.

– Qu'est-ce que tu fais ? murmurai-je.

– Surveille que personne ne vienne, dit-il en disparaissant dans l'appentis.

Je regardai autour de moi. Heureusement, il n'y avait pas un chat. Le professeur reparut avec à la main une lampe à pétrole qu'il me tendit et disparut de nouveau dans l'appentis. Lorsqu'il ressortit, il tenait un solide marteau et un burin qu'il me tendit également.

– Moi, je tiendrai la lampe, dit-il.

– Que se passe-t-il ?

– Inutile d'attirer l'attention en achetant tout ça dans un magasin puisque nous avons trouvé ce qu'il nous faut, répondit le professeur en repoussant la porte de l'appentis. Il faut y aller, dit-il en jetant un regard furtif autour de lui.

– Trouvé ce qu'il nous faut ?

– Nous le rendrons, dit-il.

Le professeur se remit en route, la lampe se mit à vaciller et le pétrole coula. Avant de m'en apercevoir, je lui avais emboîté le pas, le marteau dans une main et le burin dans l'autre. Nous ne ralentîmes pas avant d'être arrivés au vieux cimetière que je n'arrivais pas à situer. L'obscurité était totale et nous nous glissâmes à l'intérieur. J'appréhendais beaucoup ce que nous nous apprêtions à faire, et je me disais que le mieux aurait été d'abandonner les outils sur place, de prendre mes jambes à mon cou et, à la première occasion, de quitter ce pays. D'oublier le fait que ça avait déjà été fait une fois et de continuer mes études de philologie comme si de rien n'était. D'oublier le professeur et son entêtement. D'oublier tout ça. D'un autre côté, j'étais en proie à une étrange excitation. Mon cœur était devenu un petit oiseau qui voletait dans ma poitrine à la pensée de retrouver le fascicule perdu du *Livre du roi* ! Quelle découverte sensationnelle ! Quel exploit ! Nos noms seraient inscrits dans les livres d'histoire. Nous retrouverions un trésor d'une valeur inestimable disparu pendant des siècles ! Était-ce possible ? Le professeur avait-il retrouvé le fascicule perdu ?

Il ne laissait paraître aucun signe de découragement tout en tâtonnant pour arriver jusqu'à la dépouille depuis longtemps refroidie de Ronald D. Jørgensen. La brume sombre qui recouvrait la ville en fin de journée avait disparu. Au-dessus de nous, le ciel s'était éclairci et la lune se manifestait dans un firmament noir de jais, entourée de minuscules étoiles qui nous souriaient. Le professeur s'immobilisa.

– Il va peut-être faire très clair, dit-il en jetant un regard soucieux autour de lui.

– On doit vraiment faire ça ? demandai-je d'un ton hésitant.

Il avait dû comprendre que j'avais peur car il se dirigea vers moi et me prit par les épaules.

– Il n'y a qu'une chose qui compte, Valdemar, fit-il en pesant ses mots. Si nous découvrons le fascicule ici, tu n'auras jamais, mais alors jamais, rien fait de plus important de toute ta vie. Il faut que tu regardes les choses d'une manière différente. Nous ne faisons rien de mal. Personne ne s'en apercevra jamais. Plus jamais personne ne viendra ici. Et si quelqu'un remarquait que

153

la sépulture est un peu en désordre, nous serions déjà loin. En plus, Ronald n'était pas un enfant de chœur. Il a fait la même chose que nous et, en plus, c'était un assassin, lui. Est-ce qu'il mérite notre respect ? Est-ce que nous lui devons quoi que ce soit ? Il a assassiné un paysan innocent et l'a jeté dans une tombe ouverte. Il l'a enseveli sous la terre. Est-ce que nous avons une dette envers cet homme ?

Il me fixa de ses yeux d'un bleu profond jusqu'à ce que je hoche la tête. Il avait réussi à me convaincre.

– Dépêchons-nous, lançai-je.

– Je savais que tu avais du cran, Valdemar.

Le couple Jørgensen était enterré dans une petite chapelle de pierres avec une étroite porte en cuivre. Celle-ci n'était pas fermée à clé ou bien la serrure était cassée et il n'y avait personne pour entretenir l'endroit. Lorsque nous entrâmes, deux dalles funéraires apparurent à la lueur vacillante de la lampe. C'était bas de plafond, nous pouvions à peine nous tenir debout. Il faisait froid et sombre. Les dalles funéraires arrivaient jusqu'au sol et chacune comportait une inscription. Sur l'une d'elles, je reconnus le nom d'une femme : Eleonora. Sur l'autre, il y avait le nom de Ronald D. Jørgensen avec ses dates de naissance et de mort. En dessous, il y était écrit en latin : *Pax vobiscum*.

Ce n'est pas cette nuit qu'il va reposer en paix, me dis-je en frissonnant.

Le professeur s'attaqua à la dalle avec les outils que nous avions dérobés et il commença à la desceller. Je n'étais jamais venu dans un endroit pareil et le professeur m'expliqua que le cercueil de Jørgensen devait reposer dans la paix du Seigneur de l'autre côté de la dalle funéraire. Nous n'avions qu'à la tirer vers nous, regarder à l'intérieur et ensuite la remettre à sa place.

Je suivais le travail du professeur. Cela faisait un bruit considérable et je me penchais à la porte pour faire le guet à l'extérieur. Je compris que le professeur ne voulait pas abîmer la dalle funéraire. Elle était scellée sur l'orifice et il essayait de ne pas la casser. Au bout d'un moment, il me demanda de le remplacer et me dit de faire attention à ne pas briser la dalle. Il tenait la lampe à huile. Je lui jetai un bref coup d'œil. J'eus tout à coup l'impression qu'on nous avait suivis, que quelque part dans l'obscurité les yeux d'un curieux étaient fixés sur nous, témoins de ce forfait, que dis-je, de ce sacrilège.

– Ne t'inquiète pas, dit le professeur. J'ai fait attention à ça dans l'église : ce cimetière n'est pas surveillé.

– Il m'a semblé entendre quelque chose, fis-je en scrutant celui-ci.

– C'est ton imagination, essaya-t-il de me tranquilliser. Continue. Ça va venir. On sera partis plus vite que tu ne le crois.

Il faisait le guet et, moi, je continuais à frapper la dalle en essayant de faire le moins de bruit possible. En réalité, j'étais épouvanté par ce que nous étions en train de faire et je nous voyais déjà cernés par des policiers qui nous arrêtaient. Je nous voyais condamnés à une lourde peine de prison, la nouvelle de cet affreux forfait parvenait en Islande et mon nom était pour toujours lié à ce pillage de tombe.

C'est au beau milieu de ces tristes pensées que soudain la dalle céda. Sa chute fut suivie d'un sourd grondement. J'appelai le professeur pour qu'il m'aide à pousser la dalle hors du trou. Elle était horriblement lourde et nous peinâmes longtemps avant de réussir à avoir prise sur elle pour enfin la pousser sur le côté.

Le professeur éclaira le trou avec sa lampe et son

ardeur redoubla lorsque le cercueil apparut. Nous nous en saisîmes et nous mîmes à le hisser dehors. Le professeur s'était sans doute imaginé ce moment maintes et maintes fois et, maintenant qu'il n'était plus de l'ordre de l'imagination ou du rêve, il se sentait mal à l'aise. Il tirait le cercueil de toutes ses forces. Il était plus lourd que la dalle et nous dûmes conjuguer nos efforts. Peu à peu, tout doucement, il glissa sur le sol.

À grand-peine, nous arrivâmes finalement à hisser le cercueil. Son énorme couvercle était vissé avec de solides ferrures en laiton que le professeur entreprit de défaire. C'était un spectacle étrange et épouvantable de le voir, à la lueur de la lampe, accroupi à côté du cercueil en train de donner des coups de marteau sur les ferrures les unes après les autres. Le cercueil était comme neuf, il s'était bien conservé dans sa niche et, sur le dessus, il y avait un petit tas de poussière que j'imaginais être les restes d'une couronne de fleurs. Je ne savais que penser ni que faire. J'avançai jusqu'à la porte et guettai tout autour de moi, encore épouvanté par cette singulière expédition. Les grands arbres du cimetière prenaient une allure fantomatique sous le clair de lune. J'avais l'impression que les tombes des défunts soufflaient une brise froide sur nous. Je regardai de nouveau le sépulcre. La cavité que nous avions ouverte pour atteindre le cercueil de Ronald avait l'air d'un gouffre béant dans un sanctuaire qui semblait, depuis les temps anciens, hurler à la mort et à la violation de sépulture.

– Voilà ! dit le professeur. Nous y voilà !

Les dégâts ne semblaient pas le préoccuper.

– Tu peux ouvrir le cercueil ? murmurai-je. Ma voix tremblait.

Il s'escrima sur le couvercle et parvint à grand-peine

à le pousser sur le côté. Il me demanda de l'aide et je posai la lampe. Unissant nos forces, nous poussâmes le couvercle du cercueil et soudain nous apparut la dépouille mortelle de Ronald D. Jørgensen, collectionneur de livres et assassin.

Le professeur tenait la lampe au-dessus du cercueil et le squelette nous regardait bouche bée. Il était complètement décharné, mais vêtu d'un splendide costume d'apparat qui commençait à souffrir de ce long séjour dans la tombe. Le plus horrible, c'étaient les orbites vides des yeux et une solide dentition qui me parut esquisser un étrange rictus quasi diabolique. "Vous êtes venus jusqu'ici, disait-il, vous deux Islandais ; cette ignominie vous collera à la peau tant que vous vivrez et rien ne pourra l'effacer !" J'en eus le frisson. Je regardai le professeur. Il n'accorda aucune attention au squelette. Ses yeux se portèrent sur un endroit situé entre les mains crochues au-dessus du bassin, sur une boîte en métal que Ronald Jørgensen avait emportée dans la tombe.

Le professeur tendit la main vers la boîte et voulut s'en saisir, mais Ronald n'était pas disposé à la lâcher. Ses doigts crochus la tenaient fermement. Je remarquai une grosse bague en or à son annulaire. Finalement, lorsque le professeur attrapa la boîte, le bras droit de son propriétaire vint avec. On entendit un léger craquement quand le bras se détacha de l'épaule et la bague tomba dans un bruit assourdissant sur le sol. Le professeur la ramassa et la mit sur le costume d'apparat. J'en avais le souffle coupé, mais le professeur fit comme si de rien n'était, prit le bras et le posa sur le cercueil.

– Voilà, dit-il en faisant un petit signe de croix sur le cercueil.

Ensuite, nous reposâmes le couvercle à sa place.

J'étais sacrément content de ne plus avoir le squelette sous les yeux, avec ses orbites et le rictus de
sa dentition.

J'entrepris de fixer le couvercle sur le cercueil et,
ensemble, nous le remîmes en place. Nous replaçâmes
le plus correctement possible la dalle dans le trou. Le
professeur me précéda en sortant du sépulcre et s'assit
à côté d'un imposant crucifix. Il avait la lampe et la
boîte en métal que Jørgensen tenait dans ses mains
crochues. Je le regardai à la dérobée tandis que je
remettais la porte du sépulcre. J'aurais préféré me
dépêcher de sortir du cimetière et ne plus jamais y
revenir, mais c'est le professeur qui commandait. Il
attendait depuis longtemps ce moment.

Il resta assis assez longuement, la boîte à la main,
gardant les yeux fixés dessus comme s'il était ailleurs
et je me disais qu'il avait peut-être peur de l'ouvrir.
Peut-être craignait-il qu'après tout cela son rêve ne
se réalise pas. Ensuite, je le vis essayer de l'ouvrir,
sans succès. Il prit un canif qu'il avait sur lui et fit
passer la lame sous le couvercle. Il n'y avait pas de
cadenas, mais le couvercle était soudé à la boîte. Le
professeur batailla longtemps dessus. Je compris qu'il
voulait procéder avec prudence pour ne rien abîmer.
Je jetai un coup d'œil au sépulcre. Nous avions essayé
de faire en sorte que personne ne remarque rien, mais
je craignais que l'effroyable sacrilège perpétré ici ne
puisse échapper aux gens.

Debout devant le professeur, le marteau et le burin
à la main, je lui murmurai qu'il nous fallait partir et
sortir du cimetière pour prendre le premier taxi en
direction du Nord et de la Baltique. Je crois qu'il ne
m'avait pas entendu. Il avait réussi à ouvrir la cassette
en métal. Le couvercle était à terre à côté de lui et il

fixait le contenu. Je pus voir qu'il s'agissait juste d'une espèce de mouchoir. Il s'écoula une éternité avant qu'il ne lève la main et sorte celui-ci avec précaution de la boîte pour le poser sur ses genoux. Il le déplia et on vit apparaître quelques feuilles isolées de parchemin sombre, mais avec une écriture bien distincte.

À la lueur du lampadaire, le professeur reprit sa respiration.

– Est-ce possible ? se mit-il à gémir.

Je vis qu'il comptait les feuilles.

– Je crois que ceci est peut-être le fascicule. Je crois que ceci est peut-être le fascicule qui manque au *Livre du roi*, Valdemar !

– Nous l'avons trouvé ?

– C'est le fascicule ! s'exclama le professeur, et je vis qu'il examinait le texte.

– Il y a huit feuilles ? demandai-je, exalté.

Il n'eut pas le temps de répondre. Tout à coup, j'entendis du bruit derrière moi. Mes cheveux se dressèrent sur ma tête. Je n'osai pas me retourner.

– *Ach, Herr Professor* ! fit une voix tonitruante.

Le professeur se redressa lentement. Je me retournai et vis trois hommes sortir de l'obscurité et s'approcher de nous. J'eus l'impression que mon cœur avait cessé de battre. J'aurais voulu fuir, prendre mes jambes à mon cou et disparaître dans l'obscurité. Les deux hommes du Hviids Vinstue se dirigèrent vers nous à pas lents. C'étaient Joachim von Orlepp et l'homme dont je ne connaissais que le prénom : Helmut. Le troisième homme qui était avec eux cette fois-ci, je ne l'avais jamais vu auparavant. Derrière, à quelque distance, il y avait encore trois hommes qui, à ce qu'il me sembla, pouvaient être de la police est-allemande.

– Joachim von Orlepp ! murmura le professeur.

Il avait l'air d'avoir complètement oublié les wagné-rianistes.

– Ravi de te voir, Herr Professor ! dit Joachim en s'inclinant comme pour se moquer du professeur. Ce n'est pas un peu inhabituel, même pour toi, de piller une tombe dans ta vieillesse ?

– Comment est-ce que tu as pu… ?

– Nous vous suivons depuis quelque temps.

Le professeur regarda les policiers qui se tenaient derrière Joachim.

– J'ai profité de l'assistance de mes amis de Ros-tock, expliqua Joachim. Et d'ici aussi, à Schwerin. Ils ne sont pas particulièrement ravis d'avoir affaire à des détrousseurs de cadavres.

Joachim me regarda.

– Qui est-ce avec toi ? C'est qui, ce garçon ?

Il s'approcha de moi et je reculai jusqu'à me retrou-ver à côté du professeur qui tenait les mains derrière son dos, comme s'il pouvait défendre les feuilles de parchemin contre ces agresseurs inattendus. Joachim paraissait très calme et nous regardait à tour de rôle. Ses yeux s'arrêtèrent de nouveau sur moi.

– Qui es-tu ? demanda-t-il avec un léger sourire.

– Moi… je m'appelle Val…

– Tu n'as pas à lui répondre, l'interrompit brus-quement le professeur. Fiche-nous la paix, Joachim ! Nous sommes ici pour le compte de l'Université de Copenhague. S'il nous arrive quoi que ce soit, tu en répondras.

Joachim éclata de rire et passa sa main dans sa chevelure blonde.

– L'Université de Copenhague ! dit-il. Je doute que quelqu'un soit au courant de votre présence ici. Ou

160

qu'on demande de vos nouvelles, ajouta-t-il en regardant en direction du sépulcre.

Il eut un sourire qui découvrit ses dents blanches.

– Vous avez commis un sacrilège, assura-t-il. La police locale va certainement vouloir vous interroger. Je ne doute pas que vous puissiez expliquer tout ça. J'en suis conscient et je voudrais vous remercier de m'épargner cette peine. Par contre, je ne suis pas certain que les autorités de ce pays voient les choses de la même manière.

Son sourire s'élargit et il nous regarda tour à tour. Puis il tendit la main.

– Donne-moi ça, dit-il au professeur.

– Quoi ? fit le professeur.

– Ce que tu tiens.

Le professeur ne bougea pas.

– Ne fais pas l'imbécile, dit Joachim.

Le professeur demeura silencieux et immobile. Il s'écoula ainsi un certain temps.

Soudain, Joachim me donna un violent coup de poing dans l'estomac qui me coupa le souffle. Saisissant ma tête, il me donna un coup de genou en plein visage. J'avais l'impression d'avoir le nez cassé et je sentis du sang couler. La douleur était insupportable. Je m'affaissai dans l'herbe et Joachim me tira les cheveux.

– Je peux continuer comme ça aussi longtemps que tu veux, lança-t-il au professeur.

– Ça va, Valdemar ? me demanda le professeur en islandais.

– Laisse-le-lui, rétorquai-je avec des sanglots dans la gorge.

– Je ne peux pas, dit le professeur.

– Laisse-le-lui ! m'écriai-je.

– Valdemar, tu sais où est sa vraie demeure, dit le professeur. Je ne peux pas le lui laisser.

– Tu es cinglé ! m'écriai-je. Il te le prendra quoi que tu fasses.

– Non, pas si je le détruis, fit le professeur.

Joachim nous regardait à tour de rôle.

– Arrêtez ça ! s'écria-t-il. Donne-moi ce que tu as trouvé !

– Ces feuilles ont leur vraie demeure en Islande, dit le professeur en allemand à Joachim. Je ne peux pas te les donner.

Joachim fixa les yeux sur lui et se mit à rire. Je me remis sur pied.

– Tu ne peux pas me les donner, répéta Joachim sur un ton sarcastique. Toi qui as bien lâché…

Il ne put finir sa phrase. Le professeur saisit la lampe à pétrole et la lança sur le crucifix en bois et elle explosa, mettant le feu à ce dernier. Il prit les feuilles de parchemin et fit mine de les jeter dans le brasier. Je vis qu'il hésitait, je fis un bond et m'élançai sur lui, l'envoyant à terre à côté du crucifix en flammes. Il tenait encore les feuilles.

– Lâche-moi, imbécile ! hurla-t-il. Tu n'as pas le droit de faire ça ! Ils ne peuvent pas s'emparer de ces feuilles ! Ils n'en ont pas le droit !

Joachim vint vers nous, se baissa pour arracher les feuilles des mains du professeur. Il nous regarda, couchés au sol, et secoua la tête.

– Ces Islandais, lança-t-il, frémissant de rage.

Puis il s'éloigna. Le professeur et moi, nous nous relevâmes avec peine. Helmut et le troisième homme quittèrent le cimetière avec Joachim, mais les trois policiers restèrent là et se dirigèrent vers nous. Le professeur me lança un regard furieux.

– Tu aurais dû me laisser les brûler, dit-il.

– Je n'ai pas pu.

– Qu'est-ce que tu peux être bête.

– Si c'est le fascicule, il vaut mieux qu'il soit entre ses mains plutôt qu'il ne soit brûlé.

– Pas sûr.

– Qu'est-ce qui va nous arriver ? demandai-je.

– Je ne sais pas.

– On peut prendre contact avec quelqu'un ici ? Tu connais quelqu'un ?

– Non, personne.

– Mon Dieu, ai-je gémi.

– Est-ce que tu as dit à quelqu'un que nous allions à Schwerin ? demanda-t-il.

– Non, à personne, répondis-je en touchant avec précaution mon malheureux nez qui avait cessé de saigner. Et toi ? Est-ce que tu as dit à quelqu'un que nous avions l'intention de nous rendre dans cette ville ?

– Non.

– Donc personne ne sait que nous sommes ici ?

– Non, dit-il.

– Tu savais qu'ils te suivaient ?

– Je m'en doutais, mais j'ai pris beaucoup de précautions. Je me suis tranquillisé en arrivant à Schwerin parce que je n'ai rien remarqué, je pensais qu'on s'était débarrassés d'eux. Je me suis laissé égarer par mon enthousiasme. Je me suis laissé égarer, Valdemar. Désolé.

Les policiers nous avaient menottés les mains derrière le dos. C'est ainsi qu'ils nous conduisirent hors du cimetière. J'entendis le feu crépiter sur le crucifix lorsque nous partîmes.

– C'était vraiment le fascicule ? demandai-je.

– J'en ai peur, dit le professeur. J'en ai bien peur, mon cher Valdemar.

– Tu voulais vraiment le jeter au feu ? demandai-je.

Les policiers nous emmenèrent, un devant et deux derrière, et nous quittâmes la tombe de Ronald D. Jørgensen.

– Non, pourquoi ? dit le professeur. Je n'aurais pas pu faire ça.

– Je t'ai vu hésiter.

– Je… ça aurait été irresponsable de ma part.

– Ne vaut-il pas mieux qu'il existe toujours, même s'il n'est pas en de bonnes mains ?

– Je crois bien, Valdemar, avoua le professeur. Mais c'est épouvantable de le perdre en le laissant aux mains de ces hommes. Tu ne peux pas imaginer comme c'est épouvantable.

12

Nous avons été conduits au commissariat de police de la ville et on nous a fait asseoir comme des accusés sur un banc de bois en face de la réception avec un policier pour nous garder. Je ne doutais pas un seul instant de notre culpabilité. D'après ce qu'avaient dit les policiers, nous attendions leur supérieur, qui devait statuer sur notre sort. Notre voyage à Schwerin avait été un fiasco. Le professeur ne s'était pas douté un seul instant qu'on nous suivait. Cela ne m'était jamais venu à l'esprit non plus. Nous nous étions lancés à l'aveuglette, sans la moindre précaution, et par pure négligence nous avions laissé échapper un patrimoine culturel de très grande valeur qui se trouvait désormais aux mains d'hommes que le professeur qualifiait de vulgaires criminels.

La porte s'ouvrit et on nous intima l'ordre de nous lever, ensuite on nous fit traverser un couloir pour pénétrer dans un bureau où était assis un homme entre deux âges en uniforme. Il nous déclara seulement que nous allions passer la nuit en cellule. La place semblait réduite dans cette prison, car on nous mit dans la même pièce. Il y avait un seul lit, un lavabo et un seau dans un coin dont j'espérais que nous n'aurions pas besoin de nous servir. La porte en acier claqua avec fracas derrière nous et, au même instant, on éteignit la lumière dans la cellule.

Les policiers nous avaient soigneusement fouillés et nous avaient pris cravate, ceinture et lacets. La pièce n'avait pas de fenêtre. Nous ignorions quand le jour se lèverait.

Je cherchai en tâtonnant le lit et m'assis dessus. Le professeur m'imita et prit place à côté de moi. Nous restâmes un long moment silencieux. Je pensai à ma tante, à ce qu'elle dirait de tout ça, et je me demandai si je la reverrais un jour. J'avais le mal du pays. J'étais au bord des larmes. Nos conditions de détention étaient déplorables. La puanteur qui régnait dans cette cellule exiguë défiait l'imagination. Nous étions à la merci d'hommes que nous ne connaissions pas et nous n'avions aucune idée du sort qu'on nous réservait. Nous avions incontestablement commis un délit, il n'y avait pas de doute. Nous allions le payer. Quel qu'il fût, il n'y avait pas moyen de prévoir notre châtiment et je redoutais le pire, une peine de prison. Nous ne nous en sortirions pas avec une simple amende. Le professeur avait réclamé un entretien téléphonique avec Copenhague, considérant que c'était son droit, mais l'officier s'était contenté de secouer la tête. Le professeur avait alors réclamé l'assistance d'un avocat.

– Je ne suis pas compétent pour ça, répliqua l'officier. Vous resterez ici cette nuit.

Et nous y restâmes, le professeur et moi, son disciple, avec un sentiment d'impuissance et d'appréhension. Le professeur semblait comprendre ce que je ressentais. Il passa son bras sur mes épaules et tenta de me tranquilliser.

– Ça va aller, mon bon Valdemar, dit-il dans l'obscurité. Ils n'ont rien contre nous et ils nous relâcheront demain matin. Fais-moi confiance. Nous aurons un avocat, j'obtiendrai le droit de téléphoner et nous paierons une caution, quelle qu'elle soit. Ne t'inquiète pas. Nous serons rentrés à Copenhague dans quelques jours. Ils ne peuvent pas s'exciter à cause de… à cause…

– De ce pillage de tombe ? Parce qu'il y a un crime plus grave ? Un assassinat, peut-être ?

– "Pillage de tombe" est peut-être un peu fort dans ce contexte, corrigea le professeur.

– Nous avions entre les mains le fascicule du *Livre du roi*, dis-je.

– Oui, et nous l'avons perdu.

– Tu l'auras vu, au moins.

– C'est vrai. Ça… ça valait son pesant d'or…

Quelque part, une porte claqua. Nous entendîmes une voiture s'éloigner.

– Qu'est-ce qu'on va devenir ? me lamentai-je après un silence.

– Je ne sais pas, mon ami.

– Qu'est-ce qu'ils peuvent faire ?

– Ça va aller. Fais-moi confiance.

– C'est ça le problème ! C'est ce que j'ai fait : je t'ai fait confiance. Et maintenant je suis là, en prison, dans une ville que je ne connais pas et dont j'ignorais même l'existence il y a quelques jours.

– Je sais, Valdemar, mais je nous sortirai de là. Tu peux en être sûr. Nous en rirons un jour. Je te le promets.

Il me serra plus fort et nous restâmes assis longtemps dans l'obscurité, enveloppés d'un étrange silence. J'avais l'impression d'étouffer. C'était comme si nous étions nous-mêmes dans le sépulcre de Ronald et qu'on nous y avait emmurés. Nous étions oubliés de tous et dans une situation tout à fait désespérée.

C'est dans cette cellule nauséabonde que j'ai entendu l'histoire la plus extravagante qui m'ait jamais été racontée. Je ne sais pas pourquoi il me l'a racontée là, dans le noir. Il l'avait gardée en lui pendant dix ans. Elle l'avait tourmenté jour après jour tout ce temps et lui avait parfois rendu la vie insupportable. Garder seul un secret comme celui-là et rester silencieux a quelque chose de surhumain. Il était bien entendu très difficile de conserver cette espèce de spectre pour soi sachant qu'avec le temps il serait de plus en plus dur de garder le secret. En réalité, il était invraisemblable qu'il y soit parvenu aussi longtemps et cela en dit peut-être plus long sur le tempérament de l'homme que sur l'homme lui-même. Et voilà qu'il croyait venu le moment de soulager sa conscience et de faire de moi son confident. Il m'avait fait échouer en prison dans un pays inconnu et il me devait des explications.

Tout a commencé quand je lui ai demandé ce que s'apprêtait à dire Joachim von Orlepp au cimetière lorsqu'il avait été interrompu, j'avais eu l'impression que le professeur ne voulait pas qu'il finisse. Là, dans ma cellule, cela ne cessait de me trotter dans la tête. Ce devait être quelque chose en rapport avec le fascicule manquant au *Livre du roi* que le professeur n'avait pas voulu lâcher, lui qui avait lâché quelque chose d'autre, et même de plus important, si j'avais bien compris Joachim.

– Que voulait dire Joachim quand tu as refusé de lâcher le fascicule ?

– Quoi donc, mon ami ? dit le professeur.

– Joachim a dit qu'il te serait facile de lui remettre le fascicule parce que tu avais lâché autre chose de plus important. Qu'est-ce que c'était ? De quoi parlait-il ?

Tout d'abord, le professeur ne me répondit pas. Il était probablement en train de peser le pour et le contre pour savoir s'il devait me confier ce qu'il avait porté seul sur ses épaules pendant toutes ces années et qu'il était impossible à quiconque de comprendre. Je ne lui reposai pas la question, et ce qui était d'abord un silence gêné dans cette horrible cellule s'évanouit dans le noir et disparut dans la quiétude de ces quatre murs.

Ensuite, c'est venu.

Le professeur toussa pour s'éclaircir la voix.

– J'ai déjà été dans une cellule comme ça avant, dit-il.

– Avant ?

– Oui.

– Dans une cellule comme ça ? dis-je.

– Oui, dans une cellule comme ça, dit-il. Dans le noir, comme dans celle-ci.

Le silence se fit et un long moment s'écoula. Je n'osai pas lui demander ce qu'il voulait dire et je me rappelai vaguement les histoires que j'avais entendues sur lui. On disait qu'il avait été arrêté par les nazis pendant la Seconde Guerre mondiale.

Le professeur commença son récit et sa voix était empreinte d'une étrange souffrance. Au début, je ne savais pas trop de quoi il parlait. Il raconta son enfance à Ófeigsfjördur, dans la région des Strandir, du côté très religieux de sa mère, et de lui-même qui s'était découvert une ardente passion pour les livres, comme s'il avait eu ça dans le sang. En général, à la campagne les livres étaient des objets précieux et rares, mais là où il avait été élevé, avant le début du siècle, se trouvait la plus grande bibliothèque de la région ; on y faisait des lectures le soir et, parfois, on le faisait lire en public. Chez lui, l'objet le plus précieux était un manuscrit de la *Saga de Njáll* datant du XVIIe siècle que son père avait hérité de sa mère qui, elle-même, l'avait reçu de sa mère et dont un jour le professeur deviendrait propriétaire et qu'il conserverait pour les générations futures.

– Ça ne se fera pas, l'entendis-je dire dans le noir. Je n'ai jamais eu d'enfants. Mais c'est bien comme ça. C'est ma sœur qui a eu le livre et ce sont ses enfants qui le conservent. Je leur ai proposé d'en faire don à la Bibliothèque nationale. Ils ne l'ont pas mal pris.

C'était un élève prometteur et on l'envoya à l'école à Reykjavík, il obtint la première place au baccalauréat dans le plus grand lycée de la ville, le Lærdi skólinn, littéralement "L'école savante". Il embarqua pour le Danemark afin d'étudier à l'Université de Copenhague, ville où il avait toujours habité depuis lors.

– Tu as probablement entendu parler de ma chère Gitte, dit-il. L'élue de mon cœur. Ensuite il s'est produit l'événement qui m'a le plus marqué et qui a anéanti tout bonheur dans ma vie, dont il n'est plus resté grand-chose.

Il fit une pause. Je me gardai de dire quoi que ce soit.

– Tu es probablement au courant de mon histoire quand je suis tombé aux mains de la sécurité allemande pendant la guerre, dit-il. Ils m'ont arrêté.

– J'en ai entendu parler.

– Ils croyaient que je collaborais avec la résistance danoise.

– C'est ce que tu faisais ?

– Bien sûr. Contre les nazis. Il n'était pas question d'autre chose, pour moi. Je ne le regrette pas, bien que cela m'ait valu un terrible sacrifice.

– Un sacrifice ?

– Oui. Un sacrifice qui nous a coûté, à nous les Islandais. Et tout ça par ma faute.

Il se tut. Je n'osais rien dire. Je ne savais pas ce qu'il allait me raconter, mais j'eus immédiatement le sentiment que c'était quelque chose qu'il avait sur le cœur.

– Je ne sais pas trop par où commencer, Valdemar, dit finalement le professeur en poussant un profond soupir. Je ne sais pas par où commencer.

Il était dans son bureau quand ils sont venus le chercher, en plein jour. Deux nazis de la police secrète et trois de leurs agents danois ont fait irruption chez lui, l'ont arrêté et l'ont conduit à l'immeuble de la Shell dans la rue Kampmandsgade, le quartier général de la Gestapo de Copenhague. C'était en mars 1945. Les interrogatoires avaient lieu au quatrième étage du bâtiment et tout en haut, au cinquième, se trouvaient les cellules. C'est là qu'il a été incarcéré. On ne lui a donné aucun motif d'accusation. Il a entendu du bruit à l'étage du dessous, un gémissement qui venait de la salle de torture de la Gestapo. Il s'est immédiatement douté de la raison pour laquelle il avait été arrêté et s'est demandé ce qu'ils pouvaient bien savoir et s'il allait être torturé.

La résistance danoise avait été de plus en plus active tout au long de l'occupation allemande. Elle avait notamment réalisé des publications clandestines, organisé des missions d'espionnage et commis des sabotages. Le professeur voulait l'aider. C'est par hasard qu'il avait fait la connaissance d'un petit groupe d'étudiants liés à la Résistance. À l'université, le professeur était connu et ne faisait pas mystère de ses opinions sur les nazis. Un jour, Emma, une jeune étudiante du département des études nordiques qu'il connaissait, fit irruption dans son bureau et lui demanda son aide. Elle était recherchée par les nazis à cause du sabotage d'un train de matériel militaire qui avait eu lieu deux jours auparavant. Le professeur n'hésita pas un seul instant et cacha la résistante en empilant des livres autour d'elle. Le bureau était en effet bondé de livres entassés sur le sol et certains arrivaient jusqu'au plafond. Emma était une étudiante petite et mince, et le professeur, habile de ses mains, la fit s'accroupir dans un renfoncement de la pièce, près du poêle, et lui dit de ne pas bouger. Il empila livres, journaux et documents au-dessus et tout autour d'elle. Les nazis cherchèrent dans tous les bureaux du bâtiment sans trouver la jeune fille. Lorsqu'ils firent irruption chez lui, le professeur était allongé sur son canapé, l'air de dormir. Ils regardèrent autour d'eux et ne virent que du désordre et des livres. Ils lui ordonnèrent de se lever, retournèrent le canapé et donnèrent des coups de pied dans les bibliothèques avant de ressortir en courant. Le professeur dit à Emma que s'il pouvait faire davantage pour la Résistance, il fallait le lui faire savoir. Ensuite, ils prirent congé l'un de l'autre.

Quelques semaines plus tard, une jeune fille s'adressa à lui dans la rue alors qu'il se dirigeait vers son bureau. Elle avait un paquet de tracts qu'elle lui remit en disant qu'Emma était hors de danger et qu'elle était arrivée en Grande-Bretagne. Deux jours plus tard, un homme vint le voir à son bureau pour les tracts et lui laissa une petite caisse en bois. Lorsque le professeur y jeta un coup d'œil, il vit six bâtons de dynamite et une mèche. Un autre homme vint chez lui chercher la caisse et disparut dans la nuit. Il laissa des photos de bâtiments de Copenhague qui avaient une importance stratégique, entre autres l'immeuble de la Shell.

C'est ainsi que le professeur fut peu à peu impliqué dans le travail de la résistance danoise et il fit de son mieux pour aider ses membres au cours des deux dernières années de la guerre. Il abrita des résistants qui fuyaient les nazis et son bureau à l'université devint bientôt l'un des points de passage d'une filière organisée pour acheminer sur le continent les résistants, danois comme étrangers. Lorsque le professeur fut arrêté, l'un des principaux responsables de la Résistance venait de séjourner trois jours chez lui. Tout d'abord, le professeur pensa que les nazis avaient suivi sa piste, qui les avait menés jusqu'à lui et, n'ayant pas trouvé l'homme qu'ils cherchaient, ils l'avaient arrêté à sa place.

Et maintenant il attendait d'être interrogé dans l'immeuble de la Shell. Tous les habitants de Copenhague savaient que celui-ci abritait le quartier général de la Gestapo depuis le printemps de l'année précédente. C'est là qu'étaient conduits ceux que le commandement allemand considérait comme une menace pour la sécurité. Au dernier étage, on avait aménagé des cellules, de sorte qu'il n'était pas nécessaire de transférer les détenus de la "prison de l'ouest", Vestre Fængsel, au bâtiment des interrogatoires. À cette époque, la résistance danoise était très éprouvée, beaucoup de ses chefs avaient été arrêtés et de nombreux documents contenant des informations importantes avaient été saisis. La Résistance avait à de nombreuses reprises demandé aux Britanniques de bombarder l'immeuble de la Shell, mais il y avait eu divers contretemps.

C'est là qu'on amena le professeur, qui ignorait d'où venaient leurs informations le concernant, ce qu'ils savaient de lui, comment ils allaient l'interroger et ce qu'ils voulaient. La journée s'écoula sans boire ni manger et sans interrogatoire. Il veilla toute la nuit, incapable de dormir, et la matinée s'écoula. L'après-midi allait se terminer lorsque enfin il entendit le cliquetis des clés : la porte s'ouvrit. Deux gardiens le firent descendre à l'étage du dessous. On le plaça dans une salle d'interrogatoire où il attendit. Il avait faim, n'avait pas dormi et craignait pour sa vie. Il ne savait pas combien de temps s'était écoulé lorsque la porte s'ouvrit à nouveau. Quatre hommes, deux gardiens en uniforme et deux hommes de la Gestapo en civil entrèrent. Entre les gardiens de prison, il y avait la jeune fille qu'il avait un jour cachée dans son bureau, Emma. Elle était revenue au Danemark et était tombée aux mains de la police. Le professeur eut soudain la réponse à la question de savoir si la Gestapo savait quelque chose sur lui. Emma était quasi méconnaissable, elle avait le visage en sang, et on aurait dit qu'elle avait un bras cassé et qu'on lui avait broyé un doigt. Quand elle aperçut le professeur, elle ne murmura qu'un seul mot, quasi imperceptible.

– Pardon.

Les gardiens emmenèrent Emma, mais les hommes de la Gestapo restèrent dans la pièce. Il ne les avait jamais vus auparavant, mais il s'imaginait qu'ils étaient spécialisés dans les méthodes d'interrogatoire dont les membres de cette police avaient le secret. Ils commencèrent par lui demander ce qu'il faisait, quelles étaient ses relations avec l'Islande, quelle était sa situation familiale. Ils étaient calmes et détendus. L'un d'eux fumait et lui offrit un cigare. Le professeur déclina en disant qu'il prisait. Ils en vinrent peu à peu à la Résistance. Ils parlaient en allemand. Le professeur ne voyait aucune raison de dissimuler son méfait, il pouvait leur fournir très peu de renseignements, étant donné qu'il n'avait été qu'un simple intermédiaire et ne connaissait pas du tout ceux qui le contactaient. Il ne connaissait aucun nom, ne savait rien de plus qu'Emma et ignorait tout de la structure de la Résistance ou de son activité. Il reconnut avoir conservé des photos d'actions militaires et même des tracts. Il ne fit pas mention de la dynamite.

Une heure s'écoula de la sorte. Ces hommes ne semblaient pas s'intéresser à ce qu'il disait. On aurait dit qu'ils s'ennuyaient. Ils furent dérangés une fois, lorsque la porte s'ouvrit et qu'un gardien poussa une table avec des ustensiles tels que des couteaux, des tenailles et autres outils que le professeur distinguait mal. Sur une étagère sous la table, il vit un gros générateur et des bornes qui y étaient reliées.

– Cette amie à toi, elle s'appelle Emma, c'est bien ça ? demanda celui qui dirigeait l'interrogatoire.

Il portait un costume noir à rayures, une cravate avec

une épingle. L'autre avait un costume un peu plus usé. Probablement un subordonné, se dit le professeur. Celui-là n'avait pas encore pris la parole.

– Je ne sais pas comment elle s'appelle, mentit le professeur sans quitter des yeux la table avec les outils.

– Non, bien sûr, dit l'homme. Mais je ne pense pas qu'elle survive à cette journée, tu comprends, à moins que tu ne l'aides.

– Comment je peux l'aider ? demanda le professeur.

– En arrêtant de me raconter des bobards ! se mit soudain à beugler l'homme. En arrêtant de faire l'idiot et de nous raconter des histoires ! Qui tu crois que nous sommes ?! Tu crois pouvoir nous parler comme à des enfants ?! Tu crois que nous avons le temps d'écouter toutes ces salades ?

Tout en hurlant, l'homme s'était penché vers le professeur et leurs visages se touchaient presque.

– Je ne vous raconte pas de salades, se défendit le professeur en luttant pour conserver son calme.

– Que peux-tu nous dire sur cette Emma ? questionna l'homme en se redressant.

– Elle m'a demandé de l'aide, dit le professeur.

– Elle a dit que tu l'avais cachée dans ton bureau.

– C'est exact. Ensuite, elle a disparu. Je ne l'ai plus revue jusqu'à aujourd'hui.

– Tu reconnais l'avoir aidée ?

– Oui.

– Tu risques ta tête pour ça. Tu t'en rends compte ?

– Non, dit le professeur. Je ne le savais pas.

– Ou alors la prison. Si tu me demandes mon avis, je pense qu'il vaut mieux la mort. Ça va plus vite.

Le professeur se taisait.

– Quels sont les autres universitaires qui font partie de la Résistance ? demanda l'homme.

– Je n'en sais rien, fit le professeur.

– Qui as-tu le plus fréquenté ?

– Je ne connais personne dans la Résistance. Je crois qu'elle est structurée comme ça. Personne ne sait rien.

L'homme le regarda pendant un long moment. Le professeur regardait devant lui. Il avait les bras et les jambes attachés à la chaise avec des courroies de cuir.

– Jusqu'à quel point supportes-tu la douleur ? demanda l'homme.

Le professeur ne répondit pas. Il ne comprenait pas la question. L'homme la répéta.

– Jusqu'à quel point supportes-tu la douleur ?

– Je… je ne sais pas, articula le professeur.

– Voici Kurt, dit l'homme en indiquant son compagnon. Il peut le savoir pour toi. Kurt est spécialiste de la douleur, chez nous. Un homme s'est tiré une balle dans la tête juste pour lui échapper.

Le professeur regarda le dénommé Kurt. Celui-ci était resté en retrait et il était là, décontracté, appuyé contre le mur à côté de la porte d'où il avait suivi l'interrogatoire. On aurait dit qu'il s'ennuyait. Un peu grassouillet, il devait avoir la cinquantaine. L'homme qui dirigeait l'interrogatoire avait bien dix ans de moins, il était maigre et svelte, un peu efféminé dans ses mouvements.

– Certains ne supportent pas la douleur, observa-t-il. Ils commencent à parler dès que Kurt s'apprête à leur arracher les ongles. Il n'a pas le temps de s'y mettre qu'ils déballent tout ce qu'ils savent sur leurs amis et leur famille. Il y en a d'autres qui tiennent davantage. Où crois-tu te situer, Herr Professor ?

– Je ne sais vraiment pas grand-chose, dit le professeur. Je ne vois pas ce que je peux vous apporter. J'ai peur de beaucoup vous décevoir.

– Ils disent tous ça et ensuite on s'aperçoit qu'ils en

savent plus qu'ils ne le croyaient eux-mêmes. On ne peut plus les arrêter. Ils nous disent tout ce qui leur passe par la tête. Surtout les intellectuels, Herr Professor. Ils ne sont pas très résistants.

Il se tourna vers l'homme qu'il appelait Kurt.

– Comment vas-tu t'y prendre ? demanda-t-il.

Kurt était toujours appuyé nonchalamment contre le mur. Le professeur avait davantage peur de lui que du maigre. Il avait entendu parler de l'immeuble de la Shell et des méthodes d'interrogatoire des nazis. Jusqu'où supportes-tu la douleur ? Il ne savait pas s'il devait se réjouir de ne rien savoir. Ils croiraient qu'il racontait des histoires. Il redoutait le temps qu'ils mettraient avant de s'apercevoir qu'ils ne pouvaient rien tirer de lui.

– On ne devrait pas attendre… ?

Avant que Kurt ait pu finir sa phrase, la porte s'ouvrit pour laisser passer un homme que le professeur connaissait. Ils avaient fait leurs études en littérature nordique ancienne ensemble à Copenhague et leurs chemins s'étaient croisés à de multiples reprises depuis. Le professeur n'avait jamais pu dissimuler le mépris qu'il avait pour lui.

– Herr Professor ! s'exclama l'homme en s'inclinant prestement. Il vous en arrive, des choses ! s'étonna-t-il. Ce n'est pas confortable ! Attaché comme ça sur une chaise !

L'homme se tourna vers les agents de la Gestapo et aboya :

– Détachez-le ! Immédiatement !

13

J'attendais que le professeur poursuive son récit, mais on aurait dit qu'il s'était assoupi. Le silence et l'obscurité nous enveloppaient. Aucun bruit ne nous parvenait du couloir ou des autres cellules. Apparemment, on nous avait laissés seuls dans le bâtiment, on nous avait amenés dans un endroit où personne ne serait au courant de notre présence. Nous étions voués à croupir là pendant un temps indéterminé, perdus à jamais et oubliés de tous.

– Qui était-ce ? finis-je par me décider à demander au professeur.

– Qu'est-ce que tu dis, Valdemar ? répondit-il.

– L'homme qui est venu vous voir. Qui était-ce ?

– Le diable en personne, fit le professeur à voix basse.

Il n'en dit pas davantage et de nouveau le silence et le noir nous enveloppèrent. Quelque part au loin, on entendit une porte claquer puis des pas sourds qui s'amplifiaient à mesure qu'ils s'approchaient. Il y eut du bruit devant notre cellule et nous entendîmes qu'on en manipulait la porte d'acier. Il y avait dessus un petit clapet rond qui cachait un judas en verre épais. Il fut tiré sur le côté et un rayon de lumière provenant du couloir déchira les ténèbres. L'espace d'un instant, j'aperçus le professeur adossé à ce mur immonde. La lumière dansa un instant dans l'obscurité avant que le clapet ne soit remis en place. Nous entendîmes les pas s'éloigner dans le couloir, une porte claqua et, de nouveau, le silence aussi épais que l'obscurité nous enveloppa.

– Qu'est-ce que c'était ? questionnai-je.

– Une petite diversion, répondit le professeur.

– Tu ne veux pas continuer ton histoire ? demandai-je prudemment au bout d'un long moment.

– Je ne sais pas, ce n'est pas une histoire drôle, Valdemar.

– Tu ne peux pas t'arrêter maintenant, lançai-je dans le noir. Je ne voyais pas le professeur, mais je sentais sa présence, l'odeur du tabac à priser, et j'imaginais devant moi sa tignasse ébouriffée et son air triste.

– Je ne m'attendais pas à le voir là-bas, finit-il par dire, et il se remit à raconter ce qui s'était passé dans l'immeuble de Shell.

Le professeur fixa l'homme sans parvenir à imaginer ce qui l'amenait au quartier général de la police secrète. Pendant des années, il n'avait pas vu Erich von Orlepp, son ancien camarade de classe, spécialiste des runes, antiquaire, adepte du mysticisme et dignitaire du parti nazi, jusqu'à ce qu'il refasse surface à Copenhague quelques mois auparavant. Il avait le même air sérieux et il se souvenait des années où, étudiant, von Orlepp avait tenté de se lier d'amitié avec lui.

– Je devais repasser par Copenhague et j'ai appris que vous aviez été arrêté, dit von Orlepp, aussi décontracté que s'il venait de déranger des gens en train de prendre un café. Avec une insistance particulière, il poussait la délicatesse jusqu'à utiliser le vouvoiement. Mais le professeur n'était pas dupe de cette feinte sollicitude.

Von Orlepp avait toujours été faux. Il se montrait prodigue de belles paroles s'il pouvait éventuellement en tirer profit. Si l'affaire était terminée ou s'il apparaissait qu'il ne pouvait pas arriver à ses fins, il abandonnait.

Kurt commença à le détacher. Von Orlepp devait jouir d'un certain pouvoir chez les nazis, il ne savait en vertu de quoi. Erich était en civil, comme les deux policiers, et ne portait aucun insigne. Par contre, le professeur savait qu'il avait été pendant longtemps un membre influent du parti nazi. Et c'est à ce titre qu'il avait rendu visite au professeur lors de son dernier passage dans cette ville pour tout savoir sur le *Livre du roi* de l'*Edda poétique*. Il savait fort bien qu'il était conservé à Copenhague. Il avait voulu le consulter à la Bibliothèque royale, mais on lui avait annoncé qu'il n'était pas dans les réserves et on ne lui donna qu'une réponse vague sur l'identité de l'emprunteur. Le professeur avait dissimulé à von Orlepp qu'il avait tout récemment commencé d'importantes recherches sur le *Livre du roi* en vue d'une nouvelle édition, et qu'il le détenait en lieu sûr à la Collection arnamagnéenne. Von Orlepp parti, le professeur était allé à la Collection et l'avait placé dans une cachette plus sûre par crainte de sa convoitise et de celle des autres nazis. Il savait que partout où ils allaient, ils volaient et pillaient des objets d'art d'une valeur inestimable et les expédiaient en Allemagne.

– J'espère qu'ils vous ont bien traité, s'enquit von Orlepp l'air sérieux, en montrant les deux hommes.

– Je n'ai pas à me plaindre, dit le professeur.

– À la bonne heure, reprit von Orlepp. Vous voudrez bien m'excuser, Herr Professor, mais c'est une chose qui me répugne. Je fais une visite rapide et je ne peux m'attarder. Comme vous le savez, j'ai beaucoup

180

d'admiration pour les objets précieux que possèdent les Danois ou plutôt les Islandais, devrais-je dire, et je sais que vous voulez les récupérer, ce en quoi je suis tout à fait d'accord avec vous, ainsi que vous le savez, mais…

– Je ne sais pas où il est, dit le professeur.

– Qui ça ? Que voulez-vous dire ?

– Le livre de l'*Edda*, dit le professeur. Je ne l'ai pas. Je n'ai pas le *Livre du roi*.

– *Ach*, vous lisez dans mes pensées !

– Je n'ai aucune idée de l'endroit où il se trouve.

– Et moi qui croyais que nous pourrions bavarder ensemble comme de vieux amis. Sans nous laisser déranger par tout ça, fit von Orlepp en agitant les bras.

Le professeur se tut.

– Il n'est pas impossible que nous puissions négocier, proposa von Orlepp, que nous puissions arriver à une sorte d'accord. Est-ce que ça vous paraît absurde ?

– Je ne sais pas où il est, dit le professeur. Par conséquent, ça ne sert à rien de négocier avec moi.

– Mais vous êtes le dernier à l'avoir eu en main. C'est attesté officiellement. Je peux vous montrer le bordereau de prêt. Où est-il, alors, s'il n'est pas chez vous ?

– Je ne l'ai pas.

– Qui l'a, alors ?

Le professeur se tut.

– Ils peuvent peut-être m'aider, dit von Orlepp en hochant la tête en direction des deux agents de la Gestapo.

– Je ne sais pas où il est, répéta le professeur. Désolé. Je ne peux pas vous aider.

– Vous voulez dire que vous ne voulez pas nous aider, Herr Professor.

Le professeur ne lui répondit pas.

– Vous me prenez pour un imbécile, Herr Professor ? dit von Orlepp.

– Je n'ai jamais dit ça, répondit le professeur.

– Vraiment ? Je sais comment vous m'avez surnommé à l'école. Vous vous en souvenez ? Vous trouviez ça amusant.

– Je ne m'en souviens pas.

– Mais moi, oui. Ce n'était pas très gentil.

– Je ne sais pas de quoi tu parles, mentit le professeur.

– C'est ça !

Le professeur se tut.

– J'ai toujours voulu vous demander des nouvelles de Gitte, dit von Orlepp en changeant tout à coup de sujet de conversation. Ça s'est vraiment mal passé pour elle. La tuberculose, n'est-ce pas ?

Le professeur regarda longuement von Orlepp sans lui répondre.

– Ça a dû être affreux de la voir dépérir et mourir.

– Elle a été héroïque, dit le professeur.

– Vous n'avez pas eu parfois un sentiment d'impuissance ? Vous assistiez à toute cette souffrance sans pouvoir rien faire.

Le professeur ne lui répondit pas. Il savait ce que von Orlepp était en train de faire avec ces questions.

– Je ne doute pas qu'elle se soit comportée avec héroïsme, admit von Orlepp. Après une expérience de ce genre, vous devez apprécier la vie d'une autre manière.

Le professeur ne lui répondait toujours pas.

– Quelle valeur a une vie humaine, à votre avis, Herr Professor ? Ils prétendent que vous n'occupez pas un rang élevé dans la Résistance. Ils peuvent en avoir la confirmation par divers renseignements qu'ils ont déjà et qu'ils ont obtenus d'une jeune étudiante du

182

département des études nordiques que vous reconnaîtrez certainement : Emma. Je crois que vous l'avez déjà vue ici. Que pensez-vous de cela : si vous aviez la possibilité de disposer de son sort ?

– Je ne peux en rien disposer de son sort, dit le professeur.

– Quelle sottise !

– Vous divaguez.

– Non, au contraire ! C'est déjà décidé. Je remets en ce moment même sa vie entre vos mains. La seule chose que vous avez à faire, c'est de m'apporter l'*Edda*. C'est vous qui tranchez. Apportez-moi le *Livre du roi* et elle aura la vie sauve. Si vous ne le faites pas, vous la verrez mourir.

Le professeur fixa von Orlepp qui affronta son regard, un étrange sourire aux lèvres. Il se tourna vers les deux hommes et leur ordonna de ramener Emma dans la salle d'interrogatoire. L'un d'eux, le dénommé Kurt, sortit.

– Je ne sais rien de ce livre, affirma le professeur.

– Nous allons bien voir, Herr Professor, répliqua von Orlepp.

– Je te dis la vérité. Et même si je savais où il est, je ne pourrais pas te le laisser. Tu le sais.

– Que voulez-vous dire par "même si vous saviez où il est" ?

– Je ne pourrais jamais te le laisser, répéta le professeur. Ce n'est pas ma propriété personnelle, et la tienne non plus. C'est la propriété de la nation, de ma nation, la propriété des Islandais. Personne ne peut se l'approprier, en dehors des Islandais, personne en dehors de la nation islandaise.

– Foutaises, éructa von Orlepp. Tout ce que je sais, c'est que le roi du Danemark en est propriétaire. Je ne sais pas pourquoi vous êtes en train de protéger ses intérêts !

La porte s'ouvrit de nouveau et Kurt entra avec Emma. À peine consciente, elle était affreusement mal en point. Elle regarda tour à tour les quatre hommes dans la salle d'interrogatoire et, à la fin, ses yeux s'arrêtèrent sur le professeur.

– Aide-moi, murmura-t-elle.

– Où est le livre ? demanda von Orlepp en regardant sa montre. Je n'ai plus guère de temps.

Le professeur ne quittait pas Emma des yeux ; celle-ci s'accroupit contre le mur près de Kurt. Elle était en sang et souffrait le martyre. Elle le regardait d'un air suppliant. Elle semblait savoir quelle était la condition imposée au professeur.

Von Orlepp hocha la tête en direction de Kurt.

Celui-ci sortit son revolver de la gaine qu'il portait sous sa veste et le braqua sur la tête d'Emma.

Le professeur se leva machinalement de sa chaise.

– Ne fais pas ça, supplia-t-il.

– Ça ? Quoi ? Nous ? Nous n'allons rien faire. C'est vous. C'est vous qui commandez, Herr Professor. Je vous en prie. Faites ce que vous voulez.

– Tu ne peux pas me mettre dans cette situation.

– C'est déjà fait.

– Je ne sais pas où est le livre, dit le professeur.

– Bon, fit von Orlepp. Alors, on n'ira pas plus loin.

Il se tourna vers Kurt.

– Abattez-la.

– Professeur ! s'écria Emma.

Kurt s'écarta d'elle d'un pas en brandissant son révolver.

Chaque instant semblait durer une éternité, un millier d'années semblaient s'écouler à chaque fraction de seconde avant que le coup ne parte. Le professeur vit le doigt de Kurt se raidir sur la gâchette. Emma s'affaissa sur le sol. Un millier d'années s'écoulèrent.

– C'est moi qui l'ai, soupira le professeur.

– Quoi ? dit von Orlepp.

– Relâchez cette jeune fille ! ordonna le professeur. Je verrai ce que je peux faire.

– Vous verrez ce que vous pouvez faire ? J'ai peur que ça ne suffise pas.

– Je vous donnerai le livre. Relâchez cette jeune fille !

– Allons d'abord chercher le livre, dit von Orlepp. Vous viendrez avec nous, Herr Professor. Nous l'épargnerons lorsque j'aurai vu le livre. En route ! Allez, en route !

Le professeur fut conduit hors de la salle d'interrogatoire. Deux gardiens emmenèrent Emma. Il ne vit pas ce qu'on faisait d'elle. Le professeur prit place dans une Mercedes-Benz noire avec von Orlepp et deux agents de la Gestapo. Ils prirent le plus court chemin pour aller à la cité universitaire et à la bibliothèque. Ils pénétrèrent dans la bibliothèque déserte et le suivirent jusqu'aux portes de la Collection arnamagnéennc. Il prit la clé au clou et ouvrit. Une fois à l'intérieur, il sc dirigea vers un petit bureau où il avait travaillé. Il hésita un instant et se tourna vers von Orlepp.

– Je te supplie de ne pas emporter ce livre, l'implora-t-il.

– Pas d'atermoiements, Herr Professor, dit von Orlepp.

– Tu peux avoir d'autres choses à la place.

– Je ne m'intéresse pas à autre chose. Où est-il ? Où est l'*Edda* ?

Le professeur le regarda longuement. Il regarda les agents de la Gestapo qui se tenaient derrière lui. Emma ne lui sortait pas de l'esprit. Ensuite, il se baissa près de l'étagère, y prit quelques livres qu'il déposa sur le sol. Derrière, il y avait trois livres. Tout en bas, une jaquette neuve enveloppait un roman islandais, *La Cloche d'Islande* de Halldór Laxness. Il se saisit du livre et se redressa. Il défit la jaquette et fixa de ses yeux baignés de larmes le *Livre du roi*. Celui-ci était à peine de la taille d'un livre de poche ordinaire.

Il le tendit d'une main tremblante à von Orlepp.

– Je te supplie de ne pas emporter ce livre, répéta-t-il.

Von Orlepp prit le livre avec précaution.

– C'est quoi cette sensiblerie ? fit-il en l'ouvrant avec grand soin. C'est un livre comme les autres.

– Ce n'est pas un livre comme les autres, reprit le professeur avec tout le poids de son autorité. Ce que tu viens de dire montre combien tu es indigne de l'avoir entre les mains.

Von Orlepp le regarda.

– Indigne ? Vous trouvez que j'en suis indigne ?

– Tu ne peux pas emporter ce livre, dit le professeur.

– Quels sont les résultats de ta recherche du fascicule manquant ? s'enquit von Orlepp.

– Je ne sais pas, dit le professeur. Peu de choses.

– Il est important.

– Je doute qu'on le retrouve.

– Nous y veillerons, dit von Orlepp en passant le doigt sur la tranche du *Livre du roi*. Je voudrais mourir avec ce livre dans les mains, murmura-t-il si bas que le professeur put à peine l'entendre.

Ensuite, il se tourna vers les deux agents de la Gestapo.

– Reconduisez-le à l'immeuble de Shell ! Je vais fouiner un peu dans la bibliothèque. Envoyez une voiture me chercher !

186

– Et la fille, Herr von Orlepp ? demanda celui dont le professeur ignorait le nom.

– Quelle fille ? demanda von Orlepp.

– Emma, dit l'homme. Elle s'appelle Emma.

– Est-ce qu'elle n'est pas dans la Résistance ? ironisa von Orlepp sans lever les yeux du *Livre du roi*. Vous n'avez pas besoin de me demander. Abattez-la !

– Erich ! s'écria le professeur. Tu ne peux pas faire ça !

– Tu ignores tout de ce que je peux faire ou ne pas faire.

– Et le professeur ? demanda l'homme sans nom.

– Vous avez besoin de renseignements. Vous savez comment lui tirer les vers du nez.

Kurt prit le professeur et le fit sortir de la bibliothèque. L'homme sans nom le prit par le bras et, sans opposer de résistance, hébété il sortit du bâtiment entre les deux. Ils le mirent dans la voiture et démarrèrent.

On le laissa croupir dans la cellule du cinquième étage pendant le restant de la journée jusqu'au lendemain matin. Il pensait à Emma et à son échec pour lui sauver la vie. Il espérait que tout irait pour le mieux, mais au fond de lui il savait qu'il y avait peu de chances pour qu'elle survive à cette nuit. Son sort à lui n'avait pas d'importance. Il avait perdu le *Livre du roi*, et bien que ce fût dans des circonstances très spéciales et effrayantes, il ne savait pas s'il survivrait à cette ignominie. Il songeait qu'il devrait faire tout ce qui était en son pouvoir pour le récupérer une fois la guerre terminée.

Il fut réveillé après un petit somme dans la matinée et on lui fit descendre l'escalier pour retourner dans la même salle d'interrogatoire que la veille. Ils étaient en train de l'attacher à la chaise lorsque la première bombe tomba sur l'immeuble de Shell. C'était comme un énorme tremblement de terre. Le vacarme était assourdissant. On aurait dit que le bâtiment allait s'écrouler complètement, et le professeur se jeta à terre.

– Dès lors j'ai été hostile au vouvoiement, expliqua le professeur tandis que nous étions assis dans la cellule obscure de Schwerin et attendions la suite.

– Que s'est-il passé ? demandai-je.

– Les Britanniques ont lancé une attaque aérienne sur l'immeuble de la Shell à la demande de la résistance danoise le 21 mars 1945, dit le professeur. L'immeuble a été entièrement détruit. Je me suis échappé grâce à la confusion qui régnait et je suis allé me cacher un certain temps chez la sœur de Gitte à Copenhague. Peu après, la guerre était terminée pour le Danemark. Partout, les nazis battaient en retraite. Je sais que von Orlepp s'est enfui en Amérique du Sud, à l'instar d'autres lâches nazis. Je pense qu'il a emporté le *Livre du roi* et qu'il est désormais entre les mains de sa famille, même si Joachim prétend le contraire. Sinon, je ne vois pas du tout où il peut être. Pas du tout.

Il me fallut un certain temps pour comprendre pleinement le sens de tout ce que le professeur m'avait raconté.

– Alors, le *Livre du roi* n'est pas à Copenhague ? fis-je, tout ouïe.

– Je n'en ai parlé à personne, Valdemar, dit le professeur. Je n'ai pu en parler à personne. J'ai tenté tout ce qui était en mon pouvoir pour retrouver le livre. J'ai essayé d'entrer en contact avec la famille de von Orlepp, mais elle avait disparu, comme si la terre l'avait engloutie. Ensuite, Joachim a refait surface un jour à Copenhague et s'est mis à parler de la disparition du *Livre du roi*. Il disait ne pas savoir où son père avait mis le livre. Il prétend qu'il n'est jamais allé en Amérique du Sud et que c'est un autre Allemand dont son père ne lui a jamais révélé le nom qui l'a entre les mains.

– Alors, Erich est mort ?

– C'est ce qu'affirme Joachim. Il prétend ne rien savoir de lui. Erich était en fuite depuis la fin de la guerre, à cause de crimes de guerre en Pologne. Je pense que le fils protège le père. Je crois qu'Erich se cache, peut-être encore en Amérique du Sud, peut-être ici en Europe, je n'en sais rien, mais je suis convaincu que le jeune Joachim est ici pour le compte de son père.

– Et le fascicule perdu, comment Joachim en connaît-il l'existence et comment sait-il que tu étais à sa recherche ?

– Ça n'a jamais été un secret. Il l'a appris quelque part. Nous l'avons toujours recherché. Lorsque je l'ai rencontré au Hviids Vinstue, il m'a dit qu'il était lui-même sur la piste du fascicule et je me suis laissé berner. C'est la boisson. La paranoïa. Je n'ai plus les idées aussi claires qu'avant. J'ai gâché ma vie. Ma vie entière. Un aller simple pour l'enfer.

Le professeur se tut.

– Je me suis relancé à corps perdu à la recherche de l'homme qui était allé à Hallsteinsstadir.

Il se tut à nouveau.

– Je ne voulais pas t'entraîner dans cette histoire insensée, fit-il. J'aurais dû te dire tout de suite de quoi il retournait.

– Et comment est-ce que tu as pu garder ce secret pendant tout ce temps ? demandai-je. Le *Livre du roi* ? Comment as-tu pu tromper tout le monde ? Il y a sûrement d'autres chercheurs qui voulaient avoir accès à ce livre. Comment as-tu pu berner les gens si longtemps ?

– Parce qu'on me faisait confiance, dit le professeur avec tristesse. On me faisait confiance pour ce livre et on a continué à me faire confiance pendant toutes ces années. Je travaillais à une nouvelle édition et on m'a laissé tranquille. J'ai montré des feuilles de l'*Edda* en prose de Snorri Sturluson à mes visiteurs chaque fois qu'on m'a demandé quelque chose. Personne n'a rien dit. Tout le monde respecte le travail du spécialiste et le laisse tranquille, personne ne s'est mêlé des affaires du *Livre du roi* ou d'autres manuscrits, sauf quelques vieux excentriques comme moi. Je doute fort que les gens du commun en Islande soient au courant de ces trésors.

– Je ne suis pas certain que tu aies raison. L'affaire des manuscrits et…

– Personne ne se sent concerné, affirma le professeur.

Un long silence se fit.

– Et tu sais ce qu'est devenue Emma ? murmurai-je.

Le professeur ne me répondit pas immédiatement. Nous étions assis dans le noir, le temps passait. On était peut-être le lendemain, un autre jour, ou même une nouvelle nuit. Il y avait longtemps que je n'avais pas entendu d'allées et venues. La lumière n'avait pas été rallumée. Il paraît que les yeux s'habituent à l'obscurité, mais celle qui nous enveloppait était tellement épaisse que, les yeux ouverts ou fermés, on n'y voyait goutte. Je commençais à avoir faim.

– Qu'est-ce que tu disais ? finit par demander le professeur qui avait l'air rêveur.

– J'ai demandé des nouvelles d'Emma, fis-je.

– Emma, soupira le professeur. Elle était assise contre le mur du couloir quand je me suis sauvé pendant l'attaque aérienne. Je voulais l'emmener… Je la croyais en vie. Ensuite, j'ai vu le trou qu'avait fait la balle. Ce salaud de von Orlepp l'avait fait exécuter.

Nous demeurâmes longtemps silencieux. Peut-être que je sommeillai. La respiration du professeur était le seul bruit audible et il ronflait légèrement par le nez. Ils lui avaient permis de garder sa boîte de tabac dans la cellule et je l'entendis priser deux fois. De temps en temps, il la tapotait tout doucement avec son index. Il faisait ça involontairement quand il la tenait dans ses mains, perdu dans ses pensées et dans cette cellule il avait assurément de quoi réfléchir. Je songeais à tout ce qu'il m'avait dit et je trouvais tout cela invraisemblable. À l'idée qu'il avait affronté ces tribulations, il me faisait pitié et peut-être bien que je le comprenais mieux maintenant que je savais la raison de son tourment. Il avait gardé pendant des années un terrible secret qu'il commençait tout juste à révéler.

– Et le *Codex Secundus* ? Qu'est-ce que c'était ?

– Je pense qu'il a existé un autre parchemin du *Livre du roi*, une sorte de manuscrit frère datant du XIIIe siècle, répondit le professeur. *Les Dits de Sigurdrífa*, chant de l'*Edda* qui figure dans le fascicule perdu, existent en quelques éditions sur papier de la seconde moitié du XVIIe siècle, comme tu le sais. On considère que le texte de ce chant aurait été emprunté au *Livre du roi* avant que le fascicule ne soit perdu, mais il est aussi possible qu'il ait existé un autre manuscrit du *Livre du roi* à l'origine de cette copie. Je me suis accroché à la moindre lueur d'espoir. La note au sujet du *Codex Secundus* dans la lettre d'Ole Worms n'est pas forcément explicite, elle pourrait faire référence à une autre copie, et même à un autre manuscrit.

– Et tu as aussi recherché le manuscrit frère ?

– Je suis toujours à sa recherche, Valdemar. C'est

la raison pour laquelle nous nous retrouvons dans ce triste endroit. Nous ne devons jamais arrêter de chercher. C'est ça qui m'a maintenu en vie. Surtout après la mort de Gitte.

– Tu n'as rien trouvé sur ce manuscrit frère ?

– Non, répondit le professeur. Si bien que…

Il hésita.

– Si bien que quoi ? demandai-je.

– Si bien que j'en ai fait un moi-même, avoua le professeur.

– Un manuscrit ?!

– Oui.

– Du *Livre du roi* ?

– Le tailleur militaire qui m'a cousu ce manteau, celui que je porte tout le temps, m'a procuré un supplément de cuir. Je l'ai découpé en petites lanières de la taille du *Livre du roi*, j'ai mis de la suie et d'autres saletés dessus, je l'ai abîmé sur les bords, j'y ai fait des trous à certains endroits comme sur le modèle, j'ai dessiné dans la marge là où il le fallait, j'ai imité les notes et…

– Et quoi ?

– … j'ai recopié le *Livre du roi* tel que nous le connaissons. Je sais faire les lettres, je connais chaque page par cœur…

– Tu as fabriqué un autre *Livre du roi* ?!

– J'ai commencé par m'amuser avec quelques feuilles. Ça marchait très bien. Ensuite, tout le reste est venu.

– Et… que…

– L'imitation est assez convaincante, avoua le professeur. Je l'ai testée sur plusieurs personnes, même des spécialistes, un du Danemark et un autre de Suède, qui n'y ont vu que du feu. En dernier, j'ai montré ce livre au recteur de l'Université de Copenhague qui l'a manipulé avec un grand respect. Tu m'as demandé comment j'ai pu tromper les gens. Je l'ai utilisé à cette fin de temps en temps.

– Il a résisté à l'examen ?

– Oui.

– Et qu'est-ce que tu vas en faire ?

– On verra.

– Il peut remplacer l'autre ? Remplacer le *Livre du roi* ?

– Je pense bien. Si on ne l'examine pas de trop près. J'en suis assez satisfait.

– Mais ce que je voulais dire, c'est : il ne pourrait pas être exposé comme étant original ?

– Si, bien sûr qu'il le pourrait.

Où est il maintenant ?

– Je n'ai pas encore osé m'en séparer, dit le professeur. Je le garde à la Collection arnamagnéenne. J'ai parfois caressé l'idée de le mettre à la Bibliothèque royale et de faire comme si de rien n'était. De faire comme s'il s'agissait du *Livre du roi*. Je crois que ça pourrait marcher. C'est une très bonne imitation, même si c'est moi qui le dis. J'ai mis deux ans à la faire. Je me suis procuré des plumes d'oie que j'ai nettoyées et taillées soigneusement et j'ai préparé de l'encre métallo-gallique qu'on fait à partir d'un mélange de sulfate de fer et de tanin.

– Du tanin ?

– C'est comme ça qu'on fabriquait l'encre autrefois. Le tanin était obtenu à partir de nodules que fabriquent les insectes à l'extérieur de leurs œufs et qu'ils déposent sous l'écorce du bouleau. J'ai fait des tas d'essais avec un mélange de sulfate de fer et d'encre jusqu'à ce que j'estime avoir trouvé la bonne couleur.

Nous restâmes silencieux pendant un long moment, je réfléchissais à ce qu'il venait de dire.

– Le fascicule perdu n'était pas une imitation, dis-je pour finir. Tu as flairé la piste de manière prodigieuse, même si nous avons été obligés d'entrer par effraction dans la tombe de Ronald et qu'ensuite nous nous sommes retrouvés en prison.

– Parfois, on a de la chance, dit le professeur. Si on peut parler de chance en étant condamné à croupir ici.

Le silence enveloppait toujours la cellule.

– Comment est-ce que tu l'appelais déjà, ce von Orlepp ? demandai-je.

– C'était assez innocent, répondit le professeur. Mais lui y était très sensible. On l'appelait Lepp, "Eiríkur Ordurelepp".

– L'ordure, murmurai-je tout seul dans le noir.

Le silence se fit de nouveau dans la cellule. J'ai dû dormir. La seule chose que je sais ensuite, c'est que j'ai sursauté en entendant un vacarme assourdissant. La porte s'est violemment ouverte et la lumière s'est allumée. Après tout ce temps passé dans l'obscurité, elle m'aveuglait et j'avais du mal à voir ce qui se passait. Il m'a semblé que deux policiers pénétraient dans la cellule. Le professeur était debout. Je clignais des yeux et cherchais à voir clair et, peu à peu, mes yeux se sont habitués à la lumière. On nous a fait sortir puis entrer dans un bureau où était assis le même homme qu'avant. Il nous attendait et tenait un crayon qu'il faisait lentement tourner entre ses doigts.

– J'exige de téléphoner, dit le professeur. Nous en avons certainement le droit.

– Calme-toi, rétorqua l'homme au crayon. Vous êtes libres. Quelqu'un vous raccompagnera à Rostock et j'espère que vous serez suffisamment raisonnables pour ne pas revenir de si tôt dans les parages.

– Libres ? interrogea le professeur qui avait l'air de ne pas en croire ses oreilles.

– Allez-vous-en d'ici avant que je change d'avis et que je vous accuse d'espionnage envers notre République Démocratique Allemande, dit l'homme.

– Et le pillage de tombe ? fit le professeur.

Je me mis à lui faire du pied. Voilà qu'il se mettait à discuter avec cet homme qui s'apprêtait à nous relâcher !

– Quel pillage de tombe ? demanda l'homme.

– Eh bien, dans le cimetière ! Ronald D. Jørgensen ! Nous sommes entrés par effraction dans son sépulcre, tu le sais bien !

– Un léger égarement, dit l'homme en haussant les épaules.

– Viens, intimai-je au professeur en faisant un sourire gêné au policier.

– Non, je veux savoir, protesta le professeur. Ils ne peuvent pas nous relâcher comme ça ! Il doit y avoir une raison.

– Ce n'est pas le moment de demander la raison ! vociférai-je en islandais.

L'homme, le crayon toujours entre les doigts, dressa l'oreille.

– Parlez en allemand !

– Merci beaucoup, m'empressai-je de dire en poussant le professeur en direction du couloir.

– Ils ne veulent rien savoir de nous, reprit-il. Nous ne sommes jamais venus ici. Nous ne sommes jamais allés à Schwerin. Nous n'avons jamais trouvé le fascicule ! Cela ne s'est jamais passé ! Il ne s'est rien passé du tout !

Je n'écoutais plus sa logorrhée. On nous avait rendu nos passeports, nos ceintures, nos lacets, nos pardessus, et le professeur récupéra sa canne et son manteau de cuir. J'étais si content d'être relâché que pour un peu j'en aurais embrassé l'homme au crayon. On nous fit sortir par le couloir d'où nous gagnâmes la réception et, soudain, nous nous retrouvâmes de nouveau à l'air libre. Je pris une profonde respiration et m'estimai heureux. Le professeur avait encore l'air en colère d'être sorti de prison.

– Comment est-il possible qu'Ordurelepp ait autant d'influence ici ? grommela-t-il tout seul.

Deux hommes nous ont escortés jusqu'à la gare routière et l'un d'eux s'est installé avec nous dans le car pour Wismar ; il est resté également dans le train pour Rostock. Il n'a pas desserré les dents de tout le trajet et ne s'est absolument pas occupé de nous. Le professeur et moi discutions en islandais et il n'y trouva rien à redire. Le professeur avait raison : on aurait dit que nous n'existions pas. De Rostock, nous prîmes le ferry pour passer au Danemark et, de là, nous nous rendîmes en train à Copenhague par le même chemin qu'à l'aller. Je l'accompagnai à son bureau où nous prîmes congé l'un de l'autre.

– Ça aurait pu être pire, constata-t-il en me serrant la main.

– Tout va bien, dis-je, puisqu'ils nous ont relâchés.

– Tu t'es bien conduit, Valdemar, ajouta-t-il.

– Pour être honnête, j'étais prêt à éclater en sanglots dans cette prison.

– Je sais, reprit le professeur. Mais je ne comprends pas pourquoi ils nous ont relâchés sans rien nous dire.

– Ce n'était pas un délit grave et ils ne pouvaient pas nous considérer comme de dangereux ennemis de l'État, non ? Deux pilleurs de tombe.

– Dont l'un complètement sénile !

– Ça ne pouvait pas durer comme ça. Et peut-être que, comme tu dis, Joachim est intervenu.

– Je ne lui dois rien à ce vaurien, grogna le professeur. S'il est intervenu là-dedans, c'était plutôt pour nous faire condamner que pour nous faire sortir de prison.

Je me tus.

– Veux-tu me rendre un service, Valdemar ? reprit le professeur d'une voix lasse.

– Lequel ? dis-je.

– Ne parle de ça à personne.

– Je n'y pensais pas, répondis-je.

– Bien, fit-il. Je savais que je pouvais te faire confiance. Ce sera notre secret à tous deux.

– Bien sûr.

– Surtout pour le *Livre du roi*, dit-il.

– Tu ne crois pas qu'il serait vraiment temps de raconter ce qui s'est passé ? m'enhardis-je à lui demander.

– Il faudra que je le fasse un jour, concéda-t-il. J'ai malgré tout encore l'espoir de le retrouver. Les choses étant ce qu'elles sont…

Sa voix expira.

– Tu te sentirais mieux si tu racontais tout ça, lui conseillai-je. Et les gens comprendraient que tu as subi des pressions. Tout le monde peut se mettre à ta place.

– Non, s'obstina le professeur. Je ne m'y risquerai pas, Valdemar. Pas tout de suite.

– Comment vas-tu leur reprendre le fascicule ? m'inquiétai-je.

– En faisant ce que j'aurais dû faire depuis longtemps, rétorqua le professeur. Retrouver le *Livre du roi*. C'est comme ça que nous pourrons sortir de la clandestinité.

Le soir était tombé et je le suivis des yeux avant de m'en retourner chez moi dans ma mansarde de la rue Saint-Pierre. Il était plus abattu que jamais. Je l'avais vu à son air, tête basse, les épaules tombantes, marchant lourdement et au ralenti. La canne, qui auparavant tenait à peine en place dans ses mains et chantait sur le pavé, le soutenait désormais, muette et silencieuse.

Épuisé, je me laissai tomber sur mon lit en rentrant et trouvai immédiatement le sommeil. Je dormis comme une souche plus de vingt-quatre heures d'affilée jusqu'au lendemain soir. Je mis du temps à me remettre, comme il arrive dans les moments de bouleversements dans la vie quotidienne, et, à mon réveil, je n'avais aucune idée de l'endroit où je me trouvais ni du jour qu'on était. La nuit tombait et tout ce qui s'était passé à Schwerin m'apparut comme un cauchemar interminable. Je fus soulagé l'espace d'un instant, mais ensuite cela me tomba dessus et je sus que notre aventure au professeur et à moi était tout sauf un rêve. Son histoire dans l'immeuble de la Shell, Emma, la jeune fille danoise, le vol du *Livre du roi*, tout défilait dans ma tête dans le crépuscule d'un jour inconnu et, en rentrant chez moi, j'avais de nouveau de la sympathie pour le professeur. Je l'imaginais, assis tout seul à son bureau avec une bouteille posée à côté de lui, envisageant son funeste destin, les yeux baignés de larmes.

Ensuite, je me rendormis.

14

Je suis assis à mon bureau sous la lampe et je retourne la boîte de tabac à priser dans mes mains. Il n'y a aucun bruit dans la maison, d'ailleurs la nuit est tombée. Ces derniers temps, j'ai du mal à dormir, je descends et m'assois à mon bureau. Bien que pas mal de temps se soit écoulé depuis que tout cela est arrivé, c'est encore bien présent à mon esprit. Les années ont passé, de plus en plus vite à mesure que j'ai vieilli, et avec l'âge mon esprit recherche de plus en plus fréquemment à retrouver cette étrange et absurde époque où j'ai découvert que le *Livre du roi*, le trésor des trésors, avait échappé aux Danois, échappé aux Islandais, échappé au professeur, et qu'il avait disparu, comme volatilisé, sans que personne puisse dire où il était.

Le professeur l'avait cherché en vain depuis que Erich von Orlepp s'en était emparé de force, et il ne lui restait plus beaucoup de temps. Je l'exhortai à parler des choses terribles qu'il avait vécues à la fin de la guerre et de tout ce qui s'en était suivi, mais cela ne trouvait aucun écho chez lui. Peut-être se fiait-il à son opiniâtreté dont j'avais toujours l'impression qu'elle confinait à l'aliénation mentale. Peut-être se fiait-il à son instinct qui devait le ramener au moment de sa vie où tout avait basculé. Je n'en sais rien. Je sais seulement que cela devait finalement l'amener au-devant de difficultés insoupçonnées.

En rentrant de Schwerin, le professeur me récapitula son histoire, depuis l'instant où il partit en voyage en Allemagne après la guerre et tenta de dénicher Erich von Orlepp. Durant les années qui s'étaient écoulées depuis qu'on lui avait enlevé le *Livre du roi*, il s'était parfois cru certain de savoir ce que le livre était devenu sans jamais parvenir à le récupérer. Après la guerre, il avait tenté de suivre la trace de von Orlepp et avait appris que celui-ci avait été arrêté par les Américains à Berlin quelques jours seulement après la capitulation des nazis. Il avait passé quelques semaines en prison, puis il avait soudain quitté l'Allemagne et le professeur n'avait plus eu de nouvelles de lui jusqu'à son retour en Allemagne. Il découvrit qu'après son arrestation, von Orlepp se révéla une bonne prise pour les Américains et qu'il réussit de façon incroyable à gagner la confiance du commandement américain de Berlin. Le professeur avait entendu dire qu'il avait fait son chemin grâce à ses camarades haut placés au sein du parti nazi. En récompense de sa loyauté, on abandonna les accusations portées contre lui et on lui fournit l'occasion de se sauver en Amérique du Sud. Il y cacha sa véritable identité, vécut quelque temps au Chili et en Argentine, et finalement en Équateur où on perdait sa trace. Le professeur avait toujours supposé qu'il avait emporté le livre avec lui en Amérique du Sud. Lorsque Joachim, le fils de von Orlepp, était venu parler au professeur, il lui avait dit que son père était mort quelques années auparavant, mais aussi qu'il avait vendu de nombreux objets de valeur en Allemagne avant d'en partir, dont le *Livre du roi*. Le professeur a eu beaucoup de mal à le croire, car il était habitué aux mensonges et aux escroqueries des deux Orlepp. Il a toujours été persuadé que Erich von Orlepp était en vie et que le *Livre du roi* était entre ses mains. Le professeur a fait une offre à Joachim. Pour le *Livre du roi*, il était prêt à débourser la somme qu'il plairait à son père. Joachim se contenta de secouer la tête en souriant et de répéter ce qu'il avait déjà dit : il ne savait pas où se trouvait le livre. Quand Joachim a affirmé être lui-même en quête de ce livre, le professeur ne l'a pas cru. Joachim considérait qu'il revenait à celui qui en offrait suffisamment d'argent. Il avait contacté le professeur afin d'apprendre tout ce qu'il savait du parcours du livre et savoir s'il était possible qu'il soit revenu à la Bibliothèque royale. C'était faire injure au professeur. Joachim tenta de faire croire qu'ils avaient quelque chose en commun dans leur recherche du *Livre du roi* et même qu'ils devaient s'entraider. Lorsqu'ils s'étaient vus au Hviids Vinstue, Joachim lui avait également parlé du fascicule perdu. Du coup, le professeur se mit de nouveau à sa recherche. Il avait le sentiment qu'il n'avait pas de temps à perdre. Il ne se doutait pas que Joachim suivait tous ses faits et gestes.

– Et si von Orlepp a vraiment vendu le *Livre du roi* avant de quitter l'Allemagne ? demandai-je au professeur dans le ferry qui nous ramenait de Rostock au Danemark.

– C'est faux ! s'emporta le professeur. Ça ne tient pas debout. Je connais Erich. Il aurait tout vendu sauf le *Livre du roi*.

– Alors, il serait toujours en Europe, dis-je sur un ton hésitant.

– Erich n'aurait pas vendu le *Livre du roi*, répéta le professeur. Je ne peux pas croire ça. Il aurait plutôt bradé son propre fils avant ! Je n'ai rien entendu à ce sujet non plus quand j'étais à Berlin. Si le livre avait fait l'objet de transactions, je l'aurais su. Je connais bien la ville, j'y ai des amis parmi les érudits et ils ne sont pas très nombreux à s'intéresser aux vieux bouquins.

– Qui aurait pu acheter un tel livre après la guerre ?

Le professeur resta longtemps silencieux. Il semblait ne pas vouloir aller jusqu'au bout de son raisonnement, à savoir que le *Livre du roi* avait vagabondé à travers l'Europe, si ce n'est à travers le monde, et était à la merci de trafiquants d'antiquités.

– Ça peut être n'importe qui, dit le professeur. Des Suédois, des Allemands, des Italiens, des Américains, des Néerlandais. Dans tous ces pays, il y a de grands collectionneurs de livres anciens. S'il avait fini dans une bibliothèque publique, on aurait été au courant.

– Ça doit être un cauchemar pour toi, lançai-je bêtement. Et s'il réapparaissait tout à coup dans une bibliothèque de Rome ?

Le professeur s'affaissa sur sa chaise et redevint silencieux.

– Tu as parlé aux gens qui l'ont arrêté ? demandai-je après un long silence. C'étaient des Américains ?

– Oui, ce sont les Américains qui l'ont fait s'échapper. Les Russes l'avaient arrêté et les Britanniques l'ont détenu un moment, mais ensuite il s'est retrouvé aux mains des Américains. Ce sont eux qui l'ont fait sortir d'Allemagne. Je suis parvenu à savoir où habitait von Orlepp à Berlin, mais la maison venait d'exploser et toute la rue avait sauté. Je n'y ai trouvé que des ruines.

Lorsque le professeur évoqua les Russes, je me souvins qu'il m'avait demandé, le soir où nous étions dans le bureau de Jón Sigurdsson à l'Entrepôt, si je connaissais des Russes, surtout des Russes qui avaient fui l'Union soviétique. Je me rappelai aussi la missive en provenance de Moscou qui se trouvait sur son bureau.

– Qu'ont dit les Russes qui l'ont arrêté ? demandai-je.

– Je n'ai jamais pu entrer en contact avec eux, répondit le professeur. Ils refusaient toute relation. J'ai parlé aux Britanniques auxquels les Russes ont livré Erich, mais il est resté très peu de temps sous leur garde et ils n'ont trouvé sur lui aucun bien culturel. Le commandant américain qui a dirigé les premiers interrogatoires d'Erich a déclaré que celui-ci s'était montré tout de suite extrêmement coopératif. C'est un général du nom de Hillerman qui s'est chargé d'Erich et qui l'a laissé fuir. Je l'ai rencontré, mais je n'ai pas pu en tirer grand-chose. Il était favorable à ce que les nazis qui se montraient coopératifs recouvrent la liberté, même s'ils avaient commis des crimes de guerre. Tu peux imaginer comme il s'est senti concerné par mes inquiétudes au sujet d'un vieux livre.

– C'est possible que ce Hillerman ait été corrompu, que von Orlepp l'ait acheté, non ?

– Avec le livre, tu veux dire ? Je ne peux pas y croire. Hillerman m'a fait l'impression d'être un imbécile de la pire espèce qui ne se préoccupait absolument pas de la vie humaine, et encore moins du patrimoine culturel.

– Tu ne crois pas Joachim quand il dit qu'Erich serait mort ?

– Je le croirai quand je pourrai cracher sur sa tombe. Pas avant. Je ne sais pas à quel jeu ils jouent, le père et le fils, mais je suis habitué à ne pas croire un seul mot de ce qu'ils racontent.

– Ce n'est pas difficile pour toi de parler avec ce Joachim ? C'est le fils de ton tortionnaire, le fils d'Erich…

– Je préférerais ne pas l'avoir en face de moi. Mais je ne veux pas non plus qu'il parle à quelqu'un d'autre. Et il ne l'a pas fait.

– Si c'est le fils de von Orlepp et qu'il te questionne sur le *Livre du roi*, c'est qu'il doit ignorer où il est, non ?

– Dieu seul le sait, dit le professeur. Tu as vu comment il nous a subtilisé le fascicule perdu ! Il m'a donné le change avec ses histoires quand il a dit ne pas savoir où était le *Livre du roi*. Il m'a pris en filature. Je crois qu'il a toujours été en quête du fascicule. Je pense que son père l'a envoyé d'Amérique du Sud pour me sonder. Pour me lancer sur la piste et me filer ensuite. Cela lui donnait le sentiment d'être lui-même un peu plus près du fascicule. D'être sur la bonne voie, si tu veux. Ça m'énervait.

Le professeur se tut.

– L'autre jour, tu m'as demandé si je connaissais des Russes qui auraient fui l'Union soviétique, dis-je.

– Oui ?

– Pourquoi ?

– Encore une de ces impasses, fit le professeur. J'ai longtemps essayé de trouver le Russe qui avait arrêté von Orlepp à Berlin à la fin de la guerre. Je n'ai pas réussi. J'ai des amis à Moscou qui m'ont aidé et je sais qu'il est passé à l'Ouest. J'ai perdu sa trace depuis longtemps.

– En quoi peut-il t'aider ?

– Je n'en ai aucune idée.

– Mais tu espères quand même en obtenir quelque chose.

– J'ai très peu d'éléments à mettre en relation avec von Orlepp après son départ de Copenhague avec le *Livre du roi*. Je ne sais rien de ses déplacements avant son arrestation et je ne sais pas non plus ce qu'il est devenu après qu'on l'a fait sortir d'Allemagne.

Le professeur avait dit cela d'une voix lasse.

– À vrai dire, j'ai abandonné tout espoir de récupérer le *Livre du roi* un jour, soupira-t-il.

Malgré la triste conclusion du voyage à Schwerin, les jours suivants, le professeur ne baissa pas les bras. Au contraire, l'adversité semblait avoir décuplé ses forces.

Il se rendit plein d'énergie à ses cours de l'université et travailla dur les semaines suivantes. Nous discutions un peu après les cours et rien ne pouvait me faire penser qu'il avait bu. Il s'était rasé et il me sembla même que sa tignasse grisonnante avait été en contact avec un peigne. Je ne pouvais m'empêcher d'admirer sa ténacité tandis que je m'efforçais de me rappeler que je ne voulais plus faire le moindre voyage avec lui, mais plutôt me concentrer sur mes études. Mais je tergiversais. Bien sûr, je ne pouvais nier que la découverte du fascicule et nos aventures à Schwerin avaient suscité en moi un grand intérêt pour les activités du professeur. Tout cela était très excitant et bien éloigné des lectures universitaires. Je n'avais jamais rien connu de tel. J'avais vu, de mes yeux vu, le fascicule perdu du *Livre du roi* ! Je ne pourrais jamais l'effacer de ma mémoire et, si je pouvais me fixer comme but de le retrouver, il me fallait être prêt pour cela. Je reconnais volontiers que j'étais un peu effrayé de m'immiscer davantage dans les démêlés du professeur avec les wagnérianistes. J'aurais probablement préféré poursuivre mes études comme si rien n'était venu interférer. Pourtant, ce n'est pas ce qui m'attendait.

— Attends un peu, Valdemar, me dit le professeur à la fin du cours ce vendredi-là.

Le week-end s'annonçait et j'entendais bien en profiter pour travailler à des exercices que je n'avais pas terminés.

Je le regardai avec méfiance. Il y avait quelque chose dans sa voix, une excitation qui me rappelait ce fameux soir où il m'avait décidé à venir avec lui en Allemagne de l'Est.

— Tu te souviens de notre conversation quand nous sommes rentrés de Schwerin ? demanda le professeur. J'ai parlé des Russes qui avaient arrêté "Eiríkur Ordurelepp".

— Oui ? fis-je prudemment.

– J'y ai repensé en rentrant chez moi dans la soi-rée, dit-il, et figure-toi que j'ai trouvé le nom de la division russe et celui de son chef depuis mon voyage en Allemagne après la guerre. J'ai examiné la correspondance que j'avais entretenue avec les gens que je connais à Moscou. Je leur ai demandé de s'informer sur ce qu'il est devenu.

– Oui, c'est bien, approuvai-je.

– Pendant des années, j'ai essayé de le dénicher sans y arriver. Je n'ai pas eu de nouvelles de mes amis de Moscou pendant longtemps, mais lorsque nous en avons parlé ensemble, ça m'a donné l'idée de reprendre contact avec eux.

– Et alors ?

– Ce matin, j'ai eu un renseignement qu'il me faut vérifier.

– Un renseignement ?

– Je t'ai parlé de mes amis à l'Université de Mos-cou ? questionna le professeur.

– Non, dis-je.

– Bon, à l'époque, ils ont fait des recherches pour moi. Celui qui commandait la division et qui a arrêté von Orlepp a fui l'Union soviétique en 1949. Il faisait encore partie de l'armée et était stationné à Berlin-Est. Un jour, il s'est enfui et est passé à l'Ouest. Il a habité un moment à Berlin-Ouest et a bourlingué un peu partout, il est allé, entre autres, en Amérique. Il est encore en vie et de retour en Europe, d'après ce que j'ai appris hier soir. Il a gardé des relations avec sa famille en Union soviétique. Sa mère lui manque beaucoup.

– Oui, et alors ? dis-je, incapable de dissimuler ma curiosité.

Le professeur se tut et me regarda plein d'espoir.

– Quoi ? Insistai-je.

– Tu n'as jamais eu envie d'aller aux Pays-Bas ? demanda-t-il.

– Je n'y ai jamais pensé, répondis-je.

– Le Russe en question habite aux Pays-Bas, déclara-t-il ; son énergie avait redoublé depuis qu'il était rentré de Schwerin. J'étais sûr que c'était à cause des informations qu'il venait d'avoir sur ce Russe. J'avais envie de lui dire qu'il y avait peu de chances qu'il obtienne quoi que ce soit de cet homme, même si, aussi bizarre que cela puisse paraître, il réussissait à le retrouver. Comment aurait-il pu se rappeler une banale arrestation parmi tout ce qui avait pu se produire à la fin de la guerre ? Que pouvait-il savoir de l'intérêt de von Orlepp pour les livres ?

– Que crois-tu tirer de lui maintenant, dix ans après ? me hasardai-je à demander.

– Je te dis ça parce que c'est toi qui m'as fait repenser à lui. Peut-être que je réussirai à le dénicher, peut-être que non. J'ai le sentiment que ça vaut la peine d'essayer. Von Orlepp a disparu de Berlin à la fin de la guerre. C'est là que pourrait se trouver la réponse à ce que je cherchais. Je vais me rendre aux Pays-Bas. Tu viens avec moi ?

J'eus l'impression qu'il me provoquait.

– Tu ne perdras rien, ce sera pendant le week-end, m'assura-t-il. On sera de retour lundi. Ça ne te causera aucun ennui.

"Aucun ennui", me dis-je en moi-même. "Tu ne perdras rien."

– Je crois que je suis obligé d'y renoncer, répliquai-je sur un ton hésitant. Toutes mes études…

– Ne t'inquiète pas pour les études, me coupa le professeur. Les études, c'est moi ! Tu les feras avec moi.

– Je viens tout juste de me remettre de ce qui s'est passé à Schwerin, avançai-je, avec précaution.

Le professeur me contempla un long moment, j'eus

207

l'impression que je le décevais, et je me sentis mal à l'aise. Malgré tout, je restai ferme. Nous avions vécu ensemble les choses les plus incroyables et je ressentais une grande sympathie pour lui, mais je n'étais peut-être pas si courageux que ça. Je me moquais des aventures du professeur mais je ne pouvais pas le lui dire de but en blanc. Il m'avait entraîné dans des affaires douteuses et dangereuses qui ne me paraissaient pas me concerner directement. Je n'y avais aucun intérêt particulier. Pourquoi donc fallait-il qu'il m'ennuie avec ça ? Je ne m'attendais à rien de ce genre à mon arrivée à Copenhague et, après notre expédition à Schwerin, je considérais que ma participation était terminée. Tout ce que je voulais, c'était pouvoir poursuivre en paix mes études de littérature nordique. Rien d'autre. Voilà ce que je pensais, et je n'osais même pas regarder le professeur dans les yeux. En réalité, je faisais semblant de regarder le tableau derrière lui.

Et, devant moi, je revis le fascicule perdu qu'il tenait dans ses mains, la croix qui s'était enflammée et le rictus de Joachim.

– C'est bon, concéda enfin le professeur. Je te comprends. Je ne peux pas t'entraîner continuellement dans ce genre d'affaires. J'espère que tu sauras te taire à propos de ce que je t'ai révélé. Nous sommes les seuls à savoir ce qu'il en est du *Livre du roi* et il est très important que ça le reste.

Il prit sa valise et sortit de la salle de cours. Je le suivis du regard, j'étais rouge de honte. Il était sur le point de franchir le seuil lorsque je fus incapable de me retenir plus longtemps.

– Où habite ce Russe ? lui criai-je, tandis que mon estomac se nouait.

Le professeur se retourna.

– À Amsterdam, fit-il. Dans le quartier des prostituées.

15

Le professeur n'exagérait pas en disant que le Russe habitait en plein quartier des prostituées de la ville d'Amsterdam. Notre auberge était située dans la rue Nieuwendijk, à deux pas de la place du Dam où se trouvait le célèbre grand hôtel Krasnapolsky. De là, nous avons pris en direction du sud dans la Oude Hoogstraat et nous avons tourné pour descendre le long du Oudezijds Achterburgwal. C'est alors que s'offrit à nos regards le quartier rouge où des deux côtés de la rue vivait la lie de l'humanité. Des femmes à acheter étaient assises derrière de grandes vitrines. Certaines fumaient et faisaient comme si elles étaient chez elles. D'autres essayaient de séduire avec leurs petites culottes, leurs bas résille, leurs hauts talons et leurs sous-vêtements affriolants qui ne cachaient que l'essentiel. Il y en avait une qui avait les seins nus et j'essayais de ne pas jeter les yeux sur elles. Quelques-unes, très jolies, me souriaient et j'en fus distrait. Au lieu de me laisser envahir par le désir, j'avais une impression de malaise à laquelle se mêlait une étrange tristesse à la vue de ces femmes. Elles me faisaient penser à ces poissons qui ouvrent et ferment la bouche dans les aquariums. Dans ces circonstances, je ne les trouvais pas particulièrement attirantes, mais plutôt pitoyables, et il me semblait que les regarder bouche bée comme le font leurs clients ne ferait que les avilir davantage.

Le professeur ne prêtait pas la moindre attention aux prostituées, au contraire il passait en vitesse devant elles comme si elles n'existaient pas. Une femme dans la cinquantaine, complètement soûle et le rouge à lèvres qui déborde, me prit la main en disant quelque chose en néerlandais, mais je la retirai prestement et secouai la tête sans m'arrêter. Nous nous engageâmes dans Moonikenstraat, une rue transversale crasseuse où les vitrines se succèdent les unes aux autres. Un homme convenablement vêtu était allongé contre le mur d'une maison, immobile, ivre mort après avoir ingurgité une trop grande quantité d'eau-de-vie, ou dans un état comateux provoqué par des stupéfiants. Le professeur tenait à la main son bout de papier et cherchait le numéro de la maison. Il finit par trouver le bon sur la façade d'un vieil immeuble miteux de trois étages. Au rez-de-chaussée, il y avait un bistrot sordide, on accédait sur le côté à l'escalier menant au premier étage, indiqué par un panonceau portant l'inscription "Chambres à louer". Un Asiatique d'un âge avancé était adossé à la buvette. Le professeur parla brièvement avec lui et lui dit le nom du Russe : Boris Groutchenko.

– Numéro 3, l'informa l'Asiatique en anglais en montrant l'étage au-dessus. Il dort, ajouta-t-il.

Il sourit, découvrant des mâchoires qui n'avaient plus que trois dents.

– Merci beaucoup, fit le professeur.

– Méfiez-vous de lui, dit l'Asiatique. Il n'a pas dessoûlé depuis plusieurs semaines.

Nous nous regardâmes, puis je suivis le professeur de près en montant à l'étage où habitait le Russe. Depuis le bar en dessous nous parvenait dans le couloir un grand bruit de verres qui tintent, des cris de femmes, des voix graves imbibées de vodka alternant avec le fredonnement d'une chanson d'amour. La porte du numéro 3 n'était pas fermée et le professeur, après avoir frappé plusieurs fois, n'hésita plus. Nous entrâmes. Une enseigne au néon rouge accrochée à la maison d'à côté éclairait la pièce par intermittence. Il y avait une chaise, une petite table et un grand lit contre le mur. Un homme y dormait, allongé à côté d'une femme. Ils étaient couchés tout contre le mur, en raison de l'inclinaison du parquet. Toute la maison, y compris les murs et le plancher, était de guingois et ressemblait à un vieux vaisseau fantôme naviguant éternellement sur les flots.

Le professeur se racla la gorge, mais ni le Russe ni la femme ne bougèrent. Ils étaient recouverts d'une couverture trouée qui n'arrivait guère à cacher leur nudité. Des bouteilles de bière et de vodka jonchaient le sol de la pièce comme du bois flotté.

– Boris, dit le professeur assez fort.

Cela ne donna aucun résultat.

Après plusieurs tentatives à distance respectable pour réveiller le Russe, il s'avança vers le lit en répétant son nom plusieurs fois. Boris ! Boris Groutchenko ! Cela parut faire de l'effet. Le Russe remua. Il se redressa dans le lit comme un personnage de dessin animé dans la lueur vacillante du néon et se mit à nous dévisager, le professeur d'abord, puis moi. Ensuite, il se leva, entièrement nu. Le professeur recula et on avait tous deux atteint la porte quand le Russe tendit la main vers l'interrupteur et une lumière tamisée s'alluma dans la pièce. J'étais prêt à sortir en courant dans la rue.

– Boris ? questionna le professeur.

L'homme dit quelque chose en russe. Il ne semblait pas particulièrement ravi ni même étonné d'avoir été dérangé de façon impromptue.

Le professeur lui répondit en russe. Je le regardai.

– Tu sais aussi le russe ? demandai-je.

– Des bribes, répondit-il.

– Vous venez d'Islande ? s'enquit l'homme qui venait d'opter pour l'anglais. Il était plutôt élancé et bien bâti, le visage fin avec une abondante chevelure brune. Il retira la couverture de la femme qui était nue et s'enveloppa dedans, il resta debout et nous regarda, l'air méfiant.

– Tu es bien Boris Groutchenko ? demanda le professeur, et probablement l'homme trouvait plutôt arrogant l'inconnu qui se présentait chez lui.

– Ça ne te regarde pas, répondit-il.

Puis, il fulmina en russe et ne fit ni une ni deux : il baissa la tête et se rua sur moi qui me tenais à côté du professeur ; il m'envoya au tapis et me bondit dessus. Je sentis son horrible poigne sur mon visage et ses griffes. Il me prit à la gorge. Lorsque je tentai de crier et d'appeler au secours, je n'émis qu'un lamentable gargouillis. Il me serrait tellement fort la gorge que je n'arrivais pas à respirer. De mes yeux d'homme voué à une mort certaine, je vis le professeur se dresser derrière lui avec sa canne levée et lui en asséner un coup sur la tête avec le pommeau d'argent. Cela n'eut pas le moindre effet. Le professeur essaya à nouveau et j'entendis le pommeau résonner sur le crâne de l'homme. Cela le calma un peu, je sentis ses griffes meurtrières relâcher leur étreinte. Le professeur lui mit sa canne en travers de la gorge et tira des deux mains de toutes ses forces, si bien que l'homme fléchit complètement et s'affala. Je ne m'étais pas rendu compte jusque-là de la force qu'avait le professeur en dépit de son âge. L'homme était rouge comme une pivoine et je parvins à me délivrer des griffes qu'il avait serrées autour de mon cou et à glisser sur le plancher pour échapper à son poids. Il essaya en vain d'atteindre le professeur qui était maintenant sur lui à califourchon. Il essaya de se redresser et le professeur me cria de m'asseoir sur lui aussi et, ensemble, nous réussîmes à le maintenir au sol.

– On ne te veut aucun mal, dit le professeur pour le rassurer. Crois-moi. On a juste besoin de quelques renseignements.

L'homme grogna quelque chose d'inintelligible.

– On n'en a pas pour longtemps, ensuite on repartira et tu ne nous reverras plus jamais. Tu comprends ce que je dis ?

Il s'écoula un certain temps avant que l'homme hoche la tête comme il pouvait à cause de la canne que nous maintenions maintenant sous son menton. Son visage nous apparaissait presque entièrement.

– On ne te veut aucun mal, répéta le professeur en l'assurant que nous le relâcherions s'il nous promettait de ne pas nous agresser et d'écouter ce qui nous amenait.

Peu à peu, nous desserrâmes notre étreinte et la tête de l'homme s'inclina vers le sol. Le professeur m'intima de me lever et se dégagea ensuite de l'homme qui restait allongé, immobile. La femme, quant à elle, dormait comme une souche, sans être dérangée le moins du monde par cette visite.

– Je suis Boris, admit l'homme en se relevant, il nous dévisageait avec des yeux pleins de haine.

– J'ai quelques questions à te poser sur la guerre, dit le professeur. Du temps où tu étais à Berlin, après la victoire sur les nazis.

– Vous venez d'Islande ? demanda Boris que cette visite inattendue continuait à désorienter. Il enfila son pantalon.

– Oui, déclara le professeur.

– Il faut m'excuser, dit Boris dont l'énergie semblait épuisée. Je croyais que vous veniez de Moscou.

– Ce qui nous amène peut te paraître étrange, mais j'espère que tu pourras nous aider, expliqua le professeur en défaisant prudemment son manteau pour s'approcher du lit délabré et en recouvrir la femme qui dormait.

Je me massai le cou qui me faisait horriblement mal.

– J'étais à Berlin après la fin de la guerre et je cherchais un homme que tu as arrêté, dit le professeur. Tu étais à Berlin avec l'Armée rouge, n'est-ce pas ?

Le Russe ne lui répondit pas. Il nous regardait tour à tour et son visage reflétait la méfiance.

– L'homme que nous recherchons s'appelle Erich von Orlepp, poursuivit le professeur. Il était haut placé dans le parti nazi. Vous l'avez remis aux mains des Britanniques et, ensuite, ce sont les Américains qui l'ont pris en charge. J'ai parlé aux Britanniques et aux Américains, mais je n'ai jamais pu parler aux Russes. Et maintenant je t'ai trouvé, toi.

– Comment ? demanda le Russe.

– Pendant des années, j'ai essayé de trouver ceux qui les premiers ont arrêté von Orlepp, mais votre système à vous Soviétiques n'est pas linéaire… Mais peu importe, j'ai appris que tu avais fui de Berlin quelques années après la guerre. J'ai des amis à Moscou qui m'ont aidé. Ils étaient en contact avec ta mère.

– Tu as parlé à ma mère ? demanda le Russe.

– Non, pas en personne. Mes amis l'ont fait. Elle te donne le bonjour. Elle habite Moscou, c'est bien ça ?

– Moscou me manque, fit Boris d'une voix terne.

J'ai envoyé quelques lettres, mais je n'ai jamais eu de réponse. Je ne suis pas sûr qu'elles soient arrivées à destination.

– Ç'a été le cas pour quelques-unes au moins apparemment, dit le professeur. Ta mère savait que tu étais ici, à Amsterdam.

Le professeur se tourna vers moi et m'ordonna de descendre au bar chercher une bouteille de vodka. Il me tendit quelques florins et me dit de me presser. Je partis d'un bond, sortis dans le couloir en courant, descendis l'escalier quatre à quatre et arrivai dans la rue pour aller directement au bistrot d'à côté. Sur le panonceau à demi effacé accroché à l'entrée, il me sembla déchiffrer "Au chat gras". Je commandai une bouteille de vodka en montrant l'argent. Le garçon eut tôt fait de me servir. De pauvres hères me dévisageaient à travers les vapeurs d'alcool, d'autres discutaient avec arrogance et, dans le brouhaha, j'entendis chanter Perry Como. Je ressortis en courant dès qu'on me remit la bouteille et je montai rejoindre le professeur dans la chambre.

Il s'avéra que l'homme était bien le Russe Boris Groutchenko, déserteur de l'Armée rouge, réfugié et apatride. Il était revenu des États-Unis où il avait connu le système capitaliste dans toute sa splendeur, sans pour autant être conquis. Il avait erré à travers l'Europe et s'était retrouvé aux Pays-Bas où il n'avait ni permis de séjour ni contrat de travail, et il n'avait subsisté, d'après ses dires, qu'en travaillant au noir tantôt comme videur de boîtes de nuit, tantôt comme maquereau, et le plus souvent les deux.

Sa famille n'avait pas eu la vie très facile après sa fuite de l'Union soviétique. On le lui avait fait payer.

D'un autre côté, il n'avait pas osé revenir par crainte d'être exécuté.

– La Russie me manque, reconnut-il.

Il sirotait, comme il se doit, sa vodka et s'était en quelque sorte réconcilié avec nous, les deux inconnus venus de loin avec une étrange requête. La femme dormait toujours au même endroit sous le manteau du professeur. Lorsque la vodka l'eut échauffé, Boris se révéla extrêmement loquace. Il avait le front haut et intelligent, de petits yeux qui surplombaient un nez imposant en forme de pomme de terre et la mâchoire inférieure légèrement proéminente. Peu à peu, le professeur commença à interroger le Russe sur la fin de la guerre à Berlin et von Orlepp. Le Russe avait bonne mémoire et était fier d'avoir participé à la guerre contre les nazis. Il nous donna le nom de sa division, nous révélant où elle avait combattu, notamment au siège de Stalingrad, et il nous raconta comment elle avait contribué à chasser les Allemands de Russie en avançant à l'Ouest et à les poursuivre dans toute l'Europe de l'Est. En Allemagne, ils avaient pris des villages et des villes sous le commandement du maréchal Joukov sans s'accorder la moindre trêve jusqu'à ce qu'ils aient atteint Berlin et hissé le drapeau rouge sur les ruines du Reichstag, le Parlement.

– Un jour grandiose, fit Boris, quand ils hissèrent le drapeau et que la guerre se termina. On a étreint et embrassé les soldats britanniques et américains, nos alliés, nos amis. Je croyais que les choses changeraient. Tous ensemble, nous avions terrassé Hitler et les nazis, et je croyais que nous serions alliés pour toujours. À l'évidence, ça n'a pas été le cas.

– Tu as décidé de partir, suggéra prudemment le professeur.

– Qu'est-ce que tu crois savoir de moi ? répliqua Boris qui avait l'air de mal prendre le fait que des inconnus connaissent son parcours. Tu m'as espionné ?

– Non, pas du tout, rectifia le professeur. Je t'ai cherché longtemps et je savais que tu avais fui l'Union soviétique. Mes amis de Moscou m'ont dit que tu étais allé aux États-Unis.

– Foutu capitalisme ! s'exclama Boris en buvant sa vodka au goulot. Vous y êtes déjà allés ? Ils croyaient que je pourrais les aider. Ils voulaient des renseignements sur Berlin-Est. Sur l'Armée rouge. Je leur ai dit que je n'étais pas une balance. Je leur ai dit que je ne balancerais aucun de mes camarades. Ils avaient eu assez d'infos comme ça. Et moi j'en avais assez d'eux.

– Ça a dû être difficile de fuir Berlin-Est, reprit le professeur.

Je savais qu'il essayait d'en venir au fait sans trop heurter le Russe.

– C'était un jeu d'enfants, dit Boris. Ils devraient mieux fermer leurs frontières. Je ne voulais plus rester à l'Est. Tout de suite après la guerre, j'ai appris que mon frère avait été arrêté à Moscou. Personne ne savait pourquoi. Il était journaliste et il est mort à Mourmansk. Il avait fait la guerre comme moi. C'était un héros. Ça ne lui a pas réussi. Moi-même, j'ai été dégradé. Je n'ai pas su pourquoi. Il fallait me renvoyer chez moi.

Le Russe soupira lourdement.

– Je hais la Russie.

Dans le lit, la femme s'était mise à ronfler.

– Nous savons que des nazis haut placés ont fui Berlin et que certains sont passés par l'Autriche, révéla le professeur. Ils se sont cachés parmi les gens dans les trains, dans les bâtiments publics et ont traversé les Alpes autrichiennes. Est-ce que tu te souviens d'avoir

217

arrêté un homme du nom d'Erich von Orlepp ? Tu sais qui c'était ?

Le Russe secoua la tête.

– C'était un officier allemand. Il était riche. Il était probablement en civil. Tu l'as livré aux Britanniques. J'ignore pourquoi. Ce sont les Britanniques qui m'ont donné ton nom. Je l'ai trouvé dans leurs papiers. Tu te souviens d'avoir livré aux Britanniques un responsable nazi ?

– Un responsable ?

– C'était un officier nazi. Erich von Orlepp.

– Ma division n'a pas arrêté grand monde, dit le Russe.

– Il se peut qu'il vous ait proposé quelque chose si vous le relâchiez, avança le professeur pour lui rafraîchir la mémoire. Les Britanniques ont voulu l'avoir quand ils ont appris son arrestation.

Boris se taisait.

– Il a été accusé de crimes de guerre. Les Polonais et bien d'autres voulaient lui mettre la main dessus.

– L'exécution, dit tout à coup Boris. Est-ce que ce serait lui ?

– L'exécution ?! s'exclama le professeur.

– Ce n'est pas moi qui l'ai arrêté, reprit Boris. Par contre, c'est moi qui l'ai remis aux Britanniques. Von Orlepp ? C'était un trafiquant d'objets d'art ou quelque chose comme ça. On disait qu'il était plein aux as. C'est ça ?

Le professeur hocha la tête.

– Tu te souviens bien de lui ? demanda-t-il.

– On nous a dit de le conduire au QG britannique à Berlin et de le remettre aux autorités locales, répondit Boris. On ne nous a donné aucune explication. C'était une mission comme une autre. Nous nous sommes défaits de lui, c'est tout.

– Tu es sûr que c'était bien Erich von Orlepp ? redemanda le professeur.

– Je me souviens du nom, dit Boris. Mais il y avait autre chose : il a essayé de nous soudoyer. Tu as dit qu'il se pourrait qu'il nous ait proposé quelque chose et je me souviens maintenant qu'il nous a proposé de l'argent. Il a dit qu'il avait des dollars. Plein. Il a déclaré qu'il ne les avait pas sur lui, mais qu'ils étaient quelque part dans Berlin et qu'on avait juste à l'y accompagner pour devenir riches. Il a essayé de nous convaincre de le relâcher.

– Et vous ne l'avez pas fait ? fit le professeur.

– Non, dit Boris. Nous n'avons pas osé. Les gens disaient n'importe quoi pour qu'on les relâche.

– Qu'est-ce que tu voulais dire quand tu as parlé d'''exécution'' ? me permis-je de demander.

Boris me regarda.

– On aurait préféré le tuer, cet Orlepp, reconnut-il. Parce que c'était un nazi et qu'il était recherché pour crimes de guerre. C'était plus que suffisant pour nous. Mais on n'a pas pu. Il y avait eu des négociations à son sujet. Malgré tout, on a fait semblant de l'exécuter. Pour lui faire peur. On a organisé une mise en scène pendant qu'on était en route pour rejoindre les Britanniques. On a arrêté le camion et on a placé von Orlepp contre un mur. Les gars l'ont mis en joue, j'ai fait le compte à rebours et ils ont tiré tout autour de lui. Je crois qu'il a piqué une crise. Il chialait tout le temps, comme un porc qu'il était.

Quand le Russe eut fini, je regardai le professeur, mais celui-ci demeura impassible.

– Pourquoi est-ce que les Russes ont accepté de le

remettre aux mains des Britanniques ? Que voulais-tu dire quand tu as parlé de négociations à son sujet ?

– Nous avons récupéré un homme en échange.

– Un homme en échange ?

– On l'a remis au QG britannique et eux nous ont donné en échange un nazi qu'ils avaient arrêté. C'était donnant donnant.

Le Russe sirotait sa vodka. Dans le lit, la femme se mit à remuer.

– C'était de la politique, conclut-il.

– Pourquoi est-ce que von Orlepp a été arrêté ? demanda le professeur.

– Pourquoi ? dit Boris. Est-ce que ce n'est pas évident ? On a tâché de capturer les nazis et on en a eu beaucoup.

– Je veux dire : comment a-t-il été arrêté ?

– C'est un ami à moi qui l'a fait. Il est mort. Juste avant Berlin. Il a marché sur une mine alors que la paix était signée. C'est la vie.

– Tu connais les autres membres du groupe qui l'a arrêté ?

– Non, aucun.

Le professeur s'affaissa sur son siège. Il semblait peu probable que le Russe puisse lui prêter main-forte.

– Est-ce que von Orlepp a dit quelque chose ? demandai-je. Quand vous l'avez emmené. Tu te souviens de quelque chose de particulier ? Dans ses manières ? Dans ses paroles ?

– Pourquoi vous me posez toutes ces questions sur cet homme ? demanda le Russe. Pourquoi est-il si important ?

– C'était un trafiquant d'objets d'art, m'empressai-je d'expliquer.

Je regardai le professeur qui restait assis et fixait en

silence le néon rouge. Je n'avais pas conscience des espoirs qu'il avait fondés sur l'aide de ce Russe avant de lire la déception sur son visage.

– Il vous a volé quelque chose ? demanda Boris.

La femme qui était dans le lit se redressa d'un bond et nous contempla le professeur et moi. Elle était rousse, joufflue et bien en chair. Ensuite, elle se recoucha sous le manteau du professeur comme si nous ne l'intéressions pas.

– Il nous a volé un trésor précieux, dis-je. Un trésor national. Nous essayons de le récupérer, mais von Orlepp est probablement mort ou, tout du moins, il s'est volatilisé et nous ne savons pas ce qu'il en a fait.

– C'était quoi ? demanda Boris. Qu'est-ce qu'il vous a pris ?

Je regardai le professeur qui semblait loin de tout ça.

– Un livre, fis-je.

– Un livre ? répéta Boris sans parvenir à dissimuler son étonnement. Quelle sorte de livre ? Comment un livre peut-il avoir autant d'importance ?

– Il peut en avoir une grande.

– Et vous m'avez recherché moi, un déserteur, un traître à la patrie, un Russe qui a fui son pays pour se réfugier ici, à Amsterdam, tout ça à cause d'un malheureux livre ?

– Pour les Islandais, c'est le Livre des Livres, dis-je. Un parchemin. Le *Livre du roi*. Le Livre de l'Islande.

Le Russe nous regardait tour à tour, le professeur et moi.

– C'est le livre le plus remarquable que nous possédions et que nous connaissions, fit le professeur, complètement abattu.

– Alors, ça pourrait coller, dit le Russe.

– Quoi donc ?

221

– Un truc qu'il a dit.

– Qui ça ?

– Mon ami qui a marché sur une mine, l'homme qui a arrêté von Orlepp. Il m'a expliqué qu'ils l'avaient trouvé dans les ruines d'une boutique de livres anciens.

Le professeur, dont le visage semblait refléter la plus profonde misère et qui jusque-là avait fixé le plancher, releva la tête.

– Qu'est-ce que tu as dit ?

Le Russe le regarda.

– Il y avait des livres partout.

– Des livres partout ?

– Mon ami a dit qu'il l'avait extirpé des ruines d'une boutique de livres anciens, répéta Boris.

– Il était dans la boutique lorsque vous l'avez pris ? murmura le professeur.

Boris acquiesça.

– Il était à l'intérieur quand il a été arrêté ? reprit le professeur qui semblait ne pas en croire ses oreilles.

– C'est ce que m'a confié mon ami. À l'intérieur ou à l'extérieur. En tout cas, il traînait près d'une boutique de livres anciens.

– Il avait des livres sur lui ?

– Il n'en a pas parlé.

– Qu'est-ce que von Orlepp faisait là ?

– Peut-être qu'il se cachait. Ils chiaient tous dans leur froc, ces sales trouillards de nazis, quand on a pris Berlin.

– Quel genre de boutique c'était ?

– Comment veux-tu que je le sache ?

– Elle se trouvait où ? Quel était son nom ?

– Il était riche, tu dis ? demanda le Russe.

– Qui ça ?

– Ce von Orlepp ?

– Plus riche que tu ne penses, affirma le professeur.

Le Russe se tut. Peut-être était-il en train de réfléchir et de regretter de ne pas avoir accepté les pots-de-vin de von Orlepp.

– Tu sais où se trouvait cette boutique de livres anciens à Berlin ? demanda le professeur.

– Non, la ville était en ruine.

– Elle était grande ou petite ?

– Grande ou petite ? Je n'en sais rien.

– Je m'y connais un peu en livres anciens, dit le professeur. Si tu pouvais me dire quelque chose sur cette librairie, même peu, ça pourrait nous être utile.

– Je ne sais pas grand-chose sur cette boutique, dit Boris. Nous n'en avons pas parlé. Dimitri l'a juste mentionnée. La maison avait explosé et était complètement détruite, mais les rayonnages de livres étaient encore debout dans les ruines.

– Tu ne sais pas non plus à qui était la boutique ?

– Non, aucune idée.

– C'était dans quelle partie de Berlin ? Dans quel quartier ? Est-ce que ton ami t'en a parlé ?

Le Russe réfléchit. Le léger ronflement de la femme grassouillette couchée dans le lit se fit entendre de nouveau.

– C'est à l'Ouest aujourd'hui, expliqua le Russe. Je me rappelle que Dimitri avait fait un contrôle à Charlottenburg. J'y ai habité quelque temps après ma fuite. Avant de partir aux États-Unis. Vous y êtes déjà allés ?

Je secouai la tête.

– Foutu capitalisme, dit-il.

Ensuite, d'un air infiniment triste, il regarda le néon rouge au dehors et soupira.

– La Russie me manque.

Le professeur ne trouva pas la paix de toute la nuit. Après toutes ces années, après tout ce temps et cette insupportable angoisse, il avait peu d'espoir de retrouver la trace du livre qu'il avait perdu pendant la guerre. Une boutique de livres anciens bombardée pouvait jouer un rôle clé pour retrouver ce qu'on pouvait appeler le bonheur de sa vie. Je ne pouvais lui dire qu'il était irréaliste de considérer ce maigre indice comme un premier succès. Puisque le professeur avait l'air de se réjouir, je ne voulais pas lui gâcher son plaisir. Il avait dit qu'il n'avait jamais cru que von Orlepp vendrait le livre même s'il était à court d'argent, mais maintenant les choses prenaient une autre tournure. Il faisait grand cas du Russe qui affirmait que le nazi avait des tas de dollars. Tout concordait. Von Orlepp avait vendu des objets d'art à la fin de la guerre et était entre autres entré en contact avec un vendeur de livres anciens qui entretenait de bonnes relations avec des collectionneurs du monde entier. Ce vendeur connaissait bien la valeur du *Livre du roi*, sinon Orlepp ne l'aurait pas contacté. Selon toute vraisemblance, le vendeur n'avait été qu'un intermédiaire et n'avait pas acheté le livre pour lui-même. Si nous réussissions à le trouver, il pourrait nous éclairer sur ce qu'était devenu le livre. On pouvait imaginer qu'il était encore en Allemagne. Ce serait la meilleure solution, dit le professeur, qui réfléchissait déjà au moyen de le reprendre à son propriétaire actuel, mais la possibilité qu'il s'agisse d'un voleur n'était pas exclue. Il parlait presque comme s'il avait déjà mis la main sur le livre. Et durant cette longue nuit qui suivit notre entretien avec le Russe, je ressentis plus que jamais combien le professeur brûlait du désir de retrouver ce livre.

– On doit partir pour Berlin demain matin, me révéla

le professeur l'air sérieux. C'est peut-être possible
d'attraper un train direct depuis Amsterdam.

En arrivant à la chambre, je m'étais jeté sur mon
lit, mais lui s'était assis sur une chaise en face et tam-
bourinait comme jamais sur sa boîte de tabac à priser.

– Je pensais avoir parlé à la plupart d'entre eux
lorsque je suis allé à Berlin après la guerre, dit-il tout
excité. Je veux parler des vendeurs et des collectionneurs de livres anciens. Aucun d'eux n'a constaté que
le *Livre du roi* était sur le marché. Mais il est possible
qu'ils m'aient menti. Il n'y a pas plus menteurs que
les vendeurs de livres anciens. Oui, Valdemar.

Il ouvrit la boîte et se mit à priser selon les règles
de l'art.

Tu crois que von Orlepp n'est plus en possession
du livre ?

– Non, pas s'il l'a vendu, Valdemar. Voilà le nœud
de l'affaire. S'il ne l'a plus, cela ouvre des possibilités
que je ne soupçonnais pas jusqu'à présent.

– Alors, Joachim ne sait pas ce que son père a fait
du livre, c'est ça ?

– On dirait.

– Ça devrait être facile pour Joachim, le fils de von
Orlepp, de découvrir qui l'a eu, non ? Si tant est que
quelqu'un l'ait eu ?

– Je ne connais pas le fin mot de l'histoire, Valdemar.
Tout ça va peut-être finir par s'éclairer. Je n'ai pas
réponse à tout. Je pense que nous avons là un indice
qu'il vaut la peine de vérifier, rien d'autre. Nous ne
devons ni lui accorder une trop grande importance ni
le minimiser. Il est juste ce qu'il est. Nous allons le
vérifier et voir si nous pouvons nous appuyer dessus.

Mais je ne pouvais m'arrêter.

– Est-ce qu'un livre comme le *Livre du roi* n'aurait

pas attiré l'attention si un collectionneur ordinaire se l'était approprié ?

Je ne voulais pas ternir la joie du professeur, mais je ne voulais pas non plus qu'il se fasse des illusions. Je ne croyais pas non plus que cet homme terre à terre et raisonnable serait prêt à faire fi de toute logique et à lâcher la proie pour l'ombre. Lui, un homme qui croyait au pouvoir de la raison en toute circonstance et qui ne se serait jamais permis de bâtir des châteaux en Espagne.

– Pas du tout, reprit-il. Les gens ne font pas étalage de ce qu'ils ont, encore moins quand il s'agit d'un vieux bouquin qu'ils ne sont pas sûrs d'avoir acquis légalement. La plupart des collectionneurs sérieux connaissent l'existence du *Livre du roi* et savent qu'il est en possession des Danois. Ils n'iraient jamais dire que ce livre est entre leurs mains. Cela pourrait leur créer pas mal d'ennuis. Ensuite, ce n'est pas obligatoirement des collectionneurs, ça peut être de simples amateurs d'art.

– Qu'espères-tu découvrir à Berlin ?

– Je me souviens en tout cas de deux vendeurs de livres anciens là-bas. À Charlottenburg. L'un d'eux était l'un des plus grands d'Allemagne. Peut-être que von Orlepp a négocié avec lui. Je ne sais pas ce que nous découvrirons, j'espère seulement que nous serons mieux renseignés.

– Tu dis tout le temps *nous*.

– Oui, ça te gêne ? Toi et moi. Nous.

– Je suis venu ici avec toi, mais je ne suis pas sûr de pouvoir t'accompagner à Berlin.

– Nous sommes sans doute sur la piste du livre, Valdemar. Tu crois que tu accompliras un plus grand exploit de toute ta vie si nous le découvrons ? Tu ne vois pas que c'est quelque chose de tout à fait sensationnel ?

– Tout à fait sensationnel ? Personne ne sait qu'il est perdu ! Pas encore, du moins. Et si nous le découvrons, si tu le découvres, personne ne le saura jamais. Cette grande victoire, tu ne pourras pas la claironner de partout. Tu te glisseras probablement dans la bibliothèque à la faveur de la nuit pour le remettre en place et tu auras le sentiment d'avoir terminé tes recherches. Qu'y a-t-il de tout à fait sensationnel là-dedans ? Qui fêtera ça avec toi ? Tu es seul dans cette affaire et c'est ton secret à toi. Si tu réussis dans ton entreprise, alors la plus grande prouesse consistera en ce que personne ne l'apprenne.

Mes paroles furent suivies d'un profond silence.

– Ce que tu peux être bête, mon pauvre garçon ! dit finalement le professeur sur un ton bourru.

– Reste à voir lequel de nous deux est le plus bête, contrai-je en m'apercevant trop tard que j'étais en train de faire quelque chose que je ne voulais pas du tout : gâcher son plaisir.

– Qu'est-ce que tu dis, Valdemar ? murmura le professeur surpris. Tu crois que ce qui m'intéresse… ce sont… ce sont les distinctions honorifiques ? Tu crois vraiment que je suis aussi frivole ? Tu crois que je cherche à être décoré ? Tu crois que je m'attache à ces futilités ? C'est comme ça que tu me vois ? Tu crois que je suis… que je suis aussi minable… ?

– Je voulais dire…

Le professeur poussa un profond soupir, comme s'il lui fallait une fois de plus faire la leçon à un élève bouché.

– Tu ne comprendras jamais ce que je suis en train de dire ? Ce n'est pas moi qui compte. Toi non plus, d'ailleurs. Ce n'est pas nous, l'important, Valdemar, et d'ailleurs ça n'a jamais été le cas. La seule chose qui compte, c'est le *Livre du roi*. C'est lui seul qui compte !

Je n'osais pas bouger.

– Tu comprends ça ? reprit-il.

– Évidemment, c'est un livre important, admis-je, confus. Et ça ne me viendrait pas à l'idée…

– Tu sentiras cela quand tu le prendras dans tes mains, m'interrompit le professeur. Quand tu l'ouvriras et que tu en feuilletteras les pages, quand tu en respireras l'odeur. Quand tu sentiras la sueur te couler au bout des doigts et que tu percevras son insupportable légèreté et son incommensurable poids. Alors seulement tu comprendras quel genre de livre c'est.

Il fit deux pas vers moi.

– En ce moment, c'est nous qui nous soucions de lui. Pendant un bref instant, c'est nous qui en avons la garde et je pense que si tu prends tes études nordiques un tant soit peu au sérieux, au sérieux tout court, tu devrais essayer de te rendre compte du rôle que tu as à jouer avant qu'il ne soit trop tard. Sinon, tu peux arrêter et t'en aller, salut ! Nous n'avons rien à faire avec des fumistes comme toi. Rien ! Rien du tout ! Rien !

Le professeur se tenait au-dessus de moi comme un dieu de l'orage et moi qui soutenais mordicus que je n'irais pas avec lui à Berlin parce que je devais me concentrer sur mes études, j'étais anéanti.

– Je comprends très bien que c'est une affaire sérieuse, admis-je.

– C'est ce que tu crois ? dit le professeur. Tu crois, Valdemar, que tu comprends quelque chose dans ta petite tête ?

– Oui, bien sûr. Je connais l'importance du *Livre*

du roi. C'est un livre qui a une importance historique. Tout le monde le sait.

– Tu ne sais rien du tout ! riposta le professeur. Tu devrais dégager et rentrer à Copenhague dès demain. Je n'ai pas besoin de toi ! Je n'ai pas besoin d'un idiot comme toi !

Je l'avais offensé et je ne savais pas comment me réconcilier avec lui. Je perdis toute envie de retourner à l'université et mon inquiétude pour mes études fut balayée : autant en emporte le vent !

– Je crois que je comprends certaines choses que tu as dû subir, fis-je avec précaution. Bien sûr, je ne comprends pas tout entièrement. Personne ne le peut, sauf toi. J'espère que je ne vais pas t'offenser si je prétends te connaître. J'ai envie d'aller avec toi à Berlin. Et plus loin encore s'il le faut.

Je ne sais pas s'il m'avait entendu. Il était toujours assis sur sa chaise, la main sous le menton, et semblait très loin, loin de cette petite auberge. Je me tus. Les bruits nocturnes de la ville aux lumières rouges parvenaient jusqu'à nous, des coups de klaxon et des cris, et je repensai aux prostituées dans les vitrines. Y avait-il plus grand avilissement ?

– Il faut que nous le découvrions, Valdemar, dit finalement le professeur. Peu importe que nous avancions lentement, peu importe que les indices soient insignifiants, peu importe ce qu'il faudra dépenser, il faut qu'on le récupère. Dans un tel contexte, se glorifier de distinctions honorifiques relève de la vulgarité. Tu comprends ça ? Du baratin stupide. Ce n'est pas une question de triomphe personnel. Ce que tu es puéril ! Il n'est pas question de réaliser des prouesses ou de savoir si tout ça sera publié ou si j'en aurai honte toute ma vie. Ça ne compte pas. La seule chose qui compte, c'est le livre. Le *Livre du roi* ! Essaie de comprendre !

Le professeur s'était un peu calmé. Il ouvrit sa boîte à tabac.

— Voyons ce que nous découvrirons à Berlin, proposai-je.

Il hocha la tête.

— Nous verrons, déclara-t-il, semblant avoir oublié sa menace de me renvoyer à Copenhague.

Un long moment s'écoula. Le professeur était plongé dans ses pensées.

— Et le cahier perdu ? demandai-je enfin. Je pensais souvent aux pages que nous avions découvertes à Schwerin.

— Il faut qu'on revoie Joachim, dit le professeur.

— Alors, tu crois qu'il n'est pas perdu ?

— Je crois que si nous découvrons le livre nous serons en meilleure position pour parler avec Joachim, affirma le professeur, et je revis en pensée l'homme blond aux traits évoquant les classiques grecs et son acolyte, Helmut. Je redoutais de les revoir.

— Lui aussi est à la recherche du *Livre du roi*, fis-je observer.

— Peut-être est-ce la raison pour laquelle il a soudain pris contact avec moi. Je croyais qu'ils avaient encore le *Livre du roi* et qu'il était à la recherche du fascicule. Il était peut-être à la recherche des deux. S'ils n'ont pas le livre, c'est une tout autre affaire. Alors, nous avons un réel espoir de le découvrir, Valdemar. Un réel espoir qu'il ne soit pas définitivement perdu pour nous !

16

Dix ans après la seconde guerre mondiale, Berlin était un endroit sinistre. Bien que la reconstruction ait progressé rapidement, les souvenirs de la guerre étaient partout visibles, comme dans les autres villes d'Allemagne. En venant d'Amsterdam, nous en avions traversé quelques-unes. Des maisons à moitié effondrées et des immeubles bombardés, mais aussi des grues qui témoignaient du redressement vers un monde peut-être nouveau et meilleur, tout cela défilait devant nous. Cela nous prit la journée de traverser l'Allemagne d'ouest en est et nous n'arrivâmes à Berlin que tard dans la soirée.

C'était toujours le professeur qui commandait, et en descendant à la gare Bahnhof Zoo, il mit le cap sur l'auberge qu'il avait, disait-il, l'habitude de fréquenter lors de ses séjours dans cette ville. La signalisation des rues était indigente et, moi qui n'étais jamais venu là auparavant, je trouvais que Berlin était une ville désolée et lugubre. Peut-être cela tenait-il au fait que, dans mon esprit, elle restait attachée à la démence qui avait déclenché la Seconde Guerre mondiale ; c'était là, en effet, le cœur de la barbarie qui allait changer le cours de l'histoire et coûter des dizaines de millions de vies humaines.

La propriétaire de l'auberge, qui en était la directrice, s'appelait Frau Bauer. Elle accueillit le professeur avec joie. Elle avait à peu près le même âge que lui. Ils semblaient être des amis de longue date. Ils s'entretinrent en allemand et j'eus le plus grand mal à suivre leur conversation avec le peu d'allemand que je savais, mais je les entendis parler de Charlottenburg et il est certain qu'ils mentionnèrent un vendeur de livres anciens. Pas plus que d'habitude, le professeur n'avait le temps de bavarder de choses inconsistantes et il aborda directement le sujet qui lui tenait à cœur. Frau Bauer déclara qu'elle ne connaissait pas bien Charlottenburg et ne pouvait pas l'aider à faire la liste des noms et adresses des antiquaires du quartier.

– Tellement de choses ont changé après la guerre, dit-elle. Les Alliés ont réduit en ruine tellement de bâtiments. Je doute qu'il reste quoi que ce soit des maisons qui étaient là-bas.

Je sentis sa voix se briser, et le professeur la contempla longtemps sans mot dire. Frau Bauer était mince, les cheveux noués en chignon, plutôt petite, tout en finesse, et son visage reflétait son ancienne beauté malgré la guerre et les privations.

– Oui, évidemment, poursuivit-elle sur un ton de colère dont j'ignorais la cause. Évidemment, nous ne pouvons nous en prendre qu'à nous-mêmes. Comme si je ne le savais pas ! Tu es toujours à la recherche de ton nazi ? demanda-t-elle.

– Oui, dit le professeur. Plus ou moins.

– Et tu as emmené ce garçon avec toi ? s'inquiéta-t-elle en me regardant.

– Oui, il m'assiste. En fait, c'est un de mes étudiants.

– Bon. Il a de la jugeote au moins ?

– Il n'est pas complètement stupide, dit le professeur en me regardant. Comment va la reconstruction ?

232

– Mieux ici qu'à l'Est, répondit Frau Bauer promptement. Pourquoi est-ce que tu n'as pas d'écharpe ? Il fait froid dehors.

– Il ne fait pas aussi froid que ça, répliqua le professeur.

Frau Bauer sortit une clé d'un tiroir et nous montra le couloir qui menait au premier étage. Elle nous attribua une chambre bien entretenue, pour deux personnes. Elle tendit la clé au professeur.

– Tu peux aller et venir comme bon te semble, dit-elle.

Ils se regardèrent dans les yeux et il était évident, même pour un imbécile comme moi, qu'ils étaient bien plus que de vieux amis. Après le voyage en train, j'étais mort de fatigue si bien que je me suis tout de suite couché, et le professeur en a fait autant. Il avait dit que nous partirions de bon matin le lendemain pour aller à Charlottenburg. Nous avions chacun notre lit avec une petite table de nuit entre les deux. Vraisemblablement, il croyait que j'étais endormi, mais dans la pénombre je le vis se dresser d'un bond, attendre un peu comme s'il était aux aguets, puis sortir du lit. Il enfila en silence son pantalon et mit ses bretelles sur sa veste de pyjama avant d'ouvrir la porte pour se faufiler dans le couloir. J'étais sur le point de l'appeler, mais j'hésitai et je le suivis des yeux quand il sortit de la chambre. Il referma soigneusement derrière lui. Je n'avais aucune idée d'où il voulait aller, je savais seulement qu'il n'irait pas loin avec ses bretelles. Je pensai à Frau Bauer. Le professeur avait dit son nom pendant le trajet quand je lui avais demandé où nous serions hébergés. Elle était veuve. Son mari était mort juste avant la fin de la guerre dans les bombardements alliés sur Berlin. Frau Bauer avait alors vivoté. Leur maison avait été en grande partie épargnée et, après la guerre, elle y avait rapidement ouvert une auberge. Le professeur y avait ses entrées lorsqu'il venait à Berlin.

Je me suis endormi sur ces pensées et je ne sais plus ce qui s'est passé jusqu'au lendemain matin de bonne heure. Le professeur était revenu dans la chambre et dormait du sommeil du juste. Il se réveilla lorsque je me mis à m'agiter pour m'habiller et il me dit bonjour. Je n'étais pas assez stupide pour lui poser des questions sur sa balade nocturne.

Je le soupçonnai d'avoir eu rendez-vous avec sa vieille amie, mais, après tout, ça ne me regardait pas. Lui fit comme si de rien n'était, mais insista pour que nous nous mettions en route pour Charlottenburg. Frau Bauer nous avait préparé un copieux petit-déjeuner continental avec du pain au levain et je ne pus m'empêcher de remarquer qu'elle était de meilleure humeur que la veille au soir.

Elle me posa mille questions sur moi et je lui parlai de mes études à Copenhague. Je lui racontai comment j'avais fait la connaissance du professeur. J'omis d'évoquer son penchant pour la boisson et le fait qu'il était sur le point de perdre son poste de professeur à l'université, et encore plus le fait qu'il avait perdu le *Livre du roi*. Frau Bauer trouva que je n'étais pas assez loquace et me dit le fond de sa pensée, à savoir que nous autres Islandais nous étions tous pareils : taciturnes et mélancoliques. Je lui fis un sourire en hochant la tête.

Je lui demandai comment elle avait connu le professeur, qui s'était éclipsé en disant qu'il revenait tout de suite. Frau Bauer m'expliqua qu'elle le connaissait depuis des années, et même avant qu'il ne fasse la connaissance de Gitte. Herr Bauer et lui se connaissaient bien et avaient fait leurs études ensemble à l'Université de Copenhague. Herr Bauer parlait islandais et avait traduit de la littérature islandaise en allemand. En outre, il enseignait la littérature nordique à l'université de Berlin. Le professeur était souvent invité chez eux et Gitte également après leur mariage.

– C'était une femme adorable, observa Frau Bauer. Depuis qu'elle est morte, il ne s'en est jamais tout à fait remis.

– Et toi, tu as perdu ton mari, dis-je.

– Tout le monde a perdu quelqu'un, reprit Frau Bauer.

– On a prétendu qu'il aurait été partisan des nazis à une époque, déclarai-je. Je veux parler du professeur.

– Il ne l'a jamais été, protesta Frau Bauer. Il détestait le nazisme.

– Et toi et ton mari ?

Elle me regarda et rougit. J'étais allé trop loin, je le vis à son air sévère. En quoi cela regardait-il un jeune homme originaire d'Islande ?

– Nous nous en sommes rendu compte trop tard, fit-elle.

Il y eut une pause.

– Il t'a dit ce qui lui était arrivé pendant la guerre ? demandai-je.

– Tu veux parler du Danemark ? Il m'a parlé de son arrestation et de la jeune fille danoise qu'il a vue assassinée.

– Tu sais ce qu'ils lui voulaient, les nazis ?

– Il travaillait pour la Résistance, expliqua Frau Bauer. Heureusement, les Britanniques ont lancé une attaque aérienne contre l'immeuble.

– Et tu es au courant pour von Orlepp ?

– Il m'en a parlé.

– Et pourquoi veut-il le retrouver ?

– Il tient à ce que von Orlepp soit puni. Je crois qu'il n'a pas d'autre idée en tête. Le professeur a toujours été comme ça. Têtu et rancunier. Il n'oublie rien. Et il a un sens aigu de la justice.

Je hochai la tête. Il n'avait pas parlé du livre à son amie ou bien, s'il l'avait fait, elle se gardait bien d'en parler.

– Il y a autre chose ? demanda-t-elle, car sa curiosité s'éveillait. Pourquoi tu me poses toutes ces questions ?

– Je le connais si peu, m'empressai-je de dire. Il ne parle pas beaucoup de lui.

– Non, jamais, confirma Frau Bauer. Ça doit être un bon enseignant. Il a toujours eu ça dans le sang. Le besoin d'instruire et de faire des recherches.

– C'est un excellent enseignant, ajoutai-je.

Sur ces entrefaites, le professeur entra avec un petit bouquet de fleurs acheté au marché voisin et le tendit à Frau Bauer. Elle le remercia en l'embrassant sur la joue. Le professeur me regarda, l'air gêné.

– Nous sommes de vieux amis, confirma-t-il.

– Je sais, dis-je.

Ce jour-là, notre recherche nous amena dans la rue la plus célèbre de Charlottenburg, le Kurfürstendamm[1] ou Kudamm. Il y a dix ans, elle était complètement détruite, mais de nouveaux immeubles avaient surgi des ruines et la rue était en train de prendre une allure nouvelle et moderne. Après la division de Berlin en deux secteurs ouest et est, il avait été décidé qu'elle serait la principale artère commerçante de Berlin-Ouest. La seule chose que l'on conserva, pour servir de mémorial à la tragédie de cette guerre, furent les ruines de l'église du Souvenir de l'empereur Guillaume. Le professeur

1. La "Chaussée du Prince-Électeur", sorte de Champs-Élysées de Berlin-Ouest.

et moi, nous nous tenions devant ; nous levâmes les yeux pour regarder le clocher tronqué, et le professeur secoua la tête.

– Tout ça pour quoi ? l'entendis-je murmurer dans sa barbe.

Frau Bauer lui avait prêté une écharpe qui avait appartenu à son mari. Il faisait froid à Berlin en cette journée automnale et nous effectuions à pied nos trajets, entrecoupés de montées et de descentes dans des tramways qui roulaient à grand fracas. Avant de partir, le professeur avait joint par téléphone un libraire de sa connaissance et celui-ci lui avait donné les noms de vendeurs de livres anciens dont il se souvenait avant la guerre, situés dans Charlottenburg. Ce n'était pas une liste exhaustive, mais c'était toujours un début. Il s'avéra qu'il ne restait rien des maisons qui, à une époque, avaient abrité des livres anciens. En certains endroits, on avait reconstruit du neuf, dans d'autres, c'était un terrain vague où l'habitat avait entièrement disparu. Nous demandâmes au voisinage quels étaient les numéros des maisons et quels étaient les vendeurs de livres anciens, mais personne n'était en mesure de nous renseigner sur ce qu'ils étaient devenus.

Ce n'est qu'en arrivant au Kudamm que le ciel commença à s'éclaircir. Une vieille femme au deuxième étage d'une maison qui avait échappé en partie à la destruction et avait été rénovée après la guerre raconta qu'il y avait eu une librairie de livres anciens à cet endroit, et qui plus est, assez importante. Elle connaissait bien le libraire, qui était encore en vie, et elle savait où il demeurait. Mais debout dans l'embrasure de sa porte, elle restait prudente et méfiante envers ces deux hommes originaires d'Islande et le professeur dut faire montre de tout son savoir-faire pour l'amadouer et lui tirer les vers du nez. Son charme était tel qu'en la quittant, nous la vîmes lui adresser un timide sourire.

Le libraire habitait dans une rue adjacente au Kudamm. Il y avait de petits magasins au rez-de-chaussée et de petites entreprises, des ateliers de bicyclettes et un antiquaire. Nous trouvâmes le nom de l'homme sur l'interphone à l'entrée : Henning Klotz, 3e étage. Ce nom n'évoquait rien au professeur. Il appuya sur la sonnette, mais sans résultat. J'essayai de pousser la porte, mais elle était fermée. Nous pénétrâmes dans une cage d'escalier sombre et montâmes les marches. Je ne vis d'interrupteur nulle part et nous n'y voyions rien. Au troisième étage, il y avait deux appartements et, sur la porte de l'un, figurait le nom de Klotz. Le professeur frappa et nous entendîmes du bruit à l'intérieur. Au bout d'un instant, la porte s'ouvrit et un homme apparut dans l'entrebâillement.

– C'est pour quoi ? demanda-t-il d'une voix rauque en nous dévisageant.

– Excusez-nous de vous déranger, répondit le professeur dans son excellent allemand, avec la même diplomatie qu'avec la vieille femme. Nous avons essayé la sonnette en bas, mais cela n'a rien donné.

– Elle est en panne, déclara l'homme. Ça fait des années. Il n'y a personne pour réparer quoi que ce soit ici.

Il était vêtu d'un tricot à boutons, il avait des charentaises aux pieds et devait avoir dans les quatre-vingts ans. Il déclara être Henning Klotz et avoir tenu une boutique de livres anciens sur le Kurfürstendamm avant la guerre. Oui, à une époque où les livres avaient encore de la valeur.

– Je ne sais pas s'ils valent encore quelque chose, dit-il. Ni s'il y a quoi que ce soit qui vaille encore quelque chose.

– Vous souvenez-vous d'un collectionneur, un Allemand, pendant la guerre ou après, du nom d'Erich von Orlepp ? demanda le professeur. Assez aisé, à ce que j'en sais.

Henning Klotz nous regarda de nouveau, surpris par la question.

– Que me voulez-vous ? demanda-t-il méfiant, prêt à nous claquer la porte au nez.

– Nous essayons de reconstituer quelles ont été les relations commerciales que von Orlepp a entretenues à la fin de la guerre, expliqua le professeur.

– En rapport avec les livres ? demanda le vieux vendeur en refermant la porte à demi.

– Il avait une collection importante et je crois qu'il a essayé d'en vendre une grande partie pendant les tout derniers jours de la guerre.

– On n'était pas en relation, assura Henning Klotz. Je ne peux pas vous aider. Ma librairie a explosé et a été réduite en cendres, et beaucoup de livres de valeur ont été détruits. Je connais von Orlepp, c'était un collectionneur et un adepte du mysticisme. Est-ce qu'il ne collectionnait pas surtout des écrits nordiques ?

– C'est cela, confirma le professeur.

– D'où venez-vous ? demanda Herr Klotz.

– D'Islande, répondit le professeur.

– Et vous vous intéressez aux livres ?

– Oui, fit le professeur.

– Et vous recherchez ce von Orlepp ?

– On peut le dire.

– Vous voulez acheter des livres ?

Le professeur me regarda.

– Éventuellement, fit-il.

Le vieil homme hésita un instant avant de nous inviter à entrer. Nous pénétrâmes dans un petit appartement où on voyait à peine les murs à cause des livres et cela me rappela le bureau du professeur. Une odeur tenace de papier nous parvint. Les ouvrages étaient dans des armoires ouvertes ou fermées, entassés partout à même le sol les uns sur les autres, et aussi dans les couloirs et les deux chambres. Il y avait même des livres rangés le long des murs de la cuisine.

– Vous avez pu sauver pas mal d'ouvrages, constata le professeur en jetant un regard étonné autour de lui.

– J'ai réussi à en sauver quelques-uns, dit Herr Klotz.

– C'est une formidable collection.

– Mais seulement une partie de ce que je possédais, et pas ce qui a le plus de valeur, ajouta Herr Klotz. Je n'ai pas réussi à trouver un endroit où les mettre. J'ai arrêté mon commerce de livres, mais je m'occupe encore de temps en temps de quelques vieux clients, dans mon appartement. Je n'ai pas d'autre endroit pour les entreposer. Mais dites-moi : qu'est-ce que vous cherchez ?

Le professeur sourit et regarda dans ma direction.

– Un vieux parchemin.

– Eh bien, je n'ai jamais rien eu de semblable.

– Non, ils sont très rares.

– Je n'ai pas beaucoup de choses d'Islande, dit Herr Klotz en se mettant à examiner les piles de livres. J'ai quelque part les *Contes populaires* de Jón Árnason en édition originale. Il y avait plusieurs tomes, non ? Imprimés à Leipzig ?

– Deux, confirma le professeur en hochant la tête.

– Ensuite, j'ai quelque chose de Konrad Maurer. C'était un grand ami de l'Islande. J'ai aussi le *Voyage au centre de la terre* de Jules Verne, troisième édition de Paris. Ça vous intéresse ?

Le professeur secoua la tête.

240

– Et vous ? dit Herr Klotz en me regardant. Vous ne dites jamais rien ?

– Ça ne m'intéresse pas, répliquai-je.

– J'ai aussi des livres du Jésuite. Quelques éditions princeps. Elles vous intéressent ? Jón Sveinsson ? Ensuite, je suis certain d'avoir quelque chose de Gunnarsson, un très bon auteur. C'est quelque chose qui… ?

– Tout cela nous intéresse, fit poliment le professeur. Vous pouvez nous dire avec qui, avec quelles autres librairies d'occasion ici à Charlottenburg, von Orlepp a pu être en relation ?

Herr Klotz nous regarda tour à tour et remarqua l'air entêté du professeur. Il ne ferait aucune affaire avec nous sans contrepartie. Le vieux libraire fit semblant de réfléchir un instant, tout en se dandinant d'un pied sur l'autre au milieu de ses piles de livres.

– À combien vendez-vous les livres de *Nonni* ? demanda le professeur, et je sentis que sa patience était à bout.

Le libraire revint à la vie.

– Ils sont très bien présentés, fit-il remarquer en se plongeant dans les tas de livres, et il revint avec un exemplaire du premier livre de Jón Sveinsson, *Nonni*, une édition allemande chez Herder datée de 1913. Le libraire avait raison : le volume était en bon état.

– Combien en voulez-vous ? demanda le professeur.

Le libraire dit un chiffre que le professeur trouva absurde et ils commencèrent à marchander. Le professeur montra une tache marron sur la première de couverture, qui ressemblait à du café, mais le libraire devint lyrique et fit l'éloge de ce volume en soulignant que cette première édition de *Nonni* était absolument introuvable. À la fin, ils arrivèrent à s'entendre. Le libraire avait les joues écarlates à force de marchander et voulut nous offrir un verre de vin, histoire d'officialiser notre affaire. Il disparut dans la cuisine et en revint avec une bouteille de vin et trois petits verres graisseux et nous trinquâmes à notre achat.

– Cul sec, fit le professeur.

Je n'avais jamais rien bu de plus mauvais, j'en eus un haut-le-cœur et fus pris d'une quinte de toux inextinguible. Mes yeux s'emplirent de larmes. Ils me regardèrent étonnés.

– Vous devriez parler à Frau Katharina Berg, conseilla le libraire. Son père, Victor, possédait la plus importante librairie de livres anciens de Charlottenburg. Elle était petite et pas très connue, mais le père de Katharina est en tout cas le seul que je connaisse à avoir vraiment fait fortune dans la vente de livres anciens. Je crois qu'il est mort. C'est Frau Katharina qui s'occupe de la librairie. Elle existe encore, mais a été transférée ailleurs. Elle s'appelle Charlottenburger Antiquariat. C'était la moindre des choses.

Je regardai le professeur qui laissa entendre qu'il ne connaissait pas cet endroit. Nous remerciâmes Herr Klotz. Le vin lui avait réussi et il voulait à tout prix nous montrer d'autres livres de valeur de sa collection en rapport avec l'Islande, mais alléguant que nous étions pressés nous lui échappâmes finalement sans nous montrer trop incorrects, avec *Nonni* dans la poche du manteau du professeur.

Le Charlottenburger Antiquariat ne payait pas de mine. Les livres anciens étaient au sous-sol d'un immeuble tellement neuf qu'on en était encore aux finitions. Les peintres travaillaient aux étages supérieurs et les menuisiers semblaient aussi œuvrer dans la maison.

Comme dans toutes les librairies anciennes, une odeur tenace de livres flottait dans ce sous-sol, une odeur

242

de papier jauni et de couvertures de livres, de vieilles revues et d'étagères bondées de livres. Quelques rares clients se tenaient entre les rayonnages et regardaient ceux-ci, les retiraient des étagères, les ouvraient avec précaution et en feuilletaient les pages. Tout au fond, assise à une petite table, une femme à la quarantaine bien sonnée enregistrait les livres empilés à côté d'elle.

– Frau Katharina Berg ? dit le professeur sur un ton interrogateur.

La femme leva les yeux de ses registres et nous regarda en enlevant les lunettes qu'elle avait sur le nez.

– Elle n'est pas là, déclara-t-elle d'un ton rogue.

– Savez-vous où je peux la trouver ? s'enquit le professeur.

– Et vous êtes qui ? demanda la femme.

– Nous sommes islandais et nous voudrions lui parler.

– Vous vous connaissez ?

– Non.

– Qu'cst-ce qui vous amène ?

– Des affaires, évidemment, dit le professeur.

La femme hésita un instant, nous demanda de patienter un peu et disparut derrière une porte au fond de la boutique. Le professeur se mit à inspecter du regard tout ce qu'il y avait autour de lui et je suivis son exemple. Ce qui frappait le plus, c'étaient d'anciennes éditions allemandes.

La femme aux lunettes revint et nous informa que Frau Berg pouvait nous recevoir. Elle demeurait à l'étage au-dessus de la librairie ancienne et la femme nous dit que nous pouvions, soit comme elle traverser la boutique, soit ressortir dans la rue et sonner à la porte. Nous passâmes par la boutique.

Katharina Berg semblait vivre seule et ne pas beaucoup apprécier la lumière du jour. Son appartement était sombre comme au coucher du soleil. D'épais doubles rideaux masquaient les fenêtres, de sorte que seule une lueur pénétrait depuis la rue. Quelques bougies brûlaient dans la pièce où elle était assise pour nous recevoir. Le professeur nous présenta et elle le salua d'une molle poignée de main. Elle portait une robe verte de bon goût, elle était blonde et avait le visage un peu rond avec des lèvres épaisses, un nez de taille respectable et de grands yeux étonnamment amorphes. Une magnifique béquille en bois était appuyée contre sa chaise.

– Excusez-nous de vous déranger, fit le professeur d'une voix douce, comme auparavant. Je ne l'avais jamais entendu vouvoyer les gens avec autant d'insistance que ce jour-là.

– Vous désiriez me voir pour affaires ? dit Frau Berg.

– C'est exact, acquiesça le professeur, mais d'abord je voudrais vous remercier d'avoir eu la bonté de nous recevoir.

– Il est difficile de ne pas recevoir des hommes qui ont fait tout ce chemin d'Islande jusqu'ici, répondit Frau Berg. Qu'attendez-vous donc de moi ? Une sorte de transaction ?

– Oui, mais de peu d'importance, dit le professeur.

Frau Berg lui jeta un regard interrogateur.

– Excusez mon empressement, insista le professeur, mais je suis curieux de savoir si vous vous souvenez d'un homme du nom d'Erich von Orlepp, un collectionneur de livres spécialisé dans la littérature nordique ancienne.

Katharina Berg ne répondit pas.

– J'ai entendu dire qu'il avait vendu quelques-uns de ses livres à la fin de la guerre, même après l'occupation de Berlin, continua le professeur.

Frau Berg le regardait, toujours silencieuse et pensive.

– Je cherche à savoir si votre père aurait fait des

affaires avec lui à cette époque ou avant. Je sais que ça ne peut guère avoir été plus tard parce que von Orlepp s'était enfui d'Europe pour aller vivre en Amérique latine.

– Il est décédé ? demanda Frau Berg.

– Je n'en suis pas sûr, dit le professeur.

– Il y a longtemps que je n'ai plus entendu ce nom, von Orlepp, remarqua Frau Berg.

– Vous le connaissiez donc ? demanda le professeur.

Frau Berg ne répondit pas.

– Je croyais qu'il s'agissait d'affaires et non du passé, dit-elle. J'espère que vous n'êtes pas venus me trouver sous un prétexte fallacieux.

– Il n'était nullement dans mes intentions de vous offenser, répondit le professeur. J'ai ici la première édition allemande de *Nonni* de notre très cher Jón Sveinsson, un écrivain et un prêtre de l'ordre des Jésuites, fit-il en sortant le livre qu'il avait acheté à Herr Klotz.

– Je connais bien les livres sur Nonni et Manni, assura Frau Berg. Je les ai lus dans mon enfance.

– Je voulais vous en faire cadeau, déclara le professeur en lui tendant son exemplaire.

Elle jeta un regard hésitant au professeur, puis à moi et pour finir au livre, puis le prit.

– C'est très gentil de votre part, dit-elle en manipulant le livre avec précaution comme si c'était un objet de grande valeur. Je me souviens de ça, dit-elle en feuilletant la première de couverture. Imprimé chez Herder.

– Il a écrit de très jolies choses sur l'Islande, ajouta le professeur.

– Grâce à ses livres, il a réussi à m'intéresser à ce pays lointain. Merci beaucoup, mais je ne peux pas accepter.

Elle rendit le livre au professeur.

– Dommage, répondit le professeur.

– Je ne comprends pas, objecta Frau Berg, pourquoi vous, un parfait inconnu, vous voulez me faire cadeau de ce joli livre.

Le professeur me regarda, l'air embarrassé.

– Qui êtes-vous ? demanda Frau Berg. Et que me voulez-vous ?

– Nous cherchons un livre, dit le professeur, un livre autrement plus important et plus remarquable pour nous, Islandais. Il se peut qu'il ait été apporté à Berlin depuis Copenhague vers la fin de la guerre et qu'il ait fait l'objet de transactions. Nous savons que von Orlepp est le dernier à l'avoir eu entre les mains. Nous pensons qu'il a tenté de le vendre en échange d'argent liquide. C'était mal venu pour lui, car il était recherché et en fuite, et cela ne lui laissait pas beaucoup de marge de manœuvre pour trouver les bons acheteurs ou pour faire un marchandage avantageux. Il a probablement accepté n'importe quoi pour le livre, même un abri pour quelques jours. Nous savons qu'il a été arrêté par les Russes et qu'il est passé aux États-Unis. Lorsque les Russes l'ont appréhendé, il était selon toute probabilité en train de discuter dans une librairie de Charlottenburg.

Le professeur marqua une pause.

– Probablement dans votre magasin à vous, ou dans celui de votre père, précisa-t-il.

Frau Berg nous contempla.

– J'espère que vous n'allez pas divulguer cela. Ce que je vous dis là doit rester entre nous, ajouta-t-il.

– Ils se sont conduits comme des bêtes féroces, expliqua Frau Berg à voix basse, à peine audible pour nous. Ils se sont précipités sur nous comme des bêtes.

Elle regardait à terre. Le professeur et moi n'osions plus bouger. Elle a pris la béquille et nous avons cru

246

alors qu'elle allait se lever, mais elle ne l'a pas fait, elle s'est assise en posant la main sur la béquille et, l'espace d'un instant, c'était comme si nous n'étions plus là mais qu'elle restait seule avec ses souvenirs. Un long moment s'est écoulé avant qu'elle ne reprenne la parole.

– Quel genre de livre est-ce ? demanda-t-elle. Celui que vous cherchez ?

Le professeur se racla la gorge.

– Il s'appelle le *Livre du roi*, l'*Edda*. C'est un petit livre à reliure marron. Il a été composé en Islande au XIIIe siècle et contient des poèmes sur les anciens dieux et des poèmes héroïques, entre autres sur Sigurdur, le meurtrier du dragon Fáfnir. Son importance est capitale pour l'histoire et la connaissance de la civilisation antérieure au christianisme en Scandinavie. Pensez-vous qu'il puisse avoir été en votre possession après la fin de la guerre ?

– Je ne me souviens pas de ce livre, avoua Frau Berg. Désolée. Je ne crois pas l'avoir eu entre les mains. Je ne me rappelle pas.

Les épaules du professeur s'affaissèrent.

– Nous avions cru comprendre que vous aviez fait des affaires avec Erich von Orlepp, mais c'est une erreur de notre part.

– Ce n'est pas moi, rectifia Frau Berg, c'est mon père qui le connaissait bien et qui a longtemps fait des affaires avec lui.

Le professeur s'étonna.

– Vraiment ? fit-il. Mais votre père est décédé, à ce que j'ai entendu dire.

– Pas encore, reprit Frau Berg. Il est vieux et malade et ne reçoit plus.

– Je comprends, dit le professeur. Pensez-vous que

je puisse lui poser une question, une seule, au sujet du *Livre du roi* et de von Orlepp ?

— C'est exclu, protesta Frau Berg. Mon père est à l'article de la mort. Je ne permettrai pas qu'on trouble son repos.

— Savez-vous s'ils ont été en relation au sujet de livres après la guerre ?

— Notre réserve de livres anciens a été en grande partie détruite pendant la guerre, dit Frau Berg. La ville entière a été bombardée, notre logement aussi et il a été la proie des flammes. Nous avons réussi à grand-peine à sauver une partie des livres et nous nous sommes concentrés, comme vous pouvez l'imaginer, sur ceux qui étaient les plus précieux, mais je ne me rappelle pas que ce livre ait figuré parmi eux. Si mon père l'a acheté à von Orlepp, il aurait dû s'y trouver. Par ailleurs, je n'étais pas au courant de toutes les transactions de mon père à cette époque à cause de…

Frau Berg se tut et prit une profonde respiration.

— … à cause de tout ce remue-ménage qui a suivi la fin de la guerre : la capitulation, la défaite, l'invasion des Russes et des Américains.

— Voudriez-vous l'interroger pour nous ? supplia le professeur. Votre père loge chez vous ? Il est à l'hôpital ?

— Je crois que ça suffit pour l'instant, dit Frau Berg en s'avançant de nouveau sur sa chaise pour prendre sa canne, et elle se leva.

C'était le signe évident que notre entretien était terminé. Elle tendit la main pour nous saluer et nous la lui serrâmes. Le professeur, quant à lui, était abattu. Il s'était efforcé de traiter cette dame correctement, il s'était montré courtois, n'avait pas oublié de la vouvoyer, lui avait également offert un livre sur Nonni, ce qui n'était en fait absolument pas prévu, autant que je sache, bien que d'un autre côté, on ne puisse jamais savoir avec le professeur.

– Excusez-nous de vous avoir dérangée, dit-il en arborant un terne sourire. Veuillez transmettre nos salutations à monsieur votre père. Nous ne vous dérangerons plus.

Ce fut peut-être cette capitulation loyale du professeur qui la fit changer d'avis, en tout cas c'est ce qu'elle fit alors que nous étions sur le point de quitter la pièce et de retourner par le même chemin en traversant la librairie. Nous l'entendîmes nous demander d'attendre un petit instant.

– Je vais demander à mon père, dit-elle. Attendez-moi ici !

Elle sortit en clopinant par une porte située à l'autre bout de la pièce et disparut. Le professeur et moi revînmes dans la pièce et nous attendîmes. Nous nous demandions tous les deux pourquoi cette femme s'était soudain ravisée.

– Qu'est-ce qui se passe ici ? murmurai-je, car je n'osai parler plus haut.

– Je savais que Nonni ne me trahirait pas, répliqua le professeur.

– Que veux-tu dire ? murmurai-je. Nonni ?

– Ne t'emballe pas. Tais-toi et reste calme.

Et c'est ainsi que nous attendîmes Katharina Berg. Peu après, nous entendîmes un peu de bruit dans le couloir et elle revint dans la pièce à la porte de laquelle nous nous tenions.

– Vous n'avez pas dit qu'il s'intitulait le *Livre du roi* ? demanda-t-elle en regardant le professeur.

– Si, c'est exact.

– Il veut vous voir, dit-elle.

– Ah bon ? fit le professeur, ravi.

– Je vous en prie, dit Frau Berg. Suivez-moi !

Nous l'escortâmes dans le couloir et pénétrâmes dans une petite chambre sombre où vacillait la lueur d'une bougie sur la table de nuit. C'est là que Victor Berg était allongé dans son lit en attendant la mort. On ne voyait que son visage aux joues caves émergeant de son drap, ses cheveux gris et sa barbiche blanche en bataille. Frau Berg indiqua une chaise près du lit au professeur qui s'y assit. Le vieil homme avait les yeux fermés, il avait l'air de dormir, mais ensuite il les ouvrit et jeta un regard terne autour de lui.

– Katharina, tu es là ? interrogea l'homme. Ma pauvre petite Katharina.

– Ils sont ici, les hommes qui ont posé des questions sur le livre, dit sa fille.

Le vieil homme tourna la tête et regarda longuement le professeur.

– Vous venez d'Islande ? demanda-t-il à voix si basse que nous l'entendîmes à peine.

Le professeur hocha la tête.

– Vous cherchez un livre, dit le vieil homme.

– Oui, acquiesça le professeur.

– Von Orlepp a essayé de me vendre le *Livre du roi* lorsque la guerre était perdue, déclara-t-il.

Le professeur me jeta un regard furtif et se pencha en avant pour mieux entendre le mourant.

– Je n'en étais pas…

Victor Berg fit une pause. Sa fille suivait la scène et avait l'air soucieuse. Je savais que le professeur n'avait pas beaucoup de temps. Au moindre prétexte, Frau Berg mettrait un terme à cet étrange entretien.

– Je n'avais pas les moyens de l'acheter, continua Herr Berg. Il en proposait un prix inouï.

– Comment savez-vous que c'était le *Livre du roi* ? demanda le professeur.

– Il m'a permis de le feuilleter, dit Herr Berg.

– Il l'avait avec lui ?

– Oui.

– Tu sais ce qu'il est devenu ?

Le professeur était tellement excité qu'il en avait oublié de vouvoyer le vieil homme.

– Je n'avais pas cette somme à cette époque, reprit Victor. Ni après. Von Orlepp exigeait tellement d'argent pour le livre que c'en était choquant.

– Il a une valeur inestimable, précisa le professeur.

– Il disait l'avoir eu en Islande, ajouta le vieil homme.

– C'est un mensonge. Il l'avait volé au Danemark.

Victor regarda sa fille. Il paraissait épuisé.

– Il faut arrêter, dit Frau Berg. Il a besoin de repos.

– Tu sais où il est allé par ailleurs, avec qui il a parlé ? demanda le professeur en toute hâte.

– Va voir Herr Färber. Lui pourrait t'aider. Je sais qu'ils étaient en relation.

– Färber ? dit le professeur. Tu veux dire Hinrich Färber ? Dans la Neufertstraße ?

Le vieil homme referma les yeux.

– C'est ce Färber-là ? demanda le professeur.

– Maintenant, il faut que vous arrêtiez, dit Frau Berg qui s'était avancée. Le professeur la regarda elle, puis à nouveau le mourant qui paraissait s'être endormi. Ensuite, il se releva lentement.

– J'espère que nous n'avons pas trop fatigué votre père, déclara-t-il à Frau Berg.

– Il n'en a plus pour longtemps, répondit-elle en nous raccompagnant hors de la chambre, nous empruntâmes le couloir et pénétrâmes dans la pièce précédente.

– Qui est ce Färber ? demanda le professeur.

– Il parlait certainement de Hinrich Färber, dit Frau Berg. Ils ont longtemps été concurrents, mon père et lui.

– J'ai rencontré Färber quand j'étais à la recherche du livre dans cette ville juste après la guerre, dit le professeur. Il a dit ne rien connaître aux livres sur parchemin islandais. Il a dit qu'il ne savait pas que le *Livre du roi* était à vendre à Berlin.

– Il est possible qu'il ait menti ? demandai-je.

– C'est ce que nous verrons, rétorqua le professeur.

– Bonne chance, dit Frau Berg en s'appuyant sur sa béquille. J'espère que nous vous avons été utiles.

– Et comment ! fit le professeur.

– Malheureusement, l'entretien n'a pas pu durer plus longtemps. Vous voyez bien que mon père ne peut recevoir de visites.

– Oui, bien sûr, concéda le professeur. Et encore une fois, veuillez nous excuser de vous avoir dérangés. Je suis désolé de vous avoir importunés dans un moment aussi difficile.

– Il est vraiment malade. Et je sais qu'il souffre plus qu'il ne veut bien le laisser paraître.

Elle avait dit cela d'une telle manière que même moi, qui n'étais pas particulièrement bon en allemand et ignorais les subtilités de cette langue, j'eus l'impression que le sort qui lui était dévolu à elle consistait surtout à supporter sa souffrance en silence. Je sentis que le professeur avait la même impression et, pendant un instant, le silence qui avait plané sur cette pièce obscure régna en maître. Le professeur se dirigea vers Katharina, lui serra la main et les remercia elle et son père avec effusion de leur aide et s'excusa une fois encore pour la gêne occasionnée.

17

Le soir était tombé et nous nous trouvions en face de la demeure de l'antiquaire Hinrich Färber. En revenant de chez les Berg père et fille, le professeur me parla de lui. Il connaissait l'antiquaire, qu'il avait vu pour la première fois lors de son séjour à Berlin après la guerre, quand il recherchait le *Livre du roi*. En ce temps-là, Herr Färber était réputé pour avoir, à ce qu'on disait, négocié avec ces voleurs de nazis, bien que cela n'eût jamais été prouvé. Les gens pensaient que ce commerce lui avait permis d'amasser une immense fortune depuis la fin de la guerre. Le professeur était parti à sa recherche à ce moment-là pour lui demander s'il savait ce qu'était devenu le *Livre du roi* et s'il l'avait eu entre les mains, mais Färber lui avait répondu qu'il n'avait jamais entendu parler de ce livre.

Lors de notre visite ce soir-là, nous avons pu nous rendre compte que Hinrich Färber ne manquait de rien. Il habitait au troisième étage d'un pavillon dans un quartier dont le professeur m'apprit qu'il comptait parmi les plus chers de Berlin, et il avait un domestique, un homme peu avenant. C'est lui qui nous a ouvert et s'est enquis d'un air plutôt indifférent si Herr Färber attendait notre visite. Le professeur a répondu que ce n'était pas le cas et lui a demandé de donner nos noms en précisant que nous venions d'Islande.

– D'Islande ? répéta le domestique, interloqué.

– Oui, fit le professeur.

Il nous regarda pendant un long moment jusqu'à ce que le professeur devine qu'on lui demandait de présenter une carte de visite. Il expliqua qu'il n'en avait pas sur lui. Le domestique ne cilla pas. Il ne nous fit pas entrer, au contraire il nous ferma la porte au nez et nous dûmes patienter sur le palier tandis qu'il s'en allait porter le message à Herr Färber. Un long moment s'écoula avant que la porte ne s'ouvre à nouveau et que le domestique réapparaisse. Herr Färber allait nous recevoir. Nous pénétrâmes dans une grande entrée avec un vaste escalier qui menait au premier étage, un sol en marbre et des tableaux accrochés aux murs. Le domestique nous fit signe d'avancer vers la droite et nous arrivâmes dans un grand séjour d'où nous passâmes dans le bureau de Herr Färber. Le domestique nous dit que le maître de maison allait arriver dans un instant et nous demanda s'il pouvait nous apporter quelque chose à boire. Du café, déclara le professeur qui n'avait guère touché à l'alcool depuis que nous avions quitté Copenhague. Quant à moi, je demandai de l'eau. Le domestique disparut tout aussi silencieusement qu'il nous avait accompagnés à travers la maison.

Au bout de la pièce, il y avait un grand bureau avec deux téléphones qui dénotaient la position importante du propriétaire. Des étagères de livres longeaient deux murs, et il y avait des statues et des objets décoratifs sur le bureau.

– Que puis-je faire pour vous, messieurs qui venez d'Islande ? interrogea une voix forte et décidée derrière nous. Nous vîmes alors Hinrich Färber se diriger vers

254

nous. Il nous donna une poignée de main en se présentant et nous fîmes de même. Il portait un costume, c'était un homme grand, un quinquagénaire dont on sentait qu'il appréciait les plaisirs de cette vie ; il avait les cheveux bruns, l'air plutôt sombre, et il arborait un sourire glacé dont il usait sans modération pour se montrer courtois.

Le professeur rappela à Herr Färber leur rencontre à la fin de la guerre. Ils étaient habitués à en venir au fait et Herr Färber ne voulait pas de vouvoiement.

– Oui, Klaus m'a dit que vous veniez d'Islande, expliqua-t-il en parlant de son domestique. Je ne me souviens pas que nous nous soyons déjà vus. Je ne sais comment dire, mais… comment avez-vous eu mon adresse ?

– Nous venons de la part de Victor Berg, répliqua le professeur.

– Herr Berg ? Il n'est pas mort ?

– Pas encore, dit le professeur. Dommage que tu ne te souviennes pas de moi. Pour résumer un peu la situation, si tu le permets, je te cherchais à cause d'un livre, j'avais des raisons de supposer qu'il avait été apporté en Allemagne, à Berlin, pendant la guerre. Ce livre est le véritable joyau non seulement de notre patrimoine culturel mais aussi de tous les pays où l'on parle une langue germanique. Tu m'as affirmé que tu ne le connaissais pas.

– Malheureusement, comme je te l'ai déjà dit, et ensuite je ne me souviens absolument pas de toi, dit Herr Färber. Excuse-moi. Il y a eu un grand bouleversement dans cette ville à la fin de la guerre et après, comme vous pouvez l'imaginer. Beaucoup de gens cherchaient beaucoup de choses.

– Le dernier à avoir eu le livre entre les mains, pour

autant qu'on sache, s'appelle Erich von Orlepp, reprit le professeur. Tu le connaissais ?

– Et comment ! Tous ceux qui font du commerce d'objets d'art se souviennent de von Orlepp. Il est finalement parti en Amérique du Sud, non ?

– Il s'est enfui là-bas, oui, dit le professeur.

– Je ne l'ai pas revu depuis la fin de la guerre, reprit Herr Färber.

– Pourtant, il n'a pas disparu avant d'avoir vendu des objets d'art d'une valeur inestimable qui, comment dire, étaient entrés en sa possession pendant la guerre. L'un d'eux était le livre que nous cherchons. Le *Livre du roi*. L'*Edda poétique*. Le *Codex Regius*. L'*Edda*. Nous croyons savoir que tu as été en relation d'affaires avec lui.

– C'est Victor qui vous a dit ça ?

Le professeur hocha la tête.

– Je n'ai eu aucune relation d'affaires avec lui, assura Herr Färber. Comme je l'ai déjà dit, nous connaissions tous von Orlepp. C'était un collectionneur et un antiquaire. Victor aussi le connaissait.

À en juger par le ton de sa voix, il semblait s'excuser, comme s'il refusait de reconnaître des liens trop étroits avec von Orlepp, comme si c'était quelque chose de sale et même de criminel d'avoir traité avec lui.

– Il t'a proposé d'acheter le *Livre du roi* ? demanda le professeur.

– J'ai pour règle de ne rien révéler de mes tractations, surtout à des gens que je n'ai jamais vus et que je ne connais pas. Sans vouloir me montrer grossier, je crois que je ne peux vous être d'aucune utilité. Klaus va vous raccompagner à la porte. Au revoir !

Pour Herr Färber, l'entretien était terminé.

– Nous avons besoin de votre aide, insista le professeur sans bouger.

256

– Alors, pourquoi vous venez chez moi m'insulter ? éructa Herr Färber d'un ton cassant. Je ne fais pas commerce d'objets volés !

– Excuse-moi si j'ai dit quelque chose de blessant. Ce n'était pas dans mes intentions. Nous avons fait un long voyage jusqu'ici pour ce livre et la seule chose que nous avons besoin de savoir c'est si tu l'as vu ici, à Berlin. Et rien d'autre.

– Je ne l'ai pas vu, rétorqua Herr Färber.

Le domestique apparut derrière le maître de maison.

– Raccompagne-les ! dit Herr Färber.

– Je n'ai jamais dit que le *Livre du roi* était un objet volé. J'ai seulement dit qu'il avait été apporté ici pendant la guerre. Par contre, j'aurais pu donner l'impression que von Orlepp avait négocié avec le produit d'un vol.

Herr Färber nous regarda un long moment, le professeur et moi. Klaus attendait de nous raccompagner, mais le professeur ne se pressait pas.

– Je n'hésiterai pas à appeler la police s'il m'arrive de soupçonner que le livre est ici, menaça le professeur.

– La police ?

– Autrefois, ce livre a été volé. Tu as raison, c'est bien un objet volé. Et le fait de le détenir est un délit. J'espère que je n'aurai pas à appeler la police.

Le professeur avait asséné sa menace sur un ton glacial et si effrayant que j'en fus moi-même impressionné. Je n'avais aucune idée de la véracité de ses allégations, mais j'ai vu Herr Färber hésiter. Il ne s'attendait pas à une telle intrusion dans sa vie privée, chez lui.

– Qu'est-ce que Herr Berg a dit exactement ? demanda-t-il.

– Rien, dit le professeur. Il est en train de mourir.

– On dirait que vous êtes venus ici avec des idées

préconçues. À mon sujet. Et au sujet de ce dont je m'occupe.

– Ce n'est pas exact, rectifia le professeur. Je ne te connais pas. Mais il faut que tu saches que nous sommes sérieux.

– Vous avez vu Frau Berg, sa fille ?

– Oui.

– Une femme adorable.

– Oui.

– Elle marche avec une béquille, ajouta Herr Färber. À cause d'événements qui ont eu lieu à la fin de la guerre. Lorsque les Russes ont envahi Berlin. Ils ont assassiné sa sœur. Ils ont violé Frau Berg et l'ont mutilée. Elle ne vous l'a pas dit ?

Je secouai la tête.

– Vous non plus, vous n'étiez pas des anges quand vous avez attaqué la Russie, articula le professeur.

– Non, c'est bien probable.

Herr Färber nous regarda, perdu dans ses pensées, et il s'écoula ainsi un certain temps. J'étais de plus en plus inquiet et j'avais hâte de retourner à l'air libre. Le professeur ne bougeait pas. Klaus, le domestique, suivait la conversation, mais sans y prêter spécialement attention. En fin de compte, Herr Färber sembla se décider.

– Je me souviens lorsque tu es venu me trouver à la fin de la guerre, dit-il.

– C'est ce qu'il me semblait, déclara le professeur.

– Je m'en souviens parce que…

– Oui ?

– Je ne voudrais pas paraître grossier.

– Rien de ce que tu diras ne pourra me blesser.

– Je me rappelle combien tu étais… mal en point, les nerfs à vif, presque dépressif.

– C'est que j'avais comme un poids sur la poitrine avec ce livre, fit le professeur.

– Ce que je peux vous dire, c'est qu'il y a environ trois mois j'ai entendu parler d'un homme qui servait d'intermédiaire pour la vente de vieux livres islandais. Si j'ai bien compris, le livre a été découvert par hasard à Berlin il y a quelques années. Je ne sais pas si la vente s'est faite. Je ne sais pas non plus s'il s'agit d'un objet ancien volé. L'intermédiaire s'appelle Arthur Glockner et tout ce que je sais de lui, c'est qu'il est en quelque sorte en relations d'affaires avec l'Islande.

– L'Islande ?

– Oui. L'Islande. Il a une grande entreprise à Bremerhaven, mais il a encore des activités ici.

– Tu sais avec qui ? Comment ? Quelles sortes de relations ?

– Non, je ne le connais pas personnellement. Ça pourrait être dans le poisson islandais ? Est-ce que vous avez autre chose à vendre que du poisson ?

– Et tu ne sais pas s'il a vendu quelque chose ?

– En général, on sait quand quelque chose de vraiment rare ou précieux arrive sur le marché. Ce n'est pas le cas de ce livre. Moi-même, c'est par hasard que j'en ai entendu parler et ce que j'ai appris n'est pas très clair. Il semble que ça ait été des tractations très personnelles et secrètes.

– Glockner ?

– Oui. Herr Glockner est… comment dit-on ?… un amateur, ce n'est pas un collectionneur professionnel, mais plutôt un passionné. Il y a une grande différence entre les deux. Il est d'une ignorance qui prête à sourire.

– Tu sais qui était l'acheteur ?

– Non, comme je l'ai déjà dit, je n'ai rien entendu dire de plus et j'ignore s'il s'agit du livre que tu cherches.

Le reste de l'histoire, c'est qu'il aurait eu le livre entre les mains par hasard ou par des voies inhabituelles, je ne sais plus. Et maintenant je crois que je vous ai été bien utile. Klaus, veux-tu raccompagner ces messieurs ? Au revoir !

L'instant d'après, nous étions sur le palier de Herr Färber. Le professeur regarda sa montre. Il était dix heures trente, c'était trop tard pour aller voir ce Glockner. Nous décidâmes de retourner à l'auberge et de nous mettre à la recherche de l'intermédiaire le lendemain matin.

– Ça pourrait être le livre, observa le professeur en relevant le col de son manteau.

Le soir venu, le temps s'était refroidi.

– Possible, dis-je, et nous nous mîmes en route.

– Tu as raison, Valdemar, nous ne devrions pas nous faire trop d'illusions. Nous tâcherons de dénicher ce Glockner demain matin et nous verrons. Il n'en sortira pas forcément grand-chose.

Nous continuâmes à marcher dans le froid.

– Il y a quelque chose que je ne comprends pas, dis-je prudemment.

– Oui, quoi, mon cher Valdemar ?

– Quand tu l'as menacé de lui envoyer la police…

– Oui ?

– Je me demande… si tu trouves le livre et qu'il est en possession de quelqu'un qui l'a acheté à un autre… je veux dire… comment comptes-tu récupérer le livre ? Que vas-tu faire ?

– Nous verrons bien, fit le professeur.

– Tu ne peux pas l'acheter. Si nous trouvons un nouveau propriétaire, il ne voudra même pas reconnaître qu'il l'a. Il sait que c'est un objet volé.

– Je lui enverrai la police, assura le professeur.

– Mais alors tout sera dévoilé, objectai-je.

– Il le faudra bien. Je te l'ai déjà dit, ce n'est pas moi l'important, c'est le livre. L'important, c'est qu'il retourne à sa place. Il n'y a rien d'autre au programme.

– Et même la police ne peut pas nous garantir que le livre sera restitué. Et si tu es obligé de verser une grosse somme pour le récupérer ?

– Valdemar, il faudra bien que la vérité se fasse jour, déclara le professeur. Ne te fais pas de souci. Il faut d'abord découvrir le livre. Il faut d'abord savoir s'il existe encore. S'il n'est pas perdu ou n'a pas été détruit. S'il est entier et non en morceaux. Il faut que nous sachions s'il a été abîmé ou s'il a été bien traité, et si, Dieu nous préserve du pire, il est tel qu'il était lorsqu'il a été enlevé de la Collection arnamagnéenne. Ce sont les questions qui m'obsèdent toute la journée. Dans mon esprit, le *Livre du roi* est notre propriété à nous, Islandais, et il le sera toujours, quel que soit celui qui a payé pour l'avoir et s'en considère propriétaire. Je suis sûr que si nous le retrouvons, la conclusion s'imposera d'elle-même. Je ne me fais aucun souci pour cela. Aucun.

– Tu ne reconnais donc à personne le droit de le posséder ?

– Ce serait ridicule, dit le professeur en accélérant le pas pour prendre le tramway.

Peu après minuit, nous rentrâmes épuisés à l'auberge de Frau Bauer. Elle était encore debout et nous accueillit, inquiète, elle commençait à penser qu'il nous était arrivé quelque chose. Le professeur lui fit ses excuses pour ce retard et ajouta que cette journée n'avait pas du tout été perdue. Il demanda à Frau Bauer si elle connaissait les gens que nous avions vus, mais elle déclara ne rien savoir d'eux.

Elle mit à réchauffer un succulent ragoût de porc qu'elle nous avait gardé et que nous engloutîmes comme

261

des loups affamés. Je remerciai notre hôtesse, déclarai que j'étais exténué, m'en fus me coucher et m'endormis instantanément.

Lorsque je me réveillai le lendemain matin, le professeur n'était plus dans la chambre et je pensai immédiatement qu'il avait dû rejoindre Frau Bauer dans la sienne. En arrivant dans la salle à manger, j'ai vu deux autres hôtes de l'auberge en train de prendre leur café, mais pas la moindre trace du professeur. Je les saluai. Frau Bauer avait apporté le petit-déjeuner, il y avait quelques viennoiseries sur une table, je pris du pain, du bacon et un bon café bien fort. Frau Bauer nous avait dit que les pires années de rationnement étaient derrière eux. J'en étais à ma deuxième tasse quand elle apparut à la porte et me salua.

– Je crois que nous l'avons trouvé, fit-elle.

– Trouvé ? dis-je bouche bée. Qui ? le professeur ?

– Le professeur ? répéta-t-elle. Non, Herr Glockner. Arthur Glockner. Ce matin nous nous sommes levés de très bonne heure et je crois que nous avons réussi. Le professeur est au téléphone avec lui. Je crois que Herr Glockner est d'accord pour vous voir ce matin.

– Formidable, dis-je un peu honteux d'avoir soupçonné le professeur de faire la grasse matinée dans le lit de Frau Bauer.

– Il a menti : il a dit que vous étiez des antiquaires, déclara Frau Bauer. Et que vous aviez une pièce rarissime à lui vendre.

– Ah bon ? fis-je.

– Il a dû donner quelques explications et ne voulait pas… tu comprends.

J'ai acquiescé. Le professeur a fait son apparition dans la salle à manger. Il y avait longtemps que je ne l'avais pas vu aussi en forme.

– Tu es debout, mon pauvre garçon ? dit-il d'un ton enjoué. Qu'est-ce que tu peux dormir !

– J'apprends que tu as retrouvé Glockner.

– Il veut nous voir tout à l'heure. Il faut qu'on y aille.

– Comment tu sais que c'est le bon ?

– Frau Bauer et moi avons fait des recherches sur les quelques personnes qui portent ce nom ici, à Berlin. Celui-ci est le seul qui possède une entreprise d'import-export, qui fait le commerce du poisson avec des Islandais et qui a dit qu'il pouvait me trouver des acheteurs pour une œuvre d'art très importante que je voudrais vendre.

– Alors, c'est lui.

– Nous verrons, fit le professeur. Termine ton café et allons-y.

Une imposante plaque en laiton trônait à l'entrée de la maison de la place Savigny où se trouvaient les bureaux de Herr Glockner. Sur l'enseigne était gravé en caractères modernes : "A. Glockner. Import/Export." Le professeur haussa les épaules.

– Peu importe ce que ça signifie, dit-il, et nous entrâmes.

Les bureaux de Herr Glockner se trouvaient au troisième étage. Nous délaissâmes l'ascenseur en fer vétuste qui remplissait presque toute la cage d'escalier et nous gravîmes les marches délabrées. Cet immeuble devait avoir échappé aux destructions de la guerre. La secrétaire, une femme effacée et insignifiante d'une soixantaine d'années, nous accueillit sur le palier et, quand elle nous demanda si nous étions attendus par Herr Glockner, nous acquiesçâmes. Nous déclarâmes que nous lui avions téléphoné ce matin. La secrétaire disparut quelques instants dans les bureaux et nous attendîmes. Lorsqu'elle revint, elle était tout sourire et nous informa que Herr Glockner pouvait nous recevoir tout de suite. Et elle nous accompagna.

Herr Glockner était presque entièrement chauve, grassouillet, paisible, la soixantaine bien tassée et vêtu d'un impeccable costume sur mesure qui masquait parfaitement sa corpulence. Il se leva de son bureau pour nous saluer d'une poignée de main tout en nous disant que les Islandais étaient toujours les bienvenus chez lui. Il portait une grosse bague en or au petit doigt. Il nous proposa des cigares que nous refusâmes poliment. Lui-même se décida à en prendre un et demanda à la secrétaire insignifiante de nous apporter du café. Chez Herr Glockner, tout témoignait d'une richesse et d'un confort dont il s'efforçait de tirer parti au maximum.

– J'importe le meilleur poisson du monde, affirmat-il en coupant le bout de son cigare. De la morue, du poisson salé, de l'églefin, du merlan d'Islande.

– Il n'y a pas de meilleur poisson, approuva le professeur en souriant.

– Naturellement, vous êtes les mieux placés pour le savoir, reprit Herr Glockner.

– Alors comme ça, vous faites beaucoup de commerce avec les Islandais ? questionna le professeur, pressé d'en venir au fait.

– Énormément, acquiesça Herr Glockner. Je m'occupe de beaucoup d'autres choses. Je ne sais pas si cela vous intéresse que je vous en parle. Si je vous ai bien compris ce matin, vous avez quelque chose à vendre.

Herr Glockner s'était rassis à son bureau. Fini l'aimable bavardage sur le poisson islandais.

– C'est exact, admit le professeur. Il se peut que vous reconnaissiez l'objet. Il s'agit d'un vieux livre qui a été composé en Islande au XIIIe siècle. C'est un parchemin qui contient des poèmes nordiques anciens et qu'on appelle le *Livre du roi*. Connaissez-vous quelqu'un que ce livre pourrait intéresser ?

Herr Glockner reposa son cigare.

– Le *Livre du roi* ?

– Vous le connaissez ?

– Je ne sais pas, fit Herr Glockner avec prudence.

– Vous ne l'avez pas eu entre les mains ?

– Entre les mains ? Non.

– Vous en êtes sûr ?

– Qu'est-ce que ça signifie ? s'exclama Herr Glockner visiblement vexé. Son visage se métamorphosa du tout au tout.

– Vous êtes certain de ne pas connaître ce livre ? insista le professeur.

– Vous me prenez pour un menteur ?

– Non, mais…

– Qui êtes-vous donc ? demanda Herr Glockner. Au nom de qui êtes-vous ici ?

– Nous recherchons le *Livre du roi*, dit le professeur. Nous croyons savoir qu'il est passé entre vos mains il n'y a pas longtemps. Est-ce exact ?

Herr Glockner se leva. Nous restâmes assis malgré tout.

– Je n'ai jamais entendu parler de ce livre, affirma-t-il. Vous êtes venus ici sous un prétexte fallacieux !

– Vous en êtes sûr ?

– Sûr ? Évidemment ! Je ne sais pas de quoi vous voulez parler.

– Ce n'est pas ce qu'on nous a dit, fit le professeur.

– Pas ce qu'on vous a dit ? Quel genre de… Vous devriez déguerpir tout de suite, cracha Herr Glockner d'un ton rogue.

– D'après nos informations, vous avez servi d'intermédiaire pour l'achat de ce livre tout récemment, asséna le professeur.

– Qui a dit ça ?

– Je ne crois pas que ce soit important. Pouvez-vous nous dire qui était l'acheteur ?

– Je n'ai rien à faire avec vous, dit Herr Glockner. Veuillez sortir.

– Vous êtes en relation avec l'Islande. C'est un Islandais ?

– Dehors ! tonna Herr Glockner, dont le visage s'était empourpré.

Il écrasa son cigare dans le grand cendrier sur son bureau.

– Le livre a été volé, précisa le professeur sur un ton résolu.

Il employait la même méthode qu'il avait appliquée pour effrayer Herr Färber, bien qu'il sût qu'il se trouvait sur un terrain glissant, pour ne pas dire plus. Il n'avait jamais déclaré la disparition du *Livre du roi* et aucune enquête n'avait été faite, aucun rapport de police établi, puisque officiellement rien n'avait été dérobé. Le professeur m'avait déjà dit lors de nos conversations qu'il serait le premier à être soupçonné du vol si un jour on apprenait sa disparition et qu'on menait une enquête.

– Tout commerce de ce livre est illégal, poursuivit-il d'un air sévère. Je sais que vous voulez échapper à une enquête de police en règle qui mettrait à mal votre entreprise et vous-même. Je sais que nous pouvons régler cela à l'amiable.

– Je ne sais rien sur ce livre.

– C'est un objet volé, insista le professeur en se levant. Faire du commerce avec est un délit, ainsi que vous le savez, je pense.

– Vous m'accusez de vol ? s'écria Herr Glockner. Allez chercher la police ! Vous verrez si ça ne m'est pas égal ! Sortez, vous dis-je ! Dehors !

Il s'était mis à hurler et me poussa, me faisant sortir du bureau à reculons. Le professeur me suivit et Herr Glockner nous claqua la porte au nez. Nous nous regardâmes sans savoir que faire lorsque la secrétaire insignifiante apparut et nous demanda de la suivre. Nous lui obéîmes tout honteux. Herr Glockner semblait très sérieux. Contrairement à Herr Färber, il ne craignait pas la police et paraissait avoir la conscience tranquille concernant la vente de cet objet volé. Et, même, il nous avait provoqués et exhortés à aller chercher la police. Il semblait n'avoir rien à cacher.

La secrétaire nous fit sortir du bureau et en arrivant à l'ascenseur, dans la cage d'escalier, elle se tourna vers nous et murmura :

– Je n'ai pas pu m'empêcher d'entendre ce qui s'est passé.

– Oui, excusez-nous, dit le professeur l'air absent. Nous ne voulions pas faire tant de bruit.

– Vous voulez en apprendre plus sur le livre que Herr Glockner a eu en main ?

– C'est exact, acquiesça le professeur.

– Vous savez quelque chose ? demandai-je.

La secrétaire baissa encore la voix.

– Une femme est venue ici avec un livre sous le bras et l'a montré à Herr Glockner. Elle travaillait avant dans l'entreprise. Je la connais. C'était un livre de valeur ?

– Si c'est le livre que nous cherchons, sa valeur n'est pas monnayable, dis-je.

– Quel genre de livre c'était ? demanda le professeur. Le livre qu'avait cette femme ?

Dans un fracas de ferraille, l'ascenseur se hissa à l'étage comme s'il peinait à la tâche et allait lâcher.

– Il avait l'air très ancien, poursuivit la secrétaire. Elle me l'a montré. Des caractères anciens, de vieilles feuilles. Je n'ai jamais vu un livre comme ça avant. Il a beaucoup de valeur ? redemanda-t-elle.

Le professeur restait planté devant l'ascenseur, les

yeux fixés sur la secrétaire. Moi-même, je n'en croyais pas mes oreilles. La femme nous regarda tour à tour. Elle était très mince, vêtue d'un pull violet et d'une jupe assortie, blonde avec un chignon.

– Vous ne devez pas révéler que je vous ai dit cela, ajouta-t-elle en jetant un regard furtif vers le bureau de Herr Glockner.

– Soyez tranquille, reprit le professeur. Vous pouvez me dire où je peux trouver cette femme ?

La secrétaire sortit un bout de papier et le tendit au professeur.

– J'ai noté ça, fit-elle. Hilde est mère célibataire. Il lui est difficile de travailler à l'extérieur. Surtout quand des hommes comme Herr Glockner font la pluie et le beau temps.

Le professeur prit la feuille.

– Pour quelle raison... Pourquoi est-ce que vous nous aidez ? demanda-t-il.

La secrétaire s'écarta de nous.

– Herr Glockner n'est pas un homme bien, déclara-t-elle.

Et, là-dessus, elle disparut à nouveau dans les bureaux. La porte de l'ascenseur s'ouvrit en grinçant bruyamment. Le professeur jeta un coup d'œil à l'intérieur et hésita à monter dedans.

– Nous prendrons l'escalier, décida-t-il en se précipitant. Si c'est Glockner qui a le livre, j'y vois malgré tout un avantage !

– Lequel ? dis-je en descendant après lui.

– Il semble n'avoir aucune idée de ce qu'il a entre les mains. S'il le savait, il lui aurait donné un bon prix, il l'aurait même proposé à la vente et aurait trouvé des acheteurs respectables.

18

La femme que la secrétaire nous avait indiquée habitait dans la Heerstraße, située dans l'un des quartiers les plus pauvres de la ville. En cours de route, le tramway tomba en panne et nous dûmes faire un bon bout de chemin à pied, en nous débrouillant uniquement avec un plan de la ville. Le professeur semblait bien connaître les lieux, ici comme ailleurs, et il me commentait diverses choses devant lesquelles nous passions, notamment les rues et les maisons qu'il trouvait remarquables. Je songeais que ce devait être pareil à chaque promenade, il était toujours disposé à instruire, à enseigner et à dispenser son savoir.

Son espoir de découvrir le *Livre du roi* avait un peu diminué après notre entrevue avec Glockner et surtout après les surprenantes confidences de sa secrétaire. Il ne pouvait imaginer que le livre se soit retrouvé dans les mains d'une femme du peuple issue du plus misérable quartier de Berlin. Il l'avait toujours vu dans les palais et grands salons du royaume, dans des bâtiments imposants, mais jamais chez les gens humbles, le tout-venant, jamais dans les foyers du prolétariat le plus fruste. Cependant, il savait bien que les plus pauvres des Islandais l'avaient manipulé, l'avaient conservé et en avaient pris soin. Et il était très possible que ce livre ait séjourné dans des masures islandaises avant de parvenir aux mains de l'évêque Brynjólfur. Importants ou non, les livres voyagent partout. Bons ou mauvais, ils ne choisissent pas leurs propriétaires, pas plus que le genre de maison dans laquelle ils vont se retrouver ou l'étagère sur laquelle on les rangera.

Au cours de notre marche, j'ai tenté de parler de cela au professeur qui s'est mis à exposer ses craintes pour la destinée du livre, disant que nous ne réussirions pas à le retrouver et qu'il était à jamais perdu. Que c'était pure bêtise de vouloir qu'il en aille autrement. Que nous ne savions même pas si l'écrit islandais ancien pour lequel Herr Glockner avait servi d'intermédiaire, d'après Herr Färber, était bien celui que nous cherchions. Il pouvait s'agir de centaines, voire de milliers d'autres. Qu'est-ce qu'un écrit ancien ? Ce pouvait être un livre du siècle dernier ou bien du siècle précédent. Je craignais que le professeur ne se soit mis à désespérer, qu'il ne revienne à son penchant pour la bouteille et que tout recommence comme avant.

Nous trouvâmes le numéro de la maison, montâmes au second étage et frappâmes à la porte. Tout était comme la secrétaire nous avait dit. Les maisons adjacentes avaient été bombardées et leurs ruines étaient encore là, témoins des hasards et des vicissitudes de la vie de ce monde.

La porte s'ouvrit et le visage d'une femme apparut. Elle nous regarda tour à tour. On entendit des pleurs d'enfant dans l'appartement.

– Frau Kamphaus ? dit le professeur. Hilde Kamphaus ?

– Oui, répondit la femme.

– C'est la secrétaire de Herr Glockner qui nous a dit où vous habitez et qui nous a conseillé de vous parler, au sujet d'un vieux livre que vous avez remis à Herr Glockner.

La femme fixa le professeur. Ensuite, elle me regarda. Ses yeux dénotaient la méfiance.

– Qui êtes-vous ? demanda-t-elle au professeur.

– Nous venons du Danemark… commença le professeur qui s'arrêta alors, ne sachant s'il devait donner des détails sur le voyage qui nous avait conduits jusqu'à sa porte.

– Nous recherchons un livre, dis-je. Un vieux livre.

– Un livre ?

– Oui, nous croyons savoir que vous l'avez eu entre les mains.

– Il ne les leur avait pas volés, ces livres, dit Hilde Kamphaus.

– Volés ? À qui ?

– Il n'a pas fait ça.

– Qui ?

– Mon mari. Il ne les leur avait pas volés. Il les avait trouvés.

– Votre mari ?

– Oui.

– Que vient-il faire là-dedans ?

– Il m'a dit que si un jour je venais à manquer d'argent, je n'avais qu'à essayer de vendre les livres. Je ne veux pas que la police pense qu'il les a volés.

– Nous ne sommes pas de la police, assurai-je. Est-ce que nous pourrions entrer ?

La femme hésita.

– C'était un homme bien. Il n'aurait jamais volé ces livres. Il les avait trouvés et, ne connaissant pas leur propriétaire, il a pensé qu'il pouvait les garder.

– Je n'en doute pas, dit le professeur. Nous ne sommes pas à la recherche de coupables. Pouvons-nous vous poser quelques questions ?

Le professeur était poli, mais tenace. La femme ne savait pas comment réagir. Visiblement, elle n'avait pas l'habitude de faire entrer des inconnus chez elle. Elle regarda le professeur puis moi, et de nouveau le professeur.

– Je n'ai rien à voir avec ça. Je n'ai rien fait.

– Bien sûr que non, m'empressai-je d'ajouter.

– Ça ne prendra que quelques minutes, dit le professeur. Ayez la bonté de faire cela pour nous, Frau Kamphaus.

Les pleurs d'enfant augmentèrent et, après quelques hésitations, la femme nous ouvrit la porte et se précipita dans une pièce. Lorsqu'elle revint, elle tenait un enfant qui, dans les bras de sa maman, était devenu silencieux et nous regardait avec des yeux aussi dubitatifs que ceux de sa mère.

– Que me voulez-vous ? demanda-t-elle.

– Nous aimerions avoir des renseignements sur le livre que vous avez fourni à Herr Glockner ou sur les livres que votre mari avait trouvés. Est-ce que nous pouvons lui parler ?

– Hermann est mort il y a à peine deux ans, dit Hilde. Un accident de travail. Il travaillait dans le bâtiment. Des échafaudages se sont écroulés. Trois morts.

– C'est bien triste, fit le professeur d'une voix empreinte de compassion. Je suis vraiment désolé.

– Vous n'avez pas obtenu de compensation financière ? demandai-je.

– L'entreprise était en faillite, expliqua Hilde. Un scandale que je n'arriverai jamais à comprendre. Et puis, on n'était pas mariés, Hermann et moi. Il ne croyait pas beaucoup à ce genre de formalité. Il disait que nous ne serions pas plus heureux parce qu'un fonctionnaire donnerait son consentement à notre bonheur. C'est tout juste si je suis considérée comme veuve.

Le foyer de Hilde était pauvre mais chaleureux : une salle de séjour, une cuisine et une seule chambre dans laquelle elle dormait avec ses deux enfants. Elle tenait sa fille dans ses bras et elle précisa qu'elle avait aussi un fils de six ans, qui jouait dehors. Elle avait l'air fatiguée, avec des poches sous les yeux, une taille un peu rondelette, des cheveux bruns, elle portait une jupe noire, de gros bas noirs et des pantoufles usées. Elle semblait ouverte et honnête, mais son visage avait ce quelque chose de désespéré des gens qui peinent pour survivre et qui paraissent malmenés par la vie.

– Et alors, il avait trouvé des livres ?

– Vous avez parlé à Herr Glockner ?

– Oui, il n'a rien voulu savoir, dit le professeur.

– Il m'avait promis de m'employer à nouveau, mais je n'ai plus eu de nouvelles de lui.

– C'était après lui avoir fourni le livre ?

– Oui. Je ne savais pas quoi en faire. Il est collectionneur de livres anciens et c'était le seul à avoir de l'argent, à ma connaissance.

– Si je comprends bien, il n'est pas collectionneur professionnel, mais plutôt amateur ?

– Je n'en sais rien. À l'entreprise, tous connaissent sa passion pour les livres.

– Vous n'avez pas essayé de l'apporter à une librairie ancienne ? ai-je demandé.

– Herr Glockner est le premier à m'être venu à l'esprit, dit Hilde. Je travaillais chez lui et il m'avait promis de me réemployer quand je lui aurais fourni le livre.

– Qu'est-ce qu'il en a dit ? ai-je demandé.

– Il pensait qu'il avait un rapport avec l'Islande et, comme il entretenait des relations commerciales avec des Islandais, il voulait savoir s'ils connaissaient ce livre.

– Il y a combien de temps de ça ? demanda le professeur.

– Certainement plus d'un an, dit Hilde.

– Il vous a payé le livre ? ai-je demandé.

– Oui, fit Hilde.

– Combien ?

– Vingt marks, dit-elle. Il a beaucoup de valeur ? demanda Hilde en nous regardant alternativement. Il vaut plus que ça ?

– Comment votre mari a-t-il trouvé ces livres ? demanda le professeur.

– Il les a découverts dans les ruines de la Tauentzienstraße. Ils étaient en train de déblayer les décombres des maisons encore debout pour construire de nouveaux immeubles. Dans les ruines, ils trouvaient souvent des choses qu'ils pouvaient garder.

– Vous savez quel genre de ruines c'était ?

– Non, mais c'était une ancienne rue commerçante.

– Est-ce qu'il aurait pu y avoir une librairie ancienne ?

– C'est bien possible, dit Hilde. Il a dit qu'il y avait beaucoup de livres dans les ruines.

– Ou une habitation privée ? ajoutai-je.

– Je ne sais pas, dit Hilde en haussant les épaules.

– Il y a combien de temps de ça ?

– Quelques années.

– Et c'est il y a seulement un an que vous avez essayé de vendre les livres ?

– Oui, et je vais vous dire pourquoi : je pensais en tirer un maximum. Ça m'a coûté. Ce livre était notre préféré, à Hermann et moi.

– Vous pouvez me le décrire ? demanda le professeur.

Hilde Kamphaus réfléchit.

– Je le trouvais joli, avec sa couverture marron. Je ne voulais pas le vendre. Je voulais le garder, mais…

– Ça correspond, dit le professeur en me regardant. Le livre a été habillé d'une couverture marron au XVIIIe siècle.

– Vous n'avez bien sûr pas pu le lire ? fis-je à Hilde.

– Non, répondit-elle. Je ne comprenais pas ces caractères. Je n'en comprenais pas un traître mot. Les caractères étaient drôlement petits et je les ai trouvés jolis. Ce n'était pas un grand livre, un peu plus grand qu'un livre de poche, crasseux et à l'air insignifiant. Je ne sais même pas s'il est bien écrit. Il ressemblait plutôt à un ancien manuscrit. Je pensais qu'il ne devait pas être très important. Il avait l'air d'avoir appartenu à des pauvres et d'avoir traîné dans une cuisine comme celle-ci, chez des gens comme moi.

– Est-ce que ses feuillets étaient fripés ? demanda le professeur.

– Oui. Il y avait aussi des trous dans le cuir à un endroit. Et il était incroyablement léger. Léger comme une plume.

Le professeur me regarda et je vis à ses yeux qu'il était excité.

– Je me rappelle qu'au bas d'une page il y avait un petit visage d'homme dessiné, dit-elle.

– C'est bien le livre, murmura le professeur. Elle a découvert le *Livre du roi* !

– Et vous l'avez donné à Herr Glockner ? demandai-je.

– Herr Glockner a le livre ou, du moins, je le lui ai remis, avoua Hilde.

– Tu sais ce qu'il comptait en faire ?

Hilde secoua la tête. L'enfant s'était mis à s'agiter

dans ses bras et elle le déposa sur le sol. Il se remit à pleurer en levant les yeux vers sa mère.

– Quels autres livres votre mari a-t-il trouvés ?

– Il est rentré avec deux autres, mais très différents de celui-ci.

Je me suis accroupi pour attirer l'attention de l'enfant afin que le professeur puisse terminer à son aise sa conversation avec Hilde. L'enfant a cessé de pleurer et m'a regardé bouche bée. Je lui ai fait un sourire en lui donnant une petite tape sur la tête. Hilde a montré au professeur deux livres qu'elle est allée chercher dans la chambre. Il les a regardés et les lui a rendus. Grâce à l'attention inespérée que je lui portais, l'enfant s'est calmé, mais pour un bref instant seulement. Il a recommencé à chouiner et Hilde l'a repris.

– Comment s'appelle-t-elle ? demandai-je.

– Maria, et elle ne veut être nulle part ailleurs que dans les bras de sa maman, dit Hilde en lui caressant la tête.

Je lui souris.

– Vous pouvez me donner des détails sur la façon dont votre mari a trouvé ce livre ? demanda le professeur.

– Il m'a dit qu'il était dans une valise enveloppé dans un linge. C'était le seul livre qu'elle contenait. Les deux autres, il les a trouvés sous un tas de copeaux. Vous voulez bien me dire maintenant qui vous êtes ? Qu'est-ce que ce livre a de particulier ?

– Il appartient à l'Islande, c'est un bien national, dit le professeur. Il était conservé au Danemark, mais on l'a volé et nous essayons de le retrouver. Nous espérons qu'un jour il sera conservé en Islande. Si c'est le bon livre, vous nous avez été d'une aide inestimable et nous vous en remercions.

– Vous devez parler à Herr Glockner si vous voulez le retrouver, conseilla-t-elle. C'est lui qui l'a.

– Oui, nous allons lui parler, dit le professeur. Et s'il s'agit bien du livre, je veillerai personnellement à ce que vous soyez récompensée comme il se doit pour l'avoir trouvé.

– Je crois que ce n'est pas nécessaire, assura Hilde. Il m'en a coûté de me séparer de ce livre. Je l'aimais bien et j'aurais voulu toujours le garder avec moi. Cela me faisait du bien de l'avoir entre les mains, c'était un objet si ancien et si joli.

– Je ferai en sorte que vous soyez récompensée, promit le professeur en s'inclinant devant Hilde Kamphaus tandis qu'il lui serrait la main pour prendre congé.

D'après la description que nous en avait faite Hilde, nous étions certains d'être sur les traces du *Livre du roi* et le professeur semblait retrouver de l'énergie à chaque pas tandis que nous nous hâtions d'aller prendre le prochain tramway.

– Une femme très bien, dit-il. Une femme très bien. Vraiment tout à fait bien.

– Et ensuite ? demandai-je, tout en tâchant de marcher à son allure.

– Maintenant, je comprends pourquoi Orlepp junior a tout à coup refait surface à Copenhague. Ordurelepp senior n'avait aucune idée de ce qu'était devenu le *Livre du roi* après qu'il l'avait vendu à Berlin, si tant est qu'il l'ait vendu à l'époque. Il a été perdu dans les décombres et il est resté dans une valise pendant tout ce temps. Son fils Joachim voulait savoir si j'avais glané des informations sur le livre. Je croyais qu'il l'avait entre les mains, donc en lieu sûr, et qu'il n'était à la recherche que du fascicule perdu. Ce qu'on peut être bête ! C'est moi qui, comme un imbécile, les ai mis sur la piste du fascicule.

Le professeur accéléra encore l'allure.

– Il ne faut pas qu'ils s'emparent du livre, s'écria-t-il. Il ne faut pas !

– On ne devrait pas retourner voir Glockner ?

– Si, on doit reparler au petit père Glockner. On ira chez lui, au besoin. Tu as entendu ce qu'il lui a donné pour le livre ? Quelle crapule !

– Elle a joliment parlé du livre, dis-je en me demandant si j'allais oser parler de ce qui m'était venu à l'idée lorsque j'avais entendu Hilde mentionner le décès de son époux. C'était quelque chose qui avait sommeillé en moi quelque temps, peut-être sans que j'en aie vraiment conscience, mais qui avait pris davantage de consistance lors du récit de Hilde. Par ailleurs, c'était d'une telle nature que j'hésitai à en faire part au professeur.

– Vraiment tout à fait bien, cette femme, déclara le professeur.

Je pris mon courage à deux mains.

– Mais… il y a une chose que je… non, d'ailleurs ça n'a pas d'importance.

– Quoi ? Quoi donc ?

– Non, on parle souvent de… voilà, souvent on parle de choses anciennes, surtout si elles sont importantes ou remarquables.

Le professeur ralentit et finit par s'arrêter.

– Allez, parle ! fit-il.

– C'est seulement une idée que j'ai eue sans savoir pourquoi. Peut-être quand j'ai entendu parler de la mort de cet ouvrier qui a trouvé le livre dans la valise.

– Oui, acquiesça le professeur qui attendait la suite avec impatience.

Je décidai de le faire mariner.

– Tu as déjà vu des récits qui parlent d'une malédiction attachée au *Livre du roi* ?

Le professeur me regarda, stupéfait.

– Qu'est-ce que tu me chantes ? articula-t-il.

– Se peut-il qu'une malédiction soit attachée au *Livre du roi* ?

– Tu pourrais être plus précis ?

– Il me semble qu'il n'apporte que des ennuis.

– Comme dans mon cas, c'est ça que tu veux dire ?

– À l'évidence, tu ne t'en es pas vraiment bien porté, me suis-je permis de dire. Le paysan que tu as trouvé dans le caveau en Islande. L'ouvrier qui l'a découvert ici, à Berlin, le mari de Hilde. Et...

– Et quoi ?

– Non, je...

– Aucune malédiction ne lui est attachée, me coupa le professeur d'un ton décidé. Ce sont des superstitions et des idioties ! Arrête tes sottises ! Je croyais que tu voulais devenir un scientifique. Il te manque une case ou quoi ? dit-il en se remettant en route. Arrête de dire des sottises !

Mais je ne pouvais cesser d'y penser et nous ne nous dîmes pas grand-chose pendant le trajet en tramway jusqu'à l'auberge.

Frau Bauer nous accueillit, visiblement en proie à une certaine agitation.

– Vous avez vu les journaux ? gémit-elle en nous voyant arriver. Il était clair qu'elle avait eu un choc.

– Les journaux ? demanda le professeur. Non, nous n'avons pas lu les journaux. Qu'est-ce qu'il y a ?

– Herr Professor, dit-elle, en s'adressant à lui sur un ton très solennel. Je ne crois pas que cela soit vrai.

Elle jeta un regard furtif autour d'elle comme si

elle craignait que d'autres gens dans l'auberge nous entendent, et elle nous emmena à la cuisine.

– Qu'est-ce qui se passe ? dit le professeur en essayant de la calmer.

– Je n'y crois pas, tout simplement, ce doit être un malentendu ! murmura Frau Bauer.

– Dis-moi ce qui se passe !

– C'est Hinrich Färber, dit Frau Bauer. On l'a retrouvé hier à moitié mort chez lui, ici, à Berlin. C'est dans les journaux, vous n'avez pas vu ça ?

– Non, nous n'avons pas vu les journaux. Que... Qui ? Qui a agressé Hinrich Färber ?

– Que Dieu nous assiste, dit Frau Bauer. Je ne sais pas ce que je dois faire de vous. C'est une horreur ! Oui, une horreur !

– Tu n'as rien à faire pour nous, assura le professeur.

– Nous ? fis-je, ignorant tout de la situation. Que veux-tu dire ?

– Tu ne sais pas que c'est très sérieux, Herr Professor, reprit Frau Bauer qui avait trouvé le journal et le lui tendait.

Le professeur le prit et lut d'abord la première page, qui relatait l'agression insensée commise sur Hinrich Färber, puis la suite dans le journal. Je le vis rougir jusqu'au blanc des yeux en lisant.

– Ce n'est pas vrai, soupira-t-il.

– Tu vois maintenant, ce que je voulais dire ? demanda Frau Bauer.

– Seigneur, s'écria le professeur. Ils ne peuvent pas penser ça sérieusement !

– Le domestique est témoin, dit Frau Bauer. C'est lui qui l'a découvert.

– Que se passe-t-il ? demandai-je, stupéfié par leurs réactions.

– Que dois-je faire ? insista encore Frau Bauer. Qu'est-ce que je dois faire de vous ? Je ne devrais pas parler à la police ? Ne vaut-il pas mieux que ce soit vous qui parliez à la police ?

– Nous n'allons rien précipiter, déclara le professeur.

– Que se passe-t-il ? répétai-je.

Le professeur me tendit le journal.

– Ils pensent que c'est nous qui avons fait le coup, dit-il.

– Quoi ?!

– Ils pensent que c'est nous qui avons agressé Hinrich Färber, précisa le professeur. Ils pensent que c'est nous qui l'avons battu à mort !

Je le regardai bouche bée et je ne pouvais penser qu'à ma nouvelle idée au sujet de la malédiction du *Livre du roi* et à notre aventure qui ne pouvait se terminer que par une catastrophe.

19

Je me rappelle la tête que fit le professeur lorsqu'il vit que nous étions impliqués dans l'agression dont Hinrich Färber avait été victime. Il me regarda comme un zombie et s'affaissa sur sa chaise, les yeux hagards, fixés droit devant lui dans un ébahissement complet. Je feuilletai le journal en peinant sur le texte en allemand. Il n'y avait pas à dire, c'était nous les deux hommes dont on parlait aux informations, c'était nous, les deux hommes qui avaient rendu visite à Herr Färber peu avant son agression. Nous étions vraisemblablement retournés le soir chez lui et nous l'avions tabassé au point qu'il avait fallu le transporter inconscient à l'hôpital où l'on craignait pour sa vie.

Quand je reviens sur le passé et que je repense au désespoir silencieux du professeur assis dans la cuisine de Frau Bauer, je vois quelle force il avait en lui malgré tout. Son univers venait de s'écrouler. Il ne suffisait pas que le *Livre du roi* lui ait échappé, que le fascicule perdu de ce livre lui ait été enlevé et qu'il soit menacé d'être renvoyé de l'Université de Copenhague, il fallait encore ajouter à tout cela une plainte éventuelle pour violences, coups et blessures en Allemagne. Il a dû se dire que désormais tout était perdu. À la vérité, c'est ce que je me suis dit aussi et, maintenant, j'en ai honte.

J'estimais que notre devoir était d'aller à la police, de tout raconter et de faire face à ce qui nous attendait. C'était une situation dont il était impossible de prévoir l'issue. Une chose était sûre, c'est qu'on nous jetterait en prison et qu'on nous y laisserait croupir jusqu'à ce qu'on statue sur notre culpabilité ou notre innocence. Il doit avoir pensé à toute la polémique que soulèverait la nouvelle quand on apprendrait que deux Islandais aux mains de la police allemande étaient soupçonnés d'avoir violemment agressé un citoyen allemand. Il ne s'attendait à aucun ménagement, et le pire, c'était que le *Livre du roi* disparaîtrait probablement pour de bon. On découvrirait alors le vol de ce livre et la manière dont le professeur l'avait dissimulé pendant toutes ces années.

J'étais presque fou de terreur. Je sentis mes jambes flageoler quand je compris ce qui se tramait et je fus pris d'une douleur lancinante à la poitrine et de violents maux d'estomac. Je voulais reprocher au professeur de nous avoir mis dans cette situation, mais j'étais incapable de dire quoi que ce soit. J'étais sans voix. J'avais les yeux fixés sur l'article de journal et je luttais pour ne pas vomir. La sueur perlait sur mon front et je ressentais un malaise indéfinissable, du même genre que celui qui s'était emparé de moi lorsque la porte de la cellule s'était refermée sur nous à Schwerin.

– Que dit la presse ? demanda le professeur qui semblait se reprendre une fois le choc passé.

Frau Bauer nous montra plusieurs journaux qu'elle avait achetés qui tous donnaient des nouvelles de l'agression gratuite dont avait été victime l'antiquaire Hinrich Färber. Son unique domestique, qui nous avait accueillis et dont je me souvenais qu'il s'appelait Klaus, était à l'évidence la principale source d'information de la police et des journaux. Il racontait que, ce soir-là, il avait reçu deux mystérieux visiteurs qui s'étaient présentés au domicile de Herr Färber sans y avoir été invités et qui avaient attendu pour lui parler. Ce n'était rien d'anormal. Les hommes étaient entrés dans la maison et Herr Färber avait eu un bref entretien avec eux. Le maître de maison avait ensuite appelé son domestique afin qu'il raccompagne ces deux messieurs à la sortie. Ils étaient plutôt énervés et Klaus n'avait pu s'empêcher d'entendre qu'ils avaient proféré des menaces à l'encontre du maître de maison. Après le départ des visiteurs, Herr Färber avait travaillé un moment dans son bureau avant d'aller se coucher. Ce que fit aussi le domestique un peu plus tard. Il n'avait rien entendu durant son sommeil, jusqu'au lendemain matin, quand il alla porter le petit-déjeuner à son maître comme d'habitude, vers les sept heures et demie, et qu'il le trouva baignant dans son sang. Il y avait eu effraction par la porte de derrière, dans la cuisine, et les malfaiteurs étaient montés à la chambre de Färber et s'en étaient pris à lui.

Lorsque nous avons rendu visite à Herr Färber, nous avions fourni notre identité au majordome et, comme tout domestique digne de ce nom, il s'en souvenait très bien, les avait transmis à la police et aux journaux qui les avaient publiés en spécifiant que la police était désireuse de s'entretenir avec ces deux visiteurs inattendus supposés venir d'Islande. Il ressortait de ces nouvelles que Herr Färber habitait seul, qu'il était sans enfant et que rien ne motivait cette sauvage agression.

– Nous sommes recherchés en Allemagne ? gémis-je après avoir compris la gravité de la situation.

– Ça va sans dire, dit le professeur.

– C'est pas vrai ! Qu'est-ce qu'on doit faire ?

– Tout d'abord, garder notre calme.

– Qui a bien pu agresser Färber ?

– Nous, à ce qu'il paraît, répondit le professeur.

– Qu'allez-vous faire ? murmura Frau Bauer en jetant un regard furtif dans le couloir.

– Comment peuvent-ils croire que c'est nous qui avons fait ça, qui avons commis ce... cet acte de violence horrible ? dis-je. C'est complètement extravagant. Incroyable ! C'est un épouvantable malentendu que nous devons dissiper au plus vite.

– Il serait peut-être plus raisonnable d'aller trouver la police, déclara le professeur d'un air pensif. Il avait commencé à examiner les possibilités que nous avions dans cette situation, il avait commencé à en analyser la complexité et à envisager des solutions ; à trouver ce qu'il fallait faire et comment réagir au mieux à ces nouvelles.

– Ils vont sûrement chercher dans les hôtels et les auberges, déclara Frau Bauer. Que dois-je leur dire ?

Nous regardâmes tous deux le professeur.

– Nous avons besoin d'un tout petit peu de temps, fit-il.

– Dans quel pétrin est-ce que tu nous as fourrés ? soupirai-je désespéré.

– Nous n'avons rien fait de mal, Valdemar. Souviens-t'en.

– Ça change quelque chose ? Ils pensent que c'est nous qui avons agressé cet homme. Ils ont donné notre signalement. Ils vont peut-être aussi penser que nous l'avons tué. Ils ont dit qu'on craignait pour sa vie. Que se passera-t-il alors ? Que se passera-t-il s'il meurt ?

– Pourquoi vous n'allez pas parler à la police pour mettre les choses au clair ? dit Frau Bauer.

Le professeur la regarda.

– À moins qu'évidemment… Herr Professor… Tu n'as tout de même pas… ?!

– Ce n'est pas nous qui avons fait le coup, mon amie, assura le professeur. Nous n'avons pas agressé Färber. Je sais que tu ne le penses pas sérieusement. C'est tellement grotesque que je ne trouve pas les mots pour m'exprimer sans qu'on me prenne pour un imbécile. Nous lui avons rendu visite à son domicile, nous lui avons parlé et ensuite nous sommes partis, nous sommes venus directement ici et nous avons dormi là cette nuit. C'est toi qui nous as accueillis.

– Vous êtes rentrés très tard, dit Frau Bauer.

– Elsa, reprit le professeur, nous n'avons rien fait, tu sais. Nous lui avons juste parlé et ensuite nous sommes partis.

– Allez donc le leur dire, dit Frau Bauer.

– Elle a raison, nous n'avons rien fait, c'est vrai ! avançai-je, hésitant et déconcerté.

– Nous ne devons pas agir dans la précipitation, trancha le professeur.

– Précipitation ? Alors qu'on nous soupçonne d'avoir tenté de le tuer ! dis-je d'une voix stridente.

– Calme-toi, Valdemar. Tout ira bien. Avant d'aller à la police, nous avons certaines choses à faire.

– À faire ? Quoi, par exemple ?

– Ensuite, nous nous tirerons de ce mauvais pas. Ça ne sera pas difficile.

– Pas difficile ? Mais nous sommes recherchés, voyons !

– Vous croyez que c'est lié à votre enquête ? demanda Frau Bauer.

Le professeur me regarda.

– Je veux parler de l'agression de Färber, dit Frau Bauer. Elle a un rapport quelconque avec vous ?

– Tu ne crois pas que ça a un rapport avec le livre ? demandai-je.

– Ça m'a traversé l'esprit, reconnut le professeur. Qu'on l'ait agressé le soir même du jour où nous l'avons rencontré, c'est un drôle de hasard.

– Comment ça ? protestai-je. Quel est le rapport avec le *Livre du roi* ?

– Je n'en ai aucune idée, sauf que nous savons que Joachim von Orlepp est lui aussi à la recherche du livre.

– Il ferait une chose pareille ?

Le professeur haussa les épaules.

– Ce sont très probablement eux qui sont derrière tout ça, Valdemar. Tout indique que ce sont eux. Ils nous ont suivis jusqu'à Schwerin et ils ont pu nous suivre jusqu'ici sans que nous nous en apercevions.

– Que devons-nous faire en premier ? demandai-je.

– Que veux-tu dire ?

– Tu disais que nous devions faire certaines choses avant d'aller à la police.

– Oui, nous avons une visite à faire, dit le professeur.

– Une visite ? fit Frau Bauer.

– Où ça ? dis-je.

– Nous devons parler de nouveau à Herr Glockner, expliqua le professeur.

– Glockner ? fis-je.

– Nous irons d'abord chez lui et ensuite à la police.

– Mais…

– Le livre a priorité, déclara le professeur d'un ton résolu.

– Mais…

– Il n'y a pas de mais, Valdemar, c'est comme ça, nous devons y aller. Elsa, si la police vient te poser des questions sur nous, tu n'es pas obligée de mentir.

Dis-leur d'attendre un petit moment que nous soyons revenus de chez Herr Glockner.

La soirée était bien avancée lorsque nous quittâmes Frau Bauer. Elle nous fit sortir par la porte de derrière comme des coupables et nous suivit des yeux d'un air soucieux. Elle recommanda longuement au professeur la plus grande prudence. Celui-ci l'embrassa sur les deux joues en lui disant de ne pas trop s'inquiéter, que toute cette affaire connaîtrait un heureux dénouement, mais il avait beau faire, ça sonnait faux. Nous n'osions pas prendre le taxi, ni le tramway non plus. Frau Bauer avait calculé que nous ne mettrions pas moins d'une heure pour aller à pied chez Herr Glockner et elle nous rappela que nous devions éviter de nous faire remarquer. Nous suivîmes en silence une étroite ruelle qui passait entre des jardins derrière les maisons, et par les fenêtres je voyais les gens s'apprêter à se coucher. Ils reflétaient une paix et une sagesse que je leur enviais, j'aurais voulu être déjà de retour au Danemark et même chez moi, en Islande, et j'aurais aussi voulu que rien de ce que j'avais vécu ces derniers temps ne se soit passé. J'aurais aimé comprendre comment j'étais devenu un criminel recherché ici, dans cette ville étrangère totalement inconnue, mais ça me dépassait. Je ne pouvais réagir qu'avec crainte et tremblement, puis avec colère, une colère que je sentais peu à peu monter en moi et qui se déchargea sur le professeur.

– Regarde ce que tu as fait, lançai-je alors qu'il me précédait un peu, sa canne à la main.

– Qu'est-ce qu'il y a ? l'entendis-je dire.

– Qu'est-ce qu'il y a ?! Tu as fait de nous des criminels qu'on recherche !

– Ce n'est pas vrai, voyons, Valdemar ! Je n'ai rien fait. Pourquoi est-ce que tu passes ta colère sur moi ?

– Toi et ton foutu *Livre du roi*, fulminai-je.

– Ce n'est pas la peine de mêler le *Livre du roi* à ça.

– Une malédiction lui est attachée, repris-je. Une malédiction. Regarde Färber : il est à l'article de la mort. Tous ceux qui s'en approchent périssent !

– Ne me parle plus de cette satanée malédiction, lança le professeur en pressant le pas.

– Il faudra quand même que tu y réfléchisses.

– Je ne crois pas que Färber ait jamais eu accès au livre, dit le professeur. Mais nous n'en savons rien. Méfie-toi des superstitions. Elles rendent idiot.

Je n'avais rien à répondre à cela et je marchai, taciturne, à la suite du professeur dans les rues ténébreuses de Berlin en direction du domicile de Glockner. J'étais en colère contre le professeur parce qu'il m'avait entraîné à la recherche du *Livre du roi* avec toutes les conséquences que l'on sait, mais au fond de moi je savais bien que ce n'était pas tout à fait sa faute s'il nous était arrivé tout cela. Il n'était pour rien dans le fait que Färber ait été agressé à son domicile. Ça ne concernait pas forcément le *Livre du roi*. Il était possible qu'il ait découvert des cambrioleurs dans sa maison et ait été agressé. Le professeur était fermement résolu à se livrer à la police et cela me rasséréna de le savoir. Peut-être serions-nous innocentés dès ce soir. La police s'apercevrait que nous n'avions rien à voir avec cette agression, car nous n'étions pas dans la maison à l'heure où elle s'était produite et, à la vérité, nous n'avions eu aucune relation avec Färber, sauf notre bref entretien la veille au soir. L'agression avait probablement eu lieu au beau milieu de la nuit alors que nous nous trouvions à l'auberge, ce qu'Elsa Bauer pouvait confirmer. On devait trouver des témoins qui fourniraient une autre version que celle de Klaus, le domestique. Et cette version ferait état d'autres hommes rôdant près de la maison de Färber, qui s'étaient introduits chez lui et avaient ensuite commis ce crime.

J'en étais là de mes pensées tandis que je courais derrière le professeur. Dans mon désespoir, j'essayais de voir les choses positivement et je me calmais peu à peu, certain que nous réussirions à convaincre la police que nous n'aurions jamais pu agresser Färber, et que celle-ci devait être en possession d'éléments qui allaient dans ce sens. Toutefois, je n'étais pas tranquille et je redoutais la suite.

À en juger par sa villa, Glockner disposait d'une fortune comparable à celle de Färber. C'était une maison neuve à trois étages construite après la guerre, mais du style Belle Époque. Hilde nous avait appris qu'il avait récemment divorcé et que les deux enfants du couple ne vivaient plus là. Il y avait de la lumière aux fenêtres du rez-de-chaussée, mais les étages supérieurs étaient dans l'obscurité. Le professeur tira la sonnette de la porte d'entrée. Nous attendîmes un moment, mais personne ne répondit. Il était clair que Glockner était sorti en laissant la lumière allumée. Personne ne venait. Nous actionnâmes à nouveau la sonnette et attendîmes. Le professeur frappa à la porte, tout d'abord doucement et civilement, mais ensuite plus fort et plus énergiquement. Rien ne se passa.

– On doit l'attendre ? demandai-je.

– Peut-être que ce n'est-ce pas plus mal qu'il ne soit pas chez lui, dit le professeur en longeant la maison jusqu'à l'angle. Stupéfait, je le vis disparaître et m'élançai à sa poursuite.

Le jardin derrière la maison était agréablement entretenu. Je vis le professeur jeter un coup d'œil par les fenêtres et, à mon grand effroi, je me rendis compte qu'il tentait de les ouvrir. Une porte donnait sur le jardin et il saisit la poignée pour voir si elle était fermée.

– Qu'est-ce que tu fais ? protestai-je en regardant furtivement autour de moi. Par bonheur, il y avait de grands arbres dans le jardin et l'obscurité nous cachait presque totalement.

– Il faut que nous pénétrions à l'intérieur, dit le professeur.

– À l'intérieur ?

– Le livre y est peut-être.

– Tu n'en sais rien ! fis-je en le retenant. Attendons-le devant la maison. Nous ne pouvons pas entrer ici par effraction !

– Fais comme tu veux, Valdemar. Moi, je vais entrer, déclara le professeur en me faisant lâcher son bras. Si tu voulais monter la garde, ça m'arrangerait, sinon fais comme tu veux.

– Nous sommes déjà dans de beaux draps, objectai-je. Ne va pas aggraver notre cas. Je t'en supplie !

– Ne t'en fais pas, tout ira bien, dit le professeur tandis que je le regardais médusé briser une vitre avec sa canne. Il avait noué un mouchoir au pommeau afin d'atténuer le bruit et s'y prenait en expert si bien que l'idée me traversa l'esprit qu'il avait fait déjà fait ça auparavant.

– Tu es cinglé ! m'exclamai-je. Moi, j'arrête. Je ne marche plus là-dedans. Je pars. Au revoir. Je repars au Danemark !

Je m'éloignai lentement, fulminant, et le laissai seul dans le jardin. Je longeai la maison et sortis dans la rue sans avoir aucune idée de l'endroit où j'étais ni d'où je devais aller. Je ralentis l'allure pour finalement m'arrêter et regarder autour de moi. J'étais complètement désorienté. C'était le professeur qui commandait, comme d'habitude, et je n'avais pas prêté attention à notre itinéraire. Je ne savais pas non plus quoi faire. Devais-je aller au poste de police le plus proche et me livrer ? N'était-ce pas justement ce que le professeur allait faire, quoi qu'il arrive, après avoir commis son effraction ? J'étais furieux contre lui, je lui en voulais de faire ses affaires sans jamais m'écouter ; il ne faisait jamais attention à rien d'autre que lui-même, ce foutu bonhomme. Quoi que je dise ou fasse, cela ne changeait rien. Pourquoi me traînait-il avec lui dans toute l'Europe à la recherche de ce satané livre ?

Peu à peu, je me rendais compte que j'étais davantage en colère contre moi-même et contre la vérité qui m'apparaissait à mesure que je connaissais un peu mieux le professeur. J'étais en colère contre ma lâcheté face à l'intrépidité du professeur. Contre mon impuissance face à ses compétences. Contre mon ignorance face à ses connaissances. Ce n'était peut-être pas très glorieux d'avoir le toupet de pénétrer dans une maison par effraction, je sais, mais il fallait quelque chose comme de la hardiesse lorsqu'il y avait des enjeux importants et je n'en avais pas. Il fallait être passionné pour se mettre en danger ainsi que le professeur l'avait fait depuis la guerre au Danemark. Moi, je n'étais pas passionné. Il fallait avoir les reins solides pour dissimuler ses secrets et même si le professeur avait parfois eu le dessous dans ces entreprises, ça ne faisait que prouver son courage. Son humanité. Et moi-même, qu'étais-je ? Une poule mouillée qui désertait le champ de bataille au plus fort du danger ? Alors que c'était là que le professeur avait le plus besoin de moi ?

Je m'arrêtai et me maudis moi-même. Ensuite, je fis demi-tour et rebroussai chemin clopin-clopant jusqu'à la maison de Glockner. Le professeur n'était visible nulle part dans le jardin, mais je trouvai la vitre qu'il avait brisée pour pénétrer dans la maison. Il avait passé la main à travers et tourné l'espagnolette, si bien que je n'eus qu'à pousser la fenêtre pour pénétrer à l'intérieur. J'étais dans la cuisine et n'osai pas appeler le professeur. J'avançai dans le couloir. Une grande horloge égrenait les secondes et de chaque côté se trouvaient des portes. J'entrai par l'une d'elles. La pièce était plongée dans une obscurité à couper au couteau et je n'y voyais goutte. Je devais être dans le garde-manger, à en juger d'après l'odeur. Je quittai la pièce, vis un escalier qui menait à l'étage et arrivai dans un grand bureau.

Une petite lampe répandait une lueur blafarde qui me fit voir le professeur penché sur un homme qui me sembla être Herr Glockner. Le petit bureau avait été renversé.

– Tu es revenu ? s'enquit le professeur. Apparemment il a été étranglé par un fin fil de fer qu'il a encore autour du cou. Il n'a pas dû s'écouler beaucoup de temps depuis son agression.

Le professeur était tout ce qu'il y a de plus calme.

– Quoi ? fis-je d'une voix perçante. Assassiné ! Il a été assassiné ?

– Ça en a tout l'air.

– C'est pas vrai ! Que s'est-il passé ?

– Je ne sais pas.

– Qu'est-ce qu'on doit faire ?

– Nous devons réagir avec calme, fit observer le professeur.

– Avec calme ! Est-ce qu'on ne devrait pas plutôt filer ? On ne peut pas rester ici. Et si quelqu'un arrive ? Viens ! Allons-nous-en !

– Reste calme, Valdemar, dit le professeur sans bouger.

– Calme ! repris-je exaspéré. Comment je peux rester calme ? On va nous coller ça sur le dos aussi ! Tu ne comprends donc pas ? On va nous coller ce nouveau meurtre sur le dos, voyons !

– Il faut absolument garder notre calme, Valdemar. Tu devrais peut-être attendre en bas. Je vais jeter un coup d'œil par ici.

– Tu as vu qui c'était ?

– Non, quand je suis arrivé, il était comme ça.

Je fis un pas vers lui et vis le corps sans vie de Glockner, la bague en or à son petit doigt.

– N'approche pas trop près, m'avertit le professeur en levant les yeux. Je ne suis pas très chaud pour te laisser voir un cadavre. Il n'est pas très joli à voir, il est tuméfié.

– C'est pas vrai ! soupirai-je complètement désemparé.

– Je n'ai rien déplacé et nous ne devons rien toucher. Nous avons probablement manqué l'agresseur de peu.

– Qui est capable de faire une chose pareille ?

– Il faut faire vite, dit le professeur. Celui ou ceux qui ont agressé Glockner sont sans doute les mêmes que ceux qui ont agressé Färber. L'agresseur doit s'intéresser aux mêmes choses que nous. Il veut mettre la main sur le *Livre du roi*. C'est peut-être Orlepp junior, mais ça peut aussi être quelqu'un d'autre que nous ne connaissons pas. En tout cas, il ne recule pas devant le meurtre. Nous devons faire très attention à nous, Valdemar, on ne sait pas ce que ces assassins ont dans la tête. Je ne sais pas ce que Glockner lui a raconté avant de mourir, mais je ne serais pas étonné qu'il lui ait parlé de notre entrevue.

– Tu crois que nous sommes en danger ?

– Je ne pense pas, affirma le professeur, et bien

qu'il eût dit cela avec calme, comme s'il avait voulu dissiper ma peur, je sentis un frisson me parcourir le dos. Tout à coup, je me mis à regarder de nouveau droit devant moi et je me rapprochai inconsciemment du professeur.

– Tu crois que l'assassin peut se trouver encore dans la maison ?

Le professeur se redressa en s'éloignant du cadavre et jeta un coup d'œil dans la pièce. Il alla au bureau, parcourut les papiers qu'il y avait dessus et ouvrit des tiroirs. Pour ce faire, il se servit de son mouchoir afin de ne laisser aucune empreinte.

– Non, je crois qu'il est parti. Il a obtenu de Glockner ce qu'il cherchait.

– Est-ce que nous ne devrions pas appeler la police ?

Le professeur fit la grimace.

– Plus tard, dit-il.

– Plus tard ?

– Fais attention à ne toucher à rien. Nous n'avons jamais été ici. Nous devons tout laisser en l'état. Je crois que Glockner connaissait son assassin. À moins qu'on l'ait menacé. Il l'a fait entrer dans la maison et l'a invité à monter ici. L'assassin n'est pas entré par effraction.

– Non, il n'y a que nous qui sommes entrés par effraction, précisai-je.

– C'est exact, c'est nous qui sommes entrés par effraction, observa le professeur. La police pensera que c'est l'agresseur qui a fait ça.

– Nous devons aller à la police raconter ce qui s'est passé, insistai-je.

Le professeur se taisait.

– Nous allons nous rendre à la police, repris-je. Tu l'as promis.

– Je sais, mais la situation a un peu changé, tu ne trouves pas ?

– Qu'est-ce que tu veux dire ?

– Tu peux t'en rendre compte toi-même, Valdemar : nous sommes soupçonnés d'avoir agressé Färber et, maintenant, nous sommes devant le cadavre de Glockner. Que veux-tu dire exactement à la police ?

– La vérité ?

– Que nous sommes entrés par effraction dans cette maison et que nous avons découvert le cadavre de Glockner ?

– Oui.

– Et tu penses qu'ils vont te croire ?

– Ils le doivent… Ils doivent nous croire.

– Ils ne doivent rien du tout ! s'emporta le professeur. Le mieux, c'est qu'ils ne puissent jamais découvrir que nous avons été ici. Nous ne pouvons pas aller à la police. Pas maintenant. Pas tout de suite.

– Mais c'est une horreur ! Comment allons-nous nous tirer d'affaire ? Qu'est-ce qu'on peut faire ? Mais qu'est-ce qu'on peut faire ?

– Nous devons être intrépides, Valdemar, et…

– Comment pouvons-nous être intrépides ? éructai-je d'une voix suraiguë à l'adresse du professeur. Comment peux-tu être aussi calme ? Tu ne vois pas ce cadavre, là ? Cet homme a été étranglé avec du fil de fer et toi tu dis que nous n'avons qu'à rester tranquilles !

– Ça ne sert à rien de réagir comme ça, Valdemar, objecta le professeur en se renfrognant. Sois un homme ! Il nous faut découvrir ce que Glockner a fait du livre. C'est pour ça que nous sommes venus ici. Nous avons besoin de savoir s'il venait de le vendre ou bien s'il l'avait chez lui. Compris ? Je ne veux plus entendre tes bêtises !

Le professeur se retourna vers le bureau et ouvrit les tiroirs les uns après les autres. Les deux tiroirs du bas étaient fermés à clé. Il trouva un coupe-papier et réussit à en ouvrir un. Il le fouilla mais ne trouva rien d'utile. Il reprit le coupe-papier, ouvrit le tiroir du bas et l'examina.

– Attends un peu, dit-il.

– Quoi ?

Il sortit un feuillet attaché à une enveloppe avec un trombone. C'était une lettre en allemand adressée à Glockner et il me sembla, en tentant de la scruter par-dessus l'épaule du professeur, qu'elle avait été écrite à Reykjavík quelques semaines auparavant.

– Qu'est-ce que c'est ? demandai-je.

– Sigmundur ? fit pour lui-même le professeur dont la voix trahissait la surprise.

– Qui c'est, Sigmundur ?

– Je le connais de Reykjavík. C'est un collectionneur de livres. Il entretenait une correspondance avec Glockner.

– Sigmundur ?

– ... *et j'ai confirmé l'heure de notre rendez-vous en octobre*, lut le professeur, en traduisant directement en islandais. *J'aurai avec moi la somme mentionnée et j'espère que le rendez-vous pourra avoir lieu à l'heure dite et de la manière dont nous avons convenu auparavant. Mon protégé vous est très reconnaissant d'avoir attiré son attention sur le livre et il est certain que cela renforcera encore les liens commerciaux de nos deux entreprises. Comme vous le savez, il est passionné par la littérature islandaise ancienne et s'est déjà constitué une collection impressionnante. C'est pour moi un honneur de servir d'intermédiaire dans vos tractations et, en outre, de m'être vu confié la tâche de vérifier s'il s'agit bien du bon livre. Cela n'enlève rien à vos mérites, vu que c'est une habitude courante ainsi que vous le comprendrez. Mon protégé voudrait par ailleurs que je vous rappelle la nécessité de garder le silence sur notre transaction...*

Le professeur poursuivit sa lecture, mais cette fois en silence.

– Ils se sont rencontrés il n'y a pas longtemps, hier même, dit-il pensif après avoir terminé sa lecture. Sigmundur et Glockner. L'acheteur est islandais, domicilié en Islande et apparemment en relations avec Glockner. Il a envoyé le vieux Sigmundur chercher le livre. Et Sigmundur est sans doute déjà sur le chemin du retour.

Il scruta la lettre.

– Qu'est-ce qu'il y a là ? dit-il en me la tendant.

– Où ça ?

– Ici, ces chiffres. Qu'est-ce que c'est ?

Quelqu'un avait écrit les deux nombres, 2 et 9, au bas de la lettre de Sigmundur, pour autant que je puisse lire.

– C'est le 2 du neuvième mois, le 2 septembre ? dis-je.

– Deux et neuf ? Vingt-neuf ? Ce n'est pas vingt-neuf ?

– Peut-être.

– Ça pourrait être une date, non ?

– Qu'est-ce qui se passe ce 29 ?

– Dieu seul le sait.

– Si c'est bien une date.

– Qu'est-ce que ça pourrait être d'autre ?

– Vingt-neuf est un nombre premier, dis-je.

– Un nombre premier ? Qu'est-ce que ça signifie ?

– Je n'en ai aucune idée.

– Un nombre premier ?

– C'est Glockner qui a écrit ça ?

– Ce n'est pas l'écriture de Sigmundur, déclara le professeur. Ça peut être celle de Glockner.

Nous lançâmes un coup d'œil au cadavre de Glockner, au sol.

– Si les assassins sont à la recherche du livre, il leur a probablement parlé de Sigmundur, dit le professeur. Ils sont allés voir Glockner, comme nous, après avoir d'abord rendu visite à Färber.

– Tu penses que ce sont les mêmes ? murmurai-je.

– Le livre est le seul lien que je peux voir entre ces deux hommes, reconnut le professeur. Or l'un d'eux est mort et l'autre à l'agonie.

– Et nous-mêmes, ajoutai-je. Toi et moi. C'est nous qui faisons le lien. Tu crois que ce Sigmundur peut être en possession du livre ?

Le professeur fouilla encore dans le tiroir où il y avait la lettre et trouva quelques photos en noir et blanc prises, à ce qu'il semblait, sur le bureau de Glockner. Elles montraient un parchemin relié avec une couverture et une double page ouverte. Lorsqu'il se rendit compte de ce que représentaient ces photos, le professeur se mit à suffoquer.

– C'est le livre, murmura-t-il. Ce sont des photos du *Livre du roi* ! Glockner l'a eu entre les mains. Il était là, sur ce bureau ! Ici, dans cette pièce même!

Examinant les photos, le professeur redevint silencieux. Je suivais son investigation et j'osais à peine respirer. Il touchait au but, il le sentait. Je me demandai s'il savait vraiment dans quel pétrin il était. Les agressions dont avaient été victimes Färber et Glockner faisaient apparaître la recherche du *Livre du roi* sous un tout autre éclairage. Je crois que cela ne faisait aucun doute pour nous deux : ces actes de violence

299

étaient en rapport avec le livre et nous étions exposés aux mêmes dangers que ces deux Allemands.

– Il a envoyé des photos à l'acheteur pour lui montrer l'objet désiré, dit finalement le professeur. Pour lui prouver qu'il s'agissait bien du bon livre. Sigmundur les a examinées. C'est un intermédiaire. Un spécialiste. Sigmundur a des compétences diverses et il a vu le profit et bien sûr le prestige que lui conférait son travail de médiation. L'acheteur lui a fait voir que tout était correct et que Glockner n'était pas un escroc. Sigmundur doit en savoir plus. Il sait qu'il a le devoir de signaler la découverte d'un livre comme celui-ci et de la rendre publique, quoi qu'on en dise.

– Qui est l'acheteur ?

– Probablement quelqu'un qui est en relations avec Glockner. Peut-être un grossiste, un armateur ou un exportateur de poisson. Quelqu'un qui dispose d'un bon capital, qui connaît un Allemand qui pêche en eaux troubles et qui en profite.

– Est-ce que nous ne devrions pas y aller ? dis-je.

Je n'avais aucune envie de m'attarder dans la maison de Glockner.

– Effectivement, approuva le professeur en mettant les photos et la lettre de Sigmundur dans sa poche. Filons !

– Tu crois que ce Sigmundur a pu agresser Glockner ? demandai-je.

Le professeur me regarda, stupéfait.

– Sigmundur est un vieillard décrépit, m'apprit-il. Il ne pourrait pas faire de mal à un homme, même évanoui.

J'esquissai un sourire.

– Je me suis emballé tout à l'heure, dis-je confus. J'espère que tu me pardonnes ma bêtise.

– Ne t'en fais pas, je te comprends, m'assura le professeur. Ce n'est pas drôle d'être dans cette situation.

Il nous faut découvrir par quel chemin Sigmundur va rentrer chez lui. Est-ce qu'il va partir depuis l'Allemagne ou bien passer par le Danemark, ou bien encore suivre un autre itinéraire ? Nous devons le retrouver et lui faire comprendre qu'il ne peut pas acheter ce livre. Personne ne peut se l'approprier. Il faut qu'il le comprenne. Il faut qu'il nous laisse récupérer le livre.

– Tu crois que Glockner connaissait son itinéraire ? demandai-je en regardant une dernière fois l'endroit où reposait le cadavre avant de nous diriger vers la porte pour sortir du bureau.

– J'en ai bien peur ! dit le professeur en descendant l'escalier quatre à quatre. Je doute que Sigmundur sache dans quel pétrin il s'est fourré.

Soudain, une nouvelle idée me vint à l'esprit et je saisis le professeur par le bras.

– Et si c'était Joachim et ses hommes qui étaient sur nos talons ? dis-je, épouvanté.

– Sans doute.

– Et rien ne les arrête.

– Qu'est-ce que tu veux dire, Valdemar ?

– Comment ont-ils fait pour trouver Färber ? Nous, il nous a fallu faire des tours et des détours pour le dénicher.

– Oui ?

– Ensuite, ils sont allés chez Glockner.

– Oui.

– Après que nous nous sommes entretenus avec lui.

Le professeur me regarda fixement.

– Hilde ! s'écria-t-il, et il partit en courant. Ils nous ont peut-être d'abord suivis jusque chez Hilde.

20

Je suis tout à fait conscient de l'extravagance de tout ce scénario ainsi que de l'invraisemblance et du caractère hautement périlleux de notre odyssée, au professeur et à moi. L'aventure qui avait débuté à Århus et s'était prolongée à Schwerin, cette investigation excitante sur l'histoire depuis longtemps oubliée d'une femme du XVIIIe siècle parfaitement inconnue, Rósa Benediktsdóttir, devenait soudain à Berlin une affaire criminelle où nous pouvions facilement être impliqués, le professeur et moi. Jamais je n'aurais pu me douter que je me retrouverais dans une telle situation, moi, un garçon élevé dans l'ouest de l'Islande sous l'aile de sa tante, et si quelqu'un m'avait prédit toutes ces choses ahurissantes, je lui aurais ri au nez.

J'avais peu de temps pour y réfléchir sur le moment et à y repenser, je doute que nous eussions pu faire autrement. Je n'étais que le sous-fifre du professeur, c'était lui qui commandait, mais à vrai dire, il n'était plus maître du scénario que pour une faible part.

Les tramways ne circulaient plus et nous courûmes alors dans les rues de Berlin à la recherche d'un taxi. Le professeur avait oublié que nous devions éviter de nous faire remarquer, il fonçait droit devant lui avec sa canne et pestait car il n'y avait aucun taxi dans les rues. Ce n'est qu'au bout de dix bonnes minutes que nous réussîmes à en arrêter un. Le professeur m'enjoignit de ne pas ouvrir la bouche et engagea lui-même la conversation avec le chauffeur dans un allemand impeccable.

La maison où habitait Hilde n'était pas fermée à clé et je me précipitai à son appartement. Le professeur mit plus de temps à gravir l'escalier, essayant de me suivre aussi vite que possible, épuisé et essoufflé. Je frappai et collai l'oreille contre la porte, mais je n'entendis rien. Je frappai à nouveau. Le professeur fit son apparition dans le couloir obscur et heurta la porte avec sa canne. Il ne se passa rien. Inquiets, nous nous regardâmes.

– Il faut forcer la porte, déclara le professeur.

La porte de l'appartement d'à côté s'ouvrit et un sexagénaire grassouillet passa la tête au-dehors.

– Qu'est-ce qui se passe ici ? demanda-t-il.

– Excusez le dérangement, dit le professeur. Nous cherchons Hilde. Vous savez où elle peut être ?

– Je n'en ai pas la moindre idée, répondit l'homme en nous regardant avec méfiance. Qu'est-ce que vous lui voulez ?

– Vous l'avez vue ce soir ? demanda le professeur sans répondre à sa question.

L'homme ne s'aventurait pas dans le couloir et restait dans l'embrasure de la porte, sur ses gardes.

– Non, je ne l'ai pas vue ce soir, et ses moutards non plus d'ailleurs.

– Vous avez vu si quelqu'un est venu chez elle ce soir ?

– Non, personne.

– Je vous remercie, fit le professeur avec un bref sourire et en s'excusant à nouveau du dérangement.

L'homme nous regarda un bon moment, l'air d'attendre que nous partions, mais déçu il referma la porte.

Le professeur était sur le point d'enfoncer la porte lorsque Hilde apparut dans l'escalier avec ses deux enfants.

– Encore vous ? dit-elle étonnée.

– Dieu soit loué, soupira le professeur qui se hâta à sa rencontre.

Par bonheur, Hilde ignorait ce qui était arrivé lorsque le professeur et moi franchîmes sa porte pour la seconde fois en vingt-quatre heures. Elle était aussi étonnée de notre visite ce soir-là que la veille. En nous voyant, les enfants se blottirent contre leur mère et ne la lâchèrent que lorsque nous fûmes dans leur cuisine. Nous dîmes à Hilde ce qui se passait, à savoir que Glockner avait été assassiné et que Färber, celui qui nous avait orientés vers lui, était dans un état grave à l'hôpital, et que vraisemblablement les criminels étaient à la recherche du même livre que nous, le *Livre du roi*, qu'elle, Hilde, avait eu en main. Elle déclara que personne ne l'avait dérangée ce soir-là et qu'elle ne se connaissait pas d'ennemis. Elle nous regarda, l'air de ne pas comprendre de quoi nous parlions.

Le professeur tenta de dissiper ses craintes en même temps que les nôtres. Elle ne courait probablement aucun danger. La piste pour retrouver le livre continuait et menait maintenant, et c'était très inattendu, vers l'Islande. Par ailleurs, il voulait la protéger et il lui demanda si elle ne pouvait pas aller rendre visite à l'une de ses amies ou parentes et y rester deux ou trois jours. Hilde vit que le professeur pensait ce qu'il disait, que ses craintes étaient bien réelles et qu'il était possible qu'elle soit en danger à cause du livre. Bien qu'elle ne comprît pas très bien de quoi il retournait, elle s'y résigna sans poser d'autres questions. Elle déclara avoir une sœur tout près de Berlin. Le professeur lui fournit l'argent du voyage, mais elle refusa d'accepter davantage.

– Ça ira pour le trajet en taxi ? demanda-t-il.

– Oui, dit Hilde.

– On peut vous accompagner ? Maintenant.

Hilde le regarda.

– Vous êtes sérieux ? s'enquit-elle.

– Malheureusement, rétorqua le professeur. Nous ne pouvons prendre aucun risque.

– Pourquoi vous ne contactez pas la police ? demanda Hilde. Elle peut vous aider.

Le professeur fit la grimace.

– Ça nous freinerait dans la recherche du livre, dit-il. Nous ne pouvons pas nous le permettre.

– Mais la police devrait aussi pouvoir vous aider dans la recherche du livre, ajouta-t-elle.

– J'ai bien peur que non, dit le professeur. L'affaire est bien plus compliquée que ça.

– Ils pensent que c'est nous qui avons fait ça, laissai-je échapper à cause de l'émotion.

– Fait quoi ?

Le professeur me jeta un regard venimeux.

– La police nous soupçonne d'avoir agressé Herr Färber, dit-il tranquillement. C'est faux bien entendu, ajouta-t-il. Mais si nous allions à la police, cela nous retarderait énormément et même, cela anéantirait tous nos espoirs de retrouver le livre un jour.

– Vous devez le croire, dis-je. Nous n'avons rien fait de mal.

– Et vous venez ici parce que vous vous faites du souci pour moi ?

– Oui.

– Vous savez qui sont les agresseurs ?

– Non, reconnut le professeur, nous n'en sommes pas sûrs, mais nous soupçonnons que ce sont les mêmes qui ont agressé et assassiné Glockner.

Hilde se leva.

– Nous allons rendre visite à ma sœur, dit-elle.

Elle mit quelques vêtements dans une valise ainsi que la nourriture qu'elle avait chez elle et, en un clin d'œil, nous étions dehors et dévalions l'escalier.

Dans le couloir, le voisin grassouillet avait de nouveau entrebâillé sa porte pendant que nous décampions.

Après une courte attente, Hilde intercepta un taxi et nous prîmes congé d'elle. Le professeur la remercia d'avoir pris soin du *Livre du roi* et elle nous dit qu'elle espérait que nous réussirions à mettre la main dessus.

– Je vous remercie d'avoir pensé à moi, fit-elle.

– Soyez sur vos gardes ! lui recommanda le professeur.

Nous suivîmes des yeux la voiture qui s'éloignait dans la rue.

– Bon, Valdemar, dit le professeur lorsqu'elle eut disparu. Maintenant, il nous faut dénicher ce satané Sigmundur !

Le professeur ne prit pas le risque d'emprunter un autre taxi. Notre signalement avait sans doute été divulgué par les médias. Nous prîmes donc à pied des rues peu fréquentées pour nous rendre à l'auberge de Frau Bauer. Il nous fallut deux bonnes heures. Lorsque nous arrivâmes en vue de l'auberge, nous constatâmes qu'il se passait quelque chose. Des voitures de police clignotant stationnaient devant la maison et des policiers en civil et en uniforme se tenaient tout autour. La porte était ouverte et ils entraient et sortaient. Grâce à une lueur qui pénétrait par une fenêtre, il me sembla reconnaître Frau Bauer, mais je ne pouvais pas en être sûr. En tournant au coin d'une rue proche de l'auberge, nous nous étions promptement arrêtés et nous vîmes ce qui se passait. La police nous recherchait et avait déjà découvert où nous demeurions à Berlin. Il ne lui avait fallu que vingt-quatre heures.

– Ils ont été plus rapides que je ne pensais, dit le professeur tandis que nous épiions la scène.

– Frau Bauer n'a pas pu raconter de mensonges, avançai-je.

– Non, et pourquoi, d'ailleurs ? Mentir n'a jamais été dans ses habitudes. Ils ont trouvé nos valises. Je croyais avoir davantage de temps.

– Tu es sûr que tu ne veux pas leur parler ?

– Oui, j'en suis sûr. Bien sûr, je ne peux pas te l'interdire. Si tu veux aller les trouver, tu peux, je n'ai rien contre. Moi, je dois d'abord retrouver Sigmundur.

Je n'avais plus besoin de réfléchir.

– Je t'accompagne.

– Bien.

– Comment tu vas t'y prendre pour quitter l'Allemagne et passer au Danemark ?

– On trouvera bien un moyen, dit-il.

– Et Sigmundur ? Comment tu vas le retrouver ?

– Je n'en suis pas certain, avoua le professeur, mais il passe sûrement très souvent par Copenhague lors de ses voyages en Europe. Si j'ai raison, nous n'avons pas de temps à perdre. On peut sans doute le retrouver à Copenhague. Sinon, nous devrons aller en Islande.

– En Islande ?

– Nous courons après le livre. Si c'est Sigmundur qui l'a, alors il est en route pour l'Islande.

– Qui… Comment sortir d'Allemagne ? redemandai-je.

– Tu as ton permis de conduire ? répliqua-t-il.

– Non, je n'ai jamais conduit.

– Moi non plus, je n'ai pas une grande expérience en la matière, dit le professeur en tirant des clés de voiture de sa poche. Mais ma chère Elsa m'a dit que je m'y remettrais vite.

– Elsa ? Elsa Bauer ?

– Elle a garé sa voiture près d'une maison à quelques encablures d'ici "au cas où nous aurions des ennuis". Elle a dit que je pouvais la prendre en cas d'urgence et que le réservoir était plein.

C'était une Volkswagen noire. Le professeur mit quelque temps à s'y familiariser et, lorsqu'il eut convenablement maîtrisé l'embrayage, la conduite devint plus facile.

– Je n'ai pas conduit depuis le décès de Gitte, me confia-t-il, et la voiture fit une telle embardée que je crus que ma tête allait se détacher.

J'étais de nouveau surpris de voir à quel point il connaissait Berlin. Il se faufila dans les rues paisibles jusqu'à ce que nous sortions du secteur Ouest et parvenions, par des routes de campagne peu fréquentées, en Allemagne de l'Est. La nuit était brusquement tombée et il faisait noir. Il conduisait prudemment, en direction du nord, suivant le faisceau de lumière émis par les phares de la voiture. Je ne lui demandai plus comment il comptait nous faire passer la frontière danoise. La police devait savoir que nous venions du Danemark et que nous y retournerions probablement. Elle avait dû avertir les gardes-frontières. Je m'efforçais de ne pas penser aux informations qui disaient que nous étions recherchés et qui selon toute vraisemblance étaient parvenues au Danemark comme en Islande. Si cela inquiétait le professeur, il n'en faisait pas état. La seule chose qu'il semblait avoir en tête était le *Livre du roi* et le fascicule perdu qui lui appartenait.

– Tout bien pesé, dis-je, c'est peut-être la meilleure solution, que le *Livre du roi* soit sur le point de retourner en Islande, non ?

Nous avions roulé longtemps sur une mauvaise route de pierrailles. Nous n'avions pas de carte avec nous et je n'étais pas certain qu'il sache se diriger en Allemagne du Nord comme chez lui, mais je n'aurais jamais osé lui en parler. Le sommeil m'assaillit. La voiture me berçait agréablement et, aussi étonnant que cela puisse paraître, le ronflement du moteur à l'arrière avait un effet soporifique. Le professeur me dit d'essayer de faire un petit somme, mais je n'arrivai pas à m'endormir. Tout ce qui s'était passé pendant notre voyage, le cadavre tuméfié de Herr Glockner, le pétrin dans lequel nous nous étions fourrés, le professeur et moi, notre fuite, tout cela ne me sortait pas de l'esprit.

– La manière dont on traite le *Livre du roi* n'est pas indifférente, fit remarquer le professeur.

Il me demanda d'attraper sa boîte de tabac à priser dans sa poche de veste et de l'ouvrir. Je fouillai dans sa poche et trouvai la boîte. Lorsque je retirai la main de la poche, je vis que j'avais pris aussi une autre boîte beaucoup plus petite.

– Laquelle tu veux ? demandai-je.

Il regarda les boîtes du coin de l'œil.

– Donne-moi le tabac à priser, dit-il.

J'ouvris la boîte et la lui tendis. Il plongea la main dedans, prit une bonne quantité de tabac entre ses doigts et se la fourra dans le nez. Je refermai la boîte.

– On ne peut pas s'approprier le livre en l'achetant ou en le vendant comme s'il s'agissait de poisson, poursuivit-il en s'essuyant le nez. Il n'est la propriété d'aucun particulier. C'est un bien national depuis qu'il est parvenu aux mains de l'évêque Brynjólfur. C'est la propriété des Islandais. Personne n'a le droit de le voler et de le vendre, quel que soit le pays où il se trouve et où il est revendu et volé à nouveau et ainsi de suite, comme dans un cycle infernal.

– Si nous découvrons l'acheteur en Islande…

– J'espère qu'il n'arrivera pas en Islande, fit le professeur en me coupant la parole. Ce sera son terminus, j'en suis convaincu, au moment qui convient et selon les voies qui conviennent. Mais pas de cette façon. Ce n'est pas possible.

Nous avancions dans l'obscurité.

– Ouvre-moi la petite boîte, dit le professeur.

Je tenais encore la boîte de tabac à priser et celle qui avait suivi quand j'avais plongé la main dans la poche du professeur.

– Celle-ci ? demandai-je en soulevant cette dernière. Elle était légère, en bois et avec des décorations peintes.

– Oui, ouvre-la.

Je dévissai le couvercle et une fine poussière blanche apparut.

– Mets-en un petit peu là sur le dos de ma main, fit le professeur en tendant la main.

– Qu'est-ce que c'est ? demandai-je.

– Ça s'appelle des amphétamines, expliqua le professeur. J'en mélange parfois au tabac à priser. Ça te tient en forme et éveillé.

– Des amphétamines ? m'écriai-je.

– C'est mon pharmacien qui m'en procure, dit le professeur. Ça donne rudement bon goût au tabac.

Je connaissais un peu cette substance, même si je n'en avais jamais consommé pour les examens, mais j'avais cru bon d'en avoir sur moi pendant les voyages scolaires.

– Il y a de nombreuses années, j'étais à Paris, me confia le professeur. J'ai visité le musée du Louvre et je me suis trouvé devant *La Joconde*, la plus célèbre œuvre d'art de la Renaissance italienne et de tous les temps. Je me suis demandé ce qui avait fait la réputation de ce tableau et l'avait rendu plus célèbre que les autres. Évidemment, il a été peint par Léonard de Vinci et il n'existe pas beaucoup de tableaux peints par lui. Il a une histoire remarquable : il a été volé, etc. Au cours des siècles, le sourire de la Joconde a fasciné les hommes. Elle a quelque chose d'intrépide, de parfaitement équilibré qui fait que nous sentons qu'elle en sait davantage, qu'elle garde un secret que nous ne connaîtrons pas. Pendant toutes ces années, c'est par son sourire qu'elle l'a dissimulé à la face du monde entier. Alors, j'ai pensé au *Livre du roi* et je me suis demandé si les Italiens trouvaient bien que la Joconde soit la propriété des Français et qu'elle soit ce qu'elle est en réalité : la pièce maîtresse de ce musée français.

Le professeur fit un écart pour éviter un nid-de-poule.

– Tu veux dire que tu ne voudrais pas voir le *Livre du roi* au musée du Louvre ? interrogeai-je, ballotté à cause de la secousse.

– Ni là, ni à la Bibliothèque royale de Copenhague, ni dans notre pays chez un richard islandais ! rugit le professeur qui reprenait vie. Sa place est dans la collection des manuscrits islandais, en Islande. Le jour viendra où les Danois nous rendront les manuscrits. J'en suis convaincu et il faut que le *Livre du roi* en fasse partie. Il est de notre devoir d'en prendre soin et de le léguer dans son intégralité aux nouvelles générations. Personne n'a le droit de posséder un tel joyau.

– Mais on ne peut pas réécrire éternellement l'histoire ! C'est l'histoire qui a apporté *La Joconde* au musée du Louvre, à Paris. C'est l'histoire qui a apporté le *Livre du roi* à la bibliothèque du roi des Danois. Il est difficile de faire faire marche arrière à l'histoire. Est-ce en notre pouvoir ?

– L'histoire est désormais en train de faire du *Livre du roi* une propriété privée. Tu ne trouves pas qu'il faut que tu fasses quelque chose ?

– Qu'est-ce qu'on en sait ? Peut-être que le nouveau propriétaire va le rapporter à la bibliothèque de Copenhague.

– C'est possible, mais le contraire l'est tout autant.

– Le fond de l'affaire, ce n'est pas que tu as peur qu'on révèle ton secret ? me permis-je de dire. Qu'on révèle que tu as menti ces dix dernières années au sujet du livre ? Ce n'est pas ça, le fond de l'affaire ? Il aurait sans doute été possible de retrouver le livre en travaillant avec les Allemands, les Danois et les Islandais, mais toi, tu n'as jamais signalé sa disparition. Ce n'est pas ça, la véritable raison pour laquelle nous sommes recherchés par la police, quelque part en Allemagne, dans la voiture de Frau Bauer ?

– Tu devrais essayer de dormir, dit le professeur. Tu es encore en train de raconter des bêtises. Qu'est-ce que tu peux raconter comme sottises quand tu es fatigué, Valdemar !

– Tu sais que tu as des excuses, concédai-je. Personne ne te blâmera. Tu le sais bien. Partout où ils sont passés en Europe, les nazis ont volé des œuvres d'art, même les plus précieuses. Ils les ont cachées dans les mines de sel en Allemagne du Sud et en Autriche. Hitler rêvait de créer le plus grand musée du monde et son intention était de l'édifier avec des œuvres d'art volées. Il devait être construit à Linz. Tu sais tout ça. Dans toute cette folie, le *Livre du roi* ne semble pas peser bien lourd, cela va sans dire.

– Il se peut que je veuille corriger ce qui est allé de travers pendant la guerre et remettre le livre à sa place sans faire d'histoires. Il se peut que je sois têtu au point de vouloir que tout soit remis à sa vraie place, mais c'est comme ça et pas autrement.

– Ce que je ne comprends pas, c'est pourquoi tu t'en veux comme ça, dis-je. Tout le monde devrait pouvoir comprendre ta situation.

Le professeur prit une profonde inspiration.

– Tu as déjà lu des éditions du *Livre du roi* ? fit-il.

– Oui, évidemment, répondis-je.

– Est-ce que tu as un chapitre, un passage, un récit favori dans ce livre ?

Je réfléchis.

– Pourquoi je n'en aurais pas, après tout ? fis-je, moi qui étais davantage intéressé par les *Sagas d'Islandais*. Mais j'hésitai à le reconnaître devant lui.

– Les chants qui concernent Atli, c'est-à-dire le "Chant d'Atli" et les "Dits d'Atli", sont mes préférés, avoua le professeur. C'est là qu'on trouve la quintessence des poèmes héroïques, de tous les poèmes héroïques. Il y a là des hommes qui ont remporté la victoire sur la mort. Gunnar et Högni. Ce sont mes hommes à moi.

– Gunnar et Högni ?

Le professeur fit un sourire :

"Éclata de rire Högni
quand lui arrachèrent le cœur ;
le vif artisan du tumulus
à pleurnicher point ne songeait ;

313

sanglant sur un plateau le mirent
et le portèrent à Gunnar[1]."

Je commençai à me remémorer le "Chant d'Atli",
mais très vite le professeur se mit à le réciter par cœur
sur la route qui nous menait au Schleswig-Holstein.
La plupart des poèmes héroïques de l'*Edda* traitaient
de l'or du Rhin que Sigurdur, le meurtrier du dragon
Fáfnir, enleva à celui-ci sur la lande de Gnitaheidi,
me dit-il. Atli, le roi des Huns, convoitait l'or que
les frères Gunnar et Högni avaient pris à Sigurdur et
immergé dans le Rhin. Atli les invita à un banquet et
ils acceptèrent l'invitation malgré les avertissements
que leur prodiguaient des hommes avisés. Ils étaient
prêts à affronter leur destin quel qu'il soit, car c'étaient
des héros. Lors du banquet, Atli les fit prisonniers et
exigea qu'ils lui disent où était caché l'or, mais les
frères refusèrent d'en livrer la cachette. Lorsque Atli
voulut les torturer pour leur faire avouer où se trouvait l'or, Gunnar proposa à Atli de lui faire apporter
le cœur de Högni, son frère. Högni fit face à sa mort
avec une singulière vaillance : encore vivant, il éclata
de rire quand on lui arracha le cœur. Atli ne s'était
pas rendu compte du piège car, Högni mort, Gunnar
était désormais le seul à savoir où était caché l'or. Il
refusa de révéler la cachette à Atli et fut jeté dans une
fosse aux serpents dans laquelle il joua de la harpe en
attendant la mort, mais Atli ne vit jamais l'or.

– C'est le plus magnifique des poèmes de l'*Edda*,
dit le professeur, il m'a beaucoup marqué.

Il se tut, puis reprit :

1. *Atlakvida* ("Chant d'Atli"), strophe 25. Trad. R. Boyer,
L'Edda poétique, Paris, Fayard, 1992, p. 371.

– Je n'ai jamais voulu céder, reconnut-il. Dans l'immeuble de la Shell, je croyais être prêt à affronter la mort et à l'accueillir avec joie. Mais j'ai été lâche. Je n'ai pas eu la force nécessaire. C'est comme ça que nous avons perdu le *Livre du roi*. Le moment venu, je n'ai pas résisté à l'épreuve.

– Mais…

– C'est comme ça et il n'y a rien à ajouter.

J'en restai coi. Il m'avait ouvert, chose rare, son univers mental et m'avait fait entrevoir avec quelle intensité il vivait plongé dans ces anciens poèmes héroïques qui lui offraient un modèle de vie. Il avait failli à cet idéal. Il avait failli à sa tâche vis-à-vis de ses héros. Il avait failli à ses devoirs envers le *Livre du roi*. Mais, en premier lieu, il avait failli à lui-même.

– J'aurais dû les laisser m'arracher le cœur et me moquer d'eux plutôt que de céder, dit-il à voix si basse que c'est à peine si je l'entendis.

Mais le moment venu, il n'avait pas eu la force nécessaire. Il n'avait pas eu l'énergie nécessaire et c'est pourquoi tout était arrivé.

– Je n'ai plus jamais été le même après, me confia-t-il. Pendant des semaines et des mois. La guerre s'est terminée, ensuite le temps a passé et à mesure qu'il passait, je pensais que personne ne me croirait, que tout le monde se figurerait que j'avais inventé tout ça. Certains considèrent que j'ai été un larbin des nazis. Qu'aurais-je dû dire ? Il y a des gens qui pouvaient s'imaginer que j'avais apporté le *Livre du roi* aux nazis sur un plateau, que j'avais joué double jeu et que j'avais été un collabo ! Comment aurais-je dû m'y prendre pour convaincre ces gens de leur erreur ? Qui m'aurait cru ?

La voiture avançait dans la nuit en se traînant. Je

ne savais pas quoi répondre. Je ne comprenais pas bien ce monde auquel il croyait, dans lequel il vivait et se mouvait.

– Est-ce que quelqu'un est propriétaire de *La Joconde* ? demandai-je après un long silence. N'est-elle pas la propriété du monde entier ? Même si ce sont les Français qui la conservent.

– Je ne suis pas aussi internationaliste que toi, dit le professeur. Dans mon esprit, sa vraie demeure sera toujours en Italie.

– Comme le *Livre du roi* en Islande.

– Nulle part ailleurs. Il est unique au monde, tout comme le tableau de Léonard de Vinci. Son texte existe dans de nombreuses éditions, exactement comme il existe d'innombrables reproductions de *La Joconde*, mais il n'existe qu'un seul manuscrit du *Livre du roi*, un seul original.

La voiture avançait dans l'obscurité. Je ne voyais pas le paysage mais seulement la lumière des phares à l'avant et la route allemande qu'elle éclairait.

– Qui est ce Sigmundur ? demandai-je après un moment de silence. D'où le connais-tu ?

– Si Glockner a été assassiné à cause du livre, j'ai peur que Sigmundur, qui ne se doute de rien, ne soit en grand danger, dit le professeur. Il accéléra, car la route s'améliorait, et il consulta sa montre.

Il me raconta que Sigmundur était le fils d'un marchand de Reykjavík qui avait hérité du magasin de son père et qui avait fait faillite. Il avait étudié la littérature nordique à l'université, savait le grec et le latin, et se considérait comme un spécialiste des manuscrits islandais anciens, ce dont le professeur doutait fortement. C'était un très grand collectionneur de livres. Il avait hérité d'une riche bibliothèque de son grand-père et, lorsque le magasin commença à aller mal, il le transforma en librairie ancienne. Le professeur ajouta que Sigmundur avait tenté de se faire engager comme enseignant à l'université mais qu'il s'était toujours heurté à un refus. Dans des articles de journaux, il avait exposé de mystérieuses théories sur l'origine des Islandais, très opposées à ce qui était communément admis en la matière, et il avait même écrit un livre où il exposait ses élucubrations, qui n'avaient pas réussi à passionner les foules. Il était connu pour détester les Danois à cause du traitement qu'ils avaient fait subir aux Islandais pendant des siècles et il considérait que l'âge de l'État libre islandais[1] marquait l'apogée de la civilisation islandaise. Selon lui, l'Islande ne connaîtrait jamais plus de périodes aussi glorieuses.

– C'est une sorte de visionnaire, ajouta le professeur. S'il y a quelqu'un qui trouve drôle de faire passer en fraude le *Livre du roi* en Islande, c'est bien lui.

– Il le reconnaîtrait ?

– Oui, il l'a déjà vu à la Bibliothèque royale de Copenhague.

– Sa boutique, c'est celle qui se trouve à Reykjavík, dans la rue Ingolfsstræti ? demandai-je, me souvenant de cette librairie ancienne dans laquelle j'entrais parfois au cours de mes promenades en ville et du vieux bonhomme grisonnant assis à côté d'une pile de livres qui chassait sans ménagement les gamins qui s'y aventuraient.

– Sigmundur était encore là-bas d'après mes dernières informations, affirma le professeur. Il vient parfois à Copenhague lors de ses passages en Scandinavie, en Allemagne et ailleurs. Il furète dans les bouquins,

1. De 930 à 1264.

mais je crois qu'il n'a jamais rien trouvé à se mettre sous la dent.

Un jour nouveau se levait à l'est. Le professeur était extraordinairement en forme, mais moi j'étais mort de fatigue et je sommeillais sur le siège avant. Je pensais à toutes les catastrophes qui s'étaient produites depuis que j'avais fait la connaissance du professeur et commencé mes études à l'Université de Copenhague, si tant est que je puisse appeler ça des études. Je pensais à ma tante. Bien qu'elle m'eût prié de transmettre ses salutations au professeur, elle s'était montrée discrète sur lui. Avant de partir, je lui avais demandé si elle et le professeur se connaissaient, mais elle n'avait pas répondu. Elle avait déclaré qu'elle avait entendu parler de lui, que c'était un homme bon et affable, et sans aucun doute compétent dans son domaine, et que je devrais apprendre beaucoup de choses de lui. Ma tante n'avait pas l'habitude de faire de longs discours.

Je soupirai. Le soleil se levait à l'horizon. Peut-être que le professeur avait pressenti que je pensais à l'Islande.

– L'Islande te manque ? demanda-t-il.

– Non, en fait non, dis-je. Sauf quand je pense à tous nos ennuis.

– Elle me manque parfois, avoua le professeur. Je regrette de ne pas pouvoir sillonner le pays sur ces routes impraticables. Je regrette la fraîcheur islandaise et les montagnes bleues au loin. Je regrette de ne pas y être quand l'hiver s'installe, un vrai hiver avec beaucoup de neige, le froid et les tempêtes de neige qui durent des jours entiers. Je regrette de ne pas voir la mer recouverte de glace. Je regrette aussi la longueur des jours d'été, quand le soleil ne se couche pas et se contente de décliner et d'éclairer la nuit de sa lumière froide si particulière.

Le professeur se tut. Je n'avais toujours aucune idée de la manière dont il allait nous faire passer les frontières allemande et danoise et j'évitais de trop y penser.

– Tu étais bien chez ta tante ? dit-il.

– Oui, répondis-je.

– Quand as-tu vu ta mère pour la dernière fois ? demanda-t-il, allant, comme d'habitude, droit au but.

J'hésitai un instant et repensai à ce jour où j'étais assis avec elle dans un salon de thé et que nous n'avions rien à nous dire. Elle était habillée avec élégance, comme toujours, et portait un rouge à lèvres vif. J'étais un peu intimidé à côté de cette femme inconnue qui était pourtant ma mère.

– Elle est venue en Islande il y a un ou deux ans, fis-je, pensif. Je l'ai rencontrée à Reykjavík. Elle avait eu mon adresse par ma tante et, un beau jour, elle m'avait attendu devant ma chambre.

C'était en décembre, elle portait un épais manteau de fourrure et se tenait devant la porte de ma chambre. Je tressaillis. Cela faisait des années que je ne l'avais pas vue.

– Te voilà, mon grand, dit-elle en me voyant. Tu reviens de la fac ?

– Oui, fis-je d'une voix hésitante.

– Il fait horriblement froid dans ce couloir. J'espère que ce n'est pas comme ça dans ta chambre.

Je louais une petite chambre dans la rue Frakkastígur. Il y avait trois chambres sous les combles accessibles par un escalier raide et un petit couloir. Maman avait grimpé là-haut dans ses beaux habits.

– Tu n'es pas content de me voir ? demanda-t-elle.

– Je ne savais pas que tu étais en Islande, dis-je, conscient de ma maladresse pour éluder cette question.

– Allons, dit-elle, j'ai envie d'aller dans un salon de thé, tu viens ?

Je hochai la tête, posai mon sac dans la chambre, et nous nous rendîmes tous deux à Laugarvegur[1]. J'avais une drôle d'impression en me promenant à ses côtés devant tout le monde. Je sais que c'est bête de ma part, mais j'avais l'impression que les gens nous regardaient bouche bée et même qu'ils chuchotaient entre eux en voyant cette femme avec un joli manteau, le sac à main à l'épaule, vêtue à la toute dernière mode et son garçon pataud dans un manteau miteux, avec lequel elle n'avait aucune relation et dont elle n'avait jamais été proche. Nous descendîmes Laugarvegur et traversâmes le centre-ville sous les décorations de Noël accrochées au-dessus des rues, et nous nous installâmes à l'hôtel Borg. Maman se commanda une liqueur pour accompagner son café. Lorsqu'elle eut fini, elle appela le garçon et lui demanda de bien vouloir lui apporter un gin tonic.

– Tu as commencé à boire, mon petit Valdemar ? demanda-t-elle.

En chemin, nous avions surtout parlé de ma tante, de ce qu'elle pouvait faire dans les fjords de l'Ouest et maman disait que c'était tragique qu'elle n'ait jamais connu un homme convenable. Ce n'est pas drôle de rester célibataire, dit-elle en souriant, et je ne cessais de me dire combien les deux sœurs étaient différentes.

– Non, avouai-je, je bois très peu.

– Un bon point pour toi, reconnut-elle.

– Tu restes combien de temps ? demandai-je. Je veux dire, à Reykjavík.

1. Principale rue commerçante de la ville basse.

– Nous faisons escale seulement trois jours, dit-elle.
À Keflavík[1]. Gerald, mon nouveau mari, est en route
pour la Corée. Je ne sais pas au juste où ça se trouve
sur la carte, mais je sais qu'il y a la guerre là-bas. Tu
es au courant, toi, n'est-ce pas ? Vous en avez entendu
parler ? Ces Ricains, ils sont toujours en train de faire
la guerre.

Je hochai la tête.

– Il doit se chercher un bureau. Mais, je n'en sais
rien… Parle-moi plutôt de toi. Systa a dit que ça marchait bien pour toi à la fac.

– Tout va bien, fis-je.

– Et qu'est-ce que tu vas faire en fin de compte ?
Professeur ?

Elle avait dit ça comme si ça n'avait pas tellement
d'importance et je me rappelle que je me demandais
ce qu'elle pouvait bien trouver important. Je ne lui
posai pas la question.

– Je suis en train de réfléchir à partir pour Copenhague, dis-je. Pour y poursuivre mes études.

– J'y suis allée, reprit-elle.

Ensuite, elle commença à parler de la ville de Copenhague et à raconter des histoires de gens que je ne
connaissais pas. Elle me narra ses voyages dans d'autres
villes et des histoires la concernant quand elle était
allée en Amérique et, soudain, je me rendis clairement
compte qu'elle ne me rendait pas visite pour prendre
de mes nouvelles et savoir comment j'allais. Ma tante
avait raison, comme toujours. Maman ne pensait jamais
qu'à elle-même et, si la conversation ne tournait pas
autour d'elle, cela l'ennuyait. Je ne l'ai jamais autant
touché du doigt que là, au Borg, quand elle m'a parlé

1. C'est là que se trouve l'aéroport de Reykjavík.

de certains désagréments qu'elle avait eus au cours de ses voyages avec son nouveau mari, Gerald, et de ce qu'elle avait vu dans le monde : la tour Eiffel et d'autres choses que je m'empressai d'oublier. J'avais de la peine en voyant que je n'avais rien de commun avec cette inconnue. Rien. Je me faisais l'effet d'une pièce rapportée, assis là à cette table en cette fin d'après-midi où elle était venue me rendre visite à l'improviste et essayait pendant un bref instant de témoigner quelque intérêt pour ma situation.

– Ce que tu peux être taciturne, dit-elle lorsque le garçon arriva avec un autre gin pour elle.

Je ne sentais pas le besoin de me montrer poli avec elle. Je n'avais aucun devoir envers cette femme. C'est la raison pour laquelle je laissai tomber. D'abord, j'avais besoin de m'éclaircir la voix. Je jetai un regard autour de moi dans le Borg. Nous y étions quasiment seuls.

– Il y a une question que je veux te poser depuis longtemps, dis-je. Nous en avons déjà parlé auparavant, moi en tout cas.

– Qu'est-ce que c'est, mon grand ? s'enquit-elle en sirotant son verre. Peut-être flairait-elle de quoi il s'agissait.

– Qui est mon père ? lui demandai-je à brûle-pourpoint.

Elle reposa son verre.

– Nous n'en avons pas déjà souvent discuté ? fit-elle.

– En réalité non, rétorquai-je. Tu ne m'en as jamais rien dit. Je ne sais toujours pas qui c'est. Ma tante ne le sait pas non plus.

– Mon grand, reprit-elle.

Elle avait l'air de vouloir dire quelque chose, mais elle s'arrêta.

– Je t'ai déjà posé la question avant, insistai-je. J'ai essayé d'en parler avec toi.

Elle me regarda. Le rouge à lèvres s'était déposé sur le verre de gin tonic, elle sortit son étui de maquillage de son sac et elle se remit du rouge.

– Tu es un peu fâché après ta maman, interrogea-t-elle en se regardant dans son poudrier.

– Je ne suis pas fâché, répondis-je. Est-ce que tu le sais ? Est-ce que tu sais qui est mon père, enfin ?

Elle me regarda sans répondre.

– Ça n'a pas d'importance ? demandai-je, sentant monter en moi la colère que j'avais jusque-là contenue.

– J'aurais peut-être dû plus m'occuper de toi, reconnut-elle en remettant le poudrier et l'étui de maquillage dans son sac.

– Tu ne t'es jamais souciée de moi, lâchai-je. Tu ne te soucies jamais de rien à part de toi-même. Tu n'as jamais rien voulu savoir de moi et il y a longtemps que je m'y suis fait. J'ai seulement envie de savoir qui est mon père, si je peux le voir et s'il sait que j'existe. Je veux savoir s'il sait que je suis son fils.

Ma mère jeta un coup d'œil embarrassé autour d'elle. Il n'y avait aucun risque que quelqu'un nous entende.

– C'était peut-être une erreur de te rendre visite, dit-elle. Tu es toujours irritable.

– Non, dis-je en me levant. L'erreur, c'était de m'avoir. C'est ça, la seule erreur.

Un gros caillou heurta la voiture par-dessous, dans un grand bruit. Je sursautai et regardai le professeur.

– Merde, c'est comme sur nos routes à nous ! s'exclama-t-il. Je croyais que tu dormais.

– Non, j'étais en train de réfléchir.

– À ta mère ?

323

– Oui, entre autres.

Je sentis une hésitation chez le professeur et je le regardai. Il avait l'air de vouloir me dire quelque chose, mais il s'arrêta.

– Où sommes-nous ?

– Sassnitz est tout proche. De là, nous traverserons la Baltique pour gagner le Danemark, j'espère.

– Comment ?

– Nous trouverons bien un moyen.

Lorsque nous arrivâmes à Sassnitz, le professeur se dirigea directement vers le port. Il trouva un endroit écarté pour garer la voiture. Nous ne savions même pas si la voiture avait été signalée et le professeur essaya de la cacher le mieux possible. Jusque-là, notre voyage s'était déroulé sans anicroches. Nous avions fait halte une fois pour acheter de l'essence et nous n'avions pas attiré l'attention. Le professeur m'indiqua un bar vers le quartier du port et me dit de l'y attendre. Je ne savais pas ce qu'il avait l'intention de faire et j'étais trop fatigué pour poser des questions. Nous avions roulé toute la nuit jusqu'au petit matin. Nous avions tué le temps à Sassnitz toute la journée et maintenant, le jour commençait de nouveau à décliner. Le professeur voulait attendre le soir, l'obscurité totale. C'est ainsi que notre vie s'écoulait ici, dans un espace restreint.

Je m'affalai à une table dans un bistrot qui s'appelait Ølstove et commandai une bière à l'aubergiste. Ensuite, je restai assis devant mon verre de bière brune et me mis à le boire à petites gorgées en attendant le professeur. Il faisait chaud et en un clin d'œil ma tête s'affaissa et je m'endormis.

Quand le professeur me secoua, je me réveillai. Il était assis à la table et avait bu une demi-canette de bière blonde. Il mélangeait soigneusement son tabac à priser aux amphétamines avec son petit canif. Il prit un peu de ce mélange avec la pointe du couteau et s'en fourra dans une narine. Ensuite, il en reprit et s'en mit dans l'autre.

– Tu es réveillé ? interrogea-t-il lorsque je me redressai sur mon siège.

– Je ne sais pas, articulai-je. C'est déjà le soir ?

– Oui.

– Toi, tu n'as jamais besoin de dormir ? demandai-je.

– Pas tant que j'ai ça, dit-il en replaçant la boîte de tabac dans sa poche. Il faut embarquer. Tu es prêt ?

– Prêt pour quoi ?

– Pour une petite croisière, déclara le professeur.

Il termina sa bière.

– N'ouvre pas la bouche pendant que nous appareillerons.

– Comment ça ?

– J'ai trouvé un homme qui va peut-être pouvoir nous aider. On parle en allemand et il vaut mieux que tu te taises. J'avais l'intention de lui dire que nous sommes des Allemands de l'Est qui voulions passer au Danemark, mais il m'a dit qu'il n'avait pas besoin qu'on lui explique pourquoi nous ne pouvions pas passer légalement la frontière, pourvu que nous lui payions le prix fixé. Il était plus que disposé à nous aider. Il doit faire de la contrebande.

– Qui ça ? De qui parles-tu ?

– Du propriétaire du caboteur.

Il faisait nuit noire lorsque nous descendîmes au port où nous attendait un quinquagénaire en blue-jean portant des bottes et un bon anorak avec une capuche sur la tête. Il salua le professeur d'une poignée de main et me salua de même. Je me souvenais de ce que m'avait dit le professeur et je ne soufflai mot.

L'homme nous mena à son bateau et nous sautâmes à bord ; peu après, le moteur vrombissait et nous sortions tout doucement du port. L'homme, dont je n'ai jamais su le nom, semblait bien connaître son affaire. D'une main sûre, il dirigeait le caboteur dans l'obscurité à l'aide de sa boussole et de sa montre-bracelet. Au bout d'environ une demi-heure, il alluma la lumière, augmenta la vitesse et mit le cap sur Gedser, petite ville portuaire tout au sud du Danemark.

Je ne sais pas combien de temps nous avions navigué lorsque nous remarquâmes qu'il y avait un faisceau de lumière quelque part et que notre marin était devenu très nerveux. Il lança un juron et augmenta encore la vitesse. Il hurla quelque chose que je n'entendis pas. Le professeur lui cria que c'était peut-être les garde-côtes est-allemands. Le faisceau se rapprochait et le professeur se tourna vers moi.

– Il nous dit de sauter à l'eau. Nous sommes tout près de la terre ferme.

– Ce sont les garde-côtes ?

– Oui.

Je scrutai les ténèbres.

– Je ne vois pas la terre, dis-je.

– Il dit qu'il n'y a que dix minutes de nage. Viens !

Le marin hurla quelque chose à notre intention. Le professeur et moi nous fixâmes dans les yeux. Je regardai le faisceau de lumière qui se rapprochait de nous.

– Sautons ! s'écria le professeur en m'agrippant, et l'instant d'après nous étions en chute libre, et nous entrâmes violemment en contact avec la mer. Elle était glacée et, lorsque je refis surface, j'avais le souffle coupé. Le professeur surgit à côté de moi, haletant et soufflant.

Nous suivîmes des yeux notre caboteur et nous vîmes

le bateau des garde-côtes lui barrer la route. De nouvelles lumières s'allumèrent et nous entendîmes crier à l'adresse du marin qui ralentit le caboteur.

– Viens avant que nous ne soyons morts de froid, haleta le professeur.

Nous nageâmes alors sans jamais regarder en arrière.

Je ne sais pas depuis combien de temps nous étions en mer, mais nous atteignîmes le rivage transis et mal en point. Le professeur avait enlevé son manteau de cuir avant de sauter à l'eau et le marin le lui avait lancé, si bien qu'il était presque sec. Nous nous efforçâmes d'essorer nos vêtements et nous mîmes immédiatement en route pour ne pas nous refroidir totalement, en direction de Gedser. Le soleil commençait à briller ce matin-là et nous nous réchauffâmes un peu. Le professeur nous avait ramenés sains et saufs au Danemark.

Le soir même, nous arrivâmes enfin à Copenhague par le train. Je m'étais reposé un peu en route, le professeur avait fait de même, mais nous étions tout de même épuisés. La soirée fut tranquille et chaude pour une dernière semaine d'octobre. Nous étions en train de traverser la place de l'Hôtel de Ville lorsque le professeur s'arrêta brusquement.

– Qu'est-ce que c'était ? questionna-t-il en regardant en l'air.

– Quoi donc ? dis-je, encore sous le coup du voyage en Allemagne. Je ne comprenais rien. La seule chose à laquelle j'aspirais était de me coucher dans un bon lit et de dormir le plus possible. Au fond de moi, j'espérais que le professeur réussirait à se sortir de toutes ces odyssées dans lesquelles il nous avait entraînés avant notre fuite de Berlin, mais je me doutais qu'il ne s'agissait là que du vœu pieux d'un homme fatigué.

– Attends, dit-il. Je ne sais pas si j'ai bien compris.

– Quoi ?

– Regarde l'enseigne lumineuse du journal *Politiken*. La nouvelle est en train de repasser.

Je suivis son regard et vis les informations défiler sur l'enseigne lumineuse du mur de la *Politiken Hus*. Je m'étais parfois arrêté sur la place quelques minutes pour lire les principales infos, mais là je n'étais pas disposé à les suivre.

– Viens, dis-je. Laisse tomber.

– Attends un peu, mon ami, insista le professeur. Ça va revenir.

Je fis comme le professeur le demandait et fixai l'enseigne lumineuse qui était comme un long serpentin longeant le haut de l'immeuble. Les informations défilaient de droite à gauche. Je lus les nouvelles de Paris et puis vint une publicité pour une lessive, mais ensuite l'information en danois qui avait interloqué le professeur repassa :

HALLDÓR LAXNESS HAR FAAET NOBELPRISEN

21

Il n'est pas facile de parler de ce qui s'est passé ces jours-là. Dans les trépidations de la vie ordinaire, les événements singuliers que j'ai décrits depuis ce lointain automne où je fis la connaissance du professeur sont désormais si éloignés et si irréels que j'ai parfois l'impression d'avoir presque tout rêvé. Est-ce que ça s'est passé comme ça ou est-ce que le temps, mes souvenirs et mes pensées ont modifié le cours des événements, y ont ajouté des choses ou l'ont même défiguré ? Je sais qu'il y a des choses que je ne pourrai jamais oublier et que je garderai dans mon cœur jusqu'à ma mort exactement telles que je les ai vécues. Personne ne pourra rien y changer. Ce sont les détails dont je suis moins sûr. Le temps les a recouverts du voile de l'oubli ou, ce qui est pire, il les a peut-être déformés, même quand ils étaient vrais. C'est pourquoi il ne faudrait pas se fier sans réserve à ce que je raconte, et si je veux être tout à fait honnête, il vaudrait mieux surtout ne pas se fier à ce que je dis sur moi. Il se pourrait que j'essaie d'embellir mon rôle et que je décrive la façon dont j'aurais voulu réagir à des événements donnés plutôt que celle dont j'y ai réagi en réalité. Peut-être est-ce inhérent à la nature humaine. C'est pourquoi il est dangereux de croire tout ce que je dis. Moi-même, je ne me fie pas à ma mémoire. Elle a toujours voulu me ménager. Ce n'est que plus tard que je me suis rendu compte de l'importance réelle des événements qui se déroulaient et que j'ai commencé à en comprendre la portée. Ce n'est que lorsque le temps m'a donné suffisamment de recul par rapport à notre aventure que je me suis mis à compatir vraiment à la douleur du professeur et à comprendre la nécessité qui sous-tendait tous ses actes. J'aurais peut-être pu lui apporter davantage d'aide. Il accordait aux manuscrits une valeur que je n'ai appris à apprécier que plus tard et c'est également un point sur lequel il a exercé une certaine influence dans ma vie. J'avais suivi le cursus des études nordiques sans comprendre la valeur intemporelle des écrits anciens. Il a réussi à stimuler mon esprit, à allumer en moi cette passion dont la flamme ne m'a jamais quitté depuis.

Nous nous tenions sans mot dire sur la place en attendant que l'information reparaisse sur le mur de *Politiken*. Pour nous, c'était une nouvelle d'importance capitale, mais les passants n'y faisaient guère attention. Cependant, il y avait un homme non loin de nous qui semblait attendre la même chose, que la nouvelle s'affiche une nouvelle fois en lettres lumineuses sur toute la longueur du bâtiment. Et elle finit par réapparaître : *Le prix Nobel de littérature a été décerné à Halldór Laxness.*

– C'est grandiose, entendis-je le professeur dire à voix haute une fois la surprise passée. Quelle victoire !

L'homme qui se tenait à quelque distance et allongeait comme nous le cou vers l'enseigne lumineuse nous avait entendus et vint nous trouver.

– Oui, c'est pas fantastique, non ? dit-il en islandais.

Il était donc islandais. Il nous offrit un cigare que nous refusâmes et il s'en alluma un.

– Je viens de rentrer d'un long voyage, déclara-t-il, et c'est la première chose que je vois en arrivant à Copenhague. Quelle nouvelle !

– Il le méritait bien, remarqua le professeur.

J'avais l'impression d'avoir déjà vu cet homme quelque part et je me souvenais vaguement de sa photo dans le journal en Islande sans pouvoir le remettre.

– C'est très vrai, approuva l'homme qui ne se présentait toujours pas.

Il avait la trentaine, un chapeau sur la tête, un cache-poussière sur le bras, il était de taille moyenne avec un début d'embonpoint, la mâchoire proéminente, le sourire enjôleur. Il parlait avec l'accent du Nord.

– D'où viens-tu ? demanda le professeur.

– De Chine, dit l'homme. On était quelques journalistes à faire le voyage, nous rentrons au pays sur le *Gullfoss* dans deux jours.

– Le *Gullfoss* ? Le *Gullfoss* part dans deux jours ?

– Oui.

– Valdemar, le combien sommes-nous aujourd'hui ? s'enquit le professeur.

J'avais beau réfléchir, je n'arrivais pas du tout à m'en souvenir après tous ces voyages. J'avais perdu toute notion du temps et de l'espace.

– On est le 27 octobre, intervint le journaliste.

– Donc, ce sera le 29… ?

Le journaliste se mit à sourire.

– C'est ça, murmura le professeur. Sigmundur voyage donc toujours.

– Quoi donc ? demandai-je.

– Vingt-neuf, dit-il. Les chiffres sur la lettre qu'on a trouvée chez Glockner.

– Oui.

– Le 29 est le jour où le *Gullfoss* appareille de

Copenhague. Glockner le savait et lui a griffonné cette information.

– Le *Gullfoss* ?

– Oui, bien sûr. Le *Gullfoss* ! Sigmundur va rentrer sur le *Gullfoss*. J'en suis sûr.

Le journaliste nous regarda alternativement.

– Tu es donc journaliste ? reprit le professeur en souriant comme s'il n'y avait eu aucune interruption.

– Je travaille au *Tíminn*, dit l'homme.

Nous nous serrâmes la main. Je me souvins soudain de lui. C'était un écrivain, l'auteur d'un roman qui avait fait l'objet de beaucoup de discussions au printemps, en Islande, en raison de sa manière d'aborder le sujet et par son franc-parler. C'était l'un des deux livres que j'avais achetés à Reykjavík le jour de mon départ et que j'avais emportés avec moi à Copenhague.

L'information reparut encore sur la bande défilante lumineuse et je la vis se refléter sur les fenêtres des immeubles alentour.

– C'est grandiose, reprit le professeur.

Le journaliste laissa tomber son cigare au sol et l'écrasa sous sa chaussure. Ensuite, il prit congé de nous.

– Il faut qu'on sache si Sigmundur est enregistré comme passager sur le *Gullfoss*, dit le professeur en faisant des moulinets avec sa canne et en se remettant en route plus alerte que jamais.

Lorsque nous cheminions vers Copenhague, nous nous étions dit que nous ne pourrions pas rentrer chez nous et circuler à visage découvert pendant quelques jours. Je n'avais aucune idée de la manière dont le professeur allait nous faire monter à bord du *Gullfoss* si nous étions obligés de prendre Sigmundur en filature jusqu'en Islande. Nous ne pouvions pas prendre le risque de descendre au port pour aller au bureau de la compagnie des navires à vapeur, la Eimskipafélag, acheter des billets, car nous étions recherchés. J'emboîtai le pas au professeur pour traverser la place de l'Hôtel de Ville. Il nous fit passer par la rue Vestergade et peu après nous étions rue Krystalsgade.

Le professeur s'immobilisa devant une maison à trois étages et leva les yeux avant d'appuyer sur le bouton de la sonnette. Un certain temps s'écoula avant que la porte ne s'ouvre, et une femme qui avait environ dix ans de moins que le professeur nous accueillit. Ils avaient l'air de bien se connaître, car ils se saluèrent tous deux avec effusion. Il me présenta à elle et nous nous serrâmes la main. Ensuite, elle nous fit entrer. Elle habitait un petit appartement coquet situé au premier étage. La soirée étant bien avancée, elle fit réchauffer du café et nous en apporta dans le séjour. À mon grand étonnement, le professeur se mit à lui exposer l'objet de notre visite et lui raconta toute la vérité. Elle devait être au courant de la disparition du *Livre du roi*, il m'avait pourtant dit que personne ne l'était à part nous deux. Il lui retraça l'histoire de notre recherche du livre, nos voyages et tout ce qui s'était passé en Allemagne. Il lui dit que nous étions recherchés, mais que nous étions innocents et que nous avions besoin de trouver refuge et assistance pour quelques jours. La femme l'écouta tranquillement sans ciller. Elle versa le café dans nos tasses et alla chercher du pain et du fromage. J'avais une faim de loup et je me mis à dévorer ; ce voyant, elle sourit et alla en chercher davantage.

Lorsque nous avions fait connaissance en bas, la femme avait dit s'appeler Vera. Elle était extrêmement douce dans ses manières et son visage respirait la bonté. J'eus l'impression que le professeur avait en elle une confidente de choix à laquelle il pouvait recourir en cas de besoin. Leurs rapports témoignaient d'une estime réciproque et d'une grande amitié. Je brûlais d'envie de demander au professeur qui était cette amie. Dans ma fatigue, une autre idée s'insinua en moi ce soir-là : les amis du professeur, que ce soit au Danemark ou en Allemagne, étaient des femmes qui n'étaient plus de la première jeunesse et qui étaient prêtes à tout pour lui.

Lorsque le professeur eut terminé son récit, Vera resta assise un moment en silence comme si elle avait besoin de temps pour réaliser vraiment ce qu'elle venait d'entendre.

– Vous êtes les bienvenus ici, dit-elle. Je n'ai qu'une seule chambre de libre, comme tu le sais, et il vous faudra la partager. J'espère que tu n'es pas en train d'entraîner ce garçon dans l'une de tes aventures et de le mettre en danger.

Le professeur me regarda.

– Il sait se débrouiller. Et excuse-moi de te déranger, Vera, mais je ne savais pas où aller. Nous avons eu un voyage difficile.

– Et le livre ?

– Je suis convaincu que Sigmundur a l'intention de rentrer bientôt en Islande avec le *Gullfoss*. Il faut qu'on lui mette la main dessus à Copenhague et qu'on essaie de lui parler. Je suis sûr qu'il a le livre avec lui et que si je peux le voir ne serait-ce que cinq minutes il me le remettra, même s'il n'a pas toute sa tête.

– Je n'ai pas suivi ce que disent les journaux ici sur vous et ces agressions, avoua Vera. Mais tu as raison de te montrer prudent et je suis contente que tu sois venu me trouver.

Elle se leva.

– Vous êtes à bout de forces, dit-elle. Je vais vous montrer votre chambre. L'un de vous devra dormir par terre car le canapé de cette pièce est trop petit et je n'ai malheureusement pas de matelas supplémentaire.

– Ce ne sera pas difficile pour lui, remarqua le professeur en parlant de moi.

Vera sourit.

– Vous n'avez pas de bagages ?

– Ils sont restés en Allemagne, dis-je.

Elle nous souhaita bonne nuit et nous laissa tous les deux dans la chambre. Le professeur s'allongea immédiatement sur le lit.

– Tu sais qu'on peut aussi partir de Copenhague en avion maintenant, suggérai-je.

– Je ne vois pas le petit père Sigmundur voyager en avion, fit le professeur, mettant un point final à la discussion.

Je commençai à m'installer dans cet espace restreint. Vera avait posé deux couvertures à même le sol et m'en avait donné une troisième. J'avais dormi tout habillé et mes habits commençaient nettement à s'en ressentir. On pouvait en dire autant de la tenue du professeur. Nous avions l'air de deux vagabonds.

– Qui est cette femme ? demandai-je.

– Tu ne trouves pas qu'elle est unique en son genre ? me demanda le professeur.

– D'où la connais-tu ?

– Vera et moi, nous nous connaissons depuis longtemps. Elle m'a été d'un grand secours au long de toutes ces années.

– Elle est au courant pour le livre, dis-je. Je croyais que personne ne l'était en dehors de toi et moi.

– Vera est au courant de tout, fit le professeur.

– Vous devez être très liés, avançai-je.

– Oui. Depuis toujours.

– D'où tu la connais ? repris-je.

D'un bond, le professeur se leva du lit.

– C'est la sœur de Gitte, dit-il. C'étaient des jumelles.

Lorsque je me réveillai, tard le lendemain matin, tout mon corps était ankylosé et j'avais mal au dos d'avoir couché à même le sol ; le professeur, lui, n'était plus dans la chambre. J'enfilai ma veste et je les appelai, lui et Vera, mais je m'aperçus très vite qu'il n'y avait personne dans l'appartement. J'allai à la cuisine, découvris du café et m'en fis. Je trouvai du pain et de la marmelade d'oranges, et déjeunai en toute tranquillité, encore un peu étourdi après les étranges événements d'Allemagne et une nuit passée à même le sol. Je restai longtemps assis à regarder devant moi, complètement absent, lorsque j'entendis quelqu'un marcher devant la maison. Je me levai. C'était Vera qui revenait avec un sac à provisions.

Elle me dit bonjour comme si j'avais toujours habité chez elle et je lui demandai si elle savait où était passé le professeur. Elle déclara qu'il avait voulu vérifier si Sigmundur était en ville et s'il avait réservé sa place sur le *Gullfoss*.

– Il ne voulait pas te réveiller, dit-elle. Il pensait que cela te ferait du bien de dormir.

– C'est gentil de sa part, admis-je.

– Ce n'est pas un mauvais homme, ajouta-t-elle en enlevant son manteau. Tu veux encore du café ?

– Oui, s'il te plaît, le café que j'ai fait était très léger, et mauvais en plus.

Je m'assis auprès d'elle dans la cuisine et la regardai refaire du café. Elle avait acheté des viennoiseries qu'elle posa près de moi sur la table. Je repensais à ce que m'avait dit le professeur, que sa femme, Gitte, et Vera étaient sœurs jumelles. J'étais curieux d'en savoir davantage, mais je ne pouvais pas me décider à poser des questions. Elle aurait pu prendre ça pour de la curiosité malsaine. Alors, je restai dans sa cuisine en silence, plutôt gêné, et j'espérai le prompt retour du professeur.

– Il voulait faire vite, dit Vera en souriant. Et il a dit que tu ne devais surtout pas sortir de la maison.

– Ça vaut mieux, sans doute, fis-je d'un air maussade.

– Tout va s'arranger, assura-t-elle pour me réconforter. Il a tellement souffert pendant toutes ces années à cause de ce livre. J'espère seulement qu'il le récupérera et pourra réparer ce qui a déraillé pendant la guerre. Il t'a parlé de tout ça ?

– Oui, évidemment.

Elle s'assit à côté de moi avec le café qui était délicieux comparé à la lavasse que j'avais concoctée et se mit à me poser des questions sur moi. Elle voulait savoir si j'étais de Reykjavík et ce que je faisais à Copenhague. Je m'efforçais de répondre avec courtoisie. Elle me trouvait hésitant et elle sourit.

– C'est ici qu'il a séjourné à la fin de la guerre ? demandai-je sur un ton hésitant. Chez toi ?

Vera se mit à sourire.

– C'est lui qui te l'a dit ?

– Il m'a raconté ce qui lui est arrivé à l'immeuble de la Shell.

– Il est resté ici chez moi quelques semaines jusqu'à ce que les nazis quittent le Danemark. Ce qui s'est passé à l'immeuble de la Shell l'a beaucoup marqué, surtout la manière dont ils lui ont pris le livre. Je pense qu'ensuite il n'a plus jamais été le même homme. Ce livre est tout pour lui.

– Il m'a dit que toi et Gitte, vous étiez jumelles, dis-je.

– C'est exact, je suis venue au monde sept minutes après elle. Elle l'a quitté plusieurs décennies avant moi.

La tuberculose, c'est une maladie épouvantable. Elle s'est étiolée lentement et, lui, ça l'a complètement anéanti.

– Ils n'ont pas eu d'enfants, repris-je pour dire quelque chose.

– Non.

Elle but une gorgée de café. Le bruit de la circulation de la ville montait jusqu'à nous depuis la rue Krystalsgade.

– Ils étaient tous contre lui, dit Vera.

– Qui ça ?

– Ma famille. Papa a tenté de les empêcher de se marier. Il ne voulait pas permettre à un Islandais d'épouser sa fille. Quand maman a appris que Gitte était avec lui, elle a piqué une crise. Tous deux l'ont suppliée de rompre leurs fiançailles.

– Ça a dû être dur pour elle.

– Après leur mariage, ils l'ont ignorée, dit Vera. Lui, il n'a jamais mis les pieds chez nos parents. Papa et maman ont rompu toute relation avec Gitte. Moi, j'ai gardé le contact, bien sûr. Je sais que mes parents se seraient réconciliés avec eux si seulement ils avaient pris la peine de faire sa connaissance, mais il n'en a jamais été question.

– C'est parce qu'il était islandais ?

– Ils ne le connaissaient pas du tout, il avait quelques années de plus que Gitte et, oui, c'est ça : c'était un étranger. Un Islandais sans rien, sans famille. On n'a jamais pensé qu'on pouvait avoir besoin d'un Islandais, ici. Ça ne servait à rien de leur dire que c'était un intellectuel très estimé. Ils le considéraient comme un bon à rien.

Je me suis demandé si ses dires sur l'opinion qu'ont les Danois des Islandais étaient justes et je me suis souvenu qu'une foule d'Islandais connus avaient occupé des postes importants à la cour du Danemark et y avaient même exercé de très hautes fonctions autrefois.

– Les gens de ma famille étaient d'affreux snobinards, affirma Vera. Mon père était tailleur du roi. Cela suffisait pour qu'il se croie supérieur aux autres.

Je ne parvins pas à lui demander si elle avait été mariée elle-même. Je ne voyais aucun indice permettant de le penser. Rien dans son appartement n'évoquait une vie de famille.

– Mais Gitte l'aimait et, heureusement, elle ne s'est pas laissé détourner de son projet de l'épouser, poursuivit-elle. Nous étions très proches, c'est courant chez les jumelles, et je connaissais bien ses sentiments pour lui. Moi aussi, j'ai fait sa connaissance et je savais très bien ce que Gitte lui trouvait. Je savais très bien ce qu'elle recherchait et pourquoi elle ne s'en était pas laissé conter. Ce n'était pas une simple crise d'adolescence.

Cette idée la fit sourire.

– Ça a dû être dur aussi pour lui, dis-je.

– Évidemment, il en était désolé. Il avait l'impression de couper Gitte de sa famille. Il avait l'impression de ne jamais être capable de bien s'occuper d'elle, ce qui était faux. Elle était très heureuse avec lui.

Vera alla rechercher du café et en versa dans les tasses.

– Il l'a beaucoup pleurée, dit-elle.

– Vous vous ressembliez beaucoup ? demandai-je.

– Physiquement, oui. Gitte était peut-être plus douce. Mais elle savait profiter de la vie. Je l'ai parfois enviée. Je lui ai envié le bonheur qui l'entourait, surtout à certains moments de sa maladie. La seule chose qu'elle a regrettée, c'est de ne pas avoir eu d'enfants avec lui.

Là-dessus, la porte s'ouvrit et le professeur fit irruption dans la cuisine.

– Il part sur le *Gullfoss* ! lança-t-il. Comme je le supposais. Le père Sigmundur rentre au pays demain sur le *Gullfoss*.

22

Les nouvelles d'allemagne qui faisaient de nous des suspects dans l'affaire de l'agression de l'antiquaire Färber et de l'assassinat de Glockner, l'homme d'affaires, étaient parvenues au Danemark et en Islande. Le professeur semblait s'attendre à que nous soyons soupçonnés de l'assassinat de Glockner. Sa secrétaire devait nous avoir reconnus d'après le signalement que la police avait fourni. Le professeur ne sembla pas s'en inquiéter, à part que cela compliquait notre voyage sur le *Gullfoss*. Nous ne pouvions pas monter à bord normalement, il nous fallait nous cacher dans le bateau. Nous décidâmes de rester en bas sur le quai et d'intercepter Sigmundur avant qu'il ne monte sur la passerelle pour le raisonner, le professeur prévut aussi comment nous introduire à bord en tant que passagers clandestins, si notre plan échouait.

J'émis l'idée de nous livrer, de dire toute la vérité à la police et de la laisser s'occuper de Sigmundur et du livre. Ce livre avait fait l'objet d'un vol en temps de guerre, il avait été pris illégalement à ses propriétaires et Sigmundur devait le restituer. Nous avions certainement la loi de notre côté et l'acheteur du livre en Islande ne pourrait pas le garder quand nous révélerions son identité. Le professeur reprendrait son livre et nous serions lavés des fausses accusations portées contre nous concernant Färber et Glockner.

– C'est bien beau tout ça, dit le professeur alors que nous étions assis dans le séjour de Vera la veille du départ du *Gullfoss*. Elle était sortie un moment et nous étions seuls dans l'appartement. Par contre, je pense que si nous nous livrons à la police, nous serons renvoyés sans ménagement en Allemagne, poursuivit-il. Personne ne voudra écouter ce que nous avons à dire ; ça ne pourra être réalisable qu'une fois tout ce tapage fini et alors il sera trop tard. Il vaut mieux d'abord résoudre l'affaire et se livrer ensuite. Le livre est à notre portée. Nous ne pouvons pas le laisser nous échapper. Nous n'en avons pas le droit. Le nouveau propriétaire pourrait être un escroc et l'avoir déjà revendu. Nous n'en savons rien. Ce que nous savons, c'est que Sigmundur l'a et que nous pouvons l'arrêter.

– Et ceux qui ont agressé Färber et Glockner ?

– Ils n'en ont pas après nous, déclara le professeur. Ils doivent savoir que nous n'avons pas le livre.

– Et s'ils trouvent Sigmundur ?

– Essayons d'être optimistes, dit le professeur.

Je n'osai pas lui poser de questions sur ce que Vera m'avait raconté dans la cuisine au sujet de l'hostilité déclarée de sa famille envers lui et de la fidélité que Gitte lui avait témoignée. Même si nous avions beaucoup parlé de son passé, j'avais l'impression de ne pas le connaître suffisamment pour discuter de sa vie privée. Peut-être était-ce à cause de l'immense respect que j'avais pour lui. Je ne m'étais encore approprié ni sa passion irrépressible pour toutes sortes de choses ni sa curiosité sans cesse en quête de réponses. Notre différence d'âge m'était également défavorable. Il pouvait se permettre une certaine arrogance en m'appelant "mon pauvre garçon" ou je ne sais quoi d'autre. Quand j'étais enfant, on m'avait inculqué le respect des grandes personnes et celui-ci m'était tout à fait naturel quand il s'agissait du professeur. Il tenait à être pris au sérieux toujours et partout, et il exigeait avant toute chose qu'on lui témoigne du respect. Certes, son amour-propre en avait pris un coup – d'aucuns en auraient même rajouté là-dessus – mais lorsque j'avais fait sa connaissance, personne, à mon sens, ne se comportait avec autant de courage alors même que la vie lui imposait les plus dures épreuves.

Je n'avais pas eu l'audace de l'interroger sur sa vie privée. Il n'en avait jamais été question. C'est pourquoi je fus assez étonné qu'une fois seuls dans le séjour de Vera, il se mette à me parler de Gitte. Le professeur avait bien dormi, épuisé après les événements de ces derniers jours. Il prit son petit-déjeuner avec Vera et moi, et à leur comportement et à leur façon de se parler, on sentait l'affection qu'ils se portaient.

Il prit du tabac à priser qu'il mélangea à la poudre blanche.

– Tu crois que ça te fait du bien, ce que tu mets dans ton tabac ? demandai-je.

– C'est bon, dit-il. Ça rend plus vigoureux et plus lucide, mais après, une fois l'effet passé, on a un mal de cheveux pas possible, une angoisse mortelle et on déprime. Je ne peux guère te recommander ça, Valdemar. Tu veux essayer ?

– Non, merci. Ce n'est pas dangereux ?

Le professeur haussa les épaules.

– Qu'est-ce qui n'est pas dangereux ? fit-il d'un air indifférent.

Il referma la boîte de tabac à priser et la fit tourner

entre ses doigts comme il le faisait si souvent. Il était très pensif. Après avoir mangé, je me sentais ramolli. Je me permis de me moquer de notre situation en disant que jamais je n'aurais imaginé que c'était si agréable d'être poursuivi par la police. Je le vis sourire.

– Tu as parlé avec Vera ? demanda-t-il après un long silence.

– Non, pas beaucoup, dis-je, immédiatement sur mes gardes.

– C'est elle qui m'a dit que vous aviez un peu parlé de Gitte, fit-il.

– Oui, effectivement.

– Sa famille n'est même pas venue à son enterrement, dit-il. Personne à part Vera. Est-ce que tu peux t'imaginer des gens aussi durs ?

Je ne savais que répondre.

– Elle m'a dit qu'on ne pouvait pas mieux s'occuper d'elle que tu ne l'as fait, déclarai-je finalement.

– Ça t'est déjà arrivé de perdre un être cher, Valdemar ? demanda-t-il.

– Non, répondis-je, et je me rendis compte que je n'avais pas grand monde à regretter.

– C'est difficile à expliquer. Difficile à expliquer la solitude qui survient alors et la douleur d'avoir perdu une personne aimée dans la fleur de l'âge. Elle te manque tous les jours, et cela jusqu'à la fin de ta vie.

– Je peux l'imaginer.

– Il n'y a rien de plus douloureux. C'est une part de soi qui meurt, mais cette part n'est pas enterrée, elle est au contraire omniprésente. Elle te suit où que tu ailles et entretient le souvenir. C'est la mort qui habite en toi. Et, bien que tu saches très bien que la vie ne te doit rien et qu'on ne peut rien exiger d'elle, on ne se débarrasse jamais de ce deuil et de ce manque.

Le professeur se tut.

– Parfois, ma mère me manque, avouai-je après un long silence. Pas celle que j'ai, plutôt celle que j'aurais voulu avoir. Celle que j'ai rêvé qu'elle soit.

Le professeur me regarda et il me sembla qu'il avait quelque chose dans l'œil.

– Elle t'a cruellement manqué, dit-il.

Nous restâmes longtemps assis dans un silence qu'aucun de nous ne voulait rompre. Je pensai à Vera. Perdre un être cher comme son jumeau devait être vraiment particulier. D'une certaine façon, le professeur pouvait voir Gitte en elle et voir comment elle aurait vieilli et évolué au fil des années.

– Avoir Vera a dû être un soutien pour toi, finis-je par dire.

– Un soutien inestimable, reconnut-il.

– Elles se ressemblent ?

– Oui, beaucoup physiquement.

Nous nous tûmes.

– Elle le sait parfaitement, reprit-il tout à coup comme s'il avait lu dans mes pensées. Vera le voit bien chaque fois que je la regarde. Nous en avons parlé. Nous sommes bons amis. Elle ne s'est jamais mariée. Il y a des gens qui ne semblent pas avoir vocation à fonder une famille.

– Elle est en relation avec les gens de sa famille ?

– Non, pas du tout. Ses parents sont décédés tous les deux, mais elle avait rompu toute relation avec eux à la mort de Gitte. Elle a deux frères qu'elle ne voit jamais et que d'ailleurs elle ne veut pas voir. L'un d'eux est tailleur de la famille royale, car c'est depuis longtemps un métier attitré chez eux. Ce sont tous des snobinards royalistes. Horriblement prétentieux, alors qu'en fait ils ne peuvent se prévaloir de rien.

Il se tut.

– Je ne veux plus revivre cette perte douloureuse, fit-il ensuite.

– Non, approuvai-je. Je comprends.

Il me regarda.

– Tu en es sûr ?

– Tu ne crois pas ?

– Si les hommes qui ont agressé Färber et Glockner sont ceux que je crois, je ne sais pas si tu dois venir avec moi sur le *Gullfoss*, déclara-t-il. Tu es bien trop jeune pour tomber dans les griffes de ces gens-là.

– Que veux-tu dire ?

– Ce que je dis : nous ne savons pas ce qui nous attend. Je ne peux plus être responsable de toi. Je pense que le mieux pour toi serait de rester ici chez Vera.

– Rester chez Vera ? répétai-je machinalement.

– S'il m'arrive quelque chose, va trouver la police et raconte-leur la vérité. Vera confirmera ta déposition et Frau Bauer, à Berlin, aussi.

– S'il t'arrive quelque chose ? Que penses-tu qu'il puisse t'arriver ?

– Je ne sais pas, mais je ne trouve pas raisonnable que tu continues. Ça devient beaucoup plus dangereux que je ne me l'étais imaginé. Ces hommes-là ne reculent devant rien. Je ne veux pas que tu fasses les frais de tout ça.

– Mais tu trouvais ça normal, avant ! Qu'est-ce qui a changé ? De quoi est-ce que tu parles ?

– Je ne veux pas qu'il t'arrive quelque chose, Valdemar.

– Je suis recherché pour meurtre en Allemagne ! Qu'est-ce qui peut m'arriver de plus ? Je pars avec toi, dis-je, ce qui sonnait plus héroïquement que je ne le voulais.

Il y a des moments où j'aurais été content de me soustraire au voyage dangereux qui s'annonçait, mais je n'hésitai pas une seconde, je ne voulais pas laisser le professeur se colleter seul avec Orlepp. Il ne fallait pas de l'audace pour ça, seulement du bon sens. Il valait mieux affronter l'ennemi à deux.

– Je n'aurais jamais dû t'entraîner là-dedans, dit le professeur. J'aurais dû faire ça tout seul.

– Tu ne peux pas entreprendre ça tout seul, insistai-je.

– Ça vaudrait tout de même mieux.

– Comment cela serait-il possible ? Nous finirons cette affaire ensemble.

– Veux-tu me laisser décider ? Je ne peux pas faire attention à toi et en même temps affronter ces hommes.

– Faire attention à moi ? Est-ce que tu as jamais été obligé de faire attention à moi ?

– Valdemar…

– Je viens avec toi, dis-je.

Nous entendîmes la porte de l'appartement s'ouvrir. Vera était rentrée. Nous nous levâmes tous les deux. Le professeur me fit signe de rester calme, nous discuterions de ça à un moment plus propice.

– On parle encore de vous dans le *Berlingske Tidende*, dit-elle en tendant au professeur le journal qu'elle venait d'acheter. Ils disent que la police allemande est en train d'analyser certains indices qui pourraient établir un lien entre les deux affaires.

Le professeur se saisit du journal. Les informations étaient en page 2. Elles disaient qu'on recherchait deux Islandais pour violences et meurtre à Berlin, nos noms étaient cités. L'article résumait brièvement les raisons pour lesquelles la police allemande voulait s'entretenir avec nous et concluait que nous étions probablement déjà au Danemark.

– Tout ça sera publié aussi en Islande, fit le professeur à voix basse.

– Halldór est à Copenhague, ajouta Vera.

– Qui ? demanda le professeur.

– Halldór Laxness, dit Vera. Il a quitté la Suède pour venir au Danemark, et il est en route pour l'Islande. Le journal parle de la conférence de presse qu'il a donnée ici, à Copenhague.

Le professeur se mit à feuilleter le journal.

– Oui, c'est là, dit-il. Ahurissant. Tout simplement ahurissant.

– Je viens avec toi, répétai-je, quoi qu'il en soit.

Vera nous regarda alternativement. Elle avait le sentiment que nous nous disputions.

– C'est bon, Valdemar, dit le professeur en levant les yeux du journal. Mais tu fais exactement ce que je te dis et rien d'autre.

Le lendemain, nous sortîmes pour aller à Amager, lui me précédant de cent mètres. Nous n'osâmes pas longer directement la Strandgade, la rue du rivage, où était amarré le *Gullfoss*, et nous prîmes des ruelles et des rues peu passantes pour descendre jusqu'à la place d'Asie. Nous nous postâmes à un endroit discret d'où nous pouvions voir les passagers arriver au bateau, certains flânaient paresseusement dans la douceur automnale, d'autres roulaient dans des voitures pleines à craquer de marchandises provenant de cette ville cosmopolite. Nous ne vîmes pas Sigmundur, mais j'aperçus le journaliste grassouillet qui nous avait parlé sur la place de l'Hôtel de Ville. Il était là à fumer à côté de la passerelle et il avait l'air d'attendre quelqu'un. Il leva les yeux vers la Strandgade et bavarda avec le garde qui surveillait la passerelle. Celui-ci ne semblait pas être de service à cette heure de la journée. Les gens franchissaient la passerelle sans qu'il dise quoi que ce soit ; d'ailleurs, il y avait une centaine de personnes à côté du bateau et c'était la foire d'empoigne. Des commerçants apportaient de la nourriture à bord, des grossistes suivaient le trajet de leurs marchandises sur les tapis roulants, des passants échangeaient leurs impressions avec des passagers, une multitude de dockers s'affairaient au chargement de diverses marchandises en sacs ou à l'unité. Les valises et les paquets des passagers étaient acheminés à bord. On criait et s'interpellait tout autour du bateau. En haut, quelques voyageurs de première classe se penchaient par-dessus le bastingage et suivaient tout ce bruyant remue-ménage.

Avant de quitter Vera, le professeur m'avait dit qu'il avait déjà navigué sur le *Gullfoss* et qu'il était parfois descendu place d'Asie pour accueillir ce bateau, comme de nombreux Islandais de Copenhague. C'était un peu une Islande en miniature avec l'atmosphère qui régnait à bord, les passagers et la nourriture, les journaux du pays, la langue islandaise. Pour ceux qui habitaient à Copenhague ou y faisaient de longs séjours, monter un instant à bord, sentir l'odeur de l'Islande et prendre les nouvelles, c'était un peu comme rentrer au pays.

– Là-bas ! s'écria soudain le professeur en faisant un signe de la main. Voilà notre homme !

Je regardai dans la direction qu'il indiquait et je vis un homme d'âge mûr, petit, portant un manteau noir avec une petite valise à la main, s'approcher de la passerelle et monter à bord.

– C'est lui ! dit le professeur. Viens, Valdemar ! Il faut y aller.

– Tu sais quand part le bateau ? demandai-je.

– Oui, le départ est imminent. Nous n'avons pas de temps à perdre.

En un rien de temps, nous étions dans la mêlée avec tous ceux qui se bousculaient autour du *Gullfoss*. Le professeur se rendit sur la passerelle et au même moment j'entendis le garde dire sur un ton enchanté :

– Le voilà !

Mon cœur se mit à battre la chamade. Je regardai le professeur qui s'arrêta, la canne à la main, comme foudroyé. On nous avait découverts. Je me tournai vers le garde.

– Nous n'en avons que pour quelques petites minutes, murmurai-je en le suppliant.

– Là-bas ! s'écria le garde.

Il ne me regardait pas, mais montrait du doigt la rue Strandgade.

Je regardai dans cette direction et vis deux hommes à pied qui discutaient en descendant la rue. Je reconnus tout de suite l'un d'eux. C'était Halldór Laxness.

Je voulus informer le professeur que le garde ne pensait pas à nous quand il avait crié, mais il avait déjà disparu à bord du *Gullfoss*.

Les passagers se mirent spontanément à applaudir lorsque Halldór s'approcha du bateau. J'étais à bord à ce moment-là et je remarquai un groupe d'étudiants qui s'était rassemblé sur les quais du port et rendait un vibrant hommage au prix Nobel. Le capitaine se tenait à l'extrémité de la passerelle et accueillit Halldór. J'étais dans un état second, debout là, sur le pont, non loin, et je les regardais se serrer la main. Je n'avais encore jamais vu le poète. Il était vêtu de façon impeccable, avec un long manteau et un chapeau sur la tête, et il salua le capitaine d'une poignée de main en s'inclinant. Ma tante m'avait parfois parlé de lui avec vénération.

Elle était fascinée par sa manière de décrire le petit peuple, de saisir sa condition et ses aspirations. Moi-même, j'avais lu la plupart de ses écrits et j'avais le sentiment que c'était de la poésie d'une très haute tenue. Soudain, une poigne énergique me saisit par la peau du cou et me fit reculer. C'était le professeur.

– Nous n'avons pas de temps à perdre, me serina-t-il d'une voix suraiguë.

Nous ignorions où Sigmundur était logé à bord, mais le professeur supposait que c'était en première classe. Lorsque nous y arrivâmes, une délicieuse odeur de cuisine nous parvint. Le professeur fila le long du couloir des passagers et frappa aux portes de toutes les cabines. Personne ne répondait et il les ouvrait violemment les unes après les autres. En général, elles n'étaient pas fermées à clé. Dans certaines cabines, les passagers étaient en train de s'installer et le professeur s'excusait en disant qu'il s'était trompé. Lorsque les moteurs du bateau se mirent en marche, je sentis un tremblement. Le départ devait être imminent.

Nous ne vîmes Sigmundur nulle part.

Dans la salle à manger, il n'y avait personne et dans le fumoir du fond, il n'y avait que deux passagers. En deuxième classe, nulle trace de Sigmundur et en troisième non plus.

– Où est donc passé cet abruti ? marmotta le professeur quand nous fûmes dans les hamacs de la troisième classe.

La plupart des passagers étaient des jeunes gens qui étaient en train de se choisir une place pour dormir et s'installer, des voyageurs qui revenaient bronzés d'un tour d'Europe, satisfaits et joyeux.

– Tu crois que von Orlepp est à bord ? demandai-je.

– Attends ici sans te faire remarquer, dit le professeur sans répondre à ma question. Je vais voir où Sigmundur a été enregistré.

Ensuite, il disparut. Je me retrouvai là, en carafe, en troisième classe. Le bateau allait appareiller d'un instant à l'autre et j'étais désormais un passager clandestin. Je remontai sur le pont et vis les passagers se ranger le long du bastingage pour prendre congé et suivre les manœuvres du bateau quittant le port. Les derniers paquets furent lancés à bord. Les dockers qui avaient déchargé et chargé le bateau se tenaient à distance et fumaient. Bientôt, on retirerait la passerelle. Les moteurs du bateau se mirent à vrombir. Je guettai le professeur, mais je ne le vis nulle part.

En fin de compte, le bateau s'ébranla et se détacha de la jetée.

Je me glissai à nouveau dans le compartiment de troisième classe. Il n'y avait personne. Les jeunes passagers étaient tous montés sur le pont pour suivre le départ du port. À l'intérieur, il y avait la cale. Je défis le filet qui la séparait du compartiment et je me cachai dans le noir, à l'intérieur, parmi les sacs et les caisses.

Au bout d'un moment, je sentis que le *Gullfoss* avait quitté le port et atteint sa vitesse de croisière, en route pour l'Islande.

23

Je ne sais combien de temps s'est écoulé avant que je me risque hors de ma cachette. Je crois que je me suis endormi sur place, couché sur des sacs de sucre de cinquante kilos. Le professeur ne revenait pas et je frémis à l'idée que peut-être il avait rencontré Sigmundur, était retourné à terre avant que le *Gullfoss* ne démarre et qu'il m'avait laissé seul à bord. En troisième classe, il y avait des allées et venues incessantes depuis que le bateau avait largué les amarres, si bien que je dus attendre le moment favorable pour m'éclipser sans éveiller l'attention. J'y parvins tout de même à la fin, lorsqu'un jeune couple, qui paraissait vouloir profiter de l'occasion, se glissa dans la cale où j'étais et commença à s'embrasser avec fougue juste sous mon nez. Lorsqu'il me sembla que leur petit jeu devenait un peu trop torride, je me raclai la gorge et ils furent pétrifiés de voir une silhouette dans l'ombre. Je leur fis un sourire, me faufilai devant eux en signalant par gestes que je ne faisais que passer. Ensuite, ils reprirent leurs ébats. Quant à moi, je traversai à pas lents la troisième classe et montai sur le pont.

Il me fallait retrouver le professeur. Je n'avais aucune idée de ce qu'il était devenu et de la raison pour laquelle il m'avait abandonné comme ça. Avait-il découvert

Sigmundur ? Pouvait-il ne plus être à bord ? Était-il tombé sur von Orlepp et ses hommes avec toutes les conséquences funestes que cela pouvait avoir ?

Je m'efforçai de ne pas me faire remarquer en me glissant à nouveau sur le pont des deuxièmes classes où je comptais commencer à chercher le professeur. En vérité, je n'osais pas monter tout de suite en première, car j'avais entendu qu'on veillait particulièrement à ce que les passagers de deuxième et troisième classes n'aillent pas y déambuler sans avoir été invités. En fait, je me trouvais au plus bas niveau, moi le passager clandestin. Comme tout le monde, j'avais entendu parler de la première classe du *Gullfoss*, des buffets au cours desquels les passagers étaient sur leur trente et un et où le capitaine invitait à sa table les passagers les plus en vue. J'avais entendu parler du fumoir, du piano et du bal avec les dames en robe longue et les messieurs en complet veston. La faim me tenaillait depuis que je m'étais caché dans la cale et, à la pensée de tous ces mets délicats qu'on servait à bord, mon estomac commençait à se contracter et mon appétit à croître. Je me faufilai le long du pont et, brusquement, j'entendis deux hommes discuter sur un ton guindé. Je me cachai précipitamment sous l'escalier du pont supérieur. Ils sortirent pour aller au bastingage. Tous deux fumaient et je crus entendre qu'ils parlaient d'une réunion qui aurait lieu lorsque le *Gullfoss* accosterait à Leith, en Écosse.

– Je me suis permis de téléphoner au consul à Édimbourg, dit l'un d'eux.

J'avais l'impression de reconnaître cette voix, je tendis l'oreille et constatai que c'était celle du journaliste rencontré sur la place de l'Hôtel de Ville. Je jetai un coup d'œil à l'autre homme et, dans les feux du couchant, je vis que c'était Halldór Laxness. Ils se promenaient tranquillement ensemble après le dîner.

– … on peut s'attendre à voir pas mal de reporters, l'entendis-je dire au journaliste. J'ai parlé au capitaine qui espère que la conférence de presse aura lieu dans le fumoir, à peu près une heure avant l'arrivée à Leith.

Halldór hocha la tête.

– Y a-t-il quelque chose qui les intéresse en dehors de la politique ? l'entendis-je demander avant qu'ils ne disparaissent dans un nuage de fumée.

Je sortis doucement de ma cachette sous l'escalier et tombai nez à nez avec le professeur qui se tenait tout près et suivait les deux hommes des yeux.

– Te voilà, andouille ! murmura-t-il.

– Où est-ce que tu étais ? glapis-je pour toute réponse.

– J'étais en train de chercher Sigmundur.

– Tu l'as trouvé ?

– Viens, je crois savoir où il est.

J'étais tellement content de retrouver le professeur et de voir qu'il ne m'avait pas laissé seul à bord que j'avais envie de le serrer dans mes bras. Évidemment, je ne le fis pas. Il m'aurait probablement donné un coup de canne. Mais mon cœur se mit à battre plus régulièrement lorsque je montai avec lui en première classe. Il se dirigea tout droit vers la cabine numéro 14 et frappa à la porte.

– Je crois qu'il voyage toujours dans la même cabine, murmura-t-il.

Il frappa de nouveau à la porte.

– Il n'y était pas tout à l'heure, murmura-t-il à nouveau en regardant dans le couloir. S'il ne répond pas, on enfonce la porte.

Il tambourina encore à la porte et colla l'oreille dessus. On entendit du bruit à l'intérieur et, peu après, la porte s'ouvrit. Un petit homme grisonnant, celui en manteau noir que j'avais vu monter à bord un peu plus tôt dans la journée, nous regardait bouche bée. Il était vêtu d'un pantalon de smoking avec des bretelles sur son maillot de corps blanc et tenait un verre de cognac à la main.

– Toi ! fit-il étonné en apercevant le professeur. Il sembla ensuite reprendre ses esprits et vouloir nous claquer la porte au nez, mais c'était trop tard. Le professeur interposa sa canne et nous poussâmes la porte.

– Bienvenue à bord, Sigmundur, dit le professeur en faisant irruption dans la cabine.

Je le suivis et refermai soigneusement à clé en prenant position dos contre la porte. C'était une cabine exiguë, pour une personne. Il y avait deux bouteilles de cognac sur un guéridon sous le hublot. Sigmundur paraissait vouloir profiter de la croisière en toute tranquillité.

Le professeur jeta un coup d'œil à la valise de Sigmundur et, sans un mot, il en vida le contenu sur le sol. Il lança l'oreiller par terre aux pieds de Sigmundur et souleva le matelas du lit.

– Où est-il ? demanda-t-il en colère. Où est le livre ?

– Qu'est-ce que ça veut dire ? rugit Sigmundur qui se remettait de cette intrusion inattendue. C'est quoi ces manières ? Qu'est-ce que tu veux ?

– Le *Livre du roi*, Sigmundur, je veux le *Livre du roi*, et pas de baratin !

– Le *Livre du roi* ? De quoi tu parles ?

– Je sais que tu l'as, déclara le professeur.

– Moi, je croyais que c'était toi qui l'avais, je croyais que tu l'analysais, dit Sigmundur.

Le professeur le regarda.

– Nous sommes allés chez ton ami de Berlin, un

355

certain Glockner. Nous savons ce que vous êtes en train de faire et tu devrais avoir honte.

– Je ne connais pas de Glockner, dit Sigmundur en nous regardant à tour de rôle.

– Ça ne fait rien, il est mort. Nous l'avons découvert chez lui par terre. C'était pas joli à voir.

– Mort ? gémit Sigmundur qui ne pouvait dissimuler son étonnement.

Il écarquillait les yeux et il prit un air inquiet.

– Tu n'as pas lu les journaux ? poursuivit le professeur. Ils croient que c'est nous qui avons fait le coup. Tu connais un homme du nom de Färber ?

Sigmundur secoua la tête.

– Il est mort aussi, assura le professeur. Et le prochain qu'ils vont tuer, c'est toi, Sigmundur ! Alors, tu peux t'estimer heureux que nous soyons venus te trouver en premier.

– Moi ? Me tuer ? Pourquoi ? Qui ?

– Ils sont à la recherche du livre et je ne crois pas que tu les gêneras beaucoup.

Sigmundur nous fixait bouche bée, le professeur et moi, qui gardais la porte. Il baissa les yeux sur le verre de cognac en pensant avec regret qu'il n'en profiterait plus. Par contre, il ne désarmait pas. Il regarda le professeur.

– Je ne sais pas du tout de quoi tu parles, fit-il d'un ton buté. Je ne connais pas de Glockner, et encore moins de Färber, et, en plus, je n'ai aucune idée d'où peut être le *Livre du roi* s'il n'est pas dans tes affaires. Ensuite, je voudrais bien que tu me fiches la paix et que tu déguerpisses d'ici avant que j'appelle quelqu'un et que je te fasse jeter dehors.

Le professeur l'observa un long moment. Sigmundur fit comme si de rien n'était et se versa du cognac.

– Je ne sais pas encore ce qu'ils ont fait à Färber, dit le professeur, mais je sais qu'ils ont étranglé Glockner avec du fil de fer.

Sigmudur avala son cognac de travers et se mit à tousser.

– Ils sont probablement ici, à bord, déclara le professeur. Et c'est toi qu'ils cherchent et personne d'autre.

– Sortez d'ici ! s'écria Sigmundur en s'essuyant la bouche. Je n'ai rien à vous dire. Déguerpissez avant que j'appelle à l'aide ! Je ne sais pas de quoi tu parles. Ce n'est pas moi qui ai le *Livre du roi*.

– Qu'est-ce que tu faisais en Allemagne, alors ?

– Comment sais-tu que j'étais en Allemagne ?

– Je sais que tu as vu Glockner.

– Qu'est-ce que c'est que ces balivernes ?!

– J'essaie de te dire que tu es en danger de mort ! J'essaie de t'aider !

– Qui voudrait me tuer ? dit Sigmundur, et tandis que je regardais cet homme chétif, quasi septuagénaire, avec sa barbe blanche et son goût pour la boisson, j'avais le sentiment que personne ne pouvait lui faire du mal, qu'il n'y avait pas de crainte à avoir.

Le professeur n'abandonnait pas la partie. Il l'attrapa au collet et l'attira contre lui.

– Tu es en danger de mort, vociféra-t-il en serrant les dents. Glockner leur a dit qui a le livre avant qu'ils le tuent. Nous avons trouvé une lettre de toi adressée à Glockner. Il avait pris des photos du *Livre du roi* pour te les envoyer.

– Je ne sais pas de quoi tu parles.

– Sigmundur !

– Je ne connais pas de Glockner, fit Sigmundur qui, décidément, ne cédait pas.

– Qu'as-tu fait du *Livre du roi* ?

– Je ne l'ai pas.

Le professeur le lâcha.

– Nous savons que tu l'as acheté à Glockner et que tu sers d'intermédiaire pour des acheteurs en Islande.

Sigmundur se taisait. Il me regarda moi, puis à nouveau le professeur. Il prit une gorgée de cognac et, cette fois-ci, il le but sans difficulté. Le professeur sortit de sa poche la lettre et les photos qu'il avait prises dans le bureau de Glockner et les lança sur le guéridon où il y avait les bouteilles de cognac.

– Voici ta lettre à Glockner.

Sigmundur prit la lettre et examina les photos.

– Admettons que tu aies raison, dit finalement Sigmundur, ne devrais-tu pas être content que le livre soit en route pour l'Islande, sa vraie demeure ?

– Pas de cette façon, contra le professeur.

– Les Danois ne nous rendront jamais les manuscrits, objecta Sigmundur. C'est une illusion, de le croire, et toi, tu le sais mieux que personne !

– Ils le feront un jour. Es-tu en train de dire que celui qui l'a acheté profite d'un vol ?

– Si nous pouvons rapatrier les manuscrits, en les achetant à des escrocs ou autrement, ça me paraît quand même formidable.

– Combien as-tu payé le livre ?

– Je ne l'ai pas. Je n'ai rien payé. Essaie de comprendre ça. Je ne te dirai rien de plus.

Le professeur réfléchit. La tension était retombée. Sigmundur se reversa du cognac.

– Je sais que c'est toi qui as le livre, dit le professeur.

Sigmundur haussa les épaules.

– Et si c'était moi qui avais le fascicule perdu ? répliqua le professeur.

– Le fascicule perdu ! fit Sigmundur en écho.

– Nous l'avons découvert à Schwerin. Dans la tombe de Ronald Jørgensen. Je l'ai sur moi, dit le professeur en tapotant sa poche intérieure.

Sigmundur fixa les yeux sur lui.

– Schwerin ?

Le professeur acquiesça.

– Montre-le-moi, exigea Sigmundur.

– Montre-moi le *Livre du roi*.

Sigmundur secoua la tête.

– Je sais que tu ne me crois pas, mais je vais encore une fois essayer : je n'ai pas le *Livre du roi*. Montre-moi le fascicule !

– Et si je t'offre davantage d'argent ? dit le professeur.

Sigmundur ne lui répondit pas.

– Et si nous pouvons réunir le fascicule et le livre ? Nous deux, toi et moi ? Tu ne trouves pas que ça en vaudrait la peine ?

– Combien en veux-tu ? demanda Sigmundur.

– Je ne le vends pas, rétorqua le professeur.

Sigmundur avala une gorgée de cognac.

– Alors quoi ? dit-il.

Le professeur, qui était jusqu'alors resté assis, était à bout de patience et éclata.

– Espèce d'imbécile ! lui cria-t-il. Je m'en fous ! J'espère qu'ils te prendront et te jetteront par-dessus bord ! Tu mérites qu'on te tue, bougre de cornichon !

– Dis-moi une chose, professeur, dit Sigmundur que cette diatribe laissait froid. Je me demande ceci : comment se fait-il que le *Livre du roi* se retrouve tout à coup sur le marché en Europe, comme tu dis ? C'est une affaire sérieuse ? Je veux dire pour toi, surtout ?

– Veux-tu te taire !

– Ce ne serait pas un scandale pour toi, s'il refaisait brusquement surface en Islande entre les mains d'un particulier, ni vu ni connu, je t'embrouille ? Tu ne devrais pas fournir des explications sur tout ça ?

Le professeur fixa Sigmundur et, un moment, je crus qu'il allait lui rentrer dedans.

– Ce que je veux dire, c'est ceci : ne vaut-il pas mieux pour nous tous de nous taire ? Pour le moment, tout du moins. Pour toi. Pour le garçon qui est avec toi. Pour moi, que tu accuses d'avoir volé le livre. Ne vaut-il pas mieux pour nous tous de faire comme si rien ne s'était passé ? À moins que tu veuilles révéler à tout le monde comment tu l'as laissé échapper.

Le professeur ne lui répondit pas.

– Il y a juste une chose qui me tracasse, si toutefois ce que tu dis est vrai.

Le professeur attendait la suite.

– Comment as-tu réussi à berner d'autres spécialistes ? Tu as vraiment réussi à tromper tout le monde ? Il y a sans doute beaucoup de gens qui attendent avec impatience le résultat de tes recherches.

Le professeur jura à plusieurs reprises, m'écarta de la porte et sortit en trombe dans le couloir. Je regardai Sigmundur.

– Tu as le livre ? demandai-je.

– Fiche le camp, vaurien ! ordonna-t-il.

– Tu es en danger, que tu sois en possession du livre ou non. Glockner a probablement donné ton nom avant d'être assassiné. Le professeur peut t'aider.

– Je n'ai pas besoin de son aide ! Fiche le camp, et que je ne te revoie plus !

Je rattrapai le professeur au bout du couloir et nous montâmes sur le pont.

– Qu'est-ce qu'on fait maintenant ? demandai-je.

– Ce nigaud nous raconte des salades, c'est évident,

déclara le professeur. Je ne peux pas le laisser me narguer comme ça.

– Il se croit en position de force.

– Il ne peut pas reconnaître que c'est lui qui a le livre, car alors il le perd, il perd la gratification offerte à celui qui l'a retrouvé et l'acheteur ne récupérera jamais le livre. Nous sommes trop puérils, Valdemar. Puérils de croire que nous pouvons faire appel aux sentiments chez des gens comme ça. Il n'y a qu'une chose qui les fait marcher, c'est l'argent.

– Mais il est en danger si c'est lui qui a le livre.

– C'est son affaire, fit le professeur. Notre devoir est de le retrouver. Sigmundur peut aller se faire voir.

– Et s'il dit la vérité ? Si ce n'est pas lui qui a le livre ?

– Il l'a, affirma le professeur. Il nous provoque. Le livre n'est sûrement pas dans sa cabine. Il était bien trop sûr de lui, avec son verre de cognac à la main. Il doit l'avoir dissimulé quelque part à bord. Peut-être que c'est quelqu'un qui le cache pour lui. Le livre est quelque part ici et nous devons le trouver.

– Il y a tout de même quelque chose de positif dans tout ça, dis-je.

– Quoi ?

– Nous n'avons pas vu von Orlepp et ses hommes. Ils ont l'air d'avoir raté le *Gullfoss*. C'est tout de même positif.

– Ne sois pas trop sûr de toi, m'avertit le professeur. J'ai du mal à croire qu'ils laissent échapper quoi que ce soit.

– Et maintenant ? Qu'est-ce qu'on fait ?

– Il faut suivre Sigmundur, dit le professeur. Peut-être que nous parviendrons à le raisonner demain. Mais, d'abord, il nous faut nous trouver quelque chose à manger et un endroit sur ce bateau où faire le point. Je sais où nous pouvons nous reposer, mais je ne sais pas si ça va te plaire.

– Où ça ?

– Tu crains la chaleur ?

– Pas particulièrement, dis-je.

Il commençait à faire vraiment froid ce soir-là et j'aurais été content de ne pas dormir à la belle étoile. La cachette à laquelle le professeur pensait était la soute à bagages, elle était utilisée parfois pour garder les prisonniers, me dit-il. Personne n'y venait jamais. La cheminée du bateau partageait ce local en deux et la chaleur y était insupportable. On utilisait cet endroit pour les trublions difficiles à maîtriser, généralement quand ils étaient pris de boisson. Au pire, on les faisait dormir et se dégriser dans la chaleur de la cheminée. Je songeai à demander au professeur comment il connaissait l'existence de cette cabine pour les prisonniers, mais je laissai tomber. Nous nous y faufilâmes sans éveiller l'attention. Cette remise était fermée par un misérable cadenas. Le professeur trouva un morceau de fer non loin de là et le crocheta. La chaleur qui régnait à l'intérieur était horrible : elle avoisinait les quarante degrés. Nous prîmes soin de laisser la porte entrebâillée, sinon nous aurions eu du mal à respirer.

Le professeur resta silencieux et pensif, assis sur une valise. Je repensais à ce qu'il avait dû endurer et je me disais qu'il était près du but. Il était persuadé que Sigmundur mentait et, d'ailleurs, la lettre destinée à Glockner venait corroborer sa conviction. Il tentait donc de trouver une méthode convenable pour persuader Sigmundur de collaborer. On pouvait qualifier leur première rencontre de difficile.

– Que vas-tu faire quand tu auras récupéré le livre ? demandai-je.

– Si je le retrouve, tu veux dire ?

– Tu vas te livrer ? Tout de suite, ici, à bord ?

– Oui. J'y ai pensé. Alors, le livre parviendrait aux mains des autorités légitimes et serait remis à sa place, à Copenhague.

– Et personne ne pourrait te reprocher de l'avoir gardé parce que tu es le grand spécialiste mondial du *Livre du roi*.

– Non, ça aurait été un délit mineur de ma part, de voyager avec depuis Copenhague. Dans quelques années seulement il sera restitué solennellement à l'Islande avec les autres manuscrits.

Tu crois que ça se fera ?

– Oui. Il le faut. Tu verras ça, Valdemar. Moi, je ne sais pas. Mais je crois qu'il ne faudra pas attendre longtemps.

– Mais les assassins ? Tu n'en es pas débarrassé.

– Je n'ai encore vu aucun wagnérianiste à bord, si tant est que ce soit eux qui ont tué Glockner.

– C'est très probable, non ?

– Ça se peut bien, en effet.

– J'ai peur de croiser à nouveau leur chemin, dis-je. Je ne veux plus jamais les revoir.

– Ce n'est jamais simple d'avoir affaire à des gens comme ça, admit le professeur.

– Non, c'est vrai, avouai-je.

– À leurs yeux, il n'y a pas d'autre loi que la leur et ils se moquent de la vie d'autrui. Il y aura toujours des gens comme ça et ils nous feront toujours peur. Il faut une bonne dose de courage pour ne pas fuir le combat. Ils règnent par la peur et la violence, mais leurs méthodes sont toujours celles des lâches.

– Est-ce que les gens qui prennent régulièrement le *Gullfoss* sont logés dans les mêmes cabines ?

– Que veux-tu dire ?

– Tu disais que Sigmundur voyageait toujours dans la même.

Le professeur se mit à réfléchir.

– C'est exact, reconnut-il. Il me semble bien qu'il est toujours dans la même.

– Il y a une raison particulière à ça ? demandai-je.

– J'imagine que oui, fit le professeur. Tu veux dire qu'il camoufle quelque chose dans sa cabine ?

Je haussai les épaules. Il se leva.

– Où vas-tu ?

– Je vais voir si je peux raisonner ce bonhomme, dit le professeur. Toi, attends-moi ici, ça risque de prendre du temps.

– Qu'est-ce que tu vas faire ?

– J'ai une idée, déclara le professeur.

Et après avoir prononcé ces paroles sibyllines, il décampa à nouveau et je me retrouvai seul sans savoir que faire. Dans cette nouvelle cachette, la chaleur était étouffante si bien que j'enlevai quelques vêtements et m'étendis sur le tas de bagages. En un clin d'œil, je m'étais endormi.

Lorsque je me réveillai, la matinée était bien avancée. Complètement desséché après ce séjour dans la soute à bagages et les jambes endolories d'avoir dormi toute la nuit sur des valises, je sortis en rampant sur le pont. Le *Gullfoss* pénétrait dans le port de Leith, en Écosse, et le professeur ne se montrait toujours pas.

Je me tenais sur le bastingage et regardais le bateau accoster. On sortit la passerelle et le flot des passagers qui avaient l'intention de profiter des quelques heures d'escale à Édimbourg descendit du bateau. Un grand autocar les attendait. Les dockers commençaient déjà à décharger et à charger le bateau, des marchandises étaient transportées à terre et d'autres étaient transférées à bord. J'aperçus un groupe d'hommes en manteaux qui attendaient de monter. Certains avaient des appareils photo et je me souvins de la conversation que j'avais surprise alors que le journaliste de la place de l'Hôtel de Ville et Halldór Laxness se promenaient sur le pont. Ils avaient parlé de reporters et d'une conférence de presse au fumoir et la conférence semblait imminente.

J'avais une faim de loup et je mourais de soif après ce séjour auprès de la cheminée. J'eus alors l'idée de me mêler aux reporters pour monter en première classe. Dans le fumoir, il y avait un piano et on appelait parfois cette pièce la "salle de concerts". Il y avait des toasts et du vin sur la table ainsi que du jus de fruits dans des carafes. Une foule de journalistes, de reporters et de caméramans remplissait la petite salle et, parmi eux, il y avait le journaliste de la place de l'Hôtel de Ville qui prenait note de ce qui se passait. Tandis que je savourais les toasts et me désaltérais, Halldór Laxness était interrogé sur quantité de sujets que j'ai oubliés pour la plupart. Je me rappelle qu'il portait un costume clair en tweed beige et qu'il était aux anges. On avait distribué une notice que l'ambassade d'Islande à Londres, à ce que je crus comprendre, avait fait imprimer pour la presse britannique et qui contenait une petite biographie ainsi que ce qu'il fallait savoir sur le poète.

Une femme demanda au poète s'il était un *country gentleman*, expression que je ne saisis pas bien, et on lui demanda aussi où avaient été confectionnés ses vêtements. Quelqu'un voulait photographier le poète sur le pont et Halldór s'y prêta volontiers. J'essayais de ne pas me faire remarquer lorsque la salle se vida.

Peu après, la conférence de presse reprit. Avec les journalistes, Halldór était drôle, intéressant et très détendu. On lui demanda s'il voulait bien raconter quelque chose sur lui-même et il répondit que tout figurait déjà sur son passeport. Quelqu'un l'interrogea sur le contenu de ses œuvres et il conseilla aux gens de lire ses livres. Je regardai tranquillement tout autour de moi et, tout à coup, mon sang se glaça dans mes veines lorsque je m'aperçus qu'il y avait un autre homme dans le fumoir qui se trouvait là lui aussi sous une fausse identité. Je n'avais tout d'abord pas fait attention à lui et quand je me rendis compte de qui c'était j'eus envie de hurler. Il ne m'avait pas vu et j'essayai de ne pas me faire remarquer tout en l'observant depuis le coin de la pièce où je me trouvais. Je pensais au professeur. Où était-il maintenant que j'avais tellement besoin de lui ? L'homme était vêtu d'un long manteau et avait un chapeau sur la tête. À première vue, il ne se distinguait pas des autres. Il était probablement monté à bord avec les journalistes britanniques et semblait les utiliser comme couverture. Il paraissait noter ce que disait le poète et il me sembla un peu plus nerveux que les journalistes, il avait l'air de chercher à sortir avant la fin de la conférence.

Je le vis s'éclipser rapidement du fumoir et traverser la salle à manger. À ce moment, le déjeuner venait de commencer et ma faim se réveilla à la vue du fameux buffet du *Gullfoss* : jambon froid, gigot d'agneau, porc fumé, saumon mayonnaise et un tas d'autres mets exquis. Les passagers des premières pénétraient dans la salle, certains étaient déjà arrivés au buffet. Les serveurs et les cuisiniers s'affairaient.

L'homme que je filais ne prêtait aucune attention à tout cela ; au contraire, il traversa la salle à manger aux effluves exquis en coup de vent et monta les escaliers. Je le vis disparaître parmi les cabines où logeait Sigmundur. L'homme tambourina à la porte au fond du couloir. Je l'entendis dire quelque chose. La porte s'ouvrit et il disparut à l'intérieur.

Mon cœur battait la chamade.

J'avais envie de hurler au secours, d'appeler le professeur, quelqu'un, de donner l'alerte, mais je n'en fis rien. Je ne savais quel parti prendre.

Je n'avais pas revu cet homme depuis que le professeur et moi avions été arrêtés à Schwerin. C'était l'homme qui nous avait pris le fascicule perdu du *Livre du roi*.

Joachim von Orlepp.

24

Le *Gullfoss* commençait à sortir du port de Leith et je n'avais toujours pas retrouvé le professeur. La conférence de presse de Halldór Laxness était terminée et les gens qui étaient allés faire brièvement du lèche-vitrines ou prendre un café dans Édimbourg étaient tous revenus à bord. Avant de parvenir à destination, nous avions devant nous quelques jours de traversée que je craignais énormément.

Je ne savais pas comment retrouver le professeur et je commençais à croire qu'il lui était arrivé quelque chose. Je longeai la cabine de von Orlepp et me précipitai dans la soute à bagages au cas où le professeur serait à ma recherche. Ensuite, je me tins la plupart du temps dehors, sur le pont, en espérant que l'équipage me compte parmi les passagers et ne s'occupe pas de moi. Cela fonctionna.

Le soir, la porte de la cabine de von Orlepp s'ouvrit et je vis alors l'homme qui était avec lui dans le cimetière de Schwerin et dont je me souvenais qu'il s'appelait Helmut. Il sortit et prit la direction de la salle à manger. Au bout d'un instant, il en revint avec un plateau-repas et je m'aperçus qu'il y avait trois assiettes. Ils devaient donc être trois dans la cabine et je me demandai qui pouvait bien être le troisième.

Je me dépêchai de descendre à la soute à bagages. L'éclairage de nuit avait été allumé. Sur leur trente et un, les passagers de première classe sortaient de leurs cabines pour se rendre au fumoir et boire un verre avant le repas. La musique du piano se répandait partout au milieu du jeu des lumières, et la saveur des mets se mêlait aux senteurs de la mer. J'enviais la félicité de ces gens. Ils ne semblaient pas avoir de soucis et profitaient à fond de chaque instant de leur traversée. En fin de journée, ils allaient s'allonger et ressortaient, parés de leurs plus beaux atours, pour se rendre à un délicieux dîner. Si l'envie les en prenait, ils se détendaient après le repas en buvant un verre de vin ou en jouant aux cartes.

Le professeur pouvait-il être dans leur cabine ?

La troisième assiette était-elle pour lui ?

Je ne savais que penser. Plus mon attente se prolongeait, et plus j'étais inquiet et ressentais peur et solitude. En sortant de la soute à bagages, il avait seulement parlé de raisonner Sigmundur et je n'avais aucune idée de ce qu'il avait voulu dire. Je n'avais pas vu Helmut monter à bord avec von Orlepp. Se pouvait-il qu'il soit monté à Copenhague et qu'il ait aperçu le professeur ? Et même qu'il l'ait jeté par-dessus bord ? Dans ce cas, je serai bien le seul à m'apercevoir de son absence, et je ne pouvais faire part à personne de mes inquiétudes.

Devais-je me présenter au capitaine et lui révéler toute l'affaire ? Était-ce le moment ? Ou devais-je accorder encore un peu de temps au professeur ?

Celui-ci pouvait-il être dans leur cabine ?

Qui pouvait être ce troisième homme ?

Je ne vis pas Sigmundur parmi les passagers. J'allai à sa cabine et frappai à la porte, mais personne ne répondit. Je tentai de l'ouvrir, mais elle était fermée à clé. Je murmurai le nom du professeur, mais là encore, aucune réaction.

De guerre lasse, je me mis à arpenter le bateau et montai sur le pont dans l'espoir de tomber sur Sigmundur ou sur le professeur. Le son du piano se faisait de plus en plus audible à mesure que j'approchais de la salle à manger et le brouhaha des conversations des passagers m'arriva.

Je faillis me prendre les pieds dans un tas de cordages qui se trouvait près du bastingage. En y regardant de plus près, je vis que c'était une échelle de corde et j'eus une idée aussi bizarre qu'audacieuse : je pris l'échelle et l'attachai au-dessus de la cabine de von Orlepp et Helmut, et sans y réfléchir à deux fois je la lançai par-dessus le bastingage et commençai à me laisser descendre doucement le long du *Gullfoss*. Par bonheur, la mer était calme, le temps était au beau fixe et le bateau fendait les flots sans roulis. Autrement, je ne sais pas comment j'aurais fait. J'ai toujours eu le vertige et j'avais peur de tomber de si haut dans la mer. Je me gardai de trop y penser et évitai de regarder les vagues tout en bas.

Je me dirigeai doucement vers la cabine où je pensais qu'était logé von Orlepp. J'eus une grosse déception en m'apercevant que les rideaux du hublot étaient tirés, si bien que je ne pouvais voir l'intérieur. Pour quelqu'un comme moi, sans entraînement, ce n'était pas facile d'être suspendu ainsi sur cette échelle de corde rêche. J'avais très mal aux bras et une crampe dans la jambe. Je m'appuyai sur l'autre jambe et étais en train de réfléchir lorsque l'on tira les rideaux pour ouvrir le hublot et vider le contenu d'un cendrier dans la mer.

Je laissai s'écouler un instant avant de me placer près du hublot et de me coller doucement dessus afin de voir à l'intérieur. J'aperçus tout d'abord un lit et une grande valise posée dessus. À ses côtés était assis un homme qui me sembla être Helmut. Je fis un effort pour m'approcher davantage et je vis Joachim von Orlepp à la porte de la cabine. Il était de profil et discutait avec un troisième homme que je ne pouvais voir. Je n'entendais pas ce qu'ils disaient, mais leur conversation semblait se dérouler dans une atmosphère très amicale. À côté de Joachim, il y avait un miroir et je le voyais lui ainsi qu'une partie de la cabine qui s'y reflétait.

Lorsque je vis, posé sur la table à laquelle était assis le troisième homme, le fascicule perdu du *Livre du roi*, j'en eus le souffle coupé.

Ils l'avaient emporté à bord avec eux !

J'étais convaincu que c'était le fascicule. Il reposait sur la table comme un objet ordinaire et je le reconnus tout de suite, bien que je ne l'aie vu qu'une seule fois à la lueur blafarde du cimetière de Schwerin.

Je scrutai le miroir pour mieux voir le fascicule lorsqu'une main se posa dessus. Je ne voyais pas qui c'était, seulement que c'était une main vieille et desséchée, d'une pâleur cadavérique et décharnée, avec de longs ongles, je sus donc tout de suite que le troisième homme de la cabine de von Orlepp n'était pas le professeur. Le visage de l'homme apparut de profil dans le miroir tandis qu'il se penchait doucement au-dessus de la table. C'était un vieillard que je n'avais jamais vu auparavant, avec quelques mèches de cheveux sur une calvitie parsemée de taches brunes, un nez aquilin proéminent et des joues creuses et exsangues.

Il regarda le miroir et, pendant un instant, je vis ses yeux, des yeux noirs et féroces.

Il m'aperçut.

Il me montra dans le miroir et poussa une sorte de glapissement.

Je sursautai et, sans hésiter un instant, je remontai en vitesse le long de l'échelle de corde. En regardant en dessous, je vis la tête de Joachim von Orlepp sortir du hublot et se tourner vers moi. Il disparut de nouveau à l'intérieur et je l'entendis crier. Je grimpai à toute allure et en un clin d'œil je me retrouvai sur le pont. Je laissai tomber l'échelle et descendis quatre à quatre les escaliers, passai une porte et descendis ensuite encore des escaliers, repassai une porte et, en un instant, j'étais au fumoir où s'était tenue la conférence de presse de ce matin.

Je le traversai tranquillement en essayant de ne pas attirer l'attention. Je hâtai le pas en arrivant dans la salle à manger et parvins au vestibule. Les serveurs m'aperçurent. De toute évidence, je n'avais rien à faire là. Encore une fois, je me précipitai et dévalai des escaliers en descendant de plus en plus jusqu'à ce que je rejoigne la soute à bagages. C'est là que je me cachai, mort de peur et n'osant plus bouger.

Ils étaient donc à bord ensemble, Joachim, Helmut et le vieillard que je ne connaissais pas, mais qui tenait le fascicule perdu comme s'il était à lui. Je n'avais jamais vu de ma vie un visage aussi méchant que lorsqu'il m'avait aperçu dans le miroir, et en repensant au glapissement qu'il avait alors poussé, j'en eus froid dans le dos.

Je ne sais pas combien de temps s'était écoulé. Je ne savais vraiment pas quoi faire. Le professeur était toujours celui qui commandait et, sans lui, j'étais dans l'incertitude la plus complète quant à mon rôle. J'avais encore en tête l'idée de me présenter au capitaine du bateau pour lui révéler les tenants et les aboutissants de notre histoire, mais j'hésitais. Le professeur voulait résoudre l'affaire sans l'intervention des autorités, du moins jusqu'à ce que le *Livre du roi* soit de nouveau entre nos mains. Il avait eu l'intention de parler à Sigmundur. Je ne savais pas ce qu'il avait voulu dire quand il avait dit vouloir le raisonner. Personne n'avait répondu quand j'avais frappé à la porte de Sigmundur. La seule chose qui me vint à l'esprit fut de réessayer.

C'est ainsi que je me glissai hors de la soute à bagages. Les cabines de Sigmundur et de Joachim étaient dans le même couloir et, sur le pont, j'hésitai, puis finalement je décidai de frapper chez Sigmundur. Je ne voulais à aucun prix croiser le chemin de Joachim et Helmut.

Je toquai doucement à la porte et il ne se passa rien de plus que le jour précédent.

Je résolus de frapper plus fort, je saisis la poignée et la secouai. Je collai mon oreille sur la porte et il me sembla entendre du bruit. Je tambourinai à nouveau et murmurai le nom de Sigmundur.

J'entendis à nouveau du bruit et ensuite comme un profond gémissement et, finalement, on tambourina sur la porte de l'intérieur.

Je pris tout mon élan pour enfoncer la porte et, d'un coup d'épaule, elle céda. Je m'affalai à l'intérieur. En me relevant, je vis Sigmundur allongé pieds et poings liés sur son lit. Il avait réussi à donner des coups de pied dans la porte et c'était cela que j'avais entendu. Sigmundur me fixa et marmonna quelques jurons que je n'entendis pas à cause du bâillon qui l'empêchait d'articuler un son.

Je lui enlevai ce dernier et il respira profondément.

– Salaud de professeur, s'écria-t-il. Où est-il ?! Où est-ce qu'il est, ce salaud ?!

La cabine de Sigmundur était sens dessus dessous. On aurait dit qu'un obus avait éclaté à l'intérieur. Une bouteille de cognac était tombée par terre, s'était fracassée et une odeur d'alcool flottait dans la pièce. Le lit avait été déplacé, dévoilant une fausse cloison qui avait été ouverte. Des bouteilles d'alcool et des boîtes de cigares jonchaient le sol comme du bois flotté échoué sur le rivage.

– C'est quoi, ça ? demandai-je en montrant tout le fouillis.

– Qu'est-ce que ça peut te foutre ? rugit Sigmundur furieux. Où est le professeur ?

– C'est de la contrebande ? C'est une fausse cloison ? Qu'est-ce qui s'est passé ?

– Ce qui s'est passé ?! Il est entré et m'a agressé. Il m'a ligoté ! Il m'a menacé du pire si je ne lui disais pas où est le *Livre du roi*.

– C'est là que tu le gardais ? fis-je en passant la tête par le trou de la cloison.

– Tu sais où est le professeur ? demanda Sigmundur sans répondre.

– Non, je le cherche. Je ne l'ai pas vu de la journée. Et toi, tu sais où il est ?

– Il m'a agressé.

– Et ?

– Et il m'a pris le livre, dit Sigmundur. Il m'a pris le livre, ce salaud ! Il m'a attaché et m'a volé le livre !

Je commençai à défaire les liens de ses pieds et ensuite je défis ceux de ses mains. Il se mit à se masser les poignets.

– Où est le professeur ? demanda-t-il plus calmement.

– Tu as dissimulé de la contrebande dans cette cabine ? demandai-je.

Il me regarda d'un air résigné.

– Je connais un des hommes de l'équipage, dit-il. On me donne parfois cette cabine quand j'en ai besoin. Je paie largement pour ça. Je paie le steward et il prélève sa part.

– Et le livre était ici ?

– Oui, il était là, derrière la cloison.

– Le professeur est arrivé à mettre la main dessus ?

– Oui.

– Où est-il ?

– Tu ne le sais pas ?

– Non, je le cherche. Il t'a dit quelque chose ? Ce qu'il allait faire, par exemple ?

– Non, seulement que maintenant l'affaire était terminée.

– Que l'affaire était terminée ?

– Oui, que la recherche était terminée. Il était arrivé à mettre la main sur le livre. Il l'avait retrouvé. J'ai cru qu'il allait pleurer de joie devant moi. Ensuite, il s'est précipité dehors et a refermé à clé derrière lui. Il a dit qu'il passerait me voir plus tard quand je me serais calmé. Il reste encore un peu de cognac là-bas ?

Je lui tendis la bouteille et il but une gorgée.

– Je ne sais pas ce que l'acheteur va dire de ça, gémit-il. Il ne sera pas du tout content de s'être fait voler le livre. Il l'a payé.

– Ça s'est passé quand ? Quand est-ce qu'il t'a agressé ?

– Durant la nuit dernière.

– Cette nuit ?!

– Oui, j'ai dû rester ici attaché et bâillonné pendant des heures.

Je fis un pas dans le couloir et jetai un coup d'œil à la cabine de Joachim. Je ne pouvais imaginer ce qui était arrivé au professeur et je redoutais le pire. Il ne semblait pas s'être présenté au capitaine comme il avait dit qu'il le ferait quand il aurait mis la main sur le livre. En effet, Joachim et Helmut auraient déjà été arrêtés et placés près de la cheminée. Si le professeur avait agressé Sigmundur la nuit dernière, Joachim n'était pas à bord à ce moment-là. Par contre, il n'était pas exclu qu'il soit tombé aux mains de Helmut.

— Que vas-tu faire ? demanda Sigmundur quand je revins le voir dans sa cabine.

— Je ne sais pas, dis-je.

— Et ces hommes qui en ont après moi ? demanda-t-il d'une voix qui trahissait davantage la peur que lorsque le professeur lui en avait parlé la première fois.

— Ils ne t'ont pas contacté ?

— Non.

— Ils sont ici, à bord, lui confiai-je. Tu devrais te montrer prudent, mais j'ai bien peur qu'ils se désintéressent rapidement de toi quand ils sauront que c'est le professeur qui a le livre.

— Ils sont aussi dangereux que vous l'avez dit ?

— Oui, très. Ce sont des assassins.

— Ce sont eux qui ont assassiné Glockner ?

— Oui. Et ils ont tenté d'assassiner un autre Allemand : Färber.

— Pour mettre la main sur le *Livre du roi* ?

— Oui.

— Il a tant de valeur que ça pour eux ?

— Oui, fis-je. Leur chef l'a volé au professeur pendant la guerre, mais l'a perdu ensuite, et son fils veut le récupérer. Il semble prêt à tout pour le ravoir. Il le considère comme sa propriété. Dans ces circonstances, la vie d'un homme ne compte pas.

— Qui sont ces hommes ?

— De satanés wagnérianistes, murmurai-je.

Sigmundur me regarda sans comprendre et voulut dire quelque chose mais je le fis taire. J'avais entendu des pas dans le couloir et je fermai la porte. Les pas s'éloignèrent après être passés devant la cabine et, lorsque j'ouvris la porte, je vis Helmut descendre les escaliers pour aller sur le pont. Il commençait à faire nuit. Je demandai à Sigmundur de bien garder pour lui tout ce que je lui avais raconté, au moins jusqu'à ce que je sache ce qui se tramait. Je lui rappelai qu'il devait prendre des précautions et, de préférence, rester dans les endroits où il y avait beaucoup de monde. Ensuite, j'emboîtai le pas à Helmut.

Il était descendu sur le pont et s'appuyait sur le bastingage en regardant la mer. Il n'y avait pas grand monde, alors il se faufila le long de la cale arrière et se dirigea vers la poupe où était logée la deuxième classe. Je m'installai à un endroit où il ne pouvait pas me voir et me tins sur mes gardes, de peur que dans le sillage de Helmut arrive Joachim, ou même le vieil homme qui avait poussé un cri en regardant dans le miroir.

Lorsque Helmut se fut assuré qu'on ne l'avait pas vu, il me prit au dépourvu en se précipitant dans un cagibi et en refermant derrière lui. Deux minutes s'écoulèrent avant que Joachim n'apparaisse dans l'escalier depuis la première classe et fasse le même manège. Il s'appuya tranquillement au bastingage, observa un moment la mer et se glissa le long du pont jusqu'à ce qu'il ait atteint le cagibi. Lorsqu'il considéra que personne ne le voyait, il se précipita à l'intérieur, comme Helmut.

J'attendis qu'ils réapparaissent et je me creusai la tête pour comprendre ce qu'ils pouvaient bien faire. Je ne me risquai pas à les suivre, au contraire j'attendis patiemment la suite des événements. Je n'avais aucune idée de ce qui les amenait dans ce cagibi situé sur le pont arrière du *Gullfoss*. Il n'était pas plus grand que des toilettes et il n'y avait guère de place pour deux.

Il s'écoula une bonne heure avant qu'ils ne se manifestent à nouveau. Les passagers de première commençaient à se rendre à la salle à manger. Il en provenait un cliquetis de couverts. Quelqu'un jouait au piano les derniers airs à la mode. En sortant de la salle à manger, on pouvait gagner le pont et des gens y trinquaient avant de jeter leur verre derrière eux dans la mer. La porte du petit cagibi s'ouvrit et Joachim parut dans l'embrasure. Il monta directement à la première classe. Dix minutes plus tard, c'est Helmut qui sortit en suivant le même chemin.

Je laissai passer une bonne heure avant de me risquer jusqu'au cagibi. J'en ouvris la porte avec précaution. Je vis d'abord toutes sortes d'objets répandus sur le sol : des chaînes rouillées et des ustensiles de peinture, des seaux et des pinceaux. Je refermai derrière moi et mes pieds heurtèrent un couvercle qui traînait par terre. Je le ramassai et j'aperçus alors un trou d'homme qui permettait de descendre dans la cale. Je descendis avec précaution l'escalier et remis le couvercle en place. Une ampoule électrique nue éclairait la partie supérieure de la cale. Je murmurai le nom du professeur et tendis l'oreille. On n'entendait rien.

Je m'avançai à pas lents le long des caisses de conserve, des sacs de farine et de sucre jusqu'au fond de la cale. Il y faisait quasiment nuit noire.

Je tendis l'oreille et entendis de faibles gémissements.

– Tu es là ? murmurai-je.

Les gémissements s'amplifièrent.

Je m'approchai et aperçus un tas sur le sol dans lequel je distinguai une silhouette humaine. Je me penchai. J'avais trouvé le professeur. Il était allongé près des sacs, bâillonné, pieds et poings liés, un peu comme il avait lui-même ligoté Sigmundur.

Je lui retirai le bâillon.

– Dieu soit loué ! gémissait-il, haletant. Détache-moi avant qu'ils ne reviennent. Il faut se sauver. Joachim est à bord ! Et Helmut aussi !

– Je sais. Je les ai vus. Tu as le livre ?

– Vite, détache-moi !

Je m'escrimais sur les nœuds. Ils étaient faits avec soin et je n'avais aucune prise pour les desserrer. Le fait est que je n'avais jamais été aussi désespéré et aussi déboussolé, et ce n'était pas de nature à arranger les choses. Dans le noir, je marchai sur quelque chose et je faillis m'affaler de tout mon long. C'était la canne du professeur.

– Où est-ce que tu étais ? demanda celui-ci.

– Où j'étais ? Je t'ai cherché toute la journée ! Qu'est-ce que tu faisais ?

– Je venais de me disputer avec Sigmundur quand ils m'ont attrapé, déclara le professeur. Sigmundur gardait le livre dans sa cabine. Juste sous notre nez. Je m'en allais trouver le capitaine.

– Joachim est monté à bord en Écosse, lui expliquai-je. Ils sont ensemble dans une cabine, lui et Helmut. Et il y a un homme avec eux, un homme antipathique aux yeux noirs. Il m'a vu ! Ils m'ont poursuivi et…

– Attends, Valdemar, moins vite ! Qu'est-ce que tu as vu ?

– Qui est ce vieil homme, avec eux ? demandai-je. Ils sont tous les trois dans une cabine. Je n'en ai vu que deux, mais il y avait trois assiettes et j'ai cru que tu étais avec eux, et ensuite je suis descendu le long du bordage jusqu'au hublot…

– Calme-toi, Valdemar ! Jusqu'au hublot ?

– Et alors j'ai vu que tu n'étais pas avec eux, mais qu'il y avait ce vieux bonhomme.

À bout de souffle et haletant, je lui racontai ce que j'avais fait, que je m'étais balancé le long du bateau et que j'avais regardé à l'intérieur de la cabine.

– Ce sont eux qui ont le fascicule ! dis-je en me souvenant tout à coup du plus important. Ici, à bord ! Ils ont le fascicule perdu.

Le professeur fixa les yeux sur moi.

– Qu'est-ce que tu dis ?

– Je l'ai vu dans leur cabine. Le fascicule perdu. C'est le vieil homme qui l'avait. Il le tenait. C'était le fascicule perdu !

– Est-ce possible ? soupira le professeur.

– C'était le fascicule perdu, répétai-je. Ils l'ont avec eux !

– Nous devons le reprendre, Valdemar. Tu ne peux pas défaire ça ?

– Non, ça ne va pas. Ces satanés nœuds !

– Tu n'as pas un canif ?

– Non.

– Qui était ce troisième homme avec eux ? Que veux-tu dire ? Qui était-ce ?

– Il avait un grand nez aquilin, les joues creuses et les yeux noirs. Je te jure qu'ils étaient noirs. Je n'ai jamais rien vu de plus effrayant que lorsqu'il m'a regardé dans le miroir.

Je sentis le professeur se raidir.

– Qui est-ce ? demandai-je.

Le professeur se taisait.

– Qui ?

– Orlepp senior, murmura-t-il.

– Orlepp… le père de Joachim ? On ne disait pas qu'il était mort ?

– Non, s'il est ici, à bord de ce bateau.

– Joachim est arrivé avec le groupe de journalistes, mais je n'ai vu ni Helmut ni le vieux.

– Ils ont pu monter à bord à Copenhague ou à Leith, et nous n'y avons pas fait attention. Ils ont appris que Sigmundur voulait partir et ils étaient au courant de l'escale de Leith. Possible qu'ils aient pris l'avion pour Édimbourg et y aient attendu le bateau.

– Tu crois qu'Orlepp senior est sorti de sa cachette à cause du livre ?

– Je ne sais pas, mais d'après ton signalement, ça ne peut être que lui. Nous devons leur reprendre le fascicule. J'ai peur que…

Le professeur se tut. Je commençais à m'habituer à la pénombre et j'aperçus sa mine soucieuse. Il avait été frappé au visage, il avait la lèvre fendue et avait saigné du nez.

– Qu'est-ce qu'ils t'ont fait ? demandai-je.

– Ils savent que j'ai le livre.

– Tu ne leur as rien dit ?

– Je ne sais pas comment ça va se terminer, Valdemar, dit le professeur soucieux. Nous ne pouvons plus aller trouver le capitaine. Nous devons d'abord leur reprendre le fascicule. Ils pourraient le détruire s'ils savent que l'équipage est à leurs trousses.

– Je suis sûr que tout ira bien, dis-je pour le réconforter, mais sans vraiment y croire.

Je me démenais avec les nœuds. La physionomie du vieil homme me poursuivait. Les yeux noirs dans le miroir et la main qui me désignait comme si j'étais condamné à mort.

– Que s'est-il passé ? demandai-je. Comment t'ont-ils attrapé ?

– Ils m'ont pris complètement par surprise.

– Comment ?

– C'est Helmut. Ici, sur le pont. Il est armé. Méfie-toi de lui, Valdemar. Ils devaient connaître l'existence de cette cale. J'étais prêt à aller voir le capitaine. Je voulais tout lui dire et lui remettre ensuite le livre, comme convenu.

– Ils t'ont fait descendre directement ?

– Oui, ils avaient l'air de bien avoir préparé leur coup. Je n'ai rien pu faire.

– Où est le livre ?

Je sentis que je réussissais enfin à triompher des nœuds.

– Arrête ! murmura le professeur.

Je me figeai. Nous tendîmes tous deux l'oreille. Quelqu'un descendait dans la cale.

– Cache-toi ! chuchota le professeur. Remets-moi le bâillon ! Vite, vite !

Je fis comme il disait et me jetai derrière la pile de caisses juste au moment où Joachim et Helmut apparaissaient. J'essayai de ne pas me faire remarquer, osant à peine respirer ou bouger.

– Maintenant, nous l'avons, entendis-je.

Je me suis blotti dans le coin et j'ai épié le coin où le professeur était couché sur les sacs de farine. Joachim et Helmut se tenaient au-dessus de lui. Helmut s'est penché et lui a enlevé le bâillon. Dans sa main, quelque chose s'est mis à luire. Il m'a semblé que c'était un revolver. Joachim, lui, tenait une lampe de poche.

– Mon père dit que tu mens, déclara Joachim. Il dit que nous devons employer tous les moyens pour te faire avouer où tu as caché le *Livre du roi*. Nous savons qu'il est ici, à bord.

Le professeur se taisait.

– Helmut a été menuisier autrefois, poursuivit Joachim. Il sait se servir de toutes sortes d'outils.

Helmut sourit.

– Il est particulièrement habile avec les tenailles, dit Joachim.

Je regardai à nouveau ce que Helmut avait à la main. Ce n'était pas un revolver qu'il tenait, mais des tenailles et je me demandai ce que diable il avait l'intention de faire avec des tenailles dans cette cale.

– Tu ne me fais pas peur, dit le professeur.

– C'est ce que nous allons voir, rétorqua Joachim. Voyons si tu es endurant.

Le professeur les regardait tour à tour ainsi que les tenailles dans les mains de Helmut.

– Tu supportes la douleur jusqu'à quel point ? demanda Joachim.

Le professeur ne lui répondit pas.

– Que penses-tu qu'un menuisier expert comme Helmut puisse faire avec un outil comme celui-là ?

– Il peut se le fourrer dans le trou de balle, dit le professeur.

De toutes ses forces, Helmut lui flanqua un coup de pied dans les côtes. J'entendis le professeur gémir.

– Je ne crois pas que ce soit intelligent d'irriter Helmut, dit tranquillement Joachim comme si de rien n'était. Surtout quand on est pieds et poings liés.

Il s'accroupit en s'approchant du professeur.

– Je pourrais te remettre le bâillon, mais j'ai envie d'entendre le son de ta voix, dit-il avec un détachement insupportable.

Helmut saisit les mains du professeur et tira sur la corde que j'avais sans succès essayé de défaire. Le professeur remua sur le sol et tourna le dos aux Allemands. Je ne comprenais pas ce que Helmut voulait faire et je crus tout d'abord qu'il allait délier les mains du prisonnier. Le professeur serra les poings, mais Helmut frappa dessus avec les tenailles. Je m'aperçus que le professeur essayait de protéger ses doigts en les cachant dans ses paumes. Soudain, je compris ce qu'il avait l'intention de faire. Il réussit à dégager le petit doigt du professeur et le coinça dans les tenailles. Ensuite, il leva les yeux vers Joachim.

– Dis-moi ce que tu as fait du livre ! ordonna Joachim.

– Je ne l'ai pas, dit le professeur.

– C'est sûr que tu l'as, assura Joachim.

Il tira les cheveux du professeur.

– Dis-moi où il est.

– C'est Sigmundur qui a toujours le livre, dit le professeur.

– Tu as déjà essayé ça, riposta Joachim. Nous venons de chez lui. Il nous a dit que tu étais entré dans sa cabine, que tu avais découvert la fausse cloison et pris le livre. Je crois qu'il dit la vérité. À vrai dire, l'état de sa cabine n'était pas brillant.

– Il ment.

Le professeur essayait de gagner du temps. J'aurais pu essayer de remonter de la cale pour chercher de l'aide s'il y avait eu moyen de le faire discrètement.

Joachim hocha la tête en direction de Helmut.

Helmut serra les tenailles. Je vis que le doigt commençait à saigner.

Le professeur hurla. Ma gorge se serra.

– Où est le livre ? demanda Joachim.

Helmut le regarda. On aurait dit qu'il brûlait d'envie de lui couper le doigt.

Joachim sourit au professeur.

– Où est le livre ?

Le professeur pouvait à peine parler en raison de la douleur.

– Où est le livre ? demanda encore Joachim.

– Va te faire foutre ! éructa le professeur.

Joachim fit un signe de tête à Helmut qui serra encore plus fort.

Le professeur hurla.

Je ne pus en supporter davantage et me levai de derrière la pile de caisses.

Helmut allait couper le doigt en deux quand je me précipitai sur lui en hurlant et lui donnai de toutes mes forces un coup de pied au visage. Joachim se leva d'un bond. Helmut ne bougeait pas. Il se secoua et se remit debout. J'étais comme paralysé devant lui.

– Valdemar ! s'écria le professeur.

Helmut leva la main et me gifla du revers si bien que j'en fus projeté contre la pile de caisses. Il s'approcha de moi et me donna de toutes ses forces un coup de poing au visage.

La douleur était intolérable. Ma vue se brouilla. Ensuite, je perdis connaissance.

25

Aurait-on pu faire quelque chose d'autre ? Le doute me ronge encore aujourd'hui.

Notre situation était désespérée. Le professeur avait connu des fortunes diverses dans sa vie sans être abattu, mais dans le cas présent, il ne pouvait guère escompter remporter la victoire sur ces gens-là, des tortionnaires sans foi ni loi. Cependant, je ne le vis jamais faiblir. Même pas là, au fond de la cale du *Gullfoss*, alors que toutes les issues étaient bouchées. Sa volonté de vivre et sa pugnacité faisaient mon admiration. Il savait que mon moral était au plus bas et il essayait de m'encourager, de me faire comprendre dans quelle situation il était et de me faire sentir qu'il ne capitulerait plus jamais devant ces hommes, quoi qu'il advienne.

Moi, j'étais paralysé par la peur. Tout cela était tellement insolite et dangereux. Je n'avais jamais vu de ma vie, et encore moins touché, un revolver. En fait, je n'avais aucune idée de ce qui allait arriver. Je sentis la peur s'insinuer en moi juste avant de m'évanouir.

Lorsque je repris mes esprits, j'étais couché et ligoté pieds et poings liés à côté du professeur et des sacs de farine.

– Ça va ? murmura-t-il. Je ne vois rien dans cette obscurité.

Je me rappelai ce qui s'était passé, je me rappelai les tenailles emprisonnant le doigt du professeur et le coup que j'avais reçu.

– Ils sont partis ? demandai-je, épouvanté.

– Oui, mais ils vont bientôt revenir.

– Tu leur as parlé du livre ?

– Non, pas encore.

– Comment va ta main ?

– Tout va bien pour moi, mon petit Valdemar. Et toi, comment vas-tu ? Tu n'as pas mal à la tête ?

Après le coup qu'on m'avait asséné, j'avais le visage en feu.

– Où sont-ils passés ?

– J'ai essayé de nous faire gagner du temps.

– Qu'est-ce que tu as fait ?

– Je les ai lancés sur une fausse piste. D'abord chez Sigmundur. Maintenant, je les lance sur une autre voie sans issue. Ils vont très vite revenir et, alors, j'ai bien peur qu'ils ne se montrent impitoyables.

– C'est toi qui as le livre, n'est-ce pas ?

– Oui.

– Tu vas être obligé de le leur laisser.

– Pas tant que je vivrai, Valdemar. C'est impossible. Moi vivant, ils n'auront jamais ce livre.

Je retournai ses paroles dans ma tête. J'avais toujours cru à sa détermination de sacrifier sa vie pour le *Livre du roi*.

– Veux-tu me dire où il est ?

– Il vaut mieux que tu en saches le moins possible.

Je réfléchis à ses paroles. Il avait raison. Je ne serais jamais capable de supporter les méthodes d'interrogatoire qu'employaient Joachim et Helmut.

– Mais est-ce que ça change quoi que ce soit ? dis-je, inquiet. Il leur suffit de croire que je sais quelque chose.

– Ne te fais pas tant de souci, mon ami.

Le visage me faisait mal. Ils allaient revenir d'un instant à l'autre et nous ne pouvions nous attendre à rien de bon. Je revis les tenailles dans les mains de Helmut.

– Peut-être devrais-tu leur dire où est le livre, articulai-je d'un ton hésitant.

– Je ne peux pas, dit le professeur.

– Nous pourrons peut-être le leur reprendre plus tard.

– J'ai peur qu'ils ne nous en donnent pas l'occasion.

Je réfléchis à ses paroles et vis clairement que notre vie était entre les mains de ces hommes. Je n'avais pas envisagé notre situation sous cet angle avant. Il ne cillait pas. Comme s'il avait déjà pris sa décision.

– Tu veux dire…

– Je pense qu'ils ne veulent laisser aucun témoin derrière eux.

– Mais…

Je me tus et me dis que notre situation était vraiment désespérée.

– Je sais que c'est dur, mon petit Valdemar, reprit le professeur.

– Tu penses que cela ne changera rien si nous leur laissons le livre ? dis-je.

– Non.

– Que pouvons-nous faire ?

– Nous pouvons tenter de montrer que nous avons du courage.

– Du courage ? Je crois que je ne suis pas très courageux.

– Tu m'es venu en aide.

– Ils allaient te couper le doigt.

– Tu ne t'en es pas moins rué sur eux. J'ai toujours su que tu avais du cran.

– Du cran, répétai-je, en ayant perdu tout espoir.

– Pense au *Chant d'Atli*.

– Le *Chant d'Atli* ?

– Souviens-toi de Gunnar et Högni. Nous devrions essayer de raisonner comme eux.

Je repassai dans mon esprit l'histoire de Gunnar et Högni. Le professeur voulait que nous suivions leur exemple et que nous fassions preuve de bravoure. S'attendait-il vraiment à ce que j'affronte la mort le sourire aux lèvres ? Était-il prêt à m'envoyer à la mort ? Était-il prêt à me sacrifier ?

– Tu as quand même découvert le livre, dis-je.

– Oui, je l'ai découvert, admit le professeur. Tu aurais dû être là, Valdemar. C'est pour ça que Sigmundur voyage toujours dans la même cabine. Il n'a pas été difficile de découvrir la fausse cloison où se trouvait le livre. Je l'ai eu pour la première fois en main depuis dix ans. C'était inouï. Il est entier. Il a été bien conservé. Il n'a rien. Pendant tout ce temps, il n'a pas été abîmé. On aurait dit que je l'avais reposé hier sur l'étagère.

Je le félicitai. Je ne savais pas quoi faire d'autre. Il avait finalement réussi à retrouver le *Livre du roi*. Est-ce qu'il pourrait en profiter encore quelque temps ? C'était une tout autre histoire. Il était obligé de l'abandonner à von Orlepp. Notre situation était désespérée.

– Valdemar, je…

Le professeur hésita.

– Quoi ?

Il se tut. Il avait l'air de se demander si c'était le bon moment ou s'il devait attendre encore un peu avant de dire ce qu'il avait à dire.

– Il y a une petite chose dont il faut que je te parle et je veux le faire avant qu'il ne soit trop tard, dit-il.

– Qu'est-ce que c'est ?

– Tout va bien pour toi ?

– Non… En fait, non. Comment va ton doigt ?

– Ça va. Ça ne va plus saigner autant.

– Ça ne t'a pas fait mal ?

– Si, énormément.

– Qu'est-ce que tu as à me dire ?

– Je… je voulais te remercier. Te remercier d'avoir été avec moi dans toutes ces épreuves.

Il parlait sérieusement.

– Tu n'as pas à me remercier de quoi que ce soit, dis-je.

– Si, Valdemar. Je sais que j'ai été réconforté lorsque tu es venu me voir la première fois. J'espère que tu me pardonneras. J'aurais dû mieux te recevoir.

– Je n'ai rien à te pardonner.

– Je n'aurais pas dû jeter ta lettre de recommandation par la fenêtre.

Je ne pus m'empêcher de sourire.

– Ce n'était peut-être pas une lettre aussi importante que ça. Tu n'as pas à t'excuser. Ça…

– Tu crois ?

– Ça a été un grand honneur pour moi de pouvoir t'accompagner, avouai-je.

Il se taisait.

– Un très grand honneur, dis-je.

– Je te remercie, Valdemar. À la bonne heure ! Tu t'es révélé précieux pour moi. Plus que je ne l'aurais espéré.

Nous restâmes un long moment silencieux.

– J'espère que tu continueras tes études, fit-il. J'espère que je ne t'en ai pas détourné.

– Non, ne t'inquiète pas.

– Tu sais ce que je ressens, continua le professeur. Il

n'y a rien de plus important que nos manuscrits. Rien. Il faut que tu t'en souviennes et que tu le comprennes.

– Je m'en rends compte de plus en plus.

– À l'avenir, ce sera ton rôle de prendre soin du *Livre du roi*.

– Je ferai de mon mieux.

– Je le sais.

De lointains grondements en provenance de la salle des machines et la douceur du roulis me calmaient un peu, mais pourtant j'étais angoissé, même si j'étais incapable de le formuler devant le professeur.

– Qu'est-ce qu'on doit faire ? demandai-je après un long silence.

– Faire ? interrogea le professeur, et sans le voir distinctement, j'eus l'impression qu'il souriait. Nous ne pouvons pas faire grand-chose. Ça dépend d'eux. Et ce n'est pas fini, Valdemar. Loin de là !

– Où est le livre ?

– Il est plus près de nous que tu ne le penses, insinua le professeur. Est-ce qu'il t'arrive de penser à la mort, Valdemar ?

– Pas tellement. Sauf maintenant, peut-être.

– Tu as peur de la mort ?

– Pas plus que n'importe qui, je crois. Pourquoi tu me demandes ça ?

– Tu as vu comment ils ont traité Glockner.

– Oui.

– Ces hommes ne reculent devant rien.

– Oui, je le sais.

– Il ne faut pas que tu penses à la mort. Elle viendra assez tôt. Même pour un vieux barbon comme moi qui ai eu une longue vie. En un clin d'œil, te voilà parti, décédé, trépassé. Le monde suit son cours. Il ne bouge pas. Berlin reste à sa place. Copenhague aussi.

Et l'Islande également. Mais toi et moi, nous aurons disparu depuis longtemps et il n'y aura plus personne au monde pour se souvenir de notre passage sur cette terre. Tu es jeune et je sais que tu penses que ça n'arrivera jamais, mais je peux te dire que la mort survient en un instant, même si tu es heureux d'avoir atteint un grand âge. En un instant, Valdemar ! Et l'instant d'après, cinq cents ans se sont écoulés depuis que tu as été mis en terre. Le *Livre du roi* survivra à tout ça. Il survivra à nous tous. Ce n'est pas nous qui le conservons. C'est lui qui nous conserve. Il est la suite de notre vie. Il est notre histoire et notre existence passées, présentes et futures. Il a résisté, il a tenu bon pendant des siècles et il lui reste de nombreux siècles à vivre. Il a vu les puissances de ce monde apparaître et disparaître, des guerres mondiales ont éclaté, lui, il a survécu aux malheurs et aux progrès techniques. Christophe Colomb est allé jusqu'en Amérique et maintenant les hommes parlent d'aller dans l'espace. Un jour, ils atterriront sur la lune et le *Livre du roi* en sera témoin, parce qu'il est notre histoire et aussi l'histoire de la terre et du temps.

Le professeur prit une profonde respiration.

– Il est lui-même le temps, Valdemar. Notre pauvre séjour sur terre n'a aucune importance, comparé au *Livre du roi*. Nous n'en sommes que les dépositaires.

Un long silence suivit ses paroles.

– Je veux que tu gardes ça à l'esprit quoi qu'il advienne, dit-il.

– Tu n'as pas l'intention de leur laisser le livre ? demandai-je.

– Je ne peux pas, reprit le professeur. Ça ne pourra jamais se faire. Je ne remettrai jamais le *Livre du roi* à ces gens-là. Plutôt mourir.

– Et moi avec.

– J'espère que tu comprends ça, Valdemar. Ils n'auront pas le livre.

Il me semblait me souvenir d'un cours magistral sur le *Livre du roi* en Islande, à l'université, qui traitait des chants héroïques de l'*Edda*. Les paroles du professeur Sigursveinn s'insinuaient dans mon esprit là, au fond de la cale, à savoir que les héros ont toujours été des hommes qui s'étaient trouvés confrontés à une situation où deux choix également mauvais s'offraient à eux. Je ne saurais décrire mon effroi lorsqu'il m'est apparu que, dans ces circonstances, les héros avaient toujours accompli des actes qui leur avaient valu d'intolérables tourments.

26

Sur ces entrefaites, on entendit des pas et bientôt ils furent à nouveau devant nous, Joachim et Helmut. On pouvait voir un rictus sur les lèvres de Joachim.

– Mon père assure qu'il n'y a qu'une seule manière de te faire céder, dit-il.

– Ah bon ? dit le professeur sur un ton de dérision. Vous n'avez rien trouvé ?

– Il n'y a jamais rien eu, fit Joachim dans un rictus. Et maintenant, c'en est fini de ton petit jeu !

– Qu'est-ce que vous avez fait de Sigmundur ?

Joachim haussa les épaules.

– Il lui est peut-être arrivé un accident. Il est peut-être tombé par-dessus bord. On ne sait jamais tout ce qui peut arriver en mer.

– Vous avez emporté le fascicule avec vous à bord ? demanda le professeur.

– Mon père ne s'en sépare jamais.

– Il est donc en vie ?

– Il s'ennuyait de l'Europe, avoua Joachim. Il n'a jamais supporté d'être exilé en Amérique du Sud. Alors nous l'avons ramené, d'abord en Italie, et maintenant il habite en Allemagne, près de la frontière suisse.

– Ce vieux salopard, dit le professeur.

– Lui aussi, il a hâte de te revoir.

– Ce garçon a vu le fascicule chez nous ? demanda
Joachim en me désignant de la tête.

– Permets-moi de parler à ton père, demanda le
professeur.

– Dis-nous d'abord ce que tu as fait du livre !

– Dis-lui que je veux le voir, rétorqua le professeur.

– Ça ne servira à rien.

– N'en sois pas si sûr.

– Ce que nous ne comprenons pas, c'est pourquoi
ce garçon n'est pas allé trouver le capitaine, expliqua
Joachim en me regardant. C'est ce qu'il aurait dû faire
en voyant que nous étions à bord. Nous nous attendions
à ce que les hommes du capitaine viennent nous rendre
visite. Pourquoi ne l'ont-ils pas fait ?

Il s'adressait à moi, mais je ne lui répondis pas.

– Pourquoi ? répéta-t-il. Pourquoi avoir hésité ? Vous
auriez facilement pu vous procurer de l'aide. On peut
dire que nous sommes en Islande. Ce rafiot est un
bout d'Islande !

Joachim regarda à nouveau le professeur.

– Qu'as-tu l'intention de faire du livre ? demanda-t-il.

– Le rapporter au Danemark. Un jour, il partira
pour l'Islande.

– Mais il était déjà en route pour l'Islande !

– Pas de la bonne façon, dit le professeur.

– Pas de la bonne façon ! cracha Joachim. Pourquoi
ce garçon ne nous a pas dénoncés ? Qu'est-ce qui vous
en empêchait ?

Le professeur ne lui répondit pas.

– Toi aussi, tu as tes petits secrets, n'est-ce pas ?
dit Joachim.

Le professeur se taisait.

– Tu veux que personne ne soit au courant du livre,
fit Joachim étonné, comme s'il venait tout à coup de

découvrir la clé de l'énigme alors qu'elle était sous son nez et qu'il n'y avait pas fait attention jusqu'alors.

Le professeur ne lui répondait toujours pas.

– Dans cette affaire, tu es totalement seul ! Tu as honte. Parce que ce livre t'a été volé et que tu n'en as rien dit à personne, n'est-ce pas ?

Le professeur se taisait.

– C'est la raison pour laquelle on nous a laissés tranquilles. Je n'avais pas compris pourquoi nous n'avions pas été arrêtés quand j'ai vu ce garçon accroché au flanc du bateau. Il savait que nous étions à bord et n'en a informé personne.

– Et Färber ? demanda le professeur en essayant de détourner l'attention de Joachim. Comment est-ce que vous l'avez découvert ?

Joachim murmura quelque chose à Helmut qui me prit par les épaules et me souleva. J'avais les jambes endolories et il me poussa jusqu'à l'endroit où se tenait Joachim.

– Vous deux, vous êtes comme Hänsel et Gretel, dit Joachim. Vous laissez des miettes de pain partout où vous passez. Bien sûr que nous t'avons suivi. Comme nous t'avons suivi jusqu'à Schwerin. J'étais en contact avec mon père et, quand il a su que vous étiez finalement allés trouver Herr Färber, il m'a dit d'aller lui parler. Ils se connaissent depuis la fin de la guerre. Helmut ici présent a seulement été un peu trop loin quand le bonhomme a essayé de résister.

– Il vous a parlé de Glockner ?

– Quand Helmut a perdu tout contrôle de lui-même, nous lui avons offert de l'aider s'il nous disait ce que nous voulions savoir. Nous lui avons posé des questions sur votre visite et, avant qu'il ne perde connaissance, il a dit vous avoir aiguillés sur Herr Glockner. Il a dit que Herr Glockner avait probablement le *Livre du roi* et qu'il essayait d'en tirer de l'argent. Seulement, nous sommes arrivés trop tard. Et Herr Glockner n'était pas aussi coopératif que Herr Färber. Nous avons été littéralement obligés de lui arracher les informations sur l'acheteur et sur la façon dont celui-ci comptait retourner en Islande.

– C'est toi qui nous as fait sortir de prison à Schwerin ?

– Oui, nous savions que si quelqu'un pouvait découvrir le *Livre du roi*, c'était toi. D'ailleurs, ç'a été le cas. Tu nous as été d'une aide inestimable.

– Comment Erich l'a-t-il perdu ?

– Je sais ce que tu es en train de faire, dit Joachim. Tu essaies de gagner du temps. Tu essaies de trouver une solution à tes ennuis.

– Je suis curieux, c'est tout, fit le professeur. Je suis curieux de tout ce qui a trait à ce livre.

– Il avait l'intention de le vendre à Berlin, mais il y avait peu de gens susceptibles de traiter avec lui. Mon père le conservait dans sa valise, mais on la lui a volée dans un abri souterrain au plus fort des bombardements. Il l'a recherché auprès des antiquaires dans tout Berlin. Il avait avec lui d'autres livres qu'il essayait de vendre, mais il était en fuite et il avait d'autres soucis. Ensuite, les Russes l'ont attrapé. Comment est-il arrivé entre les mains de Herr Glockner ?

– C'est un ouvrier qui l'a trouvé finalement. Dans les décombres des maisons. Ce précieux objet est resté quelques années à son domicile. L'ouvrier est mort et sa femme a essayé de vendre ce qu'elle possédait, entre autres le livre. Elle connaissait Glockner et savait qu'il était collectionneur.

– Il a pas mal vagabondé, ce livre.

– On peut le dire.

– Et où est-il maintenant ? demanda Joachim.

– Permets-moi de parler à ton père, demanda le professeur une nouvelle fois.

Joachim regarda Helmut, puis moi.

– Abats-le, ordonna-t-il à Helmut d'une voix incroyablement calme.

– Non ! s'écria le professeur.

Helmut prit son revolver et le braqua sur ma tempe.

– Mon père savait que tu étais vulnérable sur ce point, dit Joachim en faisant un sourire au professeur.

– Laissez-le tranquille ! s'écria le professeur.

– Alors, dis-moi où est le livre !

Le professeur me regarda dans les yeux.

– Sois courageux, dit-il.

Je n'osai pas bouger. Je jetai un coup d'œil furtif à Helmut qui tenait le revolver à quelques centimètres de ma tête. Son doigt était crispé sur la gâchette. Je regardai à nouveau le professeur qui gisait désemparé sur le sol auprès des sacs de farine. Je me souvins de ce qu'il m'avait raconté à propos d'Emma dans l'immeuble de la Shell, lorsqu'on lui avait confié la vie de la jeune femme.

– Dis-moi où est le livre, ordonna Joachim.

– Relâche ce garçon ! fit le professeur.

– Helmut, dit Joachim.

Helmut s'éloigna de moi d'un pas en levant son revolver.

Joachim se tourna vers moi.

– Abats-le alors, s'écria le professeur. Mais veille à n'avoir besoin que d'une balle.

Joachim lui jeta un regard.

– C'est toi qui me dis de l'abattre ?

– Ne fais pas ça, murmurai-je.

– N'hésite pas, dit le professeur. Et je veux que tu

m'abattes aussi. Exactement comme lui. D'une balle dans la tête !

Joachim fixa le professeur. Des larmes coulaient sur mes joues. J'essayais d'être courageux comme le voulait le professeur, mais c'était difficile dans cette situation. Je tremblais de peur et avais l'impression que mes jambes allaient se dérober sous moi. J'aurais voulu me jeter à terre et demander grâce.

– Que veux-tu dire, mon vieux ? dit Joachim.

– Abats-le ! s'écria le professeur en se levant péniblement. Ça m'est complètement égal ! Abats cet étudiant !

Je vis que le professeur pensait vraiment ce qu'il disait.

– Non ! m'écriai-je. Ne dis pas ça !

Helmut fixa le professeur des yeux, puis Joachim, et attendit les ordres.

– Tu ne sauras jamais où est le livre ! lança le professeur. Crapule nazie ! Abats-nous tous les deux ! Arrache-nous le cœur et nous nous rirons de toi !

Joachim le regarda dans les yeux. Le professeur avait réussi un instant à le décontenancer. Déconcerté, Helmut les regardait alternativement.

Là-dessus, nous entendîmes le couvercle de la trappe se soulever et quelqu'un descendre dans la cale. Je voulais hurler au secours, mais Helmut me mit la main sur la bouche et me traîna derrière le tas de sacs. Joachim fit de même avec le professeur et éteignit la lampe de poche qu'il tenait. Nous étions côte à côte sans pouvoir bouger.

Les hommes qui descendaient dans la cale étaient deux. Je ne les voyais pas, mais je les entendais parler à voix basse. Ils se faufilèrent dans notre direction, mais ils disparurent parmi les sacs de farine. Au bout d'un moment, nous entendîmes un tintement de bouteilles.

Je pensais qu'ils étaient en train de contrôler de la marchandise de contrebande et peut-être de se choisir une ou deux bouteilles. L'un d'eux éclata de rire. Au bout de quelques minutes, ils avaient conclu leur affaire et repartirent en direction de l'escalier. J'essayai de trouver le moyen de me libérer de la poigne de fer de Helmut et de signaler ma présence, mais il était fort comme un bœuf et je ne pouvais pas du tout bouger. Nous entendîmes le couvercle de la trappe se refermer.

C'est alors que ça s'est produit.

J'avais réussi à défaire un peu les liens qui attachaient les poignets du professeur et il avait pu continuer et finalement délivrer ses mains. Ce que je sais ensuite, c'est qu'il avait saisi Joachim à la gorge et qu'ils se battaient furieusement au sol, dans la cale. Helmut fut un instant distrait et voulut venir en aide à Joachim, mais je lui donnai un coup de pied à l'estomac de toutes mes forces. Ça ne lui fit pas le moindre effet et, tout à sa surprise, il se tourna vers moi. Joachim avait réussi à se saisir du revolver qu'il avait tiré de la poche de son manteau. Il était en train de le braquer sur le professeur lorsque je hurlai :

– Attention ! Il a un revolver !

Le professeur lâcha la gorge de Joachim et tenta de saisir l'arme qui fut brusquement braquée sur Helmut et moi.

Un coup de feu partit.

À ma grande surprise, je vis Helmut se tasser et s'affaisser sur le sol.

Stupéfait, Joachim le fixait. C'est alors que le professeur lui arracha le revolver. Je me relevai avec peine, et le professeur en fit autant. Joachim était encore allongé par terre et fixait Helmut. Il avait l'air de ne pas en croire ses yeux.

– Il est mort ? demanda le professeur.

– Je crois, dis-je.

Une mare de sang s'était formée sous la tête de Helmut. Joachim se releva sans le quitter des yeux. Le professeur tenait le revolver, mais ne visait personne.

Joachim se baissa et toucha le cou de Helmut afin de vérifier son pouls.

– Il est mort, déclara-t-il. C'est moi qui l'ai abattu.

Le professeur braqua le revolver sur Joachim.

– Délivre Valdemar ! ordonna-t-il.

– Qu'est-ce que tu vas faire ? demanda Joachim.

– Je vais aller voir ton père, dit le professeur. Tu penses qu'il est prêt à t'échanger contre le fascicule perdu ?

Joachim commença à me libérer les mains. Je faisais attention qu'il ne recoure pas à une ruse, mais son erreur de tir semblait l'avoir complètement atterré.

Une fois délivré de mes liens, je commençai à défaire ceux qui enserraient les pieds du professeur. Cela me donna le même mal de chien que le jour précédent. Pendant ce temps, Joachim se tenait calmement au-dessus du cadavre de Helmut. Enfin, je réussis à venir à bout des nœuds et le professeur fut délivré.

– Valdemar, fit-il. Va trouver Erich et dis-lui que je veux le voir. Dis-lui que nous avons Joachim, son fils, et que je suis prêt à traiter avec lui pour le fascicule.

– Rien d'autre ?

– Dis-lui que son fils ne s'en est pas mal tiré et que Helmut est mort.

– Et s'il refuse de te voir ?

– Il ne refusera pas, dit le professeur.

– Et vous deux ?

– Joachim et moi, nous irons sur le pont des canots de sauvetage. Dis-lui de nous retrouver là-bas.

– Tu essaies encore de garder le secret ?

– Silence, moussaillon ! commanda le professeur.

– Tu veux vraiment faire comme s'il ne s'était rien passé ?

– Nous verrons, dit-il.

Par terre, il y avait un tas de sacs de toile tout près de nous. Le professeur y jeta un coup d'œil et nous ordonna à Joachim et à moi d'envelopper Helmut dedans et de le hisser jusqu'à la trappe.

– Nous allons le faire disparaître, affirma le professeur.

– Tu veux le jeter par-dessus bord ? demandai-je bouche bée.

– Ça ne serait pas le premier.

– Tout ça pour préserver ton secret, dit Joachim.

– C'est toi qui l'as abattu, fit observer le professeur.

Il était minuit quand nous remontâmes péniblement de la cale et le vent commençait à être très froid. Joachim et moi soulevâmes Helmut et le montâmes par l'escalier. C'était incroyablement dur, mais finalement nous y arrivâmes. Je marchais en tête. Ensuite venait Joachim, qui avait du mal à tenir Helmut, car il avait les mains attachées. Le professeur fermait la marche et ne quittait pas Joachim des yeux tout en tenant le revolver braqué sur lui.

Nous traînâmes Helmut jusqu'au bastingage et, sans plus de discussions, nous le fîmes passer par-dessus bord.

– Vas-y, maintenant, ordonna le professeur, et dis à Erich de nous retrouver sur le pont des canots.

– Tu as le livre et nous sommes libres. Pourquoi n'allons-nous pas maintenant trouver le capitaine pour tout lui raconter ? Et le laisser arrêter Orlepp ?

– J'ai peur qu'Erich ne lâche pas le fascicule si on ne lui en donne pas l'occasion, murmura-t-il. Je pense que si nous l'agressons il le détruira. Il faut que nous lui laissions une porte de sortie et ensuite nous verrons. S'il refuse, alors nous irons trouver le capitaine. Nous ne pouvons prendre aucun risque avec le fascicule.

– Quelle assurance aura-t-il ?

– Ma parole, déclara le professeur. Ça devrait lui suffire.

Le professeur me dit ce qu'il voulait proposer au père et au fils s'ils abandonnaient le fascicule et c'est porteur de ce message que je me rendis en première classe et frappai à la porte d'Erich von Orlepp. J'entendis du bruit à l'intérieur puis la porte s'entrebâilla.

– C'est le professeur qui m'envoie, dis-je. Il veut traiter avec toi.

En me voyant, Orlepp écarquilla les yeux.

– Où est Joachim ? demanda-t-il.

– Ils ont eu un accident, dis-je. Helmut est mort. Nous avons toujours le *Livre du roi*. Le professeur veut le fascicule. Il veut traiter avec toi. Il n'a averti personne de votre présence. Personne à bord ne connaît votre identité. Il est prêt à vous donner deux jours d'avance après notre arrivée à Reykjavík. Ça devrait vous suffire pour vous échapper.

Erich von Orlepp me fixa à travers l'entrebâillement.

– Si tu ne veux pas, le professeur ira trouver le capitaine et vous serez arrêtés. Il m'a demandé de te dire que, dans ce cas, tout le monde saurait que tu as débarqué à Reykjavík.

Von Orlepp ne cilla pas.

– Nous sommes sur le pont des canots et tu as cinq minutes, ajoutai-je en prenant congé de lui.

27

Nous nous tenions sur le pont des canots, la mer était démontée, et nous attendions.

Je regardais le sillage du bateau disparaître dans l'obscurité. Le professeur remit sa boîte de tabac à priser dans sa poche et s'appuya sur sa canne pour se pencher en avant. Il s'en était fourré une bonne prise dans le nez et il me sembla que la majeure partie de la dose était de la poudre blanche. Il avait utilisé son mouchoir pour se faire un pansement au doigt et il y avait du sang tout autour.

– Tu crois qu'il va accepter ? demandai-je en m'arrachant à la contemplation du sillage. Il me fallait parler très fort pour couvrir le mugissement des flots et du vent.

– Impossible à dire. Il a encore quelques minutes. Nous allons voir.

– Sinon, tu vas aller trouver le capitaine ?

– Oui, dit le professeur. Il n'y a plus rien d'autre à faire. Je n'ai pas l'intention de me colleter encore avec ces gens-là à bord. Tu sais jusqu'où ils sont prêts à aller. Dieu sait ce qu'ils ont fait de Sigmundur.

– Aurait-il suivi le même chemin que Helmut ?

– Ça se peut. En mer, personne ne demande des nouvelles des disparus.

Joachim était assis le dos au bastingage et ne bougeait pas. Il nous regardait et avait l'air à bout de forces.

– Là, dit le professeur en regardant dans la direction du pont de première classe. Est-ce qu'il n'y a pas quelqu'un qui descend l'escalier ?

Je vis Erich descendre péniblement les marches de la première classe. Il regarda rapidement autour de lui avant de descendre sur le pont et prit son temps pour gravir l'escalier du pont des canots et arriver jusqu'à nous. Il jeta un coup d'œil circonspect alentour comme pour s'assurer que nous étions bien tous les deux seuls à l'accueillir. Il aperçut Joachim assis contre le bastingage.

– Fouille-le, Valdemar, ordonna le professeur. Il pourrait avoir caché quelque chose sur lui.

Von Orlepp me jeta un regard dédaigneux.

J'obéis.

– Je n'ai rien trouvé, dis-je.

– Tu vas bien ? demanda-t-il à son fils.

Joachim hocha la tête, honteux.

– Qu'est-il arrivé à Helmut ?

– Ton fils l'a touché à la tête, l'informa le professeur. J'imagine que c'est un des rares exploits qu'il a accomplis de toute sa vie.

– Toi ! vociféra von Orlepp.

– Tu as le fascicule sur toi ? s'enquit le professeur.

– De toute façon, qui me dit que tu n'iras pas nous dénoncer au capitaine dès que tu l'auras entre les mains ?

– Tu peux me faire confiance. Si tu me laisses le fascicule maintenant. Autrement, nous ne traiterons pas avec toi.

– Tu n'auras jamais le fascicule.

– Il le faudra bien.

– Je lui ai dit qu'il ne devait pas le prendre avec

405

lui, déclara Joachim qui s'était levé. Il ne m'a jamais écouté.

– Qu'avez-vous fait à Helmut ? demanda von Orlepp.

– Il est tombé à la mer, répondit le professeur. Ça fait un gredin de moins dans ce malheureux monde.

Les yeux noirs de von Orlepp lançaient des éclairs.

– C'est toi qui as le *Livre du roi* ? vociféra-t-il.

– Oui, dit le professeur.

– Où ça ? Je ne le vois pas.

Le professeur ne lui répondit pas.

– C'est quand même Joachim qui a trouvé le fascicule, fit remarquer von Orlepp.

– Non, il ne l'a pas trouvé, corrigea le professeur. Il l'a volé, tout comme vous avez volé le *Livre du roi*, comme vous avez toujours volé tout ce que les autres ont de plus sacré !

– Tu n'as pas encore oublié l'immeuble de la Shell ? demanda von Orlepp. Ni la jeune fille. Comment s'appelait-elle déjà ?

– Emma, précisa le professeur. Elle s'appelait Emma. Et je ne suis pas près de l'oublier.

– La petite Emma, c'est exact. Une jolie étudiante qui t'a entraîné dans la Résistance.

– Où est-ce que tu conserves le livre ? demanda Joachim.

– Ne t'inquiète pas pour ça.

J'ai regardé le professeur. Il portait le manteau de cuir marron qu'il avait eu sur lui pendant tout le voyage. Je ne l'avais jamais vu porter un autre pardessus depuis notre première rencontre.

– Tu dis que tu l'as, mais tu mens ! s'écria Joachim.

– Je l'ai perdu à Berlin, avoua von Orlepp senior. J'ai tenté de le monnayer, mais il nous manquait de l'argent pour débaucher les gens, tu comprends. Je comptais le racheter ensuite, lorsque tout le remue-ménage se serait apaisé. Disons que j'avais l'intention de le mettre en gage. Il était chez un bouquiniste, non loin de la Goethestraße, lorsque la maison de celui-ci a été bombardée. Il voulait traiter avec moi, mais il est mort pendant le bombardement. Dans les décombres, je n'ai pas trouvé le livre et ensuite les Russes sont arrivés. Tu sais tout ça évidemment, si tu es aussi au courant que tu le dis.

– Je sais certaines choses. Le reste demeure pour moi une énigme.

– Tu t'es bien sûr demandé pourquoi Joachim et moi procédions de manière aussi brutale pour récupérer le *Livre du roi*, dit von Orlepp.

– Ça m'a effleuré l'esprit, admit le professeur. Bien qu'un assassin comme toi n'ait pas besoin de m'expliquer tout ça. Il ne servira plus à tes semblables. Politiquement parlant.

– J'ai appris que tu m'en veux encore, fit von Orlepp.

– Ne prends pas tes grands airs, dit le professeur. Je n'ai aucune estime pour toi et je n'en ai jamais eu.

– Le *Livre du roi* est un chef-d'œuvre unique d'une valeur inestimable, dit von Orlepp. Pour nous qui croyons à une nouvelle Allemagne, il n'a pas de prix. Nous avons un acheteur potentiel. Un individu extrêmement puissant qui est favorable à nos vues concernant la renaissance de l'Allemagne. C'est un industriel qui veut faire jouer un grand rôle à ce livre, une fois que le terrain sera déblayé. Il comprend son importance. Mais c'est là un détail de pure forme, Herr Professor, sa valeur idéologique. C'est la valeur artistique que je…

Von Orlepp fit une pause.

– Le *Livre du roi* en tant qu'œuvre d'art, reprit-il. Il est sans équivalent dans l'Histoire mondiale.

– Le *Livre du roi* n'a aucun rapport avec vos délires et vos aberrations, dit le professeur. Absolument aucun.

– Aurais-tu oublié Wagner ? *L'Anneau du Nibe…*

– Je ne veux pas entendre parler de tes satanés wagnérianistes ! Vous vous êtes approprié les récits et les poèmes de l'*Edda* à partir de présupposés erronés.

– Tu veux le voir ? demanda von Orlepp. Je l'ai sur moi. Pour la première fois depuis des siècles, nous pouvons réunir le fascicule et le *Livre du roi*.

– Ne fais pas ça ! s'écria Joachim. Eux aussi sont en difficulté. Personne n'est au courant du vol du *Livre du roi*. Herr Professor a pu tenir ça secret pendant toutes ces années. Je doute que quiconque sache qu'ils sont à bord, ce sont sans doute des passagers clandestins. Et ils n'ont pas encore récupéré le livre.

Von Orlepp hésitait.

Le professeur me tendit le revolver en me disant de tirer dans les jambes, si je ne voulais pas les tuer.

– Il y a longtemps que j'ai mis au point ce petit truc sous ce manteau, fit-il en remettant les mains dans son dos. Au cas où j'en aurais besoin.

Je ne vis pas ce qu'il faisait sous cet épais manteau de cuir, mais quand il montra à nouveau ses mains, il tenait le *Livre du roi*.

– Le voici, annonça-t-il en regardant Joachim. Tu aurais dû mieux chercher.

Erich von Orlepp regarda le livre et plongea la main dans sa poche.

– Il ne paie pas de mine, commenta Joachim.

Von Orlepp sortit de sa poche le fascicule perdu et le tendit au professeur.

– Je te fais confiance, dit-il.

– Vous avez deux jours, dit le professeur en le prenant. Ni plus ni moins.

Comme en extase, il contemplait le cahier. Ensuite, il ouvrit le *Livre du roi* et replaça le fascicule dedans.

Le *Livre du roi* était de nouveau entier.

Un sentiment de vénération m'envahit. Le *Livre du roi* était de nouveau entier !

Le professeur ressortit le fascicule et prit le temps de l'examiner soigneusement. Il semblait avoir perdu toute notion de l'espace et du temps. Je vis la joie briller dans ses yeux, cette joie qui si longtemps en avait été bannie.

– Maintenant ! cria Erich von Orlepp à l'adresse de son fils, et soudain je ressentis une cuisante douleur au visage : Joachim venait de me frapper de ses deux mains liées et m'avait subtilisé le revolver.

– Abats le garçon d'abord, dit Erich à son fils. Faisons souffrir le professeur un petit moment avant de l'expédier dans l'autre monde.

Le professeur me regarda, ahuri. Il vit que la chance avait tourné. Joachim se tenait en face de nous, tout sourire, le revolver en main.

Décontenancé, je jetai un coup d'œil au professeur.

– Excuse-moi ! C'est tout ce que je pus articuler, en gémissant. J'avais complètement relâché ma vigilance.

– Ne rêve pas ! vociféra le professeur à Joachim.

Joachim n'hésita pas. Il leva le revolver et le braqua sur moi. Je commençai à sentir mes genoux flageoler.

– Fais-le ! aboya von Orlepp.

– Ne fais pas de mal à ce garçon ! ordonna le professeur.

– Alors, donne-moi le livre ! s'écria von Orlepp.

– Tu ne l'auras jamais ! rétorqua le professeur et sans hésiter un seul instant, il jeta par-dessus le bastingage le *Livre du roi* qui tomba à la mer.

– Herr Professor ! hurla von Orlepp en suivant des

yeux le livre qui s'enfonçait dans l'eau. Il n'en croyait pas ses yeux. Mais tu es cinglé ! brailla-t-il.

J'étais tout aussi décontenancé devant la manière d'agir du professeur. Il venait d'anéantir ce qu'il avait de plus cher au monde. Il avait détruit le *Livre du roi*. Il était désormais perdu à jamais pour nous. Il fallait qu'il ait définitivement perdu la raison pour jeter ce joyau par-dessus bord.

– Retourne dans la cabine, cria Joachim à son père en détournant les yeux de nous un instant.

Le professeur le vit. Il avait réussi à tous nous surprendre.

Il frappa le revolver avec sa canne et se rua sur von Orlepp. Un coup partit. Ce fut une détonation étonnamment sourde. La balle atterrit dans la mer. Je réagis et me jetai sur Joachim. Il s'était immédiatement remis et braquait le revolver sur moi. D'une poigne de fer, le professeur avait saisi Erich von Orlepp près du bastingage. Joachim hésita et braqua son arme sur lui.

Je me mis à crier à l'adresse du professeur.

Un coup partit et l'atteignit au dos.

Un autre coup fut tiré et je vis qu'il avait atteint le professeur derrière la tête.

Je sautai sur Joachim et le jetai à terre.

Le professeur se précipita par-dessus le bastingage emportant Erich avec lui.

Je saisis Joachim au collet et serrai de toutes mes forces en faisant heurter de sa tête le pont jusqu'à ce que du sang se mette à couler de sa nuque et qu'il perde connaissance. J'avais envie de le tuer.

Je voulais le faire mourir lentement mais sûrement.

Je voulais le voir mourir.

Au dernier moment, je revins à moi. Je n'étais pas un assassin. Je relâchai l'étreinte autour de son cou.

Je ramassai le revolver qu'il avait perdu. Je ne voyais nulle part le fascicule.

Joachim gisait assommé sur le pont. Un calme insolite m'envahissait. Je ne sais pas combien de temps s'est écoulé avant que je ne perçoive un bruit porté par le mugissement des vagues et du vent en provenance du bastingage. Je regardai et vis une main s'agripper au pont à travers le dalot. Je me levai lentement et regardai par-dessus le garde-fou. Je vis le professeur suspendu à flanc de bateau. Il était mortellement blessé, du sang giclait de sa tête, mais il ne voulait pas lâcher prise. Je me penchai à l'extérieur le plus possible, le saisis et réussis à agripper son poignet au moment où il lâchait le dalot.

Il leva les yeux et me vit.

Ses lèvres remuaient pour articuler mon nom. Je sentis qu'il était trop lourd pour moi et me mis à appeler à l'aide de toutes mes forces.

– Je suis… blessé, l'entendis-je gémir. Je n'ai… pas la force…

Sa main commençait à glisser hors de la mienne. L'autre main pendait sur le côté et je vis qu'il tenait le fascicule perdu.

– C'est fini, dit-il.

– Non, m'écriai-je. Attrape le bastingage avec l'autre main ! Lâche le fascicule !

– Je ne peux… pas…

Le vent emporta ses paroles.

Je crus qu'il allait perdre connaissance.

– Essaie ! lui criai-je.

– Prends soin… du livre, l'entendis-je gémir. Prends soin du *Livre du roi*, Valdemar !

– Non !

– Parle… à…

411

– Ne lâche pas !

– Va... voir...

Je sentis que je n'avais plus prise sur lui.

– ... Halldór ! s'écria le professeur à bout de forces.

Sa main glissa de la mienne et je le vis tomber à la mer et disparaître. Je me mis à hurler d'angoisse et d'épouvante, je frappai et donnai des coups de pied au bastingage, mais je ne pouvais rien faire. Il était parti.

Les ténèbres et l'océan l'avaient emporté.

Je ne sais pas combien de temps s'écoula avant que je regagne la première classe et que je frappe à la porte de Halldór Laxness. Le professeur m'avait dit d'aller le voir, mais je ne savais pas pourquoi. Il ne me vint pas à l'esprit qu'il ait pu penser à quelqu'un d'autre. J'attendis un bref instant puis la porte s'ouvrit. Le poète me regarda dans les yeux, l'air sérieux. Je ne l'avais jamais rencontré mais il savait qui j'étais.

– Tu dois être Valdemar, dit-il.

Je hochai la tête.

– Ça ne s'est pas bien passé ? s'enquit-il.

– Le professeur est mort, déclarai-je. Il est tombé à la mer.

Halldór me regarda un long moment. Je vis qu'il était attristé par cette nouvelle, bien qu'il s'efforçât de ne rien en laisser paraître.

– Il s'y attendait, ajouta le poète. Je te présente toutes mes condoléances. Il avait cherché refuge auprès de moi, tu comprends. J'espérais que nous nous rencontrerions en d'autres circonstances.

– Oui, je comprends, dis-je. Le *Livre du roi* est lui aussi perdu. Il... est tombé à la mer.

– Entre donc, proposa Halldór en m'introduisant dans sa cabine, puis il referma la porte derrière nous.

– Le professeur ne voulait pas me mêler davantage à cette affaire, expliqua-t-il.

– Oui, fis-je, encore endolori après les événements qui s'étaient déroulés sur le pont.

– Il m'avait formellement défendu de m'occuper de quoi que ce soit. Je n'ai pas pu l'en empêcher. Il m'a dit que si tu venais à ma porte, c'est que quelque chose se serait mal passé. Le professeur était un homme très opiniâtre.

– C'est lui qui m'a dit d'aller vous trouver.

– Je l'avais incité à parler au capitaine.

– Il était parti le trouver lorsqu'ils l'ont capturé, continuai-je. Ensuite, il a appris qu'ils avaient le fascicule perdu en leur possession ici, à bord, et il craignait qu'ils s'en défassent si le capitaine se mêlait de l'affaire. Il essayait de le leur reprendre tout seul.

Halldór alla à son bureau et en revint avec un petit paquet enveloppé dans du papier marron relié avec une ficelle blanche.

– Il m'a dit de te remettre ça. Ce doit être le véritable exemplaire. Prends en bien soin !

– Le véritable exemplaire ?

– Il m'a dit que tu comprendrais. Il a dit aussi que si aucun de vous deux ne venait me trouver, je devais remettre le livre aux autorités légitimes à Reykjavík.

Je pris le paquet. Je mis quelques instants à me rendre compte de ce que Halldór avait dit et, soulagé, je poussai un cri de joie lorsque je compris enfin. Ce n'est pas le *Livre du roi* que le professeur avait sur le pont, mais la contrefaçon, le faux manuscrit qu'il avait fabriqué lui-même dans son désespoir. Il l'avait gardé tout le temps dans son manteau. Il l'avait jeté par-dessus bord pour décontenancer le père et le fils von Orlepp. De cette façon, il m'avait sauvé la vie.

– Je vous remercie, dis-je sans parvenir à dissimuler ma joie. Alors, il n'avait pas…

– Ce n'est pas la peine de me vouvoyer, précisa Halldór. Pour lui, il était exclu de se défaire du *Livre du roi*.

– Il avait tant souffert pour lui.

– Ça a été vite ?

– En fait, oui, admis-je.

– Le fascicule… ?

– Il a sombré avec lui.

– Et Ordurelepp ?

– Lui aussi est tombé à la mer. Son fils est vivant, mais il ne nous fera plus d'ennuis. Je l'ai attaché à la rampe du pont des canots. Je… il faut que je parle au capitaine. Je te remercie de ton aide. Je te remercie d'avoir pris soin du livre.

– C'était un plaisir, dit Halldór. Tout le plaisir était pour moi, Valdemar. Dommage que ça se soit passé ainsi. Si ça peut te réconforter, sache qu'il a parlé de toi en bien. Il a dit que tu nous apporterais beaucoup.

– Merci beaucoup. Tu sais que…

– Quoi donc ?

– Tu sais qu'il ne voulait pas qu'on monte cela en épingle, dis-je.

– Oui, il me l'a dit expressément, confirma Halldór.

– Je ferai de mon mieux pour m'y tenir.

– Bien sûr, dit le poète en me donnant une vigoureuse poignée de main. Je sais que tu feras de ton mieux.

1971

Je possède une photo du professeur que j'ai trouvée plus tard dans son bureau. Elle est ici, sur ma table de travail. Il est diplômé, frais émoulu de l'université. Il se tient devant la Tour Ronde et, une main sur la hanche, se penche vers l'appareil photo. Dans cette ville, ce jeune homme très doué respire la santé, et il ne voit aucune raison de sourire, mais regarde d'un air interrogateur vers l'avenir. Il ne peut dissimuler son aplomb et, à son expression, on voit qu'il a du caractère. Il est prêt à prendre la vie à bras-le-corps, peu importe où elle va le mener. À ce moment-là, il ignorait qu'elle finirait au fond de l'Atlantique. Dans l'étrange histoire du fascicule, le professeur a été le troisième homme à l'emporter dans la tombe et, cette fois, il a disparu pour toujours dans l'océan.

Il m'arrive parfois de regarder des films d'actualité que je me suis procurés il y a quelques années et qui ont pour sujet l'arrivée du *Gullfoss* à Reykjavík le 4 novembre 1955. Ce fut un grand jour pour notre nation. Une foule nombreuse accueillait son poète national au port de Reykjavík et on fit des discours en l'honneur de Halldór Laxness. En ce matin plein d'espérance, il se tenait sur le pont du gaillard d'avant, entouré de reporters. J'ai profité du moment où il adressait ses remerciements à la nation islandaise et où tous les yeux étaient fixés sur lui. Sur l'un des films, je peux voir un jeune homme se glisser à terre pendant le discours du poète et se noyer dans la foule. C'est moi avec le *Livre du roi* dans ma poche. Je me souviens encore des paroles de Halldór Laxness, du haut du pont, qui m'accompagnèrent et je me rappelle que cela me fit chaud au cœur : "Ne me remercie pas pour ces poèmes ; c'est toi qui me les as tous donnés auparavant."

La semaine dernière, le 21 avril, l'histoire s'est répétée lors d'un autre grand jour pour notre nation, au même endroit exactement. Les Danois avaient fini par céder et nous rendaient nos manuscrits. J'ai vu un symbole dans le fait que cette remise ait lieu le dernier jour de l'hiver. J'étais à bord du navire de guerre danois *Vædderen* lorsqu'il arriva au pays avec les manuscrits islandais, aboutissement du voyage le plus agréable que j'aie jamais entrepris. J'avais eu quelques soucis pendant le trajet, bien que le *Vædderen* soit un bon navire. Au cours des siècles, nous avons perdu beaucoup de biens dans les transports. Mais la traversée fut la meilleure possible et je ne saurais décrire les sentiments qui m'ont étreint lorsque nous avons fait notre entrée dans le port de Reykjavík. La foule s'était rassemblée sur le quai pour accueillir ces trésors du patrimoine culturel. Le Premier ministre a fait un discours. La télévision islandaise transmettait pour la première fois un direct. Je suivais les événements depuis le pont du *Vædderen* et j'ai vu le *Livre du roi* transporté à terre après une absence de plusieurs siècles. Il fut le premier à toucher le sol islandais dans les mains d'un équipage danois, avant même le *Livre de Flatey*.

Je n'ai pu m'empêcher de sourire quand je me suis rappelé la manière dont je m'étais glissé sur le plancher des vaches avec ce livre de nombreuses années auparavant sans que personne ne s'en aperçoive. Maintenant, il revenait une nouvelle fois au pays et dans de tout autres circonstances. En fin de journée, j'étais au cinéma de l'université lorsque le ministre islandais de l'Éducation a réceptionné le *Livre du roi* au nom de la nation. À ce moment, je pensai au professeur. As-tu jamais vu rien de plus beau dans ta vie ? aurait-il dit.

Nous avions discuté chez Vera le jour où nous nous sommes introduits en fraude à bord du *Gullfoss*. Nous en étions venus à parler du fascicule perdu comme c'était si souvent le cas après l'affaire de Schwerin. J'avais demandé au professeur ce qu'il ferait si nous venions à le récupérer.

– Je le rendrais à l'*Edda*, avait-il dit.

– Tu ne voudrais pas le garder pour toi ? avais-je demandé.

– Personne ne peut le garder pour soi, avait-il répondu.

– Alors comme ça, tu le remettrais à sa place ? avais-je dit.

– C'est une idée plaisante, avait-il rétorqué pour finir.

– Quelle idée ?

– Celle de l'emporter dans la tombe, tout comme la vieille Rósa Benediktsdóttir, avait-il affirmé.

Je ne sais s'il parlait sérieusement ou s'il se moquait de moi comme il le faisait parfois, mais ensuite il emporta vraiment le fascicule dans la tombe. Il disparut avec lui dans l'océan. Je doute qu'il ait pu se sauver en lâchant prise et je crois qu'il le savait, car il était blessé à mort et à bout de forces. Il lui était impossible de me donner ces feuillets. L'idée m'a effleuré que sa dernière pensée aura été que le fascicule l'accompagnerait dans son tombeau humide.

Après avoir terminé mes études, je suis devenu collaborateur de la Collection arnamagnéenne de Copenhague et j'ai enseigné à l'université. J'ai déménagé à Reykjavík avec les manuscrits et je pense y travailler à l'avenir. Je saluerai le *Livre du roi* chaque jour, puisqu'il est conservé dans la Sudurgata, la "rue du Sud", si ancien et toujours aussi jeune. Les années ont passé et j'ai vieilli, comme on peut le voir, mais lui n'a pas pris une ride : il est resté le même, sans âge, comme à l'époque où il venait d'arriver dans les mains de l'évêque Brynjólfur, en 1643. Et, plus que jamais, on en prend soin.

Je n'ai parlé à personne de la découverte du fascicule. Car, alors, j'aurais dû révéler le fin mot de l'histoire et cela, je ne le voulais pas. Joachim avait été arrêté à bord du *Gullfoss* et détenu à l'endroit où le professeur et moi nous nous étions cachés auparavant : dans la soute à bagages qui, ainsi qu'on me l'a dit plus tard, était appelée "le tuyau d'échappement" à cause de la cheminée qui la divisait. On apprit que la police allemande avait trouvé des indices, entre autres des empreintes digitales, qui établissaient une relation entre Helmut et l'assassinat de Glockner, outre le fait que Färber avait survécu à l'agression et avait pu désigner Joachim comme l'un des agresseurs. Sigmundur fut retrouvé vivant et déclara que Joachim l'avait agressé dans sa cabine avec un autre homme et avait tout cassé. Il dit qu'il ignorait l'existence de la fausse cloison, des bouteilles d'alcool et des cigares, et qu'il pensait que ces deux hommes s'étaient trompés de personne. J'ai pu parler à Sigmundur après qu'on l'a retrouvé bâillonné dans la salle des machines et il a compris tout de suite ce que j'étais en train de faire quand j'ai commencé à dire que je venais pour une affaire délicate. Il était mécontent que le professeur lui ait envoyé ces brutes et déclara tout simplement ne plus se souvenir du *Livre du roi*. J'ai réussi à l'impliquer dans ma conspiration. Il avait l'impression que je lui avais rendu, à lui et à l'acquéreur du livre en Islande, un fier service en gardant le silence sur toute cette affaire.

Je voulais de toutes mes forces défendre la mémoire du professeur. J'en ai parlé à Joachim avant de le remettre aux mains du capitaine. Après avoir vu son père mourir, il était abattu et avait abandonné toute résistance. Helmut ne figurait pas dans la liste des passagers et personne ne s'inquiéterait de lui, pas plus que du professeur. Orlepp senior figurait à bord sous le nom de son fils et Joachim, qui était monté clandestinement à Leith, avait pris son lit. Nous parvînmes à un accord. Quand je l'ai remis au capitaine, j'ai dit que je pensais que Joachim travaillait seul. Il avait voulu s'emparer de trésors culturels islandais de grande valeur à Reykjavík. Le professeur et moi avions eu vent de cela par hasard en Allemagne et nous avions suivi Joachim jusqu'au Danemark sans nous rendre compte que nous étions recherchés. Avant d'arriver à Copenhague, nous n'en savions rien. Le professeur était alors allé avertir la police des desseins de Joachim, mais il avait été retardé et, comme le *Gullfoss* s'apprêtait à appareiller, je n'avais eu pas d'autre solution que de filer Joachim à bord et de devenir un passager clandestin. Il m'avait agressé violemment quand il s'était aperçu que j'étais sur ses talons. Joachim ne mit pas ma version en doute. Il en dit assez pour qu'on s'occupe de l'agression et du crime en Allemagne. Ainsi, on ne sut jamais que le professeur avait été à bord. J'ai préféré ne pas mentionner le *Livre du roi* dans ce petit épilogue puisque Joachim avait été livré à la police allemande. Joachim n'a jamais parlé du retour inattendu de son père. Il resta muet sur Erich von Orlepp, comme si celui-ci n'avait jamais existé. Je fis de même. Joachim fut ramené en Allemagne peu après.

J'ai dit que j'ignorais ce qu'était devenu le professeur.

J'ai entendu dire que les responsables de la Collection arnamagnéenne et de la Bibliothèque royale de Copenhague avaient découvert le *Livre du roi* parmi les affaires qui servaient au professeur pour faire ses recherches à la Collection arnamagnéenne. J'avais passé alors quelques jours en ville et j'avais notamment rendu visite à Vera. Le livre se trouvait à l'intérieur d'un autre manuscrit d'apparence anodine qui faisait partie des affaires du professeur.

Je fis un rapport détaillé à Vera de tout ce qui s'était passé pendant cette nuit fatale à bord du *Gullfoss*. Elle écouta mon récit sans ciller et me remercia de ma visite, elle qui était le portrait craché de Gitte.

Elle décéda deux ans plus tard. Je fus une des rares personnes à suivre son cercueil jusqu'à la tombe.

Le jour où le *Gullfoss* appareilla, le professeur avait adressé par virement bancaire l'équivalent de cinq mois de son propre salaire à Hilde, à Berlin, en lui souhaitant bonne chance et un avenir radieux. Je découvris une lettre de remerciements dans le courrier du professeur où elle parlait abondamment de sa bonté.

Comme cela arrive souvent, le temps se révéla bon prince dans cette conspiration du silence. Un an environ après le décès du professeur, j'entendis une théorie émise par la société savante de Copenhague au sujet de sa disparition aussi soudaine qu'inexpliquée. C'était seulement une théorie parmi beaucoup d'autres, dont le professeur se serait amusé et qui était en accord avec ce qu'ont raconté nombre d'Islandais qui avaient résidé à Copenhague dans le temps. On disait que son intempérance et les indélicatesses de la presse, tant en Allemagne qu'au Danemark, l'avaient tellement affecté qu'à la fin, rassasié de jours, il s'était jeté du Langebro, le long pont de Copenhague.

Je me suis occupé de ma mère sur son lit de mort avant qu'elle ne meure prématurément. Elle était retournée en Islande, divorcée et à nouveau seule, atteinte d'un cancer qui devait l'emporter en quelques mois. C'était en 1963 et j'avais pris un congé pour aller en Islande la soigner, avec l'aide de Systa. J'avais cessé de l'interroger au sujet de mon père. Ma mère, en me tenant la main, me dit qu'elle avait toujours essayé de profiter pleinement de la vie et qu'elle ne regrettait rien. Ma tante, de bienheureuse mémoire, décéda quatre ans plus tard.

Chez Vera, avant de se mettre en route pour son dernier voyage, le professeur m'avait parlé de la perte d'un être cher et du sentiment de manque qu'on ressent alors. Ce n'est qu'après sa disparition que je compris vraiment ce qu'il essayait de me dire. Pas un jour ne s'est écoulé sans que le professeur me manque ou que je ne pense à lui, que je le voie devant moi tel que je l'ai connu. J'ai vécu avec ce manque et, bien que je m'y sois fait, j'en ressens encore toute la douleur, malgré le passage du temps. J'ai perdu un ami, un compagnon et un père qui m'a appris beaucoup, tout cela à la fois dans un seul homme.

Il m'a familiarisé avec le patrimoine culturel le plus précieux de notre nation, les manuscrits, et il m'a fait mieux comprendre ce qu'ils représentaient. J'ai essayé de toutes mes forces de suivre ses traces, j'ai à la fois enseigné et fait de la recherche et j'ai découvert d'anciens manuscrits, entiers ou seulement des fragments, des lettres et autres. Mais rien qui ait une importance comparable à celle du fascicule perdu.

Il nous appelait les gardiens du temps. Maintenant, je comprends mieux ce qu'il voulait dire. Rien n'avait plus de valeur pour lui que le *Livre du roi* et cet instant qu'on appelle notre existence terrestre, il l'a utilisé pour prendre soin de ce livre. Il savait que bien peu d'œuvres d'art au monde se distinguent par autant de simplicité et d'humilité que ce petit livre de poésie islandaise marron foncé. Sa taille est à peine celle d'un livre de poche et, pourtant, sa grandeur est infinie. Bien qu'insignifiant et usé, son énergie vitale est illimitée. Les mots écrits en petits caractères sont des géants dans l'histoire de la civilisation. C'est quasiment un être vivant. Son cuir se rétrécit et se dilate selon le degré d'humidité, si bien qu'on dirait qu'il vit et respire.

Je sais que le professeur n'est pas mort pour rien. Il était bien plus héroïque qu'il ne voulait le laisser voir et il a affronté sereinement son destin.

Éclata de rire Högni quand lui arrachèrent le cœur ;
le vif artisan du tumulus...

C'est ainsi que je veux me souvenir de lui. Je conserve une seule de ses boîtes à tabac. Et sa canne m'accompagne.

À travers les temps à venir.

Notes sur les sagas

L'*Edda poétique*, rédigée au XIIIᵉ siècle, est un recueil d'une quarantaine de poèmes islandais mythologiques et héroïques du Nord ancien. C'est avec l'*Edda* en prose, rédigée vers 1220 par Snorri Sturluson, notre principale source écrite sur la mythologie nordique.

BRYNJÓLFUR SVEINSSON (1605-1675), le grand évêque luthérien de Skálholt de 1639 à sa mort, entra en possession du principal manuscrit de l'*Edda poétique*, le *Codex Regius*, le *Livre du roi*. Il le légua avec le *Livre de Flatey* au roi du Danemark Frédéric III en 1662. Il fut conservé à la Bibliothèque royale de Copenhague et échappa au grand incendie de 1728 qui ravagea la capitale danoise. Le Danemark le rendit à l'Islande en 1971 où son retour fut l'occasion d'une cérémonie officielle. Il est aujourd'hui conservé à l'Institut Árni Magnússon de Reykjavík.

HALLGRÍMUR PÉTURSSON (1614-1674), grand pasteur luthérien, célèbre pour ses *Cantiques de la Passion*.

JÓNAS HALLGRÍMSSON (1807-1845), poète islandais et l'un des chefs de file du romantisme, fonda la revue *Fjölnir* en 1835 à Copenhague pour éveiller le sentiment national des Islandais et susciter une résistance populaire contre la domination danoise.

JÓN SIGURDSSON (1811-1879), historien, lutta pacifiquement à Copenhague pour l'indépendance de l'Islande. Il a travaillé à la Collection arnamagnéenne. Président de la Société de littérature islandaise, il est souvent appelé "le président". Homme politique et député, il a été président de l'Althing, le Parlement islandais.

La Cité des Jarres

prix Clé de verre du roman noir scandinave 2002
prix Mystère de la critique 2006
prix Cœur noir 2006
Métailié, 2005
« Points Policier », n° P1494
et Point Deux, 2011

La Femme en vert

prix Clé de verre du roman noir scandinave 2003
prix CWA Gold Dagger 2005
prix Fiction du livre insulaire d'Ouessant 2006
Grand Prix des lectrices de « Elle » 2007
Métailié, 2006
« Points Policier », n° P1598
et Point Deux, 2013

La Voix

Grand Prix de littérature policière 2007
Trophée 813 2007
Métailié, 2007
et « Points Policier », n° P1831

L'Homme du lac

Prix du polar européen 2008
Métailié, 2008
et « Points Policier », n° P2169

Hiver arctique

Métailié, 2009
et « Points Policier », n° P2407

Hypothermie

Métailié, 2010
et « Points Policier », n° P2632

La Rivière noire

Métailié, 2011
et « Points Policier », n° P2828

Betty

Métailié, 2011
et « Points Roman noir », n° P2924

La Muraille de lave

Métailié, 2012
et « Points Policier », n° P3028

Étranges Rivages

Métailié, 2012
et « Points Policier », n° P3251

Le Duel

Métailié, 2014